Fabio Paretta ist das Pseudonym eines in Italien lebenden deutschen Autors, der seine große Leidenschaft für das Erzählen mit seiner Faszination für die Widersprüche seiner Wahlheimat Italien verbindet. Mit *Die Kraft des Bösen* schrieb er sein Krimidebüt um den neapolitanischen Commissario Franco De Santis. *Trügerisches Neapel* ist sein zweiter Roman. Fabio Paretta ist mit einer Italienerin verheiratet und hat zwei Kinder.

Die Kraft des Bösen in der Presse:

»Ein dichter und realitätsnaher Krimi zwischen den Villenvierteln auf dem noblen Vomero und den Wohnhöhlen in Neapels berüchtigter Altstadt.«
Der Standard

»Mit Hingabe schildert Paretta die vielen Facetten dieser rätselhaften Stadt und die lebensechten Figuren, mit denen er seinen spannenden, finsteren, aber auch sehr sinnlichen Roman anreichert.«
NDR Kultur

Außerdem von Fabio Paretta lieferbar:
Die Kraft des Bösen (10050)

Fabio Paretta

Trügerisches Neapel

Ein Fall für
Commissario De Santis

PENGUIN VERLAG

MIX
Papier aus verantwortungsvollen Quellen
FSC® C014496

Verlagsgruppe Random House FSC® N001967

PENGUIN VERLAG

1. Auflage 2018

Dieses Werk wurde vermittelt durch die Literarische Agentur Michael Gaeb.

in der Verlagsgruppe Random House GmbH,
Neumarkter Str. 28, 81673 München
Umschlag: Hafen Werbeagentur gsk
Umschlagmotiv: © Federico Scotto/Getty Images
Redaktion: Angela Troni
Satz: Greiner & Reichel, Köln
Druck und Bindung: GGP Media GmbH, Pößneck
Printed in Germany
ISBN 978-3-328-10087-4
www.penguin-verlag.de

Dieses Buch ist auch als E-Book erhältlich.

1

Es war dunkel. Die Grillen zirpten. Süßlich duftete das trockene Gras, das an seinen Hosenbeinen kratzte, manchmal roch man einen Hundehaufen. Am liebsten wäre er umgekehrt, aber er musste seine Angst überwinden. Ein für alle Mal. Da waren sie schon, ihre Stimmen. Sie jauchzten und grölten. Wie immer führte Pasquale das Wort, und seine beiden Kumpel lachten, wie es sich für Lakaien gehörte. Ein Feuerschein warf Schatten in die Baumkronen, der würzige Rauch zog in Schwaden um die Scooter, die im Hintergrund aufgebockt waren.

Tu es für Marco, sagte er sich, tu es für deinen Bruder. Und er ging weiter, mit zittrigen Beinen. Pasquale pinkelte gerade in die Glut, in der Hand eine Dose Bier, als Gianni aus der Dunkelheit trat.

»Du?«, fragte Pasquale. »Muss dringend sein, wenn deine Mamma dich um die Uhrzeit noch auf die Straße lässt. Problem gelöst?«

»Wir müssen noch mal reden«, sagte Gianni. Seine Stimme sollte fest und unbeeindruckt klingen. *Wer Angst hat, der verliert*, hatte sein bester Freund Schizzo zu ihm gesagt.

Gianni fasste unter seinen Kapuzenpulli und spürte das Metall, kühl und schwer fühlte es sich an. Beruhigend. Doch sein Puls hämmerte wie wild im Hals. »Ich hab getan, was ich konnte«, sagte er.

»Ach ja?«, erwiderte Pasquale, und sein Grinsen verzog sich zu einer fiesen Grimasse. »Eine Drei hatte ich gesagt. Und was hab ich gekriegt?« Pasquale kam immer näher, bis seine Nasenspitze die von Gianni berührte. »Was hab ich bekommen, du Vollidiot?«

Er schwieg. Kämpfte die Angst nieder. Durchhalten, sagte er sich. Tu's für Marco. Und für Vanessa.

»Sag schon!«, schrie Pasquale.

Es klingelte in seinen Ohren, und er sagte: »Eine Fünf.«

»Siehst du. Eine Fünf. Du hast es verbockt.«

Du hast es verbockt, dachte Gianni. Du bist faul und renitent, bist nie in der Klasse und wenn, dann spielst du *Call of Duty* auf dem Smartphone. Warum kommst du überhaupt noch? Wozu brauchst du Abitur?

»Du hättest eine Drei kriegen müssen. Damit es nicht zu sehr auffällt, hab ich ein paar Fehler eingebaut …«

»Zu viele Fehler.«

»Nein. Zeig mir mal die Arbeit.«

»Meinst du, ich red Blech? Du hast mich beschissen.«

»Der Lehrer muss was gemerkt haben.« Gianni umklammerte den Griff und versuchte, die Fassung zu bewahren.

»Also hat mich der Lehrer beschissen? Meinst du das, ja?« Pasquale schob ihn langsam mit der Nasenspitze zurück. »Du bist genauso behindert wie dein Bruder«, sagte er und schlug Gianni die Bierdose gegen die Stirn. Der kühle Schaum schoss ihm übers Haar, lief ihm in die Augen und nahm ihm die Sicht.

»Du lässt meinen Bruder aus dem Spiel. Hast du mich verstanden?« Gianni war laut geworden. Wenn es um Marco ging, verlor er die Kontrolle. Marco, der sich nicht wehren konnte, dem selbst ein Riss im Asphalt Angst machte. Als er an den Vortag dachte, kochte die Wut in ihm hoch.

Pasquale sah ihn verblüfft an. Er überlegte, wie er Gianni bestrafen konnte für seine Aufmüpfigkeit.

Gianni dagegen dachte an den Vortag. Da vorne an der Straße hatte Marco gestanden. Auch wenn er aussah wie ein Koloss, war er doch wie ein hilfloses Kleinkind. Die Füße und Schultern nach innen gekrümmt und mit zittrigen Händen, als hätte er Parkinson. Vor Furcht gelähmt, starrte er in den Abgrund vor sich: ein gezackter Riss im Gehsteig, aus dem Grasbüschel wuchsen. Dann waren sie gekommen, waren über ihn hergefallen.

»Entspann dich, sie tun dir nichts«, sagte Gianni. »Sie wollen nur mit mir reden.« Er hatte sich getäuscht. Sie wollten sich zwar Gianni gefügig machen, aber abbekommen hatte es Marco. Zuerst tätschelten sie seinen Kopf. So fest, dass er bei jedem Schlag zusammenzuckte. Marco fing an zu schnauben und tiefe Laute auszustoßen. Mit geballten Fäusten und verkrampften Muskeln stand er da und starrte Löcher in den Asphalt. Als er versuchte, über den Riss im Asphalt zu springen, verlor er das Gleichgewicht und prallte auf Pasquale.

»Was ist?«, fragte Pasquale. »Machst du dir wieder in die Hosen? So wie dein Bruder?«

Er griff Gianni in den Schritt und quetschte ihm die Hoden. Der Schmerz schoss durch seinen Unterleib, bis in die Fingerspitzen. Er musste handeln, ehe es zu spät war. Das war seine letzte Chance. Er dachte an die Waffe in seiner Tasche, dann dachte er wieder an seinen Bruder. Wie sie ihn zu dritt ins Gebüsch gezerrt hatten. Weil er, Gianni, unfähig war. Feige. Aber damit war jetzt Schluss.

Mit einer fließenden Bewegung schüttelte Gianni den Schmerz aus den Gliedern und zog dabei die Pistole aus der Bauchtasche. Er richtete den Lauf auf Pasquale. Dieser blickte erstaunt, fast bewundernd. Oder amüsiert? Jetzt wurde seine

Miene ernst. Er schien gemerkt zu haben, dass die Waffe echt war. Gianni entsicherte sie mit dem Daumen. Er hatte es ein Dutzend Mal geübt. Pasquale blieb einen Moment regungslos stehen. Ein Sprung und Gianni war bei ihm, fasste mit der Linken nach seiner Kehle und drückte ihm mit der Rechten die Mündung an die Stirn. Jetzt grinste er nicht mehr. Sogar seine Speichellecker schwiegen, die am Vortag noch gefeixt und gejubelt hatten, nachdem sie Marco die Klamotten vom Leib gerissen und sich an ihm vergangen hatten.

»He, Pasquale, schau dir das an! Der hat nicht nur Eier wie ein Eber, er kriegt auch einen Steifen.« Das Geäst der Büsche wippte im Rhythmus von Marcos heiseren Schreien. »Er spritzt ab! Pasquale, ich fass es nicht. Er lässt sich melken!«, schrie der Glatzkopf und lachte wie ein Bekloppter.

Die Schreie seines Bruders hallten in Gianni nach. Er richtete sich auf. »Ab heute wirst du dich weder mir noch meinem Bruder nähern. Du sprichst uns nicht mehr an und postest auch nichts auf Facebook über uns. Wenn du noch einmal unseren Namen in den Mund nimmst«, sagte Gianni, »bist du tot.« Aus dem Augenwinkel sah er, wie die beiden Lakaien sich vorsichtig um das Feuer schoben. Ein dicker, tätowierter Glatzkopf mit Zahnlücke und ein schmächtiger Schläger, der für sein Springmesser berühmt war. »Bleibt stehen, ihr Arschlöcher«, schob er nach. »Sonst drücke ich ab.«

Pasquale warf seinen Kumpels einen Blick zu, um sie zu beschwichtigen. Er hatte sich wieder gefangen und lächelte. Sein fieses, arrogantes Grinsen. »Ich wette, die ist nicht mal geladen«, sagte er.

»Oh doch.«

»Aber du traust dich nicht.«

Wieso sollte ich mich nicht trauen?, dachte Gianni. Dann merkte er, wie er unsicher wurde. Er lehnte Gewalt ab. Aber bei Pasquale ging es nicht anders. Er dachte wieder an seinen Bruder. Schon ein normaler Junge hätte das kaum ausgehalten, aber Marco? Er klammerte sich neuerdings am Bettrahmen fest, wenn er morgens in die Schule gehen sollte, und er sprach kein Wort mehr. Kein einziges.

Gianni versuchte, das Zittern seiner Hand in den Griff zu bekommen. Er musste nur abdrücken, dann war Ruhe. Aber dann wäre sein Bruder ganz allein.

Plötzlich verspürte er einen heftigen Schmerz in der Hand, und in seinen Hoden brannte es wieder wie Feuer. Pasquale hatte ihm das Knie in den Unterleib gerammt und die Waffe aus der Hand geschlagen. Gianni lag auf dem Rücken, die Glut versengte sein Ohr, und er blickte in den Lauf über sich.

Breitbeinig stand Pasquale da, zielte auf sein Gesicht und grinste noch immer. »Bist du sicher, dass sie geladen ist?«

»Ja.« Lass ihn abdrücken, dachte Gianni. *Du stirbst nur einmal. Bis dahin bist du unsterblich*, hatte Schizzo gesagt.

»Dann wollen wir mal sehen«, sagte Pasquale und zog langsam den Abzug durch.

»Meine Mutter weiß, dass ich hier bin«, sagte Gianni leise und bestimmt. Er schämte sich dafür, dass er jetzt an seine Mama dachte.

»Hahahaha.« Pasquale lachte, und seine Kumpels stimmten ein. »Deine Mutter? Vielleicht auch noch der Idiot von deinem Bruder?«

Ein hohles Klicken. Mehr kam nicht. *Weil du's bist*, hatte Schizzo gesagt. *Aber Munition, das kommt nicht infrage.*

Pasquales Miene entspannte sich, er wirkte fast enttäuscht. Die beiden anderen starrten Gianni an, sie wollten mehr sehen.

»Geh heim zu deiner Mamma und deinem verblödeten Bruder. Und dann verschaff mir eine Drei in Mathe.«

Gianni stand auf und spürte den Urin, der warm an seinem zitternden Bein hinabfloss.

»Vergiss nicht: Dein Leben gehört mir«, fügte Pasquale zum Abschied an.

Gianni war schlecht, er wankte ein paar Schritte, versuchte zu rennen, doch dann kam ihm das Essen hoch. Er würgte und erbrach sich, fiel auf die Knie, um ihn herum Gelächter. Er robbte ein Stück, dann krabbelte er auf allen vieren davon.

2

Franco De Santis saß in der Rundung des Amphitheaters auf dem warmen Tuffstein, vor sich die Ruinen von Säulengängen und Tempeln, darunter das tiefblaue Meer. Möwen flogen wie Konfetti über die Klippen, das Pinienharz und die wilden Kräuter dufteten.

Fasziniert lauschte er der Brandung und sagte: »Ist das nicht ein Traum?«

»Ja, ein Traum, der Tausenden das Leben gekostet und Millionen in die Sklaverei geführt hat. Der Erbauer der Villa Pausilypon war Nutznießer eines tyrannischen Systems«, erwiderte Elvira Barbarossa nüchtern. »Allein der Zugangstunnel, ganze achthundert Meter mussten durch den Fels geschlagen werden …«

»Das ist zweitausend Jahre her.«

»Völkermord verjährt nicht.«

Himmel! Es war schon eine Herkulesaufgabe gewesen, die Staatsanwältin überhaupt zu diesem Ausflug zu überreden. *Bitte neutrales Terrain*, hatte sie gesagt. Daraufhin hatte er die Besichtigung arrangiert, nur für sie beide. Aber diese Frau in romantische Stimmung zu versetzen, schien schlichtweg unmöglich.

Sie verströmte einen besonderen Duft, der ihn an Zitronengras und Leder erinnerte, herb, betörend, vielschichtig, so wie sie nun einmal war. Allmählich beruhigte sich auch ihr Atem, ihre Brust unter der dünnen Sommerbluse hob und senkte sich, die Perlmuttknöpfe schimmerten. Er nahm ihre Hand.

»Was wird das?«, fragte sie und entzog sie ihm.

»Es hilft beim Entspannen.«

»Ihnen vielleicht.«

War das etwa Teil eines Spiels? Eine Art Prüfungsparcours wie im Märchen?

»Sie wissen, was Pausilypon bedeutet: Ruhe vor den Schmerzen der Seele. Fällt es Ihnen so schwer zu genießen?«, hakte er nach.

»Offensichtlich.«

»Vergessen Sie die Ungerechtigkeit und das Böse.«

»Kann ich nicht.«

»Für einen Moment.«

Er griff wieder nach ihrer Hand, und diesmal ließ er sie nicht wieder los. Trotz des zaghaften Widerstands, der abrupt nachließ. Vielleicht würde er sie tatsächlich noch überreden können, mit ihm essen zu gehen. In dem Restaurant, in dem er einen Tisch reserviert hatte und an dem sie wie zufällig vorbeikommen würden.

Franco De Santis mochte Elvira Barbarossa, seit er sie kannte. Anfangs hatte er die Staatsanwältin in ihr bewundert, dann hatte er auch die weiblichen Züge hinter ihrer kompromisslosen Fassade erkannt. Aus dem anfänglich starken Gefühl war ein immer stärkeres geworden, doch es schien schwächer als ihr Widerstand. So unberechenbar dieser war. Sie hatten erst einmal zusammen zu Abend gegessen, vor Monaten. Da hatte Elvira sich erstaunlicherweise in seine Wohnung einladen lassen, als wäre es das Selbstverständlichste von der Welt. Ohne Angst um ihren Ruf, ohne Angst vor dem, was sich daraus hätte ergeben können. Doch dann waren sie durch seine

Tochter Ludovica gestört worden, und die Staatsanwältin hatte sich dezent verabschiedet. Seitdem war nichts mehr passiert zwischen ihnen. Im Gegenteil, Elvira Barbarossa schien jedem Tête-à-tête aus dem Weg zu gehen. Hin und wieder ein Kaffee in einer Bar, gemeinsam mit Kollegen, ein bisschen Small Talk über laufende Ermittlungen. Beim Weihnachtsfest der Polizia di Stato hatte er versucht, mit ihr zu tanzen. Doch sie hatte abgelehnt mit der Begründung, es sei nichts gegen ihn persönlich, sie tanze grundsätzlich nicht. Er sei angetreten, um ihre Grundsätze zu ändern, war seine Replik gewesen. Sie hatte süffisant gelächelt – und war gegangen.

Er legte die Hand auf ihren Bauch, den sanft geschwungenen Hügel, der sich gleichmäßig auf und ab bewegte.

»Was wird das?«, fragte sie wieder.

»Spüren Sie die Harmonie?«

»Wie kommt es eigentlich, dass wir hier alleine sind?«

Er schwieg. Die Villa mit ihren Thermalbädern, Amphitheatern, freskoverzierten Prachtbauten und dem einzigartigen Blick über den Golf war der betörendste Ort in dieser Stadt, die an betörenden Panoramen durchaus reich war. Man bewegte sich hier in der Schwebe zwischen Himmel und Erde, See und Fels, und wenn man zur richtigen Uhrzeit kam, versank die Sonne als riesiger roter Ball hinter Ischia im Meer. Genau jetzt war dieser Moment. Er lag außerhalb der offiziellen Öffnungszeiten. Da De Santis jedoch den Leiter des zuständigen Kulturvereins kannte und dieser Mann ihm eine Gefälligkeit schuldig gewesen war, saßen sie nun hier. Und zwar alleine.

Francos Handy klingelte. Es vibrierte in der Jacketttasche, aber seine Hände waren bleischwer. Der Augenblick sollte in Stein gemeißelt werden.

»Ihr Telefon«, sagte Elvira.

»Ich weiß.« Er hoffte, es würde verstummen.

Es verstummte nicht.

»Sie sollten antworten.«

»Ist nicht wichtig.«

»Woher wollen Sie das wissen? Und wenn es etwas Dienstliches ist?«

»Dann ist es auch nicht so wichtig. Nicht wichtiger als dieser Augenblick.«

»Werden Sie nicht pathetisch. Die Ruinen stehen hier schon seit zweitausend Jahren. Wir können jederzeit wiederkommen.«

»Sie wissen, dass wir das nicht können.« Er ging ran.

»Chef?«

Beppe Bomba, sein Untergebener. Verflucht. Es war also tatsächlich dienstlich.

»Was gibt's?«

»Ein Überfall. Eine Streife von uns wurde nach Chiaia gerufen, in der Via Carlo Poerio hat jemand eine Boutique überfallen.«

»Sache des Raubdezernats.«

»Es hat einen Toten gegeben.«

Das hätte De Santis sich denken können. Wenn Bomba sich am Freitagabend meldete, dann aus gutem Grund.

»Wer ist es? Der Ladenbesitzer oder der Räuber?«

»Ein junger Kerl, eine Aushilfskraft wahrscheinlich.«

»Und der Täter?«

»Es waren zwei, vermutlich junge Männer, flüchtig mit einem Scooter.«

»Haben wir eine Personenbeschreibung?«

»Sie tragen Kapuzenpullis, einer grau, einer schwarz, außerdem Integralhelme.«

»Wann ist es passiert?«

»Vor etwa zehn Minuten.«

Die Via Carlo Poerio war nicht allzu weit entfernt. Man

musste nur auf der anderen Seite des Kaps die Serpentinen Richtung Zentrum hinunterfahren und war da.

»Zeugen? Ein Kennzeichen?«

»Ja.«

»Haben die Kollegen eine Fahndung eingeleitet?«

»Ich weiß nicht, ich bin eben erst informiert worden.«

Warum Bomba, der Rangniederste? Und nicht er, der Chef der Mordkommission?

»Wie lautet das Kennzeichen?«

»Die Zeugin ist sich nicht hundertprozentig sicher. Es ging alles ganz schnell. Aber sie hat es in ihr Handy getippt.«

»Nun sag schon.«

»Moment«, er las zögernd ab. »EE …«

»Und weiter?«, fragte De Santis ungeduldig.

»Mehr hat sie nicht gesehen. Fünf Zahlen …«

Jedes Motorradkennzeichen bestand aus zwei Buchstaben und fünf Zahlen. Der Kommissar war aufgesprungen, Elvira Barbarossa stand neben ihm. Sie hatte das Gespräch mitgehört, und jetzt vibrierte auch ihr Handy. Während sie zum Ausgang liefen, sprach sie mit der Staatsanwaltschaft. Es ging um denselben Fall, dieselben Informationen.

»Um die Riviera di Chiaia und Via Carlo Poerio herum gibt es mehrere Überwachungskameras. Besorg dir die Aufzeichnungen, und dann gibst du das komplette Kennzeichen durch. Lös eine Fahndung aus«, wies De Santis Beppe Bomba an.

Sie legten auf. Inzwischen hatten der Kommissar und die Staatsanwältin den Tunnel erreicht. Sie tauchten in die kühle Finsternis ein und rannten Richtung Via Discesa Coroglio, wo De Santis' Auto parkte.

Der Abend war im Eimer, aber wenigstens würden sie wieder zusammenarbeiten. Es gab keine bessere Staatsanwältin als Elvira Barbarossa in Neapel. Und keine faszinierendere Frau.

3

De Santis und die Staatsanwältin sprangen in den alten Alfa 147, und er jagte die Serpentinen hinauf, links das verlassene Industrierevier von Bagnoli, rechts die von üppiger Vegetation überzogenen Felsen. Chiaia lag zwar nur wenige Kilometer Luftlinie entfernt, aber vorher mussten sie durch die engen Straßen auf dem Kap, durch ein Konglomerat aus Restaurants, Bars und kleinen Läden, aus Art-déco-Villen und luxuriösen Wohnanlagen. Immer wieder öffnete sich das Panorama des Golfs unter ihnen, auf dem das Abendrot seine letzte Glut ausgoss.

Die Autos schlängelten sich durch die Via Posillipo, De Santis schlängelte sich durch die Autos und drückte dabei auf die Hupe. Sein Handy rutschte auf dem Armaturenbrett hin und her und wartete auf Bombas Anruf, der nicht kam.

»EE 214«, sagte Elvira Barbarossa, die schweigend auf den Verkehr gestarrt und sich jedes Kommentars über De Santis' Fahrstil enthalten hatte.

Der Kommissar sah aus dem Augenwinkel einen Motorroller, der in der Gegenrichtung an einer roten Ampel stand. Zwei Passagiere mit Integralhelmen. Sie hatten bullige Oberkörper, wirkten nicht besonders groß, aber gut trainiert.

»Die Kleidung passt nicht«, sagte die Staatsanwältin. »Bunte Windjacken.«

»Die können sie zur Tarnung über die Kapuzenpullis gezogen haben«, erwiderte De Santis und bremste. Der Fahrer hinter ihm gestikulierte und fluchte.

»Wenn sie auf der Flucht sind, werden sie kaum bei Rot anhalten«, erwiderte Elvira.

»Vielleicht gerade deshalb. Um nicht aufzufallen. Eine Personenkontrolle ist das Mindeste.«

Der Kommissar blendete auf, setzte den Blinker und nutzte eine Lücke im Gegenverkehr. In drei Zügen hatte er gewendet, wobei er wieder wütendes Hupen, Gesten und Flüche provozierte. Der Scooter stand an der Spitze einer Kolonne, die vor einer Baustelle wartete. De Santis schob sich an der Schlange vorbei, zückte seinen Dienstausweis und öffnete das Handschuhfach, in dem das Holster mit der Beretta lag.

»Ducken Sie sich. Wenn wir die Richtigen erwischt haben, sind sie bewaffnet«, sagte er.

»Lag Ihre Pistole etwa in dem unbewachten Auto?«, fragte Elvira.

Er hatte sie vergessen, wenn er ehrlich war. Zum Glück, wie sich jetzt herausstellte. De Santis lehnte sich quer über seine Beifahrerin, presste den Ausweis an die Seitenscheibe und hielt den Lauf der Waffe daneben.

Die beiden Helme drehten sich kurz nach links. Die Visiere waren geschlossen, die Gesichter nicht zu erkennen. Der Fahrer gab Gas. De Santis ebenfalls.

»Schnell, rufen Sie die Zentrale an, die sollen ein paar Wagen zusammenziehen«, sagte er zu Elvira.

Der Motorroller fädelte sich geschmeidig durch die Baustelle, der Alfa war dafür zu breit. De Santis musste nach links über den Gehsteig ausweichen und die Fußgänger verscheuchen. Am Ende der Baustelle lenkte er auf die Fahrbahn zurück – und hatte den Scooter direkt vor sich.

Posillipo war keine gute Ecke, um sich zu verdrücken, denn auf dem Kap gab es nur wenige Straßen, und die meisten endeten im Meer oder in Sackgassen. Aber die beiden schienen sich gut auszukennen, kein Zögern, keine Diskussion. De Santis kam nicht näher. Wenn er Pech hatte, steuerten sie ein Schlupfloch an, durch das der Scooter gerade so hindurchpasste. Dass Motorroller in Neapel so beliebt waren, hatte viele Gründe. Manche davon waren kriminell.

»Wir brauchen eine Straßensperre auf der Westseite. Wenn sie dort die Serpentinen hinunterfahren, sitzen sie in der Falle.«

Abrupt bog der Roller rechts ab in eine enge Gasse. Wieder war De Santis verwirrt. Dort ging es ins Hinterland, sofern man eine der wenigen Verbindungen fand. Stammten die Räuber etwa aus einem Vorortbezirk und wollten zurück in ihre Basis?

Der Alfa brach mit dem Heck aus, und als der Kühler in die Gasse rutschte, kratzte das Blech an einer Hauswand entlang. Der Sozius blickte sich um und schrie dem Fahrer etwas ins Ohr. Der Scooter kämpfte sich durch das Gewirr immer enger werdender Gassen – zu eng für ein Auto.

»Sie entwischen uns«, sagte De Santis.

Da schoss ein Motorrad um die Ecke. De Santis blendete auf, blockierte die Straße mit der Fahrertür und schrie: »Da müssten Kabelbinder im Handschuhfach sein. Geben Sie her.«

»Sind Sie jederzeit auf Festnahmen eingestellt?«

»Nein, die Nummernschildhalterung ist kaputt.« Er steckte die Plastikstreifen ein, stieg aus und hielt dem Motorradfahrer seinen Ausweis unter die Nase. »Ich brauche Ihre Maschine.«

»Die gehört mir gar nicht …«

De Santis schob den Mann weg und schwang sich in den Sattel. »Die Formalitäten erledigt meine Kollegin«, rief er dem Mann über die Schulter zu.

Es war lange her, dass er das letzte Mal Motorrad gefahren war. Jetzt saß er auf einer alten Kawasaki 750 mit Rennlenker und kurzem Gasweg. Er musste nur ein bisschen drehen, und schon jaulte der Motor im hohen Drehzahlbereich. Mehrmals tippte De Santis mit der Fußspitze auf den Schalthebel, bis er im ersten Gang war, dann gab er Gas und ließ die Kupplung kommen. Früher als erwartet, schoss die Maschine los, das Vorderrad hob sich, und er wäre fast abgeworfen worden wie von einem buckelnden Hengst. Der Scooter war längst verschwunden. De Santis fuhr noch einmal an, langsamer diesmal, schaltete hoch, zweiter, dritter Gang. Allmählich bekam er ein Gefühl für die Kawasaki, auch wenn er mit dem Bauch auf dem Tank lag und den Kopf recken musste, um die feine Staubwolke zu verfolgen, die hinter einer Mauer aufstieg. Sie mussten durch einen Torbogen in einen Park geflüchtet sein. Er folgte, steuerte auf einen Kiesweg, geriet ins Schlingern und fing die Maschine ab, indem er das Gas aufdrehte. Er flog nun zwischen Büschen und Beeten hindurch, holte den Scooter mehr und mehr ein. EE 21 473. Zwei kräftige Kerle in zerlöcherten Jeans und Windjacken.

Der Sozius drehte sich um und brüllte dem Fahrer etwas ins Ohr. Vorsicht, dachte De Santis, womöglich lockten die beiden ihn in einen Hinterhalt. Er ließ das Motorrad in eine Oleanderhecke rollen und beobachtete den Park. Eine weitläufige, hügelige Rasenfläche, die von alten Pinien und Libanonzedern beschattet wurde. Dazwischen gepflegte Blumenrabatten, ein Springbrunnen, niedrige Hecken. Ein paar ältere Herrschaften saßen auf Bänken, eine junge Frau schob einen Buggy vorbei und sah sich erschrocken um. Zwei Kinder schaukelten nebeneinander und warfen sich am höchsten Punkt, wenn die Kette erschlaffte, ein kreischendes Lachen zu.

Der Scooter raste an der Außenmauer entlang und verließ

den Park durch ein schmiedeeisernes Tor, der Sozius sprang ab und zog die Flügel zu. Kein besonders origineller Trick, aber ehe De Santis das Tor wieder geöffnet und die Kawasaki auf die Straße geschoben hatte, waren die beiden verschwunden. Er hatte die Orientierung verloren, kein Handy dabei und konnte weder eine Karte konsultieren noch Elvira anrufen. Wahrscheinlich kannte der Fahrer einen Schleichweg hinunter nach Fuorigrotta und weiter nach Soccavo. Mist!

Ich bin bald fünfzig, dachte De Santis, zu alt für solche Aktionen. Ein Wunder, dass ich mir mit dem Bock nicht das Genick gebrochen habe. Aber er war ein schlechter Verlierer, die Niederlage bohrte in ihm. Zwei Raubmörder, direkt vor seiner Nase. Und er hatte sie entkommen lassen.

Plötzlich hörte er einen Motor aufjaulen, und die beiden kamen ihm entgegen, er blendete auf und ging instinktiv in Deckung. Der Scooter wich aus, rutschte auf ein geparktes Auto zu, fing sich wieder.

Bravo, dachte De Santis, der Fahrer kann umgehen mit dem Ding. Aber die schnellere Maschine hatte er.

Er hängte sich wieder dran und gab Gas, schaltete in den vierten, in den fünften Gang, doch immer wenn er den Hintermann fast hätte greifen können, schlug der Scooter einen Haken. Die beiden waren ein eingespieltes Team, sie narrten ihn, und in De Santis stieg die kalte Wut hoch. Sollte er das Hinterrad rammen? Lieber nicht, sie fuhren besser als er.

Wieder schlug der Scooter einen Haken. Aber diesmal war es einer zu viel, denn er führte sie in eine Sackgasse, die in eine steile Treppe überging. Langsam ließ De Santis das Motorrad ausrollen und griff nach seiner Waffe.

Unvermittelt gab der Fahrer Gas und nahm die erste Stufe, das Hinterrad rutschte hin und her und spie dabei eine Wolke verbrannten Gummis aus. Wie auf einem Springpferd hüpften die beiden, den Scooter zwischen den schlanken Schenkeln, Stufe um Stufe höher. Was waren das für Typen? Trial-Fahrer? Zirkusakrobaten? Stuntmen? De Santis war abgestiegen und rannte hinterher, die Waffe im Anschlag.

»Stehen bleiben!«, brüllte er. »Polizei!«

Die beiden arbeiteten sich ruckweise die Treppe hinauf. So geschickt sie sich auch anstellten, sie waren langsamer als der Kommissar. Er erreichte sie und warf sich auf den Sozius, der zu schreien und zu zappeln anfing, während der Scooter zur Seite kippte. Die Stimme überschlug sich, kiekste.

Verdammt, dachte der Kommissar, das ist ja ein Mädchen!

»Keine Bewegung!«, brüllte er.

Die Waffe ... Wo hatten sie die Waffe?

Der Fahrer setzte die Flucht zu Fuß fort, während der Kommissar die zarten Handgelenke des Mädchens umfasste. Er drehte ihr den Arm auf den Rücken, fesselte ihre Hände mit einem Kabelbinder und tastete sie ab. »Wo ist die Pistole?«, fragte er, denn er fand sie nicht. Der andere hat sie, dachte er, oder er hat sie weggeworfen. Er wollte weiter, musste aber erst das Mädchen sichern. Mit einem zweiten Kabelbinder fesselte er sie an ein Verkehrsschild.

Der Fahrer hatte inzwischen einen ordentlichen Vorsprung. Er nahm je zwei Treppenstufen auf einmal und schleuderte eine Tüte über eine Tuffsteinmauer. De Santis atmete schwer, fünfundachtzig Kilo lasteten auf seinen Muskeln, der Teer der Zigaretten auf seinen Lungenbläschen. Er sah die knallenge Jeans, die sich vor ihm die Stufen hinaufkämpfte, die drahtigen Beine, den kräftigen, gerundeten Hintern. Sag mal, ist das noch eine Frau?, dachte er. Und eine verdammt schnelle dazu. »Stehen bleiben!«, brüllte er, hielt inne und reckte die Waffe. Er hatte Mühe, sich aufrecht zu halten. Seine Lunge stach.

Die Flüchtende zögerte einen Moment, sah zu, wie er sich am Geländer festklammerte.

»Ach, Scheiße«, murmelte er und schoss in die Luft.

Behände wie ein Äffchen kletterte sie über die Mauer und war verschwunden. De Santis steckte die Waffe in die Tasche und zog sich langsam an dem porösen Tuffstein hoch. Dahinter war ein Olivenhain, leicht abschüssiges Gelände. Er spähte hinüber, und auf einmal spürte er die Angst. Sein Herz raste, seine Gedanken überschlugen sich. Schusswechsel waren selten in seinem Beruf, aber einmal hatte er als junger Polizist einen Ladendieb verfolgt. Wie berauscht vom Rennen am Limit, war er dem Täter in eine Gasse in der Duchesca gefolgt, wo er ihn aus den Augen verloren hatte. Plötzlich hatte es geknallt. So laut, dass er eine Weile nichts mehr fühlte, sah und hörte. Dann ein dumpfer, heißer Schmerz an seiner Wange, etwas Scharfkantiges hatte ihn getroffen, nur ein Splitter von einem Ziegelstein, wie sich später herausstellte. Er hatte Glück gehabt. Aber irgendwann war das Glück aufgebraucht.

De Santis wollte den Flüchtenden ablenken, zog seine Jacke aus und schob sie als Zielscheibe auf die Mauer. Nichts tat sich. Er ließ sich herabsinken, rannte einige Meter weiter und kletterte ächzend über die Mauer, um sich auf der anderen Seite in die Tiefe fallen zu lassen. Er wollte sich abrollen, knickte jedoch mit dem Knöchel um und landete in einem Dorngebüsch. Auf einmal war es dunkel und kühl. Die Grillen zirpten, es roch nach feuchter Erde und Brombeeren, während in seinem Sprunggelenk das Blut pochte. In der Ferne hörte er eine Sirene und Stimmen. Der Kommissar lugte zwischen den Zweigen hindurch. Auf dem zarten Grün standen Oliven- und Orangenbäumchen fein säuberlich Spalier. Ein Zweig knackte, ein Schatten bewegte sich zwischen den Bäumen.

»Stehen bleiben, verdammt!«, brüllte De Santis. »Polizei!«

Die Gestalt stürzte.

Zwei, drei Sprünge, dann war er über ihr und bohrte ihr wütend den Lauf der Waffe in den Rücken. »Aufstehen, ganz langsam.«

De Santis klappte das Visier hoch. Tatsächlich. Noch ein Mädchen, vielleicht achtzehn, vielleicht jünger. Womöglich so jung wie Ludovica, seine Tochter.

»Was wollen Sie von mir?«, kreischte es.

Er tastete ihre Flanken ab.

»Finger weg! Ich bin minderjährig.«

Als er keine Waffe fand, zog er sie hoch und dirigierte sie über die Mauer. »Versuch ja nicht abzuhauen, sonst ...«

»Sonst was? Wollen Sie mich vielleicht erschießen? Ich hab nichts getan.« Er fesselte auch ihr die Hände mit einem Kabelbinder. »Das werden Sie bereuen«, sagte sie.

Wortlos schob er sie die Treppe hinab, bis sie ihre Komplizin erreicht hatten. Diese kauerte schlotternd neben dem Verkehrsschild und weinte.

Die Fahrerin warf ihr einen vorwurfsvollen Blick zu und sagte: »Klappe halten.«

De Santis suchte die beiden noch einmal nach der Waffe ab. »Wo ist sie?«, fragte er.

»Wo ist was?«, fragte die Größere zurück. Sie schien die Anführerin zu sein.

»Die Waffe? Wo habt ihr sie entsorgt?«

»Was für eine Waffe?«, fragte sie schnippisch.

»Und die Tüte, die ihr weggeworfen habt? Was war da drin?«

»Welche Tüte?«

Er zog den beiden die Helme vom Kopf. Die Mädchen ähnelten einander fast wie Zwillinge, beide mit langen braunen Haaren, teurem Make-up und manikürten Fingern. Sicher nicht aus der Unterschicht.

»Wie heißt ihr?« Sie sagten jeweils ihren Namen. »Mach mal die Jacke auf«, sagte er zu der Größeren. Als sie nicht reagierte, brüllte er sie an: »Aufmachen!«

Betont langsam kam sie seiner Aufforderung nach. Ein grünes Sweatshirt kam zum Vorschein.

»Was hast du darunter?«

»Bist du auch noch ein Spanner, oder was?«

Er hätte sich fast vergessen, aber zum Glück kam Elvira Barbarossa angerannt. De Santis wandte sich zu ihr um und sagte: »Überprüfen Sie bitte, was die Mädchen für Kleidung tragen.«

»Ich bin Staatsanwältin.«

»Sie sind eine Frau, wenn ich das mache, gibt es Ärger.«

Er kletterte wieder über die Tuffsteinmauer und suchte nach der Plastiktüte, die das Mädchen auf der Flucht weggeworfen hatte. Sicher war Diebesgut darin, vielleicht sogar die Tatwaffe. Aber er fand sie nicht.

Als er zu den drei Frauen zurückkehrte, sagte Elvira Barbarossa: »Sie haben jeweils zwei T-Shirts, ein Top, ein Sweatshirt und die Windjacken an.«

»Wo habt ihr die Sachen her?«

»Aus unserem Schrank«, sagte die Anführerin.

Ihre Komplizin schwieg.

Wieder juckte es ihn in den Fingern. »Wo wart ihr in der letzten Stunde?«

»Wir sind rumgefahren.«

»Warum tragt ihr so viele Klamotten übereinander?«

»Es wird abends kalt. Unsere Eltern wollen nicht, dass wir uns erkälten.«

»Jetzt hör mir mal zu!«, schrie De Santis, doch dann sah er aus dem Augenwinkel die Staatsanwältin, die ihn erschrocken musterte. Er winkte ab und ging das Motorrad holen.

Zu viert kehrten sie zum Wagen zurück. Unterwegs stießen

sie auf den Besitzer des Motorrades, der zuerst den Kommissar entgeistert ansah und dann skeptisch den Zustand seiner Maschine prüfte.

»Sie hat nichts abbekommen«, sagte De Santis. »Ich bin nur ein paar Kilometer damit gefahren. Danke noch mal.«

Gemeinsam verfrachteten sie die Mädchen in den Alfa und setzten die Fahrt Richtung Via Carlo Poerio fort. De Santis beorderte eine Streife in den Olivenhain. Sie sollte nach der Tüte suchen.

4

Während sie hinunter nach Mergellina fuhren, wich das Tageslicht der Dämmerung, die Straßenlaternen schalteten sich an, die Stadt schmiegte sich wie ein Teppich aus funkelnden Lichtern um den Golf und die Flanken des Vesuvs. Elvira Barbarossa überprüfte die Ausweispapiere der beiden Mädchen. Die Namen, die sie angegeben hatten, stimmten: Michela Santini und Eleonora Calamandrei, beide siebzehn, beide in der Via Scipione Capece zu Hause, so ziemlich die teuerste Adresse der Stadt, nicht weit vom Ort der Festnahme entfernt.

Sie erreichten die Riviera di Chiaia, die bourgeoise Promenade mit ihren Art-déco- und Stuckfassaden. Als sie in die Parallelstraße einbogen, fragte Michela, die Größere: »Was sollen wir hier?«

»Hier wurde eine Boutique ausgeraubt.«

»Was haben wir damit zu tun?«

»Das werden wir gleich feststellen.«

»Sie können uns nicht festhalten. Sie wissen wohl nicht, wer ich bin.«

De Santis starrte das Mädchen wutentbrannt an. »Doch. Du bist eine Tatverdächtige. Ladendiebstahl, bewaffneter Raubüberfall, Totschlag.«

»Was? Das geht uns nichts an. Wir sind minderjährig. Mein Vater …«

»Interessiert mich nicht«, erwiderte der Kommissar und stieg aus.

»Ich verlange, dass ich meine Eltern und einen Anwalt sprechen kann«, rief das Mädchen ihm hinterher.

Vor dem Haus in der Via Carlo Poerio 9 hatte sich eine Menschentraube gebildet, die gegen den Ring aus Absperrband und Uniformierten drängte. Agente Beppe Bomba, das einhundertvierzig Kilogramm schwere Unikum aus Francos Team, stand mit einem Notizblock auf der gegenüberliegenden Straßenseite und sprach mit einem Passanten. Mario Marin, De Santis' schneidiger Vize, gestikulierte in dem Vakuum vor dem Ladeneingang, um die Einsatzkräfte zu dirigieren. De Santis und Elvira Barbarossa baten zwei Beamte, die Mädchen zu trennen und zu bewachen, und schoben sich durch die Menge.

Der Kommissar nahm Marin zur Seite: »Geben Sie mir einen Überblick.«

»Der Laden heißt *Gentleman*, der Inhaber ist ein gewisser Otello D'Astoli, das Opfer vermutlich Salvatore Ronga, eine achtzehnjährige Aushilfskraft. Mehrere Zeugen haben um etwa Viertel vor acht einen Schuss gehört. Die Täter sind mit einem Scooter Richtung Piazza dei Martiri geflüchtet.«

»Und dann?«

»Wissen wir nicht.«

Der Kommissar betrachtete die Via Carlo Poerio. Eine schmale Einbahnstraße, noble Boutiquen mit minimalistischer Auslage und edlem Design. Einladend, für Kunden wie für Kriminelle.

»Hat jemand gesehen, dass die beiden geschossen haben?«

»Nein.«

»Wo ist der Besitzer?«

»In seiner Wohnung.« Marin deutete die Fassade hinauf.

»Er wohnt direkt über dem Laden?«

»Im dritten Stock. Er scheint den Schuss auch gehört zu haben und ist sofort heruntergekommen.«

De Santis blickte hinauf. Stuckverzierte Simse, vier großflächige Fenster, beige Vorhänge. Geschlossen. Wie zum Zeichen der Trauer.

»Wo ist Pizzuoli? Wo die Spurensicherung?«

»Ispettore Pizzuoli müsste demnächst eintreffen. Er war gerade beschäftigt«, sagte Marin mit einem ironischen Unterton, der De Santis nicht gefiel.

So sehr der Kommissar sich auch bemühte, es war immer das Gleiche mit Mario Marin. Sein Vize war aus Norditalien gekommen und in Neapel mit einer hehren Mission angetreten: Er wollte der Stadt zu Rechtsstaatlichkeit und Effizienz verhelfen. Zwei Welten prallten aufeinander, und die Kräfteverhältnisse schienen klar. Aber inzwischen warteten De Santis und seine Kollegen schon seit einem Jahr, dass Neapel den zackigen Marin verschlingen und als kurioses Zwitterwesen wieder ausspucken würde, so wie es noch mit jedem Einwanderer und Eroberer geschehen war. Doch der Vizekommissar war von bewundernswerter Prinzipientreue. Wie ein Fels in der Brandung widerstand er allen Widrigkeiten, unverwüstlich, unerschütterlich und uneinsichtig. Manchmal flößte er De Santis Ehrfurcht ein, meistens ging er ihm jedoch auf die Nerven. Der einzige Trost war, dass Marin demnächst zu einem seiner unzähligen Lehrgänge aufbrechen würde. Dann waren sie ihn für zwei Monate los.

»Die Mädchen waren mit einem Scooter mit dem Kennzeichen EE 21473 unterwegs. Sie hatten zahlreiche neuwertige Kleidungsstücke bei sich, vermutlich Diebesgut, und sie haben versucht, sich der Festnahme zu entziehen. Die beiden sind dringend tatverdächtig, das Nummernschild müsste daher auch in den Aufzeichnungen der Überwachungskameras auftauchen. Rekonstruieren Sie den Fluchtweg, die Uhrzeiten und dergleichen, und sorgen Sie dafür, dass die Mädchen nicht miteinander sprechen können, damit sie sich nicht abstimmen können.«

»Und Pizzuoli?«, entgegnete Marin leicht irritiert.

»Sobald er eintrifft, soll er Bomba bei den Befragungen unterstützen.«

Mario Marin setzte eine säuerliche Miene auf. Für ihn fiel wieder nur die langweilige Routine ab, obwohl er doch der Meinung war, er sei ein raffinierterer Psychologe als Pizzuoli. Das sah De Santis anders. Marin verstand kein Neapolitanisch, schon gar nicht die Zwischentöne.

Der Kommissar ließ sich Überschuhe und Latexhandschuhe geben, zog sie an und betrat die Boutique. Ein langer Schlauch, gesäumt von Antikholzregalen mit gedimmter Beleuchtung. Herrenmoden, edel und teuer. Links hingen Anzüge, Sakkos und leichte Mäntel, rechts Hemden und Pullover. Das Blaulicht des Streifenwagens tanzte über die Wände. Der abendliche Verkehrslärm, das aufgeregte Geschnatter der Schaulustigen und die Stimmen der Polizisten wurden durch die gepanzerte Tür gedämpft. Übrig blieb eine unnatürliche Stille. Der beißende Geruch von Schießpulver mischte sich mit dem süßlichen der Körperflüssigkeiten, die ausgetreten waren.

Langsam ging Franco De Santis über das Parkett und näherte sich dem leblosen Körper, der schräg vor dem Tresen lag, mit dem Kopf Richtung Ladentür. Lang ausgestreckt, mit ausgebreiteten Armen. Der Kommissar schätzte ihn auf etwa eins neunzig, muskulös, breitschultrig. Sein Antlitz war unversehrt, die blauen Augen waren vor Schreck aufgerissen, ungläubig, verwundert. Wäre nicht das kleine Loch auf der Unterseite des Kinns gewesen, hätte man den Jungen kaum für tot halten können. Und dann war da noch der Film aus Blut und Hirnmasse, der die Regale und den Fußboden im Rückraum des Ladens überzog. Der oder die Täter mussten ihm von unten in den Kopf geschossen haben. Ein einziger Schuss, wie ihn manchmal Selbstmörder setzten. Doch ein Selbstmord war es nicht. Denn in dem Fall hätte die Waffe neben ihm liegen müssen.

Ob die beiden Mädchen ihn getötet hatten? Waren sie fähig, einen Gleichaltrigen zu erschießen? Waren sie panisch geworden, weil er wie ein Hüne wirkte? Sie überwältigen wollte?

»O Gott, der ist ja fast noch ein Kind!« Elvira Barbarossa war hinter De Santis getreten.

Normalerweise wollte er für sich sein, um die ersten Eindrücke aufzusaugen, aber die Staatsanwältin störte ihn nicht. Im Gegenteil. Er nahm die Dinge dank ihr noch schärfer und deutlicher wahr. Auch seine Wut. Er suchte nach Anzeichen eines Kampfes. Es gab keine Kratzspuren oder Schürfwunden, weder im Gesicht noch an den Unterarmen. Vorsichtig nahm er die schlanken Finger des Toten mit den blonden Härchen in die Hand. Der Nagel am rechten Zeigefinger hatte einen Knick und wies ein kleines, dunkles Klümpchen auf. Vielleicht Schmutz, vielleicht eingetrocknetes Blut. Wenn sie Glück hatten, stammte es vom Angreifer. Er legte die Hand ab und betrachtete die Venen, die ein erhabenes Geflecht bildeten, perfekt und unverbraucht. Es erinnerte De Santis an Ludovica. Wie ein Wunder wirkten diese jugendlichen Schönheiten, die von einem Tag auf den anderen in die Höhe schossen, ihre kindlichen Gesichter in die Welt der Erwachsenen schoben und Ausschau hielten nach einer besseren Zukunft. Dieses Gesicht hatte die Flugbahn einer Pistolenkugel gekreuzt. Zufällig oder nicht?

Ein einziger Schuss. Die Schmauchspuren um das Einschussloch deuteten darauf hin, dass er aus nächster Nähe abgegeben worden war. Während eines Kampfes? War es Absicht gewesen?

De Santis erhob sich und beugte sich vor, um hinter den Tresen zu schauen, ohne durch die Blutspuren zu laufen. Die Kasse war geschlossen. Hatten sie nicht einmal Geld erbeutet? Hatte der Verkäufer das verhindert? War er deshalb gestorben? Aber wozu? Wenn er nur eine Aushilfe war?

Da entdeckte De Santis in den grauroten Sprenkeln, die Blut und Hirnmasse auf dem Boden hinterlassen hatten, die Abdrücke von Schuhen.

»Wir sollten hier nicht rumlaufen«, sagte er.

Elvira Barbarossa folgte seinem Blick, sah die Fußspuren und nickte. »Ich warte draußen.«

Der Kommissar kniete sich wieder über den Jungen. Er dachte an die Eltern, die Geschwister, die Freunde, die jetzt ahnungslos vor dem Fernseher saßen oder sich zum Ausgehen fertig machten. Freitagabend, Wochenende, die laue Luft lockte. Dann dachte er wieder an seine Tochter, und eine ängstliche Unruhe stieg in ihm auf. Ludovica wurde flügge, sie war aufmüpfig und neugierig auf alles, was verboten war. Wo sie sich wohl gerade herumtrieb? Morgen sollte sie zu ihm kommen, wie an jedem zweiten Wochenende.

Erneut fiel dem Kommissar die Stille auf. Trotz des Lärms auf der Straße war das Geschäft wie ein akustisches Vakuum. Warum? Was fehlte? Normalerweise rauschte oder brummte eine Klimaanlage, ein Computer, eine Spülung, irgendein Gerät lief in einem Laden immer. Hier nicht. War der Strom ausgefallen? Nein. Die Digitalanzeige der Kasse leuchtete, auch das rote Licht an der Überwachungskamera, die gut sichtbar hinter dem Tresen unter der Decke hing. Wenigstens das. Sicher waren die Täter maskiert gewesen, trotzdem würden die Bilder wichtige Details liefern: Körperbau, Alter, wie professionell die beiden vorgegangen, ob sie durch irgendetwas abgelenkt oder überrascht worden waren …

Die Spuren mussten so schnell wie möglich ausgewertet werden.

De Santis trat auf die Straße und sagte zu Marin: »Wo ist die Spurensicherung?«

»Müsste gleich eintreffen.«

»Sie soll sich zuerst auf die Videobilder und die Fußabdrücke konzentrieren. Erst danach dürfen sie den Gerichtsmediziner an die Leiche lassen.«

»Aber das widerspricht dem normalen Prozedere.«

»Ist mir egal. Ich glaube, dass die Spuren am Boden uns mehr verraten als die an der Leiche. Außerdem sind sie nicht so lange haltbar.«

Marin rümpfte die Nase. Sein Hirn, in dem die Dienstvorschriften gespeichert waren, kollidierte mal wieder mit De Santis. Und der Realität. Denn meist kam sowieso kein Gerichtsmediziner an einen Tatort, nicht in der neapolitanischen Wirklichkeit.

Bomba stand immer noch auf der anderen Straßenseite, einen Notizblock in der Hand, und redete mit Passanten. De Santis bahnte sich einen Weg zu ihm.

»Wer von uns war als Erster hier?«

Der Agente deutete auf einen Polizisten in Uniform. Er war von der Squadra mobile, ein junger Mann mit schwarzen Locken, der aufgeregt in sein Handy sprach.

De Santis begrüßte ihn und ließ sich das Wichtigste erzählen. Als er angekommen sei, sagte der Polizist, hätten schon ein paar Leute vor dem Eingang gestanden und durcheinandergerufen. Otello D'Astoli habe im Laden auf die Polizei gewartet.

»Der Mann war völlig außer sich, hat wild gestikuliert und geschrien: ›Er ist tot. Sie haben ihn umgebracht!‹ Ich bin zum Opfer gegangen, habe die Verletzung gesehen und seinen Puls gefühlt. Exitus. Daraufhin habe ich den Tatort abgeriegelt, den Besitzer auf die Straße geführt und auch keinen Sanitäter mehr hereingelassen, um keine Spuren zu verwischen.«

»Exzellente Arbeit«, sagte De Santis und dachte bei sich: Endlich mal ein Tatort, mit dem man arbeiten kann.

Ein altes Auto bahnte sich vorsichtig hupend einen Weg durch den Stau. Gennaro Pizzuoli, De Santis' bester Ermittler, stieg aus. Blass, abgekämpft und mit violetten Augenringen.

»Ein Überfall?«, fragte er.

»Ja, ein Toter«, erwiderte De Santis. »Unterstütz bitte Bomba bei den Befragungen, Anwohner, Passanten, Nachbarn. Alle bis auf den Ladenbesitzer, den übernehme ich selbst. Ich muss nur zuerst mit den beiden Mädchen sprechen und die Eltern informieren.«

Er ging zu seinem Alfa zurück, neben dem ein junger Beamter wartete. Im Wageninneren tobte Michela Santini, schlug mit den Fäusten gegen die Türen und auf die Hupe.

De Santis riss die Fahrertür auf. »Was soll das Theater?«

»Sie haben kein Recht, mich wie eine Kriminelle zu behandeln.«

»Wo warst du zwischen halb acht und acht heute Abend?«

»Ich sage nichts ohne meinen Anwalt.«

»Du behauptest, du hättest mit dem Überfall nichts zu tun. Wenn du mir ein Alibi lieferst, kannst du vielleicht sofort nach Hause.«

»Ohne Anwalt sag ich kein Wort. Wo ist mein Handy? Ich will telefonieren.«

De Santis schlug die Tür zu und gab dem jungen Beamten ein Zeichen, die Bewachung wieder zu übernehmen. Eleonora

Calamandrei saß in einem anderen Dienstwagen. Sie war blass, zittrig und hatte rot geweinte Augen. Vermutlich war sie leichter zu knacken. Der Kommissar setzte sich neben sie.

»Hör zu, es geht um ein Kapitalverbrechen. Ihr seid dringend verdächtig, und mit eurem Verhalten macht ihr die Sache nur noch schlimmer. Du solltest nicht auf deine Freundin, sondern auf die Polizei hören. Wo wart ihr zwischen halb acht und acht heute Abend?«

Eleonora zog die Schultern hoch. »Nicht hier.«

»Wo dann? Nenn mir einen Zeugen.«

Sie schwieg.

»Zeig mir mal deine Schuhsohlen.«

Sie rührte sich nicht, sondern stemmte die Füße fest auf den Boden. De Santis hätte ihr am liebsten ein Bein hochgerissen, aber dann hätte er sich ernsthafte Schwierigkeiten eingehandelt. Also gab er auf. Während er hier seine Zeit verschwendete, saßen die Eltern des toten Jungen ahnungslos zu Hause. Sie waren wichtiger als die beiden verwöhnten Gören.

Er stieg aus und sagte zu dem Polizisten: »Bringen Sie die beiden Mädchen getrennt zur Questura. Sie sind vorläufig festgenommen wegen Widerstands gegen die Staatsgewalt und des dringenden Verdachts des räuberischen Überfalls in Tateinheit mit Totschlag. Sie müssen erkennungsdienstlich behandelt werden. Ich brauche nicht nur die Fingerabdrücke, sondern auch die DNA und die Schuhprofile. Lassen Sie außerdem die Haut auf Kampf- und Kratzspuren sowie die Hände auf Schmauchspuren untersuchen und überprüfen Sie eventuelle Alibis … das Übliche.«

Dann ging er zu Pizzuoli und erklärte ihm, wo genau die Mädchen die Tüte über die Mauer geworfen hatten. »Wir brauchen sie unbedingt. Ich nehme an, dass die Waffe darin steckt, vielleicht auch Ware aus dem Laden.«

Ehe er in sein Auto stieg, betrat er die Boutique, die dem Eingang des *Gentleman* gegenüberlag. Michele Saronno, ein Glatzkopf Ende dreißig in engem Pullover und Jeans, kam hinter der Ladentheke vor.

»Sie haben den Überfall beobachtet?«, fragte De Santis.

»Ich habe nur die zwei Typen reinmarschieren sehen und mich gewundert, weil sie die Helme nicht abgenommen haben. Na ja, später habe ich begriffen, warum.«

»Sind Sie sicher, dass es Männer waren?«

Sein Gegenüber zögerte. »Ich denke, schon.«

»Warum?«

»Na ja, jetzt, da Sie fragen: Sicher bin ich nicht.«

»Haben Sie die beiden Mädchen gesehen, die wir verhaftet haben?«

Saronno nickte.

»Könnten sie es vom Körperbau her sein?«

Der Mann zuckte mit den Achseln. »Schwer zu sagen. Die Täter waren anders angezogen.«

»Achten Sie nicht auf die Kleidung. Die haben sie gewechselt. Stimmt die Größe?«

»Tut mir leid. Könnte sein. Vielleicht auch nicht. Ich dachte eher, dass es zwei Männer waren. Ein junger und ein alter.«

»Ein alter?«

»Na ja, so wie sie sich bewegt haben.«

»Beschreiben Sie bitte genau, was Sie gesehen haben.«

»Also, da hat ein Scooter vor dem Laden gehalten.«

»Modell?«

»Weiß ich nicht. Silbergrau, eine recht gewöhnliche Form.«

»Kennzeichen?«

»Keine Ahnung. Er hat gehalten, und ich habe mich wie gesagt ein bisschen gewundert, dass die beiden die Helme aufgelassen haben. Ich dachte, es wären Kuriere und sie hätten es eilig. Dann kam es mir komisch vor, dass nicht einer auf der Maschine bleibt. Jetzt fällt es mir wieder ein. Ja, zuerst habe ich gedacht: Komisch, dass sie zu zweit reingehen. Dann dachte ich: Vielleicht ist die Ware so schwer, dass sie alle beide anpacken müssen. Aber sie haben kaum etwas getragen.«

»Kaum etwas? Was war es denn?«

»Eine Umhängetasche. Wären es Räuber, würde einer auf der Maschine sitzen bleiben, bei laufendem Motor, sagte ich mir. Vor allem würde der Alte sich nicht aus dem Sattel quälen. Dann habe ich mich wieder meinen Unterlagen zugewandt. Ich sitze an der Steuer, wissen Sie.«

»Und Sie sind sicher, dass die eine Person relativ alt war?«

»Ja. Das merkt man doch an der Geschwindigkeit und Geschmeidigkeit, mit der ein Mensch sich bewegt. Eigentlich war der Ältere der Grund, warum ich mir keine Sorgen gemacht habe. Für einen Überfall war er viel zu schlecht zu Fuß.«

»Wer hat den Scooter gefahren?«

»Na, der Alte.«

»Was ist dann passiert? Wie lange waren die beiden im Laden?«

Saronno schüttelte den Kopf. »Das haben mich alles Ihre Kollegen schon gefragt. Ein paar Minuten vielleicht.«

»Wann war Ihnen klar, dass es ein Überfall war?«

»Als ich den Schuss gehört habe.«

»Haben Sie erkannt, wer geschossen hat?«

»Nein. Man sieht nichts durch die Scheibe, wegen der Lichtreflexe. Außerdem war ich in meine Abrechnungen vertieft.«

»Und dann?«

»Ich habe den Kopf gehoben, bin hinter der Theke vorgelaufen und habe dann aber gezögert, auf die Straße zu treten, weil ich Angst hatte. Da kamen sie auch schon herausgelaufen. Sie diskutierten, sprangen auf den Motorroller und rasten davon.«

»Mit der Umhängetasche?«

»Ja.«

»Sind Sie sicher, dass es eine Umhängetasche war?«

»Ja.«

»Nicht zufällig eine Tüte?«

»Nein. Es war so eine wasserdichte Tasche aus einem Stück Lkw-Plane. Grau, glaube ich.«

»Haben Sie sonst irgendwelche Veränderungen an den beiden bemerkt?«

»Welche Veränderungen denn?«

»Verletzungen? Beute? Haben sie Ware mitgenommen? Haben Sie andere Leute gesehen? Den Ladenbesitzer oder einen Nachbarn? Passanten?«

»Nein, tut mir leid.«

De Santis verabschiedete sich und hinterließ seine Visitenkarte. Die Aussage war nicht sehr ergiebig. Aber ein Anfang.

5

Während der Kommissar zum Bahnhof und anschließend über die Autobahn Richtung Ponticelli fuhr, vorbei an verlassenen Industriegeländen, Ausfallstraßen und ruinösen Zweckbauten, stieg ein flaues Gefühl in ihm auf. Ihm stand die schlimmste Aufgabe bevor, die sein Beruf mit sich brachte. Er musste Eltern mitteilen, dass ihr Kind nicht mehr lebte. Umgebracht, »aus niederen Beweggründen«. Während er sich im spärlichen Abendverkehr treiben ließ und den Schlaglöchern auswich, dachte er über das Verbrechen nach. Einiges an dem Überfall kam ihm merkwürdig vor. Zum Beispiel die Lage des Geschäfts. Sicher, es lag in einer teuren Einkaufsstraße, was eine fette Beute versprach. Aber das galt für fast alle Läden in der Via Carlo Poerio. Die Boutique *Gentleman* allerdings lag strategisch ungünstig, fast zweihundert Meter von der nächsten Kreuzung entfernt. Die Straße war eng, eine Mausefalle. Die Täter waren ein hohes Risiko eingegangen, denn zwei Streifenwagen hätten gereicht, um ihnen in beide Richtungen den Weg abzuschneiden.

De Santis seufzte. Er nahm die Ausfahrt Barra/Ponticelli und tauchte in das Viertel ein, das wie ein Geschwür um einen dekadenten historischen Kern gewachsen war. Hochhäuser, kalte, funkelnde Klötze neben dem aufgeplatzten Asphalt. Nach der Erdbebenkatastrophe von 1980 hatte man hier auf der grünen Wiese Wohnsilos für Tausende obdachlose Familien aus der Innenstadt geschaffen. Sie waren aus Brennpunkten der Kriminalität hergezogen und hatten ihren Erfahrungsschatz vereint. Herausgekommen war ein explosives Gemisch, ein Melting Pot der Camorra.

Neapels Altstadt mit ihren Prachtfassaden aus dem Katholizismus und versunkenen Monarchien, die mit staatlichen Fördermitteln konserviert wurden, war etwas für Reiseführer und Privilegierte. Hier draußen lebte der Durchschnittsbürger. Franco De Santis liebte seine Stadt, ihre menschlichen, ihre zärtlichen und ihre hässlichen Züge. Hier gab es nur Letztere, hier hatte man die Brutalität in Beton gegossen. Und nun musste er dafür den Botschafter spielen. Er drückte auf den Klingelknopf, auf dem der Nachname Ronga stand. Der Kommissar hoffte im ersten Moment, niemand würde antworten, aber da krächzte schon eine Stimme aus der Sprechanlage.

»Ja?«

»Polizei«, sagte De Santis.

Der Türsummer ging ohne Nachfrage, als hätte man ihn bereits erwartet.

Er stieg die Treppenstufen hoch. Frische Wandfarbe, mit der man Graffiti übertüncht hatte, gewienerte Steinstufen, man war hier sichtlich um Ordnung und Sauberkeit bemüht. Im fünften Stock stieß er auf eine angelehnte Wohnungstür. Er klopfte. Stille, bis auf undeutliche Geräusche aus einem der hinteren Zimmer.

»Mein Name ist Commissario De Santis, darf ich eintreten?«, rief er.

Niemand reagierte. Vorsichtig schob er die Tür auf. Alle Lichter brannten, gedämpfte Stimmen. Die Einrichtung war schlicht und gepflegt. Kein Luxus. Sondern auch hier die Anstrengung, so etwas wie kleinbürgerliche Ordnung zu halten.

»Hallo?«

Eine Zimmertür ging auf, ein Mann Mitte vierzig kam heraus und schob sich das Hemd in die Hose. Sein Blick war wirr, haltlos, geistesabwesend.

»Bitte«, sagte er und wies De Santis den Weg ins Wohnzimmer. Dann: »Einen Moment.«

Er verschwand wieder. De Santis setzte sich auf die Couchgarnitur, während ihm aus dem Fernseher ein witzelnder Showmaster entgegengrinste. »Aussteigen oder verdoppeln. Fünfundzwanzigtausend Euro, ein schönes Sümmchen für ein Auto, eine neue Küche oder eine Reise durch die Karibik für die ganze Familie ...«

Schnauze, dachte der Kommissar. Der Mann kam zurück, fuhr sich durch die Haare, starrte ins Leere.

»Mein herzliches Beileid«, fing De Santis an.

Eine Fanfare ertönte, eine 50000 leuchtete auf dem Bildschirm auf, und die Kandidatin schlug die Hände vors Gesicht, fassungslos vor Glück.

Der Mann nickte geistesabwesend.

»Sie wissen bereits Bescheid?«, fragte er.

Wieder nickte Signor Ronga.

»Wer hat Sie informiert? Ein Kollege?«

»Meine Frau«, antwortete der Mann, schaltete endlich den Fernseher aus und schleuderte die Fernbedienung wütend aufs Sofa. Doch die Stille war noch unerträglicher. Er sprang auf und sagte: »Ja, meine Frau ... Ihr geht's nicht gut. Sie will es nicht wahrhaben. Sie meint, wenn sie sich verkriecht ... Entschuldigen Sie.«

Er wandte sich ab, um sie zu holen.

»Nein, bitte lassen Sie«, warf De Santis ein. »Wir können uns gut zu zweit unterhalten.«

Doch der Mann beachtete ihn nicht und verschwand erneut.

Türenschlagen, ein Streit mit unterdrückten Stimmen. Schließlich kamen die Eheleute zusammen ins Wohnzimmer.

De Santis gab der Mutter die Hand und wiederholte die Beileidsbekundung. Sie setzte sich und starrte reglos geradeaus, die flachen Hände zwischen den Knien.

»Vielleicht sollte ich ein andermal wiederkommen«, meinte De Santis und erhob sich.

»Nein, bleiben Sie ruhig. Davon wird's nicht besser.«

»Ihre Frau scheint mir …«

»Sie wird es aushalten«, meinte der Mann grimmig. »Was spielt das noch für eine Rolle?«, fragte er dann.

De Santis zog sein Smartphone aus der Tasche und zeigte dem Mann die Fotos von Michela Santini und Eleonora Calamandrei. »Haben Sie die beiden Mädchen schon mal gesehen?«

Signor Ronga betrachtete die Bilder eingehend. »Wer ist das? Die Täter?«

»Kennen Sie sie?«

Er schüttelte den Kopf. Dann zeigte er die Aufnahmen seiner Frau, die ebenfalls nichts mit den Gesichtern zu verbinden schien.

»Haben die beiden meinen Jungen umgebracht?«, fragte sie.

»Das versuchen wir so schnell wie möglich herauszufinden. Sie sind verdächtig, mehr nicht. Wir müssen erst den Ablauf der Tat rekonstruieren, Beweise sicherstellen. Wissen Sie, ob Ihr Sohn Ärger mit Mädchen hatte in letzter Zeit? Oder vielleicht mit anderen Jungen, die auf Salvatore eifersüchtig waren?«

Beide schüttelten den Kopf.

»Hat Ihr Sohn öfter in dem Laden gearbeitet?«

»Nein, fast nie«, sagte die Mutter, plötzlich lebendig.

»Wieso sagst du das?«, polterte der Mann los.

»Weil es stimmt. Höchstens drei- oder viermal.«

»In letzter Zeit häufiger«, insistierte der Mann mit unterschwelliger Aggressivität. Er schien vor allem wütend auf seine Frau zu sein, weniger auf die Täter oder das Schicksal.

»Salvatore spielt Wasserball, normalerweise hat er gar keine Zeit«, sagte die Frau. »Die Schule, der Sport, er steht kurz vor dem Abitur ...«

»Er *stand* kurz vor dem Abitur, wolltest du sagen. Aber jetzt ist die Saison vorbei.« Signor Ronga biss sich in die Faust, wandte den Kopf ab.

»Wieso hat er ausgerechnet in Chiaia gejobbt?«, fragte De Santis.

»Wo sonst? Hier in Ponticelli vielleicht? Als ob es hier Arbeit gäbe«, antwortete der Mann.

»Wie hat er den Job gefunden?«

»Dank Elena. Sie hat ihn gefunden«, sagte der Vater mit derselben Schärfe.

»Otello stammt auch aus Ponticelli. Wir kennen ihn von früher, sind irgendwann zufällig ins Gespräch gekommen, wie sich das so ergibt«, erklärte die Mutter.

»War Ihr Sohn turnusmäßig dran, oder ist er heute kurzfristig eingesprungen?«

Die beiden sahen den Kommissar entsetzt an. In der Frage schwang mit, dass es entweder ein gezielter Mord oder eine Verwechslung sein konnte. Beides ein unerträglicher Gedanke.

»Freitags hat er öfter dort gearbeitet, wie gesagt«, meinte der Mann.

»Hatte Ihr Sohn Schwierigkeiten, war er verändert in letzter Zeit?«

Die Eltern sahen De Santis wieder entgeistert an. »Was sollen die komischen Fragen?«, fragte der Mann. »Glauben Sie, jemand hat meinen Sohn absichtlich ermordet? Sie kannten ihn nicht, Sie haben überhaupt keine Ahnung.«

»Deswegen versuche ich mir ja ein Bild zu machen.«

»Er war der beliebteste Mensch unter der Sonne. Sicher, beim Sport ist es manchmal zur Sache gegangen, aber das blieb alles im Becken.«

Sie starrten beide auf ihre Schuhe, bis ein halbwüchsiges Mädchen hereinkam.

Mit flehendem Ton flüsterte sie: »Mamma.«

»Sofort«, erwiderte die Mutter sanft. »Das hier ist wichtig.«

Der Kommissar wartete, bis sie ihre Tochter in den Arm genommen und beruhigt hatte, dann setzte er noch einmal neu an: »Und in der Schule?«

»Er war gut, hat anderen geholfen, wo er konnte. Kein Streber, der nur an sich selbst denkt.«

De Santis erhob sich. Das alles war zwecklos, eine sinnlose Qual, vor allem für die Mutter. Er verabschiedete sich und sagte zu dem Mann: »Bleiben Sie bei Ihrer Frau, ich finde alleine raus.«

Doch Salvatores Vater folgte ihm mit fast manischer Entschlossenheit, als müsste er ein bestimmtes Pensum abspulen.

»Dürfte ich bitte einen Blick in Salvatores Zimmer werfen?«, fragte der Kommissar in der Diele.

»Wenn's sein muss«, erwiderte der Vater, öffnete eine Tür und schaltete das Licht an.

De Santis trat ein. Er wäre gerne alleine geblieben, spürte aber den Kontrollblick des Mannes im Rücken.

Der Raum war nicht größer als eine Zelle, etwa zehn Quadratmeter groß. Ein Bett war in eine Schrankwand eingebaut, in der Bücher und einige Pokale standen. An der Wand gegenüber hingen Poster und Fotos. Salvatore in Badehose und mit Schutzhaube inmitten seiner Wasserballmannschaft, als Kind, als Jugendlicher. Spielszenen, Siegerehrungen. Medaillen und

Wimpel. Salvatore hatte ein offenes, freundliches Lächeln und blickte in die Kamera wie in eine glorreiche Zukunft.

»Er hatte Talent, wissen Sie. *Einmal Olympische Spiele,* das hat er schon mit neun Jahren gesagt. Das war sein Traum. Wie ich ihn kenne, hätte er es auch geschafft.«

Der Rollladen war verschlossen und verstärkte den Eindruck der Enge. Vor dem Fenster stand ein billiger Schreibtisch mit Laptop und Drucker. Notizen, Schulbücher, Hefte.

»Darf ich?«, fragte De Santis.

»Was soll das bringen?«, erwiderte der Mann.

»Wie gesagt, ich will verstehen, wer Ihr Sohn war.«

»Das kann ich Ihnen sagen. Er war der friedliebendste Mensch unter der Sonne.«

Und wurde trotzdem umgebracht, dachte De Santis. Vielleicht gerade deswegen. »Wer war Salvatores bester Freund?«

Der Mann überlegte. »Er hatte mehrere. Eine ganze Clique.«

»Schulkameraden?«

»Nein, eher aus der Mannschaft.«

»Bitte schreiben Sie mir die Namen auf. Hatte Ihr Sohn eine feste Freundin?«

»Ich weiß nicht, was das mit dem Überfall zu tun haben soll. Ich denke, es war ein dummer Zufall.«

»Wir stehen ganz am Anfang. Also, hatte Ihr Sohn eine Freundin?«

Er zögerte einen Moment. »Ja.«

»Auch da bräuchten wir den Namen.«

Ein unterdrücktes Wimmern drang durch die Wand herüber. Eine helle Stimme.

»Maria«, sagte der Vater, »unsere Jüngste. Sie ist erst acht. Sie hat ihren Bruder vergöttert.«

Der Kommissar reichte dem Mann eine Visitenkarte und gab ihm die Hand.

Doch Signor Ronga entwand sich und sagte: »Finden Sie die Schweine, bevor ich es tue.«

»Vertrauen Sie uns«, antwortete De Santis.

»Dem Staat?«

»Vertrauen Sie mir und meinen Kollegen. Hätten Sie vielleicht noch ein Foto Ihres Sohnes, das ich mitnehmen kann?«

Nach einigem Gepolter und unterdrückten Verwünschungen kam Signor Ronga mit einer Porträtaufnahme zurück. »Das ist für den Verband. Er war im erweiterten Kader der U-19-Nationalmannschaft.«

De Santis nickte.

Als die Tür hinter ihm zufiel, fühlte er sich mies, ohnmächtig, gefühllos. Warum hatte er Elvira Barbarossa nicht mitgenommen? Sie war sicher besser in so etwas. Aber es gehörte nicht zu ihren Aufgaben. Schon bei der Festnahme der beiden Mädchen hatte er sie in eine Rolle gedrängt, die nicht ihre war.

6

Als De Santis die Mordkommission betrat, war die Hölle los. Türen schlugen, Blitzlicht flammte auf, Anwälte, Eltern und Pressevertreter tummelten sich auf dem Gang. Als sie den Kommissar erblickten, stürzten sie sich mit ihren Kameras, Digitalrekordern, Bescheinigungen, Beschimpfungen, theatralischen Gesten und der drohenden Anrufung berühmter Persönlichkeiten auf ihn.

Er bahnte sich einen Weg durch die Menge und betrat den Verhörraum, in dem nebeneinander Michela, Eleonora, eine Vertreterin des Jugendamts und zwei berühmte Anwälte saßen. Ihnen gegenüber Elvira Barbarossa mit angespannter Miene.

Kaum hatte De Santis sich gesetzt, ergoss sich ein Schwall an Vorwürfen über ihn.

»Ist es wahr, dass Sie meine Mandantin auf offener Straße mit einer Waffe bedroht haben?«, fragte der eine Anwalt, ein schlanker Enddreißiger mit rasiertem Schädel und manikürten Händen. »Dass Sie sogar einen Schuss abgegeben haben?«

»Sie wissen, dass Sie dafür mit einer Dienstaufsichtsbeschwerde zu rechnen haben«, fügte der andere hinzu.

»Sie hatte sich einer Personenkontrolle entzogen. Ich hatte ihr zuvor meinen Dienstausweis gezeigt«, erwiderte De Santis.

»Durch ein schmutziges Seitenfenster? Im Gegenlicht?«

»Die beiden sind meiner Aufforderung, stehen zu bleiben, nicht nachgekommen.«

»Sie haben zwei Minderjährige mit gezogener Pistole durch die Straßen von Neapel gehetzt, sie mit dem Auto gejagt ...«

Der Kommissar brauchte nicht viel Fantasie, um die Verteidigungsstrategie zu durchschauen: Frontalangriff. Nebelkerzen. Wind. Er blieb ruhig, so viel Mühe es ihn auch kostete. Er hatte genug von Leuten, die ihn von der Arbeit abhielten.

Elvira Barbarossa war zum Glück ähnlich gestimmt und sagte unbeeindruckt: »Ich war bei der Festnahme zugegen. Alles ist, unter den gegebenen Umständen, mit dem gebotenen Engagement abgelaufen.«

»Dem gebotenen Engagement?« Die Anwälte warfen sich in Positur. »Es gibt nicht ein Beweismittel gegen unsere Mandantinnen. Kein Kennzeichen, keine Zeugenaussage.«

»Sie kennen die Beweismittel nicht«, sagte Elvira. »Es war Gefahr im Verzug.«

»Gefahr? Welcher Art? Unsere Mandantinnen waren weder bewaffnet noch haben sie sich einer Straftat schuldig gemacht.«

»Sie hatten Diebesgut bei sich und sind der Aufforderung, stehen zu bleiben, nicht nachgekommen«, insistierte Elvira.

De Santis war ihr dankbar, schöpfte Hoffnung. Er legte den beiden Mädchen Salvatores Foto vor und sagte: »Könnten wir vielleicht zu den Fakten übergehen? Kennt ihr den jungen Mann?«

Sie betrachteten das Bild. Ungerührt.

»Wir verlangen, dass unsere Mandantinnen unverzüglich auf freien Fuß gesetzt werden«, sagte der junge Anwalt.

»Wissen Sie, was dieser von Ihnen willkürlich erzeugte und unnötig in die Länge gezogene Stress mit der Psyche eines pubertierenden Mädchens anrichtet?«, pflichtete der Kollege bei.

»Können Sie mir erklären, warum Ihre Mandantin fünf Schichten T-Shirts und Pullover übereinanderträgt?«

»Ist das strafrechtlich relevant?«, erwiderte der zweite Anwalt. Seine aristokratische Würde zeigte sich in seinem souveränen Tonfall, der Brille mit Goldrand und dem gezwirbelten Schnauzbart.

De Santis lehnte sich zurück. »Wir haben zwei Möglichkeiten. Wir können hier weiter eine Schlacht schlagen, in der wir uns mit Finten und Anschuldigungen gegenseitig in die Enge treiben. Oder wir können versuchen, die Wahrheit zu klären. Ihre Mandantinnen haben einen Raubzug veranstaltet. Ich will herausfinden, ob sie dabei auch in der Via Carlo Poerio waren und Salvatore Ronga durch die beiden zu Schaden gekommen ist. Falls nicht, können Sie sie von mir aus mitnehmen. Aber ich werde dafür sorgen, dass sie eine Anzeige wegen Diebstahls bekommen.«

Die Anwälte betrachteten die Vertreterin des Jugendamts. Sie war ratlos.

Der Kommissar stand auf, verließ den Raum und rief Bomba und Marin ins Besprechungszimmer.

»Was hat die Spurensicherung herausbekommen?«

»Keine Schmauchspuren an den Händen der Mädchen. Sie haben nicht geschossen«, meinte Beppe Bomba.

»Oder sie haben Handschuhe getragen«, korrigierte Marin.

»Und die Plastiktüte?«, hakte De Santis nach.

»Ist gefunden. Darin waren T-Shirts, Unisex, beste Qualität. Sie könnten aus der Boutique *Gentleman* stammen.«

De Santis ließ sich die T-Shirts aushändigen und kehrte in den Verhörraum zurück. Er warf die Teile auf den Tisch neben die Mikrofone. »Wo habt ihr das hier her?«

Die Mädchen wollten etwas sagen, aber die Anwälte brachten sie zum Schweigen.

»Unsere Mandantinnen werden sich dazu nicht äußern. Wir verlangen die sofortige Hinzuziehung eines Jugendrichters. Sie verstoßen gegen das Jugendschutzgesetz«, sagte der ältere der beiden Verteidiger. »Das wird Sie teuer zu stehen kommen. Wir beantragen die sofortige Freilassung der Mädchen.«

Elvira Barbarossa wirkte verunsichert. Der Kommissar gab ihr ein Zeichen, sie möge ihn nach draußen begleiten.

In seinem Büro flehte er sie an: »Elvira, die beiden sind verdächtig. An den Kleidungsstücken waren noch die Etiketten, nirgendwo ein Kassenbeleg.«

»Trauen Sie den beiden wirklich einen Mord zu?«

»Die Sache ist eskaliert.«

»Und die Waffe? Die Mädchen werden kaum mit einer Pistole auf Raubzug gegangen sein.«

»Was macht Sie da so sicher? Sie haben gesehen, wie kaltblütig diese Michela ist. Würden sie die Diebstähle leugnen, wenn sie nur ein paar Klamotten geklaut hätten? Sie bringen sich selbst um ihr Alibi.«

»Weil sie keins brauchen.«

»Oder weil sie keins haben.«

Sie betrachtete ihn skeptisch. »Gibt es eine Verbindung zwischen den Mädchen und Salvatore? Sie waren nicht in derselben Schule, sie kommen aus unterschiedlichen Vierteln und Milieus, oder?«

»Wir wissen noch zu wenig.«

Wortlos drehte sie sich um und kehrte in den Verhörraum zurück. Sie nahm Platz, wartete, bis De Santis neben ihr saß, und sagte: »Bis zur Auswertung aller Zeugenaussagen und der Videobilder bleiben die Mädchen in Sicherheitsgewahrsam.«

Die Anwälte waren für einen Moment sprachlos, dann fingen sie wieder mit ihrem Schwall an Paragrafen und Drohungen an. Aber die Staatsanwältin ließ sich davon nicht beeindrucken. Die Mädchen wurden abgeführt und nach Nisida gebracht. Auf der Insel befand sich Neapels Jugendknast.

»Sie haben vierundzwanzig Stunden. Wenn Sie sich irren, ist die Hölle los«, sagte Elvira zum Abschied zu De Santis.

7

Der Himmel über der Via Carlo Poerio war inzwischen ein tintiger Streifen mit finsteren Wolkenfetzen, unter denen das Blaulicht der Einsatzfahrzeuge herumirrte. Die Halogenscheinwerfer mehrerer Kameratcams überzogen die dekorierten Gründerzeitfassaden mit harten Konturen. Die Reporter hielten jedem das Mikro vor die Nase, egal ob er etwas zu sagen hatte oder einfach nur mal ins Fernsehen wollte.

In der Boutique war die Spurensicherung im Einsatz. Der Gerichtsmediziner war nicht gekommen. Wie erwartet. Man musste ihnen meist die Opfer ins Krankenhaus liefern, und selbst dann machten sie sich nur widerstrebend ans Werk. De Santis gab Anweisung, die Leiche abzutransportieren.

Bomba kam mit einem Notizblock auf ihn zu. »Im Haus hat kaum einer etwas mitbekommen. Im ersten Stock, in der Wohnung direkt über dem Laden, hat jemand um neunzehn Uhr achtundvierzig einen Knall gehört. Das deckt sich mit anderen Aussagen. Ein alter Mann behauptet, er habe eine Frau schreien hören.«

»Im Haus?«

»Im Treppenhaus, kurz nach dem Überfall.«

»Hat er sie gesehen?«

»Durch den Türspion, er kannte sie aber nicht.«

»Könnte es auch eines der Mädchen gewesen sein?«

»Keine Ahnung. Er ist sich nur sicher, dass es eine Frau war.«

»Wir brauchen ein möglichst genaues Profil. Wie beschreiben die anderen Zeugen die Täter?«

»Bisher haben wir kaum etwas. Wie gesagt: zwei Integralhelme, Jeans, ein grauer, ein schwarzer Kapuzenpulli.«

»Macht weiter, ich rede unterdessen mit D'Astoli.« De Santis rief Pizzuoli zu sich. »Du nimmst den Aufzug, ich gehe die Treppe rauf.«

Wenn es Spuren in Tatortnähe gab, dann eher dort.

Otello D'Astoli ließ sich Zeit mit dem Öffnen. Sie hörten seine langsamen, zögerlichen Schritte. Er war ein groß gewachsener, etwas fülliger Mann Anfang vierzig, der gut zu seinem Laden passte: eleganter Zweireiher, Krawattennadel, Manschettenknöpfe. In der Wohnung Seidentapeten, Kandelaber, Stilmöbel, lange Zimmerfluchten. D'Astoli war blass und sichtlich gezeichnet. Auf der Wange trug er ein kleines Pflaster.

Mit einer schlaffen Geste bat er die Polizisten ins Wohnzimmer auf eine Sitzgruppe.

»Beschreiben Sie mir bitte, was Sie gehört und gesehen haben«, fing De Santis an.

Der Mann zog die Schultern hoch. »Nichts, ich war hier oben, irgendwann habe ich Geschrei auf der Straße gehört.«

»Wann genau?«

»Ich habe nicht auf die Uhr gesehen.«

»Den Schuss haben Sie nicht wahrgenommen?«

D'Astoli schüttelte den Kopf. »Über mehrere Etagen?«

Der Kommissar legte dem Mann die weißen T-Shirts vor. »Wir haben diese Stücke hier sichergestellt. Gehören sie zu Ihrem Sortiment?«

Der Boutiquebesitzer besah sich die Labels und befühlte den

Stoff. Fast indigniert zog er die Stirn in Falten. »Das ist billige Importware. So etwas führe ich nicht.«

Die Auskunft besserte De Santis' Lage nicht. Noch ein Hinweis auf die Mädchen, der sich in Luft auflöste.

»Sind Sie in letzter Zeit bedroht worden, oder hatten Sie finanzielle Schwierigkeiten?«

Er hob langsam den Kopf, sein Blick schien durch dichten Nebel zu dringen. »Hören Sie, ich weiß nicht, worauf das hinauslaufen soll.«

»Wir ermitteln. Sie sind nicht der einzige Ladenbesitzer, der Opfer einer Straftat wurde. Es gibt die verschiedensten Gründe dafür, und nicht immer geht es um die Tageseinnahmen.«

»Was wollen Sie damit suggerieren?«

»Gar nichts. Sie sind also nicht bedroht worden?«

»Nein, das sagte ich bereits.«

»Und haben auch keine Schulden?«

»Nein.«

»Bei niemandem? Auch nicht bei inoffiziellen Kreditgebern?«

Er straffte sich empört: »Ich verstehe allmählich ...«

Schutzgeld, Wucher. De Santis hatte die Camorra nicht erwähnt, aber sie stand immer im Raum, wenn es um Geschäfte in Neapel ging, um legale oder illegale.

»Es gibt keine Verbindungen zur Unterwelt, was auch immer Sie sich zusammenreimen wollen.«

»Gut. Sie haben ein Überwachungssystem. Wir bräuchten bitte noch die Aufzeichnungen.«

D'Astoli verzog das Gesicht, als hätte er auf einen Stein gebissen. »Schwierig.«

»Wieso?«

»Es ist ein einziges Ärgernis. Die Festplatte ist schon dreimal kaputtgegangen. Ständig stürzt das System ab und lässt sich nicht mehr hochfahren. Ich habe Zigtausend Euro in Hardware und Wartung investiert, irgendwann habe ich es aufgegeben.«

»Sie meinen, es gibt von heute keine Bilder?«

»Weiß ich nicht.«

De Santis sah Pizzuoli an, der den Kopf schüttelte. Nichts.

»Und die Kameras?«, hakte der Kommissar nach.

»Haben trotzdem eine abschreckende Wirkung.«

»Offensichtlich nicht.«

Der Boutiquebesitzer stützte wieder den Kopf in die Hände und schüttelte ihn verzweifelt.

»Die Fenster waren zu?«, hakte De Santis nach, mit Blick auf die beigen Vorhänge. Die Wohnung war durch viele Lichtquellen in ein angenehm diffuses Gelb getaucht.

D'Astoli schien die Frage zu verwundern. »Ja.«

»Sie waren also hier, als der Aufruhr losbrach.«

»Das sagte ich bereits.«

»Alleine?«

»Ja.«

»Wieso waren Sie nicht in Ihrem Laden?«

»Ich verstehe nicht. Ich hatte eine Aushilfe engagiert.«

»Freitagabend, Monatsende, ist das nicht die umsatzstärkste Zeit? Noch dazu im Mai, wenn die Leute sich für den Sommer neu einkleiden?«

Der Boutiquebesitzer betrachtete De Santis in seinem ausgebeulten Anzug und Pizzuoli in seinen Baumwollhosen, die wie aus dem Kleidersack wirkten. Er war irritiert. »Ich dachte, Sie wollen die Räuber fassen? Ist das ein Verhör?«

»Nein. Wir müssen uns ein Bild von der Gesamtsituation machen. Wie oft hat der Junge bei Ihnen gearbeitet?«

Wieder zuckte er mit den Schultern. »Alle paar Wochen mal. Er wollte sich ein paar Euro dazuverdienen, jetzt, da das Schuljahr fast gelaufen und die Wasserballsaison zu Ende ist.«

»Haben Sie eine Theorie, wie die Tat abgelaufen sein könnte?«

»Ein Überfall, denke ich. Die Täter haben ihn kaltblütig erschossen. Salvatore war gewandt und athletisch. Vielleicht hat er sich gewehrt.«

»Gegen zwei bewaffnete Täter? War er so impulsiv? War ihm Ihr Geld so wichtig, dass er dafür sein Leben riskierte? Wie viel war überhaupt in der Kasse?«

»Ein-, zweitausend Euro vielleicht.«

»So viel?«

»Wie Sie schon sagten, der Mai ist ein guter Monat.« Der Mann legte den Kopf in seine Hände. »Der arme Junge. Und seine Eltern erst«, jammerte er.

»Wessen Idee war es, dass er bei Ihnen arbeitet?«

»Die Rongas haben mich gefragt, ich kenne sie von früher, ich komme aus demselben Viertel. Irgendwann standen sie mit Salvatore in meinem Laden. Er machte sofort einen exzellenten Eindruck auf mich. Wie erwartet war er zuverlässig, pünktlich und höflich. Die Kunden mochten ihn sehr. Einige Damen wirkten regelrecht enttäuscht, wenn sie mich hinter der Theke sahen.«

»Sie hatten also den Tumult auf der Straße gehört. Was haben Sie dann getan?«

D'Astoli fuhr aus seinen Gedanken hoch und blickte De Santis feindselig an. »Ich verstehe nicht, was das für eine Bedeutung hat.«

»Haben Sie die Täter fliehen sehen, als Sie ans Fenster traten?«

»Die waren längst verschwunden. Vorm Haus waren Leute zusammengelaufen, sie gestikulierten, brüllten herum, zeigten auf meine Ladentür. Ich hatte Angst um Salvatore.«

»Sind Sie hinuntergerannt, um nachzusehen?«

»Ja. Da lag er dann.«

»Sie haben nichts berührt?«

»Ich habe nur ihn angefasst, an der Halsschlagader. Obwohl das eigentlich überflüssig war. Dann habe ich mit meinem Handy die Polizei verständigt, aber die wusste bereits Bescheid.«

»Und weiter?«

»Ich habe gewartet.«

»Im Laden?«

»Ja, im Laden.«

»Wo genau?«

»Ich bin wohl hinter dem Tresen stehen geblieben. Ja, um Salvatore herum war ja Blut und ... Ich wollte keine Spuren verwischen.«

»Warum sind Sie nicht vor die Tür gegangen, um die Polizei in Empfang zu nehmen?«

»Wieso hätte ich das tun sollen?«

Franco De Santis betrachtete seinen Kollegen, dem eine Frage auf der Zunge zu liegen schien. Mit einer Geste forderte er ihn zum Sprechen auf.

»Haben Sie Familie?«, fragte Pizzuoli.

»Nein«, erwiderte D'Astoli verwundert.

»Keine Frau?«

»Ich bin geschieden.«

Pizzuoli nickte nachdenklich.

»Wann ist Salvatore heute gekommen?«, setzte der Kommissar neu an.

»Um fünf. Samstags haben wir bis um neun geöffnet. Er sollte vier Stunden arbeiten.«

»Sie setzen also ein-, zweitausend Euro am Tag um?«, fragte De Santis.

»Nicht jeden Tag. Aber ich hatte gestern die Einnahmen nicht entnommen.«

Wieder waren De Santis und Pizzuoli erstaunt. »Sie haben über Nacht das Geld in der Kasse gelassen?«

»Die Alarmanlage funktioniert. Das Geld ist dort unten sicherer als hier. Außerdem rechnet kein Dieb damit, dass nachts die Kasse voll ist.«

Merkwürdige Logik. Die Alarmanlage funktionierte, die Kameras nicht.

»Wusste jemand von dieser Praxis?«, fragte der Kommissar.

D'Astoli zuckte mit den Achseln. »Salvatore, sonst niemand.«

»Sobald die Spurensicherung fertig ist, müssten Sie bitte mit uns noch einmal hinunter in den Laden gehen. Dann sagen Sie uns, ob auch Ware fehlt oder sonst etwas verändert worden ist«, ordnete De Santis an.

Der Boutiquebesitzer nickte. »Wann kann ich wieder aufmachen?«

»Das wissen wir nicht. Zuerst müssen die Kriminaltechniker ihre Arbeit machen. Das wird ein, zwei Tage dauern.«

»Derzeit ist, wie gesagt, die umsatzstärkste Zeit im Jahr, abgesehen von Weihnachten.«

»Wir werden die Sache nicht verschleppen. Welche Schuhe hatten Sie an, als Sie in den Laden gingen?«, fragte der Kommissar und schaute auf die Slippers, die D'Astoli trug. »Diese hier?«

»Nein. Ein paar Tod's.«

»Wir brauchen sie.«

»Hören Sie, das ist ...«

»Wir wollen Ihre Spuren ausschließen, wenn wir die Profile der Täter aufzeichnen.«

»Verstehe.«

Sie erhoben sich, und der Hausherr begleitete sie zur Tür.

Als sie sich verabschiedeten, fragte De Santis: »Was ist eigentlich mit ihrer Wange?«

D'Astoli berührte kurz das Pflaster. »Nichts weiter, ein kleiner Schnitt, ist beim Rasieren passiert.«

Der Kommissar nickte nachdenklich, und sie gingen.

Als sie auf der Straße standen, sagte Pizzuoli: »Was für ein unangenehmer Typ. Er tut betroffen, aber in Wahrheit denkt er nur ans Geschäft.«

»In einer Extremsituation verhält sich niemand normal. Andererseits ist er bei dem toten Jungen geblieben. Vielleicht seine Art, mit der Trauer umzugehen.«

»Mag sein. Aber irgendwas ist nicht ganz koscher mit ihm.«

»Wir müssen vorsichtig sein mit unseren Hypothesen.«

Pizzuoli starrte auf den Boden und murmelte: »Chef, es ist Freitagabend, und ...«

»Ich weiß, eure Pizzeria. Wenn es keine wichtigen Neuigkeiten gibt, kannst du für heute Schluss machen, aber du bleibst in Bereitschaft, und morgen früh brauche ich dich.«

»Klar.«

Es gab keine wichtigen Neuigkeiten. Bomba hatte die Befragungen abgeschlossen, niemand hatte neue Hinweise geliefert. Marin war noch unterwegs und versuchte, bei der Polizia Municipale an die Bilder aus den Überwachungskameras zu kommen. Bevor sie die ersten Ergebnisse von der Spurensicherung erhielten, konnten sie wenig ausrichten. Es war etwa halb elf, als sie auseinandergingen.

Franco De Santis schüttelte eine Zigarette aus dem Päckchen, zündete sie an und nahm einen tiefen Zug. Er hatte seine Tagesdosis auf zehn Stück reduziert, zählte aber nicht genau mit, sonst wurde er nervös und rauchte noch mehr. Elvira Barbarossa war einfach verschwunden, ohne sich zu verabschieden. Das löste ein unangenehmes, flaues Gefühl in ihm aus. Wie der ganze Fall, wie die Mädchen, die auf der Insel in U-Haft saßen.

Spontan rief er die Staatsanwältin an. »Wo sind Sie?«, fragte er.

»Kurz vor dem Bahnhof. Auf dem Weg nach Hause.«

»Ich bin ganz in der Nähe«, flunkerte er. »Wollen wir vielleicht noch unser Abendessen nachholen?«

»Waren wir auch zum Essen verabredet? Davon wüsste ich. Sie sollten sich merken, dass ich mich nicht gerne in einen Hinterhalt locken lasse.«

Sie spielte wohl auf den Exklusivtermin in der Ausgrabungsstätte an. »Ich wollte Ihnen mit dem Villenbesuch eine Freude machen.«

»Mir oder sich selbst?«

Das wurde nichts, so viel war klar. »Na gut, dann ein andermal.«

»Glauben Sie?«

Er legte auf. Seine Stimmung wurde noch mieser. Ihm stand Ärger wegen der Festnahme der beiden Gören bevor, die dank der guten Anwälte und aufgrund ihrer bedingten Strafmündigkeit mit einer Ermahnung davonkommen würden. Er steckte sich die nächste Zigarette an und schlug den Weg nach Hause ein. Er würde sich wieder einmal alleine auf die Dachterrasse setzen, ein bisschen Käse und Oliven essen und Wein trinken. Dabei würde er über die Dächer der Stadt blicken, in der Hoffnung, dass sich die Dunkelheit allmählich auch über das Bild des toten Jungen breiten würde.

8

Die Mordkommission IV, die Franco De Santis leitete, befand sich im dritten Stock der Questura, einem mit weißem Marmor verkleideten Monument faschistischer Architektur. Von dem langen Flur gingen die Türen zu vier Büros, dem Konferenzzimmer, dem Verhörraum und der zur Besenkammer degradierten ehemaligen Teeküche ab. Die Spuren der medialen Schlacht vom Vortag waren mittlerweile verschwunden. Es herrschte Stille, fast feierlich und einladend. Aber als der Kommissar Mario Marin, Beppe Bomba und Gennaro Pizzuoli zur Besprechung bat, waren alle übernächtigt und schlecht gelaunt.

»Was haben wir bisher?«, fragte De Santis.

Bomba las noch einmal die Zeugenaussagen vor. Nichts Besonderes, außer dem mysteriösen Geschrei einer Frau. Der Nachbar meinte sich inzwischen zu erinnern, sie sei zwischen dreißig und fünfundvierzig gewesen, gut aussehend, sportlich gekleidet. Nicht im Haus lebend.

»Also eindeutig älter als die beiden Mädchen«, meinte De Santis.

»Die Beschreibung war ziemlich vage, klang eher nach einem Wunschbild«, sagte Bomba. »Der Mann lebt wohl seit Jahrzehnten alleine.

»Was ist mit den Videoaufzeichnungen?«, fragte der Kommissar nun Mario Marin, der nur darauf gewartet zu haben schien, seinem Unmut Luft zu machen.

»Angeblich sind im Stadtgebiet siebenhundert Kameras in Betrieb, an allen neuralgischen Punkten. Zur Kriminalitätsbekämpfung und zur Aufzeichnung der Kennzeichen, um Verstöße gegen Durchfahrtsverbote und dergleichen zu ahnden. Lachhaft. Die Hälfte funktioniert nicht, und bei denen, die laufen, sind die Bilder entweder unbrauchbar oder unauffindbar«, lamentierte er.

»Irgendetwas wird man Ihnen doch gegeben haben«, meinte De Santis.

»Ja, irgendetwas. Ich habe die halbe Nacht durchgearbeitet und die wenigen Bilder zusammengeschnitten, auf denen ich ein Kennzeichen finden konnte, das mit EE beginnt.«

»EE 21 473?«

»Nein. Das taucht nirgendwo auf.«

Mist. Damit waren die Mädchen entlastet.

»Im Grunde habe ich nichts gefunden, das irgendwie auf die Angaben passt, bis auf das hier.« Er schaltete das Whiteboard ein und spielte ein Videofile von seinem Computer ab. Verschiedene Straßenszenen waren zu sehen, fließender Verkehr, durch den sich jeweils ein Scooter mit zwei Passagieren schob. Ein grauer und ein schwarzer Kapuzenpulli, Integralhelme, halsbrecherisches Tempo. Manchmal war für einen Moment auch das Nummernschild zu sehen. Unscharf.

»Hier, das könnte das Tatfahrzeug sein, das Kennzeichen beginnt mit EE 32 647.«

Der Motorroller hatte ein anderes Rücklicht, eine andere Nummer, und die beiden Passagiere wirkten größer und schlanker als die Mädchen mit ihren aufgeplusterten Oberkörpern.

Mit dieser Sequenz fuhr De Santis' letzte Hoffnung dahin,

Michela Santini und Eleonora Calamandrei könnten die Täterinnen sein. »Die beiden waren es nicht«, sagte er.

»Wohl kaum«, erwiderte Marin.

»Haben Sie das Fahrzeug weiter verfolgt?«

»Natürlich.« Der Vizekommissar rief eine Grafik auf, in die er die Treffer eingearbeitet hatte. Auf dem Stadtplan von Neapel leuchteten nach und nach verschiedene Punkte auf. Vom Laden aus ging es Richtung Osten, über die Piazza dei Martiri, dann nach Norden durch die Via Santa Caterina. Die Uhrzeiten passten zur Tat: 19:52 Uhr, 19:54 Uhr, 19:57 Uhr und 20:10 Uhr. Um 20:15 Uhr hatte der Scooter Sanità erreicht.

»Das stimmt mit dem Überfall überein. Und dann? Wohin führt die Spur?«

»Mehr Material haben wir nicht.«

»Okay, Bomba und Marin, ihr fragt im Kommissariat in Sanità an. Wir brauchen für die fragliche Zeit die Bilder aus den dortigen Kameras. Wir müssen Stück für Stück die Route weiterverfolgen. Das Rücklicht scheint mir ungewöhnlich, ein auf dem Kopf stehendes V. Haben Sie den Halter des Fahrzeugs ermittelt, Marin?«

»Sicher. Zugelassen ist es auf einen gewissen Domenico Stabellini, zweiundsiebzig Jahre alt.«

»Das kann hinkommen. Michele Saronno aus dem Laden gegenüber ist sich sicher, dass einer der beiden ein alter Mann war, vermutlich der Fahrer. Wo wohnt er?«

»In Volla«, sagte Marin.

Alle dachten dasselbe. Volla lag außerhalb des neapolitanischen Stadtgebiets, grenzte aber an Ponticelli. Noch eine Spur, die in diese Richtung führte.

»Wir fahren am besten alle gemeinsam hin. In zwei Wagen.«

»Es gibt da noch etwas, Chef«, sagte Bomba. »Ich bin die

aktuellen Anzeigen durchgegangen. Giacomo Sardi, ein Ladenbesitzer vom Vomero, hat angerufen, weil bei ihm gestern Klamotten geklaut worden sind.«

»Na und? Diebstähle gibt es Hunderte am Tag.«

»Ja, aber ich habe ihm die Bilder vom Diebesgut und von unseren Verdächtigen geschickt.«

»Und weiter?«

»Er hat sie wiedererkannt. Die Mädchen und die Klamotten. Michela Santini und Eleonora Calamandrei scheinen gegen acht Uhr in seinem Geschäft gewesen zu sein.«

»Warum hast du das denn nicht gleich gesagt?«, polterte der Kommissar.

»Der Anruf ist erst heute Morgen reingekommen.«

Das war's dann. Die Mädchen hatten ein Alibi. Sie waren keine Mörderinnen. Aber wenigstens hatten sie geklaut, damit konnte De Santis die Festnahme rechtfertigen.

»Er soll heute noch vorbeikommen und offiziell Anzeige erstatten. Das Protokoll nehmen wir später auf.«

»Okay, ich lade ihn vor«, antwortete Bomba.

Kurz darauf rasten sie durch den dichten Vormittagsverkehr über die Autobahn auf den dunklen Kegel des Vesuvs zu. Volla schmiegte sich an den Fuß des Vulkans, es war eines der zum Speckgürtel der Großstadt gehörenden Dörfer, das sich mit Mehrfamilienhäusern, einer alten Kirche und engen Gassen zum urbanen Zwitterwesen entwickelt hatte.

Sie parkten vor einem gepflegten Einfamilienhaus, sprangen aus den Autos und klingelten. Ein alter Mann in Overall und kariertem Hemd kam aus einer Garage, blickte erstaunt auf die vier Männer und winkte ihnen freundlich aus seinem Obstgarten zu.

»Ich komme.«

De Santis zeigte seinen Ausweis vor, und der Alte winkte noch aufgeräumter. »Ja, sicher. Schön, junger Mann, aber das ist nicht notwendig.«

»Sind Sie Domenico Stabellini?«

»In jedem Zoll.«

Hatte der Alte mit ihrem Besuch gerechnet?

Er schüttelte jedem der vier Beamten die Hand und fragte: »Womit kann ich dienen?«

»Ist ein Motorroller mit dem Kennzeichen EE 32 647 auf Sie zugelassen?«, fragte Franco De Santis ihn vorsichtig.

»Na, das möchte ich aber meinen«, sagte Domenico Stabellini. »Ich bringe ihn gerade auf Vordermann.«

»Könnten wir ihn bitte mal sehen?«

Der Mann fragte, ob er ihnen etwas zu trinken anbieten dürfe, einen Kaffee oder vielleicht ein Wasser. Die Männer lehnten ab. Sie folgten Stabellini leicht misstrauisch in eine schwach beleuchtete Garage, in der es nach Benzin und Lack roch. Ketten, Zahnräder und Schutzbleche hingen von der Decke. Überall standen Krafträder aller Epochen. Auf einer Werkbank war ein Motorroller aufgebockt, eine alte Fünfziger-Vespa mit den typisch rundlichen Formen der Siebzigerjahre. Ein Schmuckstück. Mit zerlegtem Motor.

»Ich habe gerade die Kolbenringe gewechselt. Sie stand eine Weile in der Garage. Eine Vespa aus dieser Baureihe ist zwar eigentlich unverwüstlich, aber sie will ein wenig verhätschelt werden. Sehen Sie«, er hob einen völlig zerfressenen Kolbenring aus einem Benzinbad und hielt ihn De Santis mit einer Telefonzange unter die Nase. »Die müssen dringend ersetzt werden.«

»Wo ist das Kennzeichen?«, fragte der Kommissar.

Der Mann ging um das Fahrzeug herum und deutete auf das Heck. »Wo es hingehört. Wieso?«

De Santis betrachtete es. Die Schrauben waren angerostet und sicher seit Monaten nicht gelockert worden. »Auch gestern?«

»Natürlich. Was sind das für Fragen?«

»Bei Ihnen ist nicht zufällig eingebrochen worden?«

Stabellini schüttelte den Kopf. »Darf ich fragen, was Sie herführt?«

»Wo waren Sie gestern Abend?«

»Hier, bei meiner Vespa.«

»Kann das jemand bestätigen?«

Der Mann kratzte sich am Kopf. »Ich bin verwitwet, wissen Sie. Nicht gerade ein abwechslungsreiches Leben. Gut, dass ich meine Mädchen hier habe.« Er tätschelte die Vespa, die rundlichen Schutzbleche.

»Sie haben also kein Alibi?«

»Ein Alibi?« Er lachte. »Lange her, dass ich das letzte Mal nach einem Alibi gefragt wurde.« Seine Augen glänzten, seine Gedanken schweiften ab. »Das muss Anfang zweitausendundzwei gewesen sein. Marta hat mich ins Kreuzverhör genommen. Meine verstorbene Frau, Gott hab sie selig. Die hatte Feuer, das kann ich Ihnen versichern.«

»Um Viertel vor acht, was haben Sie da genau getan?«

Er brauchte einen Moment, um in die Gegenwart zurückzukehren. »Wozu wollen Sie das wissen?« Da niemand reagierte, konzentrierte er sich wieder. »Da habe ich mit Carlo geredet. Er wollte einen Vergaser für sein Ciao. Er ist der Einzige, der noch Mofa fährt hier bei uns im Dorf.«

»Carlo? Und weiter?«

»Carlo Spinazoli. Er wohnt gleich um die Ecke.«

Sie ließen sich die genaue Adresse geben, bedankten sich und traten auf die Straße, wobei sie alle neuerlichen Einladungen zum Kaffee ablehnten.

»Nur Verrückte freuen sich in Neapel über die Polizei«, meinte Bomba, als sie außer Hörweite waren.

Niemand lachte, denn der Agente hatte ausgesprochen, was sie alle ahnten: Die Aktion war ein Schlag ins Wasser.

»Bomba und Marin, überprüft bitte, was Carlo Spinazoli zum gestrigen Abend zu sagen weiß. Ich fahre unterdessen mit Gennaro weiter nach Ponticelli und schaue mir Salvatores Schule an.«

Als sie im Wagen saßen und De Santis durch die abschüssigen Straßen Richtung Stadtrand fuhr, versank Gennaro Pizzuoli in tiefes Schweigen. Wahrscheinlich hatte er die halbe Nacht gearbeitet und fragte sich, wie er möglichst schnell wieder vom Dienst nach Hause kam, um seine Frau zu unterstützen und Pizza auszufahren. Seit De Santis ihm zehntausend Euro geliehen hatte, damit er seine Schulden bei einem Wucherer aus der Unterwelt begleichen konnte, war Pizzuoli noch verschlossener als sonst. Als hätte die Geste ihre Beziehung nicht gefestigt, sondern blockiert. Vielleicht wusste der Ispettore auch, dass sie Teil eines größeren Spiels gewesen war. Doch das war De Santis' Geheimnis, und dieses Geheimnis konnte er nicht teilen. Ein Deal mit der Camorra, selbst wenn er einem guten Zweck diente, nämlich einen Mörder zu überführen, war ein Tabubruch, an dem selbst Franco hart zu kauen hatte. Es brachte nichts, wenn Gennaro mitkaute.

Der Polo Scolastico Galileo Galilei sah aus wie eine verlassene Bunkeranlage. Ein von hohen Stahlzäunen umgebener Betonkomplex, der sich in alle möglichen Richtungen in struppiges Gras fraß, mit roten Fenstergittern und bunten Schmierereien auf der Fassade. Ein Basketballfeld ohne Körbe, dafür mit nagelneuer Stahltribüne. Sie mussten am Tor klingeln und ihre Ausweise in die Videokameras halten.

»Wirkt wie Fort Knox«, meinte De Santis.

»Trotzdem wird hier fünfmal im Jahr eingebrochen, werden die Getränkeautomaten und der Informatikraum geplündert«, erwiderte Gennaro Pizzuoli, der in dem Viertel lebte.

Eine Sekretärin fing die beiden Polizisten am ersten Treppenabsatz ab, kontrollierte noch einmal ihre Ausweise und führte sie zur Direktorin. Diese eilte ihnen aus ihrem geräumigen, mit Urkunden und Wimpeln tapezierten Büro entgegen. Sie hatte ein unbestimmbares Alter und erinnerte in dem engen braunen Kostüm an einen Schneemann aus Medizinbällen, auf den man toupierte Haare geklebt hatte. Ihre Augen funkelten.

»Furchtbar. Eine Tragödie. Ausgerechnet Salvatore. Verstehen Sie mich bitte nicht falsch, jeder unserer Schüler ist uns gleich wichtig, aber Salvatore Ronga war etwas Besonderes, ein ungewöhnlich begabter, herzerwärmender Mensch.«

»Das hören wir von allen Seiten«, erwiderte De Santis.

»Ponticelli ist ein Problembezirk, wir sind eine Art Frontbastion, auch im Kampf gegen das organisierte Verbrechen. Unsere Schüler haben miserable Startbedingungen, und wir tun alles, um diese Bedingungen zu verbessern. Unsere Maßnahmen greifen, wir haben kaum Schulschwänzer und nur wenige Abbrecher. Unser Institut versucht, den jungen Menschen nicht nur Wissen, sondern auch Werte zu vermitteln. Erst letzte Woche hatten wir einen berühmten Autor hier, der sich dem Kampf gegen die Camorra verschrieben hat. Die Schüler durften mit ihm diskutieren, es gab Lesungen und einen Workshop. Wir sind an allen Fronten engagiert.«

»Wir werden unseren Besuch so kurz wie irgend möglich halten«, fiel De Santis ihr lächelnd ins Wort, »und müssten mit Salvatores Klasse sprechen.«

»Sicher, die 5 f. Ich bringe Sie hin.«

Sie schritten durch ein Labyrinth grauer Korridore, in denen Schautafeln von Projekten und Buntstiftzeichnungen hingen. Es roch nach Gummi und Schweiß, die Stimmen dozierender Lehrer hallten durch die Türen, Zurechtweisungen, Ermahnungen, das Gemurmel der Schüler. De Santis fühlte sich in seine Kindheit zurückversetzt, als Schüler hatte er sich immer wie in einer Kaserne oder einem Gefängnis gefühlt. Da halfen auch die bunten Bildchen an den Wänden nichts. Die Direktorin klopfte an eine Tür und stellte die Polizisten einem jungen Lehrer vor. Antonio Russo trug Jeans und Kapuzenpulli und musterte die Beamten mit unverhohlener Feindseligkeit.

De Santis und Pizzuoli traten in den von Neonröhren beleuchteten Raum, begrüßten die Anwesenden und drückten ihr Beileid aus. Niemand reagierte. In den zwanzig Bänken saßen nur wenige Schüler.

»Ich bräuchte bitte mal die Klassenliste«, sagte der Kommissar.

»Wozu?«

»Wir müssen Salvatores Umfeld näher kennenlernen.«

Russo wirkte nicht sehr kooperativ. »Glauben Sie, dass meine Schüler etwas mit Salvatores Tod zu tun haben?«

»Wir müssen verstehen, was für ein Mensch er war. Jeder Hinweis kann nützlich sein. Also?«

Der Lehrer rührte sich nicht.

»Sie sind doch sicher daran interessiert, dass die Tat aufgeklärt wird, oder?«

Mit einer verächtlichen Geste schob Russo ihm das Klassenbuch hin. De Santis schlug die erste Seite auf und suchte nach dem Namen von Sabrina Schiattarella. Laut Eltern war sie Salvatores Freundin gewesen.

»Sabrina«, sagte er und ließ den Blick über die Bänke schweifen. »Wer von euch ist Sabrina Schiattarella?«

Auf der Liste standen neunundzwanzig Namen, doch nur siebzehn Jugendliche waren da.

»Fehlt sie?«, hakte De Santis nach.

Der Lehrer schüttelte den Kopf.

»Also?«

Eine Hand ging langsam in die Höhe. Ein attraktives Mädchen, schmächtig, mit langen pechschwarzen Haaren.

»Würdest du uns kurz nach draußen begleiten?«

Sie sah sich Hilfe suchend um, und der Lehrer gab ihr widerwillig ein Zeichen, sie solle den Polizisten folgen.

Als sie zu dritt auf dem Flur standen, sagte De Santis: »Du warst mit Salvatore zusammen?«

Sie zuckte mit den Achseln, aber ihre Augen glänzten.

Pizzuoli flüsterte: »Sabrina, du kennst mich doch. Aus der Pizzeria.«

Sie wandte den Blick ab, sah aus dem Fenster in den Innenhof, wo eine Taube in ein Stück Brot hackte.

»Niemand wirft dir etwas vor. Wir wissen, dass ihr ein Paar wart«, schob De Santis nach. »Wann hast du Salvatore zum letzten Mal gesehen?«

»Am Freitag, hier in der Schule.«

»Hast du gewusst, dass er am Abend im Laden arbeiten würde?«

»Ja.«

»Ist er dir in letzter Zeit irgendwie verändert vorgekommen?«

»Nein.«

Einsilbig beantwortete sie sämtliche Fragen. Einsilbig und nichtssagend. Sie hatten sich manchmal in einem Fast-Food-Restaurant, manchmal im Kino getroffen. Mehr hatten ihre Eltern offenbar nicht zugelassen.

»Salvatore war ein guter Kerl«, sagte Sabrina unvermittelt und fing zu weinen an.

»Hast du einen Verdacht, wer ihn umgebracht haben könnte?«

Sie schüttelte den Kopf. »Er war bei allen beliebt.«

Das sagten sie unisono. Oder sie sagten gar nichts.

»Hattest du vor ihm schon einen anderen Freund?«

Kopfschütteln. Eifersucht war also kein Motiv. Falls das Mädchen die Wahrheit sagte.

»Hat es womöglich eine Konkurrentin gegeben? Ein anderes Mädchen, das sich in deinen Freund verguckt hatte?«

Sabrina schüttelte heftig den Kopf.

»Hast du diese beiden Mädchen schon einmal gesehen? Vielleicht mit Salvatore?« De Santis zeigte ihr die Fotos von Michela und Eleonora.

Sie schüttelte wieder den Kopf, es wirkte spontan.

»Danke«, sagte De Santis und brachte das Mädchen in die Klasse zurück.

»Ich brauche eine Kopie des Klassenbuches und einen Sitzplan«, sagte er zum Lehrer. »Wo war Salvatores Platz?«, fragte er.

Russo zeigte auf eine Bank, die leer war. Auch der Platz neben Salvatore war unbesetzt.

»Hat mir irgendjemand eine besondere Beobachtung mitzuteilen? War Salvatore verändert in letzter Zeit? Hatte er Streit mit jemandem? Probleme? Jedes Detail kann wichtig sein.«

Niemand reagierte. Er fixierte jeden Einzelnen. Sieben Jungen, zehn Mädchen, fast erwachsen, Schriftzüge auf den Klamotten und der Haut, Piercings, Schminke, Sonnenbrillen. Sie starrten durch ihn hindurch oder an ihm vorbei, in einer Mischung aus Gleichgültigkeit und Ablehnung.

»Gut, jeder von euch schreibt jetzt bitte auf, wann und wo er Salvatore Ronga das letzte Mal gesehen hat. Wir brauchen von jedem eine Aussage. Hatte er hier einen Spind?«

»Jeder Schüler hat ein Schließfach«, sagte Russo und deutete auf die Rückwand.

»Wir bräuchten den Schlüssel.«

»Das geht nur über die Direktorin«, brummte Russo.

Pizzuoli kümmerte sich darum, während De Santis noch einmal erfolglos versuchte, den Schülern Informationen zu entlocken.

Als sie das Schließfach öffneten, fanden sie neben den zu erwartenden Heften, Büchern und Schreibkram auch Unterlagen über Sporthochschulen, amerikanische Universitäten und die Green Card. Offensichtlich hatte Salvatore mit dem Gedanken gespielt, nach dem Abitur in die USA zu gehen.

De Santis nahm die Klassenliste vom Pult und rief einen Namen nach dem anderen auf. Er notierte, wer fehlte. »Ziemlich viele, die krank sind. Ist das immer so?«, fragte er den Lehrer.

»Abiturvorbereitung. Manche Schüler ziehen es vor, zu Hause für Prüfungen zu lernen.«

De Santis nickte. Der Lehrer nahm die Jugendlichen in Schutz. Das war bisher der einzige sympathische Zug an ihm. Als er den Namen »Vanessa Saba« vorlas, kam keine Reaktion. Auch der Lehrer schwieg.

»Wo ist Vanessa? Ebenfalls krank?«, insistierte De Santis.

»Nein. Sie ist nicht mehr da.«

»Hat sie die Schule gewechselt?«

Einen Moment herrschte betretene Stille.

»Wo ist sie hin?«, hob De Santis die Stimme.

»Sie ist gestorben. Vor vier Monaten«, presste Russo hervor. »Sie hat … sich das Leben genommen«, ergänzte er zögerlich.

De Santis sah sich um. Die Schüler starrten auf die Bänke.

»Gab es dafür einen bestimmten Grund?«, fragte er.

Niemand antwortete.

»War jemand mit ihr befreundet?«

Keine Reaktion.

Sie verabschiedeten sich und gingen mit einem unguten Gefühl zum Ausgang.

»Was ist das denn für eine Schule?«, fragte De Santis.

»Die beste in der Gegend. Sobald sie größer sind, melde ich meine Kinder auch dort an«, antwortete Pizzuoli.

»Am Montag sollen sie der Reihe nach bei uns antanzen. Lade sie vor, und wer heute gefehlt hat, kommt zuerst dran.«

»Ist das nicht ein wenig übertrieben, Chef?«

»Nein. Und ich will mehr über Vanessa Saba wissen. Zwei gewaltsame Todesfälle in vier Monaten. Das ist ein bisschen viel für eine Klasse.«

Als sie an ihr Zivilfahrzeug kamen, zupfte eine sanfte Brise an dem Strafzettel, der an der Windschutzscheibe hing. De Santis zerknüllte ihn und steckte ihn genervt in die Tasche. Das würde wieder einen langwierigen Papierkrieg nach sich ziehen.

»Die haben uns kein Wort gesagt, und was sie gesagt haben, war gelogen«, meinte er.

»Sie haben Angst«, erwiderte Pizzuoli.

»Wovor denn?«

»In irgendetwas reingezogen zu werden.«

»Was heißt hier *irgendetwas*? Eine Mitschülerin hat sich umgebracht, ein Kamerad ist ermordet worden.« De Santis wurde sauer, obwohl er die Situation nur allzu gut kannte. Oder gerade weil er sie kannte. »Wovor fürchten sie sich? Der Mord ist in einem anderen Stadtteil passiert. Ein Überfall, der mit ihnen wahrscheinlich nichts zu tun hat.«

»*Wahrscheinlich* reicht nicht.«

»Du nimmst bitte die Schule und das Umfeld unter die

Lupe. Ich will alles über Fehlzeiten, Drogen, Gewalt und dergleichen wissen. Vor allem über Vanessa Sabas Tod.«

Stiefel trappelten über den Asphalt. Ein Mann in bizarrer Aufmachung kam angerannt. Er trug eine Art Schärpe über einem verfilzten Pullover und eine Uniformhose. Am Bauch wölbte sich ein Pistolenknauf.

»Wo ist das Strafmandat?«, schrie er.

»Ist überflüssig, guter Mann«, antwortete De Santis und zückte seinen Ausweis. »Wir sind Kollegen, Kriminalpolizei. Wir ermitteln hier.«

»Und parken deshalb in zweiter Reihe? Haben Sie sich einmal umgesehen?«

Das hatten sie. Die Straße war so breit, dass bequem drei Sattelschlepper aneinander vorbeipassten.

»Nichts für ungut, aber wir haben es eilig. Es waren nur ein paar Minuten, nur ein paar Fragen.«

»Nichts für ungut? An die Straßenverkehrsordnung hat sich jeder zu halten. Immer und überall. Keine Ausnahmen, auch nicht für ein paar Minuten. Egal ob Zeitungsverkäufer, Beamter oder Clanchef der Camorra.«

De Santis zuckte zusammen. Das Wort nahm kaum jemand in den Mund, schon gar nicht posaunte man es über die Straße.

»Ist gut, Enzo«, sagte Pizzuoli. »Ich kümmere mich darum.«

»Ausgerechnet du? Wenn du Pizza ausfährst, lässt du deine Karre auch überall stehen.«

»Wird nicht mehr vorkommen«, erwiderte Pizzuoli kleinlaut.

»Glaubt bloß nicht, ihr könnt das Strafmandat verschwinden lassen! Ich überprüfe das im System. Und wenn ich das Geld bei euch persönlich eintreiben muss!«, brüllte der Vigile knallrot, mit dicker Halsschlagader und wilden Haaren, die wie unter Starkstrom in alle Richtungen abstanden.

»Wer war das denn?«, fragte De Santis, als sie im Wagen saßen.

»Enz'O'Pazz, Enzo, der Verrückte, der gefürchtetste Vigile von Ponticelli, vielleicht von ganz Neapel.«

De Santis steckte sich eine Zigarette an und dachte an die Schule zurück. Eine euphorische Direktorin, ein verstockter Lehrer, bedrückte Schüler. Oder waren sie verängstigt? Warum?

9

Sie fuhren zurück zur Questura, und da es inzwischen ein Uhr vorbei war, kauften sie Pizza für alle und brachten sie hoch ins Besprechungszimmer. Bomba und Marin nahmen Platz, Pizzuoli zerteilte das Essen in den Kartons, De Santis erzählte von der Schule.

»Chef, die Anwälte machen Druck. Wie verfahren wir mit den beiden Mädchen?«, fragte Bomba kleinlaut.

»Zuerst müssen wir die Anzeige von Giacomo Sardi aufnehmen. Ist er inzwischen eingetroffen?«

»Ich hatte ihn für ein Uhr bestellt, aber er ist noch nicht da.«

Sie aßen schweigend.

»Habt ihr Neuigkeiten?«, erkundigte sich De Santis nach einer Weile.

Allgemeines Kopfschütteln.

»Irgendwelche Ergebnisse von der Kriminaltechnik?«

»Esposito will um drei vorbeikommen.«

Tommaso Esposito war ein sehr zuverlässiger Beamter, der auch am Wochenende arbeitete. Wenigstens in der Beziehung hatten sie Glück.

De Santis schob sich ein Stück Pizza in den Mund und sagte: »In einer halben Stunde beginnt das Training von Salvatores Mannschaft. Ich werde hinfahren und mit den Kameraden und dem Trainer reden. Gebt mir Bescheid, wenn Sardi eintrifft. Das hat höchste Dringlichkeit.«

»Ist klar, Chef«, antwortete Bomba.

Die Schwimmhalle der Canottieri Napoli, in der Salvatores Jugendteam trainierte, lag auf einer Landzunge zwischen dem Castel dell'Ovo und der edlen Marina nahe dem Stadtzentrum. Ein weißer Ballon, der im Meer zwischen den Jachten zu treiben schien und nachts leuchtete wie ein gewaltiges Aquarium.

Der Trainer Ettore Annunziata war ein kugelrunder Mann mit Stoppelfrisur und eisernem Handschlag. Er trug einen Sportanzug aus den Siebzigerjahren und grüßte De Santis zerstreut, während er in seine Trillerpfeife blies und Kommandos brüllte. Die Athleten schraubten sich mit dem Oberkörper aus dem Wasser, um zu werfen, dann wieder nahmen sie Bälle und führten sie mit kontrollierten Armschlägen Richtung Tor. De Santis hatte Wasserball nie richtig begriffen, er wusste nur, dass es ein Sport für Masochisten war, die brennende Muskeln und Tritte in den Unterleib liebten.

»Mein Beileid«, sagte er, als sie nebeneinander auf zwei Startblöcken Platz genommen hatten.

»Danke. Wieso ermitteln Sie hier?«, fragte der Trainer.

»Wir können nicht ausschließen, dass der Überfall nur eine Verschleierung darstellt.«

»Wovon? Von einem Mord an Salvatore?«

»Vielleicht wurde er auch verwechselt. Was war Salvatore für ein Mensch?«

Es kamen dieselben Antworten, die der Kommissar bisher von allen Seiten gehört hatte. Korrekt, hilfsbereit, couragiert.

»Welche Position hat er gespielt?«

»Center.«

»Viele Zweikämpfe.«

»Ja. Er war ein harter Brocken.« Ettore Annunziata lachte auf und unterdrückte es sofort wieder.

»War er impulsiv? Er scheint sich den bewaffneten Tätern widersetzt zu haben. Warum, wissen wir nicht.«

Annunziata dachte nach. »Angst hatte er selten. Aber er war nicht leichtsinnig, wenn Sie das meinen.«

»Gab es irgendwelche Veränderungen bei ihm in letzter Zeit?«

Der Trainer sprang auf, rief ein Kommando, und die etwa fünfzehn Athleten formierten sich neu. Sie bildeten zwei Reihen, schwammen aufeinander zu und versuchten, sich gegenseitig den Ball abzujagen.

»Na ja. Salvatore war in vielen Dingen ein Vorbild. Manchmal gab es auch Konflikte, weil er dauernd neue taktische Ideen hatte. Er wollte das Spiel mehr in die Breite ziehen, was ein enormes Risiko bedeutet, wenn man bei Ballverlusten nicht schnell wieder die Mitte dichtmacht. Genau das war seine Aufgabe als Center.«

»Und? Hat er die Mitte dichtgemacht?«

»Meistens.«

»Ich habe mir die Ergebnislisten angesehen. In den letzten vier Partien war Salvatore nur noch Einwechselspieler.«

Sein Gegenüber zog die Augenbrauen hoch. Er schien sich auf dem falschen Fuß erwischt zu fühlen. »Salvatore war in letzter Zeit nicht mehr richtig bei der Sache. Das ist bei diesem taktischen Konzept tödlich.«

»Deshalb hat er seinen Stammplatz verloren?«

»Ich hatte den Eindruck, er braucht eine Pause, einen neuen Reiz. Das war ich auch den Mitspielern schuldig.«

»Warum war er Ihrer Meinung nach unkonzentriert?«

»Jahrelang hätte er für den Wasserball alles geopfert.«

»Und nun? War ihm seine Freundin wichtiger? Das Abitur?«

Der Mann zuckte mit den Achseln.

De Santis zeigte ihm Bilder von Michela und Eleonora. »Haben Sie die beiden Mädchen schon mal gesehen?«

»Nein.«

»Salvatores Vater meinte, er würde es zu den Olympischen Spielen schaffen.«

Annunziata lachte. »Ja, sein Vater ... Wenn es nach dem ginge, hätte Salvatore längst eine Goldmedaille. Aber leider entscheidet nicht sein Vater darüber, wer in den Kader berufen wird.«

»Hätte Salvatores Talent genügt?«

»Irgendwann ist es keine Frage von Talent mehr, sondern vom Willen. Und den Willen hatte vor allem Edoardo Ronga, der Vater. Mit der Einstellung der letzten Wochen hätte sein Sohn es nicht geschafft, vermutlich war es ihm inzwischen gleichgültig. Seine Prioritäten hatten sich geändert.«

»Hat es dafür einen bestimmten Zeitpunkt gegeben?«

Der Trainer überlegte. »Nein.«

»Salvatore wollte in die USA. Wussten Sie davon?«

»Ja, er hat manchmal davon geredet. Es war richtig, dass er sich über seine Zukunft Gedanken machte. Für einen Trainer ist es hart, wenn er einen seiner besten Spieler verliert, trotz des Talents. Aber er ist dazu da, Athleten zu formen, nicht zu verbiegen.«

De Santis ließ sich zu den beiden Kameraden führen, mit denen Salvatore angeblich den engsten Kontakt gehabt hatte, doch nachdem er sie begrüßt hatte, klingelte sein Handy.

Es war Bomba. »Chef, eben habe ich mit Sardi gesprochen.«

»Ist er da?«

»Nein. Die Anzeige hat sich erledigt, meinte er. Das Ganze

war nur ein Missverständnis. Dafür sind inzwischen die Anwälte da, und …«

De Santis legte auf. Ein Verdacht war in ihm aufgestiegen. Er lief aus der Halle, sprang in sein Auto, parkte aus und schoss hinauf auf den Vomero. Er würde sich diesen Giacomo Sardi persönlich vorknöpfen, und die Erinnerungen, die auf dem Weg durch die Via Emanuele I. in ihm hochstiegen, besserten seine Laune nicht.

Hier oben hatte seine Ehe stattgefunden, sein Familienleben, hier hatte er, am Arm von Isabella, den Buggy mit Ludovica durch den Park geschoben und Stunden vor den Wasserschildkröten im Springbrunnen gestanden. Hier hatte er Pläne für die Zukunft geschmiedet, den Blick über den Golf und hinunter auf die Stadt genossen. Was war davon übrig geblieben? Ein bohrender Schmerz und zwei Wochenenden im Monat, die er mit Ludovica verbringen konnte. Heute war es wieder so weit. Ein kleiner Trost.

Der Laden war ein großflächiges Eckgeschäft an der Via Scarlatti, dem breiten Boulevard, der das Nobelviertel von der Funivia Richtung U-Bahnhof durchschnitt. Hier wurde geshoppt, Kaffee getrunken, ein paar Straßenkunstler fiedelten auf ihren Instrumenten und hofften auf Münzen freigebiger Touristen.

Der Kommissar stieg aus und fragte sich nach dem Inhaber durch. Dieser stand hinter dem Tresen und flirtete mit einer Kundin. Ein Mann Ende dreißig, jugendlich gekleidet, mit ausrasiertem Nackenhaar, tätowierten, prallen Oberarmen und einem kantigen Kiefer, der einen Kaugummi bearbeitete.

De Santis zeigte seinen Ausweis vor und sagte unvermittelt: »Sie sind nicht auf der Questura erschienen.«

Giacomo Sardi lächelte. »Nicht mehr nötig. Die Anzeige erübrigt sich.«

De Santis versuchte, ruhig zu bleiben. Er legte die gelbe Tüte mit dem Schriftzug auf den Tresen, der mit dem Schriftzug über der Ladentür identisch war. Dann zog er die gestohlenen T-Shirts, Tops und Sweatshirts heraus. »Stammen die Sachen aus Ihrem Geschäft?«

Sardi zuckte mit den Achseln. »Möglich.«

»Und die beiden Mädchen hier?« De Santis legte die Fotos von Michela und Eleonora vor.

Wieder ein Achselzucken.

»Sie haben am Telefon ausgesagt, die beiden seien gestern Abend gegen acht Uhr in Ihrem Laden gewesen und hätten Ware gestohlen. Da müssen Sie sie doch wiedererkennen.«

»Ja, sicher. Da habe ich mich wohl etwas unglücklich ausgedrückt. Sie waren hier, aber geklaut haben sie nichts.«

Der Kommissar sah sich um. Samstagnachmittag, in dem Geschäft, in dem bunte Jugendmode verkauft wurde, wimmelte es von Kunden. Vor den Umkleidekabinen hatten sich lange Schlangen gebildet, Jugendliche liefen in kleinen Gruppen oder in Begleitung ihrer Eltern umher, betrachteten sich im Spiegel, stießen euphorische Schreie aus, lachten, schüttelten die Köpfe.

»Wie viel haben Ihnen die Eltern von Michela und Eleonora bezahlt, damit Sie Ihre Anzeige zurückziehen?«

»Welche Anzeige? Ich habe keine Anzeige erstattet.« Er hörte endlich auf, Kaugummi zu kauen. »Sie haben die Ware aus Versehen mitgenommen und wollten sie später bezahlen. Ich kenne die beiden gut, und sie lassen manchmal bei mir anschreiben. Sie brauchen sich nicht zu bemühen. Es ist alles geklärt.«

»Ist es das?« De Santis schluckte seine Wut herunter, doch sie kam gleich wieder hoch. »Wenn Sie glauben, Sie können mich verschaukeln, dann haben Sie sich geschnitten. Die Polizei ist kein Dienstleistungsunternehmen, das man nach Lust und Laune in Anspruch nehmen kann. Es geht hier um eine Straftat. Sie werden mir jetzt die Wahrheit sagen, und dann nehmen wir eine Anzeige gegen die beiden Mädchen auf.«

»Sie können mich nicht zwingen. Wenn mir danach ist, verschenke ich meine Ware. Oder ist das etwa verboten?«

»Die beiden Mädchen waren gestern Abend zwischen neunzehn und zwanzig Uhr hier?«

»Ja, gestern Abend gegen acht Uhr.«

»Kann das sonst noch jemand bestätigen?«, schob De Santis nach, obwohl er wusste, dass es überflüssig war. Natürlich würde irgendein Angestellter, der um seinen Job fürchtete, diese Version bestätigen. Wahrscheinlich waren die Mädchen tatsächlich hier gewesen. Die Artikel passten zum Sortiment, die Uhrzeit, alle Details stimmten überein.

»Ich wünsche Ihnen, dass Sie niemals mehr die Polizei brauchen«, schloss De Santis.

»Soll ich das als Drohung verstehen?«

»Verstehen Sie es, wie Sie wollen«, erwiderte der Kommissar und ging.

Zwei höhere Töchter, die grundlos eine Nacht im Jugendknast in Nisida verbracht hatten – die Staranwälte und die Presse würden ein Festmahl mit dem Kommissar veranstalten. Und er würde nicht mit am Tisch sitzen.

10

Als De Santis die Questura erreichte, hatte sich bereits eine Menschentraube vor dem Eingang gebildet. Journalisten und Schaulustige warteten, und als sie den Kommissar erkannten, bestürmten sie ihn mit Mikros, Handykameras, Parolen und Interviewwünschen.

»Eine Erklärung, Signor Commissario«, schrie ein Reporter. »Was haben Sie zu Ihrer Rechtfertigung zu sagen? Leben wir in einem Polizeistaat?«

De Santis schob die Leute auseinander und bahnte sich einen Weg.

In der Abteilung wartete Beppe Bomba an der Tür. »Chef, hier ist die Hölle los. Die Anwälte und die Eltern der Mädchen sind da.«

Bomba steckte in einem himmelblauen Trainingsanzug des SSC Neapel, hatte eine Trillerpfeife auf dem gewaltigen Bauch und eine Schildkappe auf dem rasierten Kugelkopf. Er sah aus wie ein mit Sofakissen ausgestopfter Clown. Hoffentlich war er nicht so vor die Presse getreten.

Kommissar De Santis erreichte das Besprechungszimmer, wo die beiden Anwälte vom Vortag warteten, außerdem die Eltern der Mädchen. Alle hatten sich in Schale geworfen, die Mütter weinten verstohlen, die Augen der Väter funkelten angriffslustig. Der ältere Anwalt entriegelte die Schnallen seines

Aktenkoffers mit einem energischen Klacken und legte ein Blatt Papier auf den Tisch.

»Was ist das?«, fragte der Kommissar.

»Eine eidesstattliche Versicherung.«

»Lassen Sie mich raten. Unterzeichnet von Giacomo Sardi.«

Der Anwalt holte tief Luft. »Sie haben die Chuzpe, das auch noch zuzugeben? Wir dachten, die Polizei sei ahnungslos, hätte ihre Arbeit nicht getan. Es wäre schlichtweg Schlamperei, die zu diesem himmelschreienden Justizirrtum geführt hat, zwei unbescholtene Mädchen aus den besten Familien dieser Stadt wie Schwerverbrecher auf eine Gefängnisinsel zu sperren. Aber die Wahrheit ist noch viel schlimmer. Sie wussten Bescheid.«

»Nein. Erst seit einigen Minuten. Und Sie? Wie sind Sie so schnell auf Ihren Kronzeugen gekommen?«, fragte De Santis scheinbar unbedarft.

»Ganz einfach. Eleonora und Michela haben uns die Fragen beantwortet, die Sie ihnen nie gestellt haben.«

De Santis pochte das Blut im Hals. Er musste sich zusammenreißen, um dem Advokaten nicht an den Kragen zu gehen. »Sie haben meine Fragen gehört und persönlich dafür gesorgt, dass Ihre Mandantinnen mir keine Antwort gegeben haben. Wissen Sie, wie ich mir das Ganze erkläre?«

Schweigen.

»Sie wollten mich ins offene Messer laufen lassen. Eine kleine Gefälligkeit, ein gewisser Betrag in bar oder andere Vergünstigungen durch die solventen Eltern an Giacomo Sardi, und schon liefert er wie von Zauberhand eine eidesstattliche Erklärung ab. Geben Sie zu, dass Sie ein Gespräch mit dem Unterzeichner geführt haben?«

»Natürlich hat ein Gespräch stattgefunden. Wenn Sie die entlastenden Indizien nicht sammeln, müssen wir es tun.«

»Die Aussage ist gekauft.«

Nun rang der Anwalt nach Luft. Die Väter sprangen auf, einer schlug auf den Tisch.

»Sie besitzen nach allem, was Sie angerichtet haben, die Unverschämtheit, uns der Bestechung zu bezichtigen? Vor Zeugen? Sie bekommen eine Verleumdungsklage an den Hals. Verlassen Sie sich darauf.«

»Lassen Sie auf der Stelle die Mädchen frei«, sagte der Anwalt.

»Giacomo Sardi hat gelogen. Dass wissen Sie so gut wie ich, und ich werde ihn des Meineides überführen.«

De Santis stand auf und verließ den Raum. Er ging an Pizzuoli, Bomba und Marin vorbei, die auf dem Korridor Ohrenzeugen des Spektakels geworden waren. In seinem Büro rauchte er eine Zigarette, dann gab er Anweisung, die Mädchen holen zu lassen. Er hatte den Bogen überspannt. Er war im Recht, würde nur leider niemals damit durchkommen.

»Sie sind bereits unterwegs«, sagte Mario Marin.

»Wer hat das veranlasst?«

»Ich.«

Natürlich. Immer korrekt, immer zur Stelle, wenn er seinem Vorgesetzten in den Rücken fallen konnte.

Der Kommissar kehrte in den Besprechungsraum zurück, setzte sich den Anwälten gegenüber und schwieg.

»Worauf warten Sie?«, fragte der Jüngere.

»Auf die Mädchen.«

Sie trafen nach einer halben Stunde ein. Blass, ungeschminkt, ein wenig mitgenommen. Oder war auch das Teil der Inszenierung? Als der Kommissar das süffisante Grinsen von Michela Santini sah, meldete sich die Wut zurück. Sie hatten ihn genarrt, hatten gestohlen, und nur dank der Beziehungen ihrer Eltern kamen sie ungeschoren davon.

»Wenn ich Ihnen einen Rat geben darf«, sagte er an die Eltern gewandt und erhob sich, »ziehen Sie Ihren Töchtern die Anwaltshonorare und das Schmiergeld für Giacomo Sardi vom Taschengeld ab.«

»Sie sind die längste Zeit Kommissar gewesen, das garantiere ich Ihnen«, erwiderte Signor Santini und lächelte. Er saß als Senator in Rom, war Mitglied des Innenausschusses und dachte wahrscheinlich gerade darüber nach, wen er anrufen würde.

Arschloch, dachte De Santis und sagte: »Einen schönen Tag noch.«

Alle erhoben sich und wandten sich zur Tür. Michela Santini bewegte sich aufreizend langsam, sah sich scheinbar neugierig in dem Besprechungszimmer mit der improvisierten Teeküche, der *cuccuma* und dem Kabelgewirr hinter dem Whiteboard um und warf De Santis einen letzten Blick zu.

Sie lächelte, zwinkerte und sagte: »Ihnen auch, Signor Commissario.«

Der Tross verzog sich, und vom Fenster aus sah der Kommissar, wie sie in einstudierter Formation die Stufen der Questura hinuntergingen und auf die Straße traten. Signor Calamandrei war Chefredakteur und Mitherausgeber von *Il Mattino*, der neapolitanischen Tageszeitung. Er hatte es natürlich nicht versäumt, seine Branche auf das Spektakel anzusetzen. Die Reporter schossen Fotos am laufenden Band und hielten den Anwälten, den Mädchen und ihren Angehörigen Aufnahmegeräte vor die Nase. Die Befragten gestikulierten, gaben bereitwillig Auskunft, die Mädchen und ihre Mütter weinten, was das Zeug hielt, und De Santis malte sich aus, wie die Fotos in der Zeitung wirken würden.

Dann rief er seine Leute im Besprechungszimmer zusammen. Mario Marin postierte sich wie immer neben dem Whiteboard, Pizzuoli setzte sich an einen Schenkel des Konferenztisches, nur Beppe Bomba blieb an der Tür stehen. Betretene Mienen. Niemand sagte einen Ton, Bomba trat unruhig von einem Bein aufs andere.

»Was ist, Beppe?«

»Chef, ich würde gerne Schluss machen für heute. Ich habe noch einen dringenden Termin.«

De Santis war erstaunt. Die Fußballsaison war vorbei. Der SSC Neapel war, wie die gesamte erste Liga, im Urlaub. An solchen Wochenenden hatte Bomba keine Termine, schon gar nicht im Trainingsanzug. Aber irgendetwas war anders in diesem Frühsommer. Für gewöhnlich verfiel Bomba ohne Stadionbesuche in Lethargie. Das Leben erschien ihm takt- und sinnlos. Er schleppte sich montags antriebslos zur Arbeit, ging freitags antriebslos ins Wochenende und zeigte erst während der Vorbereitungsspiele im August wieder seine gewöhnliche Reaktionsfähigkeit.

»Nur zwei Stunden, ganz in der Nähe, unten an der Stazione Marittima. Ich arbeite die Zeit nach, versprochen.«

Was wollte Bomba in seinem Trainingsanzug an der Mole für die Kreuzfahrtschiffe? Jemanden abholen? In dieser Aufmachung? Egal, Pizzuoli hatte auch oft genug am Wochenende freibekommen, Bomba stand dasselbe zu. »Okay, zwei Stunden. Und wenn du zurückkommst, schaust du die Videoaufzeichnungen durch und versuchst, die weitere Fluchtroute des Scooters zu rekonstruieren.«

Eine Sisyphusarbeit, die Bomba jedoch mit einem eifrigen Nicken akzeptierte. »Danke, Chef«, sagte er und öffnete die Tür.

Fast wäre er mit Tommaso Esposito zusammengestoßen, dem Leiter der Spurensicherung. Ein pummeliger, leicht ungepflegter Mann Ende fünfzig. Er trug eine Kladde unter dem Arm und grüßte zerstreut in die Runde.

»Kaffee?«, fragte De Santis.

»Gott bewahre«, antwortete Esposito. »Ich will gleich zurück ins Labor.«

»Dann erzähl uns mal, was du bisher herausgefunden hast«, meinte De Santis.

»So ein Laden ist natürlich ein grauenhaftes Durcheinander an Spuren. Da gehen Kunden und Angestellte ein und aus, Kuriere bringen Ware, es kommen Ableser von den Versorgungswerken, manche gar hoch zu Ross …«

»Tommaso, übertreib nicht. Wir wissen, wie gründlich du arbeitest. Hast du auch Finger- oder nur Hufspuren gefunden?«

»Beides. Jede Menge.«

»An der Kasse?«

»Nur vom Opfer und von Otello D'Astoli.«

»Haben die Täter Handschuhe getragen?«

»Das kann ich nicht sagen.«

»Den Zeugen sind keine Handschuhe aufgefallen«, warf Marin ein.

Tommaso Esposito blätterte hektisch in seinen Unterlagen. »Bevor ihr mit euren Schlussfolgerungen anfangt – im Laden wurde lediglich ein Schuss abgegeben, Kaliber neun Millimeter. Die Kasse war leer. Leider sind auf dem Computer keine Bilder von dem Überfall gespeichert.« Er gab Marin eine CD. »Legen Sie die mal ein.«

Sie sahen mehrere Totalen vom Tatort, dann Nahaufnahmen vom Fußboden, von der Kasse und von den Blutspritzern an den Regalen.

»Die Kasse war geschlossen?«, fragte De Santis.

»Ja.«

»Merkwürdig, oder?«

»Wieso?«

»Würdet ihr, wenn ihr einen Laden überfallt und euch das Geld geschnappt habt, die Kasse schließen?«

»Eine Reflexhandlung«, meinte Marin.

»Wo war das Projektil?«, fragte Bomba.

»Es hat den Schädel des Opfers durchdrungen und ist in der Decke eingeschlagen. Nach dem Aufprallwinkel der Kugel und der Lage des Opfers hat der Schütze zwischen Salvatore und dem Tresen gestanden.«

»Also hatte der Täter bereits das Geld genommen und war auf dem Rückzug«, meinte Marin.

»Salvatore wollte ihn an der Flucht hindern«, ergänzte Pizzuoli. »Er stellt sich ihm in den Weg, es kommt zum Gerangel, der Täter drückt ab.«

»Und was hat der andere in der Zwischenzeit gemacht?«, fragte De Santis.

»Er stand hilflos daneben. Konnte vielleicht nicht mehr schießen, weil die anderen beiden rauften und er Angst hatte, seinen Kameraden zu treffen«, mutmaßte Marin.

»Womöglich hatte Salvatore den Räuber überrumpelt und nutzte ihn als Schutzschild«, sagte Pizzuoli, während er die Tässchen mit dem Espresso verteilte.

»Wozu geht er dieses Risiko ein? Die Frage beschäftigt mich die ganze Zeit. Wieso setzt er sein Leben aufs Spiel? Er war nur eine Aushilfe«, gab De Santis zu bedenken.

»Immerhin im Laden eines Freundes seiner Eltern. Vielleicht seine zukünftige Existenz, der Inhaber ist schließlich kinderlos«, erwiderte Marin.

»Sehr weit hergeholt. Er wollte in den USA studieren, vielleicht Profisportler werden, nicht Hemdenverkäufer. Wieso ist der andere Täter nicht auf dem Scooter geblieben?«, hakte De Santis nach. »Hast du die Partikel unter Salvatores Fingernägeln untersucht?«

»Ja, Hautreste und Blut. Ich habe ein DNA-Profil erstellt.«

»Sehr gut. Marin, das muss mit unserer Datenbank abgeglichen werden. Wenn wir Glück haben, ist der Fall damit gelöst.«

»Es gibt da noch etwas Interessantes«, sagte der Spurensicherer. »Die Abdrücke der Schuhe, allein vier verschiedene in dem Blutfilm am Boden, das heißt, sie wurden sicher nach dem Schuss am Tatort hinterlassen. Einer davon gehört unserem Beamten, den können wir ignorieren. Die anderen haben Größe achtunddreißig, einundvierzig und vierundvierzig. Der mittlere hatte ein typisches Sportschuhprofil, stark abgetreten, mit Nike-Symbol, der große eine fein geriffelte Sohle, vermutlich Kautschuk, mit neuem Absatz.«

Die Ermittler sahen sich an. Das war tatsächlich eine wichtige Information. »Passt einer zu D'Astoli?«, fragte der Kommissar.

»Der große Abdruck«, fuhr Esposito fort, »deckt sich mit dem Schuh, den ihr mir vom Ladenbesitzer gebracht habt. An ihm haften auch organische Spuren vom Tatort.«

»Dann kommen für die Räuber also die anderen infrage. Ein abgetragener Turnschuh … Und der dritte?«, fragte De Santis.

Esposito suchte in seinen Unterlagen: »Auch ein Sportschuh. Converse All Stars.«

»Ein kleiner Fuß«, meinte Pizzuoli.

»Vielleicht doch ein Mädchen«, warf Marin ein.

»Ein Mädchen und ein alter Mann?«, gab De Santis zu bedenken. Was ist denn das für ein Gespann? Michele Saronno von gegenüber hat ausgesagt, es seien zwei Männer gewesen. Ein alter und ein junger.«

»Der kleine Schuh war im Rückraum des Ladens. Die Spuren gehen bis ins Treppenhaus«, warf Esposito ein.

Der Kommissar wurde hellhörig. Er dachte an den Schrei der Frau. Nur wie passte sie zu den beiden, die zur Straße hin geflohen und auf den Scooter gesprungen waren? »Du glaubst, er sei nach hinten abgehauen? Dann hätten wir einen weiteren Komplizen.«

»Ich habe euch eine Grafik vorbereitet«, meinte Esposito. »Den mittleren Sportschuh in Rot, den Converse in Gelb, den vom Ladenbesitzer in Blau. Die Gehrichtung ist jeweils mit Pfeilen markiert.«

Sie sahen eine Skizze des Ladens, ein langes Rechteck, in dem der Tresen und die Silhouette der Leiche markiert waren. Dazwischen wanden sich die bunten Fährten wie Girlanden. Von den roten Abdrücken gab es nur wenige. Sie führten von der Leiche weg zum Ausgang auf die Straße. Lange Schritte, eine geradlinige Flucht. Wie zu erwarten. Von den blauen dagegen schien es nur so zu wimmeln. Sie führten vom Hintereingang zur Leiche, zum Tresen, zurück zur Leiche, wieder nach hinten. Ebenso die gelben.

»Die gelben Spuren laufen wie gesagt ins Treppenhaus. Ebenso wie die Abdrücke des Ladenbesitzers.«

»Wie? D'Astoli hat organische Spuren nach draußen getragen?«, rief De Santis aus.

»Ja«, sagte der Kriminaltechniker.

»Folglich war er zweimal im Laden«, sagte Pizzuoli.

»Er hat uns also angelogen«, schloss De Santis.

11

Als sie bei D'Astoli klingelten, war es siebzehn Uhr. In der Riviera di Chiaia schoben sich Wagen- und Fußgängerkolonnen ineinander, Busbremsen quietschten, Möwen und Eisverkäufer schrien. Der Lärm drang bis in die stillere Via Carlo Poerio. Das Wochenende war da, der Sommer stand vor der Tür. Eine frivole Leichtigkeit lag über der Stadt, alles steuerte auf die Ferien zu. Noch waren die Leute in freudiger Erwartung. Noch machte der Sommer nicht Ernst mit seiner drückenden Hitze, dem Gestank in den Gassen, der Langeweile der Tage und der Gereiztheit schlafloser Nächte.

D'Astoli brauchte diesmal noch länger, um die Tür zu öffnen, und seine Miene war deutlich unfreundlicher als beim ersten Mal.

»Weitere Fragen?« Er blieb auf der Schwelle stehen, erstaunt, drei Beamte auf einmal zu sehen.

»Wir würden das gerne in Ihrer Wohnung besprechen«, erwiderte De Santis.

»Hat das nicht bis Montag Zeit? Ich habe eine Menge Arbeit.«

»Ihr Laden ist geschlossen«, erwiderte der Kommissar, während seine Kollegen schwiegen.

»Ja, aber die Meldung bei der Versicherung, der ganze Schreibkram ... Was glauben Sie, wie ich ein Geschäft in diesen Zeiten halten kann? Haben Sie sich einmal die Ware angesehen? Das sind mehrere Zehntausend Euro, die hinüber sind. Ich kann doch keinen Armani-Anzug verkaufen, an dem das Blut einer Leiche klebt, da hilft auch keine Reinigung.«

»Ich will nicht lange um den heißen Brei herumreden«, sagte De Santis. »Sie haben uns bei unserem letzten Gespräch nicht alle Einzelheiten erzählt. Vielleicht standen Sie noch unter Schock, vielleicht hatten Sie Erinnerungslücken. Wir geben Ihnen Gelegenheit, die Lücken zu schließen.«

Otello D'Astolis Miene wurde hart. Er überlegte einen Moment, ob er förmlich protestieren sollte, doch dann bemerkte er De Santis' Blick und verlor ein wenig an Spannkraft.

»Ich war in meiner Wohnung, habe den Aufruhr gehört und mitbekommen, dass mein Laden überfallen worden ist ...«

De Santis ließ sich wie schon am Vortag den Ablauf schildern. D'Astoli wiederholte dieselbe Version. Die falsche. Sein Blick sprang dabei unsicher von einem Kollegen zum anderen.

»Gut, Signor D'Astoli. Ehe wir fortfahren ... Ich müsste bitte mal kurz Ihr Badezimmer benutzen«, sagte der Kommissar.

Der Ladenbesitzer wies in den Korridor. »Die Tür hinten rechts.«

De Santis lief durch die Wohnung, vorbei an halbhohen Säulen mit chinesischen Vasen und Bronzeplastiken. Vielleicht war es auch nur lackierter Gips. Tand, für den er wenig übrighatte.

Das Badezimmer war großzügig, mit Whirlpool, Dusche und zwei Waschbecken. Bei einem alleinstehenden Mann ein unnötiger Luxus. Aber er war ja nicht immer allein gewesen. Ein Waschbecken wirkte unbenutzt, auf dem Rand des anderen fanden sich die typischen Hygieneutensilien eines Mannes, einschließlich Elektrorasierer. Der Kommissar kontrollierte auch den Hängeschrank, nirgendwo waren Klingen.

Als er zurückkam, sagte er: »Wir brauchen die Kleidung, die Sie getragen haben, als Sie den Laden betraten. Und wir hätten gerne eine DNA-Probe von Ihnen.«

»Wozu?«

»Wir möchten sicher ausschließen können, dass Sie als Täter infrage kommen.«

»Als Täter?«

De Santis schwieg. Seine Kollegen hatten bisher keine Regung gezeigt, und D'Astoli schaute sich Hilfe suchend um. Vergebens.

»Das ist nicht Ihr Ernst. Haben Sie dafür eine richterliche Anordnung?«

»Nein. Wenn Sie mauern, werden wir allerdings ein Ermittlungsverfahren gegen Sie einleiten«, erwiderte De Santis kalt.

»Weshalb? Die Sachen sind in der Reinigung.«

»Ach ja? Das ging aber schnell«, meinte Bomba.

D'Astoli war sprachlos. »Wollen Sie mir endlich sagen, was Sie gegen mich einnimmt?«

»Die Spuren am Tatort beweisen, dass Sie mindestens zweimal den Laden betreten und wieder verlassen haben. Wozu? Haben Sie sich umgezogen, ehe Sie auf die Polizei gewartet haben? Oder Spuren beseitigt? Etwas aus dem Laden geschafft? Besitzen Sie eine Waffe?«

D'Astoli war immer noch sprachlos. »Was reimen Sie sich denn da zusammen? Sie glauben doch nicht, dass ich Salvatore erschossen habe? Warum hätte ich das tun sollen? Ich stand unter Schock, kann sein, dass ich hin und her gelaufen bin.«

»Ins Treppenhaus und dann wieder in Ihr Geschäft? Wozu?«

»Ich erinnere mich nicht. Was ist mit den flüchtigen Räubern?«

»Niemand hat gesehen, wer geschossen hat. Salvatore wurde aus dem Rückraum des Ladens angegriffen. Genau dort sind Ihre Spuren zu finden.« De Santis überlegte, ob er nach der weiteren Person fragen sollte. Besser, er hob sich das für einen anderen Zeitpunkt auf. »Leider gibt es keine Bilder von den Überwachungskameras. Und Sie haben kein Alibi. Oder hat Sie jemand in Ihrer Wohnung gesehen, während der Schuss fiel?«

»Nein. Höchstens jemand von der anderen Straßenseite«, meinte D'Astoli.

»Ihre Vorhänge waren zugezogen«, warf Marin ein.

»Dabei behaupten Sie, Sie hätten die Straße beobachtet«, fügte Pizzuoli hinzu.

Der Ladenbesitzer zerrte an seiner Krawatte. Er fühlte sich umzingelt.

»Woher haben Sie die Verletzung an der Wange?«, fragte De Santis.

»Das sagte ich bereits: Ich habe mich beim Rasieren geschnitten.«

»Mit einem Elektrorasierer?«

D'Astoli war einen Moment lang sprachlos. »Deshalb haben Sie in meinem Badezimmer herumgeschnüffelt? Ich glaube nicht, dass Sie dazu ein Recht hatten.«

»In welcher Reinigung sind Ihre Kleidungsstücke?«, hakte der Kommissar nach.

»Ich möchte zuerst mit meinem Anwalt sprechen.«

»Tun Sie das, aber gegen Sie wird noch nicht offiziell ermittelt. Sie werden nur als Zeuge befragt, und als solcher müssen Sie aussagen, was Sie wissen. Lückenlos.«

»Auch darüber werde ich mir anwaltlichen Rat einholen.«

»Wir werden in der Zwischenzeit Ihren Laden auseinandernehmen.«

D'Astoli ruderte im Sitzen mit den Armen. »Sie ... Hören

Sie, Sie verrennen sich da in etwas. Das ist doch Irrsinn. Ich soll Salvatore umgebracht haben. Ich … Es …«

»Ja?« De Santis spürte, dass D'Astoli dabei war, etwas Wichtiges preiszugeben.

»Es gibt einen Zeugen, der mich gesehen hat, als der Schuss fiel.«

»Wen?«, fragte De Santis.

Mario Marin zückte seinen Notizblock und einen Stift. »Den Namen bitte.«

Der Ladenbesitzer knetete seine Hände. »Ich muss Sie allerdings um Diskretion bitten.«

»Die können wir Ihnen nicht garantieren. Haben Sie nun ein Alibi oder nicht?«

»Ja, habe ich.« Er wand sich, suchte mit den Augen die Zimmerdecke ab. »Eine Frau … war bei mir. Sie ist verheiratet.«

»Das haben wir uns gedacht. Nicht mit Ihnen vermutlich«, sagte Marin grinsend.

De Santis wies ihn mit einem Blick zurecht.

»Wenn das herauskommt … Sie macht sich solche Vorwürfe. Ich habe Angst, dass sie sich etwas antut«, jammerte D'Astoli, und diesmal hatte der Kommissar den Eindruck, dass er die Wahrheit sagte. Vielleicht zum allerersten Mal.

»Wie heißt sie?«, hakte er nach.

»Das kann ich Ihnen nicht sagen. Beim besten Willen nicht.«

»Dann müssen wir Sie vorläufig mitnehmen.«

»Aber … Untersuchen Sie meine Kleidung, meine Haut. Sie werden nichts finden. Ich habe nicht geschossen. Salvatore, ich habe ihn gemocht. Er war … so sympathisch.«

»Sympathisch?«, erwiderte De Santis, der spürte, dass D'Astoli eigentlich etwas anderes hatte sagen wollen.

Eine Minute lang war es totenstill. Man hörte nur das Ticken der Standuhr und in weiter Ferne das Nebelhorn eines Frachters.

»Bitte geben Sie mir ein wenig Zeit, ich muss erst das Einverständnis der Frau einholen.«

»Tun Sie das«, sagte De Santis und erhob sich. »Und schreiben Sie uns bitte den Namen der Reinigung auf.«

Er gab seinen Kollegen ein Zeichen. Sie betrachteten ihn ungläubig, vor allem Marin rang mit sich, um nicht lautstark zu protestieren.

Als sie im Treppenhaus standen, brach es aus ihm heraus: »Das ist doch nicht Ihr Ernst? Er blufft, er nimmt uns auf den Arm.«

»Kein Richter wird ein Ermittlungsverfahren einleiten oder eine DNA-Probe anordnen, nur wegen der Unrichtigkeiten in seiner Aussage. Wir haben kein Motiv.«

»Weil wir ganz am Anfang stehen. Wir kennen die Familienverhältnisse noch gar nicht.«

»Angenommen, er wollte den Jungen tatsächlich töten. Wieso ausgerechnet in seinem Laden? Das ist doch hirnverbrannt«, meinte De Santis.

»Vielleicht im Affekt. Vielleicht hat er ihn beim Klauen erwischt, es ist zu einem Handgemenge gekommen«, erwiderte Marin.

»Im Affekt? Und deshalb hat er vorher zwei Räuber beauftragt? Ein Mädchen und einen alten Mann?«, blaffte De Santis.

»Sie hätten ihn zumindest von der Kriminaltechnik untersuchen lassen müssen.« Marin ließ nicht locker.

»Seine DNA läuft uns nicht davon. Ich werde einen Test bei der Staatsanwaltschaft beantragen. Ist er positiv, leiten wir ein Ermittlungsverfahren ein. Marin, Sie versuchen, sich in der Reinigung D'Astolis Sachen aushändigen zu lassen.« Pizzuoli schickte er nach Hause, ohne auf Marins Blicke zu achten.

Er selbst ging wie am Vortag zu Fuß Richtung Via Toledo. Die Bewegung tat ihm gut, der Unmut fiel von ihm ab. Er würde eine Menge Ärger wegen der minderjährigen Mädchen bekommen, aber das hatte Zeit bis Montag. Heute wollte er das Zusammensein mit seiner Tochter zelebrieren.

In den Geschäften, die ihre bunten Auslagen präsentierten, kaufte er die Zutaten für Ludovicas Lieblingsgericht ein: Lasagne mit Artischocken.

12

Als De Santis durch das Portal mit dem pompösen Gewölbe und dem blätternden Putz trat, grüßte Crescenzio, der ältliche Portier, aus seiner Loge. Er merkte jedoch, dass der Kommissar keine Zeit für einen Schwatz hatte, und wandte sich wieder seinem Lottoschein zu. Es war fast neunzehn Uhr, wahrscheinlich wartete Ludovica schon eine ganze Weile. Normalerweise drehte sie in der Innenstadt noch eine Shoppingrunde mit ihren Freundinnen, ehe sie zu ihrem Vater hinauf nach Stella fuhr.

Doch die Wohnung war leer. Nur der Leopardgecko Spiky saß einsam in seinem Terrarium, ohne frisches Wasser, ohne lebendige Grillen. Ludovica hatte sich nicht um ihn gekümmert. Ihr Rucksack lag auf dem Sofa, ein Paar Schuhe flog herum, Converse All Stars, dasselbe Profil, das sie am Tatort gefunden hatten. Schuhe, die inzwischen alle trugen, die jung waren oder so wirken wollten. Er heizte den Backofen vor, stellte Wasser für die Lasagneblätter auf und wählte ihre Handynummer. Dabei holte er eine Flasche Lacrima Christi aus dem Kühlschrank, nahm ein Glas und trug beides hinaus auf die Dachterrasse. Er setzte sich auf einen Eisenstuhl, zündete sich eine Zigarette an und schenkte den Wein ein. Das Handy läutete lange, ehe Ludovica ranging.

»Hallo, Paps.«

»Wo bist du?« Er hörte Gelächter, laute Stimmen, Musik.

»Unterwegs, mit Marisa.«

»Wer ist Marisa?«

»Meine beste Freundin. Jetzt tu nicht so, als ob du sie nicht kennst.«

»Ich koche gerade für uns, Artischocken-Lasagne. Wann bist du hier?«

»Wir wollten eine Pizza essen gehen. Es kommen noch ein paar andere Freunde mit.«

»Okay, aber um acht bist du zu Hause.«

»Paps ...«

»Keine Diskussion.« Er legte auf, ehe sie ihn um den Finger wickeln konnte.

De Santis rührte eine Bechamelsauce an, gab eine Schicht Nudeln in die Form, goss Ragout darüber, dann Artischocken und die Soße und machte weiter mit der nächsten Lage. Er schob die Form in den Ofen und setzte sich wieder hinaus. Der Mond stand als Sichel über dem gegenüberliegenden First, eine kühle Brise kam auf. Er dachte an den Fall. Noch waren die Indizien verworren, aber immerhin gab es welche. Der Ladeninhaber hatte sich in Lügen verstrickt, eine Unbekannte war am Tatort gewesen, die Räuber waren Richtung Sanità geflüchtet. Sie hatten mehrere Spuren, die sie nur noch miteinander verknüpfen mussten.

Nach dem zweiten Glas Wein war die Lasagne fertig, und er nahm die dampfende Form aus dem Ofen. Seine Tochter war immer noch nicht da. Er fing an zu essen, wurde ungeduldig. Inzwischen war es halb neun. Also wählte er Ludovicas Nummer, doch niemand ging ran. Er schrieb eine SMS, versuchte, erneut anzurufen. Nichts. Hektisch sprang er vom Stuhl auf, überlegte, was er tun sollte. Isabella anrufen?

Er tigerte in der Wohnung auf und ab und spielte die Gründe

durch, warum ein Mensch nicht ans Handy ging. Es gab viele, die meisten waren harmlos.

Da klingelte sein Telefon. Endlich.

»Paps?«

»Du wolltest um acht hier sein. Warum gehst du nicht ran?«

»*Du* wolltest, dass ich um acht da bin. Jetzt sei nicht so eng gerippt.«

Wieder waren im Hintergrund Stimmen zu hören, jemand kreischte, dann ertönte ein Megafon, aus dem Parolen schallten. Nach Pizzeria hörte sich das nicht an. Auch nicht nach den Decumani in der Innenstadt. Eher wie eine Demo oder ein Sit-in.

»Bin gleich da. Marisa wollte noch eine Freundin in einen Klub bringen, und da haben wir ein paar Klassenkameradinnen getroffen, du weißt schon, Erica und Giovanna ...«

Die Häufung weiblicher Namen war ebenso verdächtig wie die Lässigkeit, mit der Ludovica sie auflistete.

»Was sind das für Parolen? Bist du auf einer Demo?«

»Nein, das ist Karaoke.«

»Wie heißt der Klub?«

»Kennst du eh nicht.«

»Wie heißt er?«

»Blue Valentine.«

»Ich hole dich ab.«

»Nicht nötig. Die Mutter von Marisa kommt gleich vorbei, sie kann mich bei dir absetzen.«

»Ich hole dich jetzt.«

»Sei nicht albern. Es ist noch nicht einmal zehn ...«

»Du bist vierzehn.«

»In ein paar Tagen bin ich fünfzehn. Alle meine Freundinnen sind hier, nur du musst immer Stunk machen. Die ganze

Woche habe ich mich mit Lateinvokabeln und Chemieformeln piesacken lassen. Ich muss jeden Tag …«

»Schon gut. Eine halbe Stunde, ich verlasse mich darauf.«

»Klar.«

Er kehrte auf die Terrasse zurück, aß lustlos von der Lasagne, trank noch ein Glas und rauchte eine Zigarette, dann noch eine und noch eine. Irgendwann döste er ein und wurde schließlich durch ein Geräusch geweckt. Es war stockfinster, die Sterne funkelten, selbst der Straßenlärm war verebbt. Das Türschloss. Jemand wisperte, lachte und drückte ganz langsam die Tür auf. In dem Lichtkegel erschien seine Tochter, daneben schob sich der schwarzhaarige Kopf eines jungen Mannes in die Wohnung. Die beiden sahen sich um. De Santis blickte auf die Uhr. Halb eins. Er war so wütend, dass er am liebsten mit der Faust voraus durch die Glastür gestürmt wäre. Als er ins Wohnzimmer trat, schrie Ludovica vor Schreck auf. Dann fiel sie ihm um den Hals.

»Paps, du machst mir Angst. Das hier ist Sebastiano. Er war so nett …«

Der junge Mann streckte De Santis die Hand hin. Dieser schlug ein.

»Also, er war so nett, mich nach Hause zu bringen.«

»Hast du schon einen Führerschein?«

»Ich fahre Scooter.«

De Santis ließ den Blick von seiner Tochter zu Sebastiano und zurück wandern. Marisa. Hielten die beiden ihn für blöd?

»Herzlichen Dank, dass du meine Tochter hergebracht hast …«

De Santis versuchte, Sebastiano hinauszukomplimentieren, aber Ludovica ging dazwischen.

»Wir wollten eigentlich fragen, ob er vielleicht hier pennen kann. Du bist doch ziemlich unkompliziert in solchen Dingen.«

Bin ich das?, fragte De Santis sich. Nein. »Dazu ist meine Wohnung leider ein bisschen zu klein.«

»Sebastiano hat keine besonderen Ansprüche …«

»Ich komme schon klar«, bestätigte der Junge. »Ich bin Interrail gewohnt, hab schon in Straßengräben und Betonröhren geschlafen.«

Ja, und jetzt schläfst du mit meiner Tochter, meinst du? De Santis' Mansarde umfasste neben Küche und Bad ein Schlafzimmer mit Doppelbett und ein Wohnzimmer, in dem eine Klappcouch mit einem Schlafplatz stand.

»Geh ruhig schon ins Bett«, nahm Ludovica sein Denkergebnis vorweg. »Wir kommen hier gut klar.« Sie ging auf die Kommode zu, die im Wohnzimmer stand, und holte Bettwäsche heraus.

»Moment«, sagte De Santis. Wusste Isabella von diesem Sebastiano? Wieso hatte sie ihm nichts gesagt? Die Antwort war einfach: Sie redeten seit der Trennung nicht mehr miteinander. Die beiden Teenager auf einer einen Meter zwanzig breiten Liegefläche. Klar, was dabei herauskam. Ludovica war zu jung. Eindeutig. Und überhaupt – was war das für eine Art, ihn so zu überfahren?

»Ein andermal«, sagte er. »Ich bin nicht darauf eingestellt.«

»*Du* bist nicht darauf eingestellt? Was soll das denn bedeuten?«

»Es passt heute nicht. Du hättest vorher mit mir darüber reden müssen.«

»Wann? Ich habe den halben Nachmittag hier rumgehockt und auf dich gewartet.«

Nicht so. Nicht mit dem Hebel der Schuldgefühle. »Schluss«, sagte er. »Sebastiano ist hier immer willkommen, aber als

Schlafgast ... Darüber müssen wir beide uns erst noch mal unterhalten. Du hättest mich anrufen können.«

»Warum?«

»Ich glaube nicht, dass wir das jetzt erörtern sollten.«

»Du willst immer so locker und jugendlich rüberkommen ...«

»Ich will gar nicht rüberkommen. Wie gesagt, Sebastiano, danke noch mal ...«

Er gab dem Jungen die Hand. Sebastiano umarmte Ludovica auf eine zärtliche Weise, die Franco fast schwach werden ließ. Dann fiel die Tür ins Schloss, und Ludovica knallte von innen die Badtür zu.

Als De Santis ihr die Schlafcouch auszog, piepte sein Handy. Eine SMS. Von Beppe Bomba.

»Volltreffer. Das Kennzeichen war manipuliert. Ich habe das richtige.«

13

»Wer ist diese Anna Lavolla?«, fragte Franco De Santis und steuerte den Wagen auf die Autobahn Richtung Ponticelli.

Neben ihm saß Beppe Bomba, verbreitete einen süßlichen Geruch wie ein Babà und blätterte in seinem Notizbuch. »Achtunddreißig, geschieden. Wohnt in der Via Leto Pomponio vierunddreißig.«

»Vorstrafen?«

»Nein.«

»Seit wann ist der Scooter auf sie angemeldet?«

»Seit vier Jahren.«

»Irgendwelche Auffälligkeiten?«

»Ein paar Strafzettel, das Übliche. Keine Straftaten.«

Es war wenig Verkehr um diese Zeit, trotzdem musste man auf der Hut sein. Links schossen Verrückte mit Tempo hundertachtzig vorbei, rechts krochen Last- und Lieferwagen dahin, die unverhofft ihren Kurs verließen, weil der Fahrer einem Schlagloch auswich oder im Fußraum nach seinem heruntergefallenen Handy suchte.

»Ponticelli. Hier hat Salvatore gewohnt, hier ist seine Schule, hier stammt der Scooter her und auch Otello D'Astoli, der Ladenbesitzer«, murmelte De Santis.

»Der Sportverein ist in einem anderen Viertel, ebenso der Laden.«

»Trotzdem viele Zufälle. Ob sie ihn doch gezielt eliminiert haben?«

»Mit einem regulären Nummernschild, das man auf jeder Überwachungskamera erkennen kann?«

»Es war nicht regulär, sondern abgeändert. Mit deiner Schlauheit haben sie nicht gerechnet«, sagte De Santis, und Beppe Bomba strahlte wie ein Kind, dem jemand Zuckerwatte unter die Nase hält. »Wie bist du überhaupt darauf gekommen?«

»Ich habe mir weitere Videos kommen lassen, um die Fluchtroute zu rekonstruieren, wie Ihr gesagt hattet. Auf einem der Bilder in Sanità hatte sich ein Balken in dem Kennzeichen verschoben. Da ist mir eingefallen, wie wir früher manchmal einzelne Buchstaben verändert haben. Aus dem F kann man besonders leicht ein E machen, und davon hatten wir gleich zwei.«

»Früher? Wozu?«

»Nur so zum Spaß.«

Unwahrscheinlich. Bei Bomba wusste man nie, ob sein Sachverstand kriminalistisch oder kriminell war.

Sie nahmen die Ausfahrt, fuhren die steile Rampe hinunter und tauchten ein in das weitmaschige Geflecht überdimensionierter Straßen, erleuchtet von gelblichen Straßenlaternen, die zwischen Hochhaustürme führten. Die Via Leto Pomponio dagegen war ein kleinbürgerliches Biotop. Niedrige Gebäude, die sich wie Reihenhäuser aneinanderschmiegten, auch wenn keines dem anderen ähnelte. Nicht in der Farbe, nicht in der Form, nicht im Erhaltungszustand. Eine Art Architekturausstellung anarchischer Bausünden.

Sie klingelten an einem Metalltor. Niemand reagierte.

»Wie kann Anna Lavolla sich so ein Häuschen leisten?«

»Sie hat eine Firma, einen Kurierdienst.«

Wieder klingelten sie. Länger, stürmischer. Ein Fensterladen ging einen Spaltbreit auf. Man sah nur einen Streifen Licht, hinter dem sich etwas bewegte.

»Was soll das?«, fragte eine weibliche Stimme, sie klang nach vierzig Zigaretten und ein paar Gläschen am Tag.

»Frau Lavolla? Wir müssen mit Ihnen reden.«

»Um ein Uhr nachts?«

»Frau Lavolla, gehört Ihnen der Scooter mit dem Kennzeichen EE 32 647?«

»Wer sind Sie überhaupt?«

»Die Polizei.«

Der Fensterladen ging zu. Stille. In der Ferne hörte man ein Geräusch, das wie das Iah eines Esels klang. Irgendwo ging ein Licht an, ein anderes ging aus.

»Wie mich das alles nervt«, sagte De Santis und presste den Finger auf die Klingel. Er hielt den Knopf gedrückt. Minute für Minute.

Dann ertönte wieder die Stimme der Frau, diesmal durch die Gegensprechanlage. »Was soll der Terror? Kommen Sie morgen wieder.«

»Morgen haben wir einen Durchsuchungsbefehl«, sagte De Santis.

»Damit werden Sie den Scooter auch nicht finden.«

»Warum nicht?«

»Ist nicht hier.«

»Wo ist er dann?«

»Weiß ich nicht.«

Beppe Bomba warf De Santis einen Blick zu. Der Kommissar kannte diesen Blick. Er bedeutete, dass Bomba einen seiner diplomatischen Schleichwege einschlagen wollte. Vor allem bei Müttern hatte er regelmäßig Erfolg damit.

»Frau Lavolla«, setzte Bomba mit seiner knabenhaften

Stimme an, »Sie helfen uns, wir helfen Ihnen. Wahrscheinlich handelt es sich nur um eine Verwechslung. Wir klären das rasch und bürgernah.«

»Bürgernah? Gott bewahre.«

»Sie haben nichts zu befürchten. Sie sind doch eine unbescholtene ...«

»Ihr Männer macht einen entscheidenden Fehler, irgendwie ist das angeboren bei euch, dass ihr Frauen für beschränkt haltet. Ihr haltet euch für charmant, für unwiderstehlich. Mein Oller war auch so einer, eine Null mit großer Klappe, der sich nach Australien abgesetzt hat, als es ernst wurde. Als er mit seinem Gequatsche nicht weiterkam. Hat mich mit einem vierjährigen Kind sitzen lassen und schert jetzt wahrscheinlich Schafe oder reitet Strauße ein, keine Ahnung. Vielleicht quatscht er sie auch nur voll.«

»Wir möchten mit Ihnen über Ihren Scooter reden, nicht über Ihren Ehemann.«

»Exmann. Sind beide nicht hier.«

»Frau Lavolla, wir ermitteln in einem Mordfall. Entweder Sie zeigen uns jetzt die Papiere und das Fahrzeug, oder wir kommen mit drei, vier Streifenwagen wieder und nehmen Ihr Haus auseinander.«

»Unwahrscheinlich. Wenn ihr das könntet, würdet ihr es tun. Ich habe euch doch schon gesagt, dass der Scooter nicht hier ist. Und die Papiere auch nicht.«

»Wo sind sie?«

»In der Firma.«

»Dann führen Sie uns hin.«

»Kann ich nicht.«

»Warum nicht?«

»Ich habe die Schlüssel nicht.«

»Für Ihre eigene Firma?«

»Nein.«

De Santis war mit seiner Geduld am Ende, aber ihm waren die Hände gebunden. Wie immer. Er hatte keinen Durchsuchungsbefehl, keinen Haftbefehl. Er konnte Frau Lavolla ein förmliches Gesuch zustellen lassen. Und sie damit zum Lachen bringen. Manchmal hasste er das Gesetz, diese ganzen Formalitäten, die sich Leute ausgedacht hatten, die Bücher darüber schrieben, wie es auf der Welt zuging. Oder zugehen sollte.

»Okay. Irgendwie werden wir schon reinkommen«, sagte er.

»Das dürfen Sie nicht.«

»Zeigen Sie uns an, wenn Sie wollen.«

De Santis und Bomba drehten sich um und gingen in Richtung Dienstfahrzeug.

»Moment«, zischte Frau Lavolla in ihrem Rücken. »Hören Sie.« Der Fensterladen war jetzt ein bisschen weiter offen, sodass man ihr wasserstoffblondes Haar und die Gesichtszüge erkennen konnte. Sie war einmal sehr hübsch gewesen. Aber sie hatte in ihren achtunddreißig Jahren ordentlich zugeschlagen, und die Jahre hatten zurückgeschlagen.

»Ciro hat den Schlüssel.«

»Wer ist Ciro?«

»Mein Verlobter.«

»Und wo ist er?«

»In der Kaserne der Finanzpolizei, hier in Ponticelli.«

»Ein Kollege von uns?«

»Nicht direkt.«

»Wie heißt er mit Nachnamen?«

»Mazzacane.«

»Danke.«

»Wenn Sie mir einen Gefallen tun wollen, sagen Sie ihm nicht, dass ich Sie geschickt habe.«

»Haben Sie ja nicht.«

Die Kaserne der Guardia di Finanza war eine kleine Festungsanlage, umgeben von einem hohen Stahlzaun, Stacheldraht, Straßensperren aus Betonquadern und Metallpflöcken. Sie lag einsam an einem Knäuel aus Kreisverkehr, Kreuzung und Sackgassen. Die Straßen dienten keinem, außer der Firma, die irgendwann einmal diesen Wust an Bauaufträgen eingeheimst hatte.

»Ach du Scheiße«, sagte Beppe Bomba. »Jetzt weiß ich, warum das Navi den Eintrag nicht gefunden hat.«

»Sie ist nie in Betrieb genommen worden«, erwiderte Franco De Santis.

»Jedenfalls nicht von der Finanzpolizei.«

Die Wände waren mit Graffiti und obszönen Sprüchen überzogen, einige Fenster mit Brettern zugenagelt, andere eingeworfen. Nirgendwo hing ein Schild der Behörden, überhaupt war vom italienischen Staat wenig zu sehen. Das Gebäude lag in der Dunkelheit wie der schlafende Drache im Märchen.

»Meint Ihr wirklich, dass Ciro Mazzacane hier ist?«, fragte Beppe Bomba, der die Angewohnheit hatte, De Santis im Pluralis Majestatis anzusprechen. Die Höflichkeitsform stammte aus dem Faschismus, weshalb sie De Santis doppelt auf die Nerven ging. Aber davon wusste Bomba nichts.

»Ich sehe so viel wie du.«

Bomba spielte auf seinem Tablet herum. »Hier, schaut ihn Euch mal an.«

Auf dem erkennungsdienstlichen Porträt war ein etwa fünfundvierzigjähriger Mann mit vollen Lippen und breitem Schädel zu sehen. Kurz geschorenes Haar, Stiernacken, gefühlskalte Augen.

»Ciro Mazzacane, geboren neunzehnhundertzweiundsiebzig, zweimal wegen gewerbsmäßiger Drogendelikte verurteilt, einmal kam erschwerend die Beteiligung an einer mafiösen

Vereinigung hinzu. Seit drei Jahren draußen. Gemeldet ist er in der Via Leto Pomponio, bei Anna Lavolla.«

»Aber hier fühlt er sich wohler.«

»Ich glaube nicht, dass wir da jetzt reingehen sollten.«

»Hast du etwa Angst?«

»Und wie. Was in seiner Akte steht, heißt im Klartext, dass er zur Camorra gehört.«

»Gehört hat. Seit der Haftentlassung scheint er sauber zu sein.«

»Wir sollten wenigstens Verstärkung vom hiesigen Kommissariat anfordern.«

»Wir wollen nicht so viel Staub aufwirbeln.«

»Wenn wir da reingehen, wirbeln wir auf jeden Fall Staub auf. Lasst uns erst mehr Informationen einholen.« Bomba zückte sein Handy.

»Was machst du?«

»Ich rufe den Posten in Ponticelli an.«

»Lass das. Wir schauen nur kurz nach, ganz unverbindlich.«

Das Dienstfahrzeug war zivil. Trotzdem war man längst auf sie aufmerksam geworden. Die Wohnanlagen, die sich nicht an die öffentliche Ordnung hielten, hatten ihre eigene Ordnung. Wachposten, Frühwarnsysteme, unsichtbare Grenz- und Sperranlagen. Die vom Staat errichteten Zäune waren nur ein winziger Baustein in diesem System.

Die beiden stellten den Wagen ab, stiegen aus und schoben sich durch die Betonquader, die die Zufahrt versperrten. Das große Metalltor war verschlossen, nirgendwo brannte Licht. Nur aus einigen Ritzen und Fenstern drang ein schwacher Schein. Es roch nach wildem Fenchel, Weichspüler und Benzin. De Santis rüttelte am Tor, es gab nicht nach.

»Da ist wer«, flüsterte Bomba.

»Wo?«

»Vor dem Eingang.«

De Santis kniff die Augen zusammen und erkannte unter einem Säulengang zwei orangefarbene Punkte. Zigarettenglut.

»He!«, rief De Santis.

Keine Reaktion.

»Wir müssen mit Ciro sprechen.«

Die beiden Punkte leuchteten kurz auf, jemand murmelte einen Fluch, ein anderer spuckte, ein Dritter lachte.

»Komm mit«, sagte De Santis.

Sie arbeiteten sich durch das hohe vertrocknete Gras vor, immer am Zaun entlang. Er bestand aus etwa drei Meter langen Dreikantstangen, auf deren nach innen gebogenen Spitzen eine Wolke aus Nato-Draht schwebte.

»Wie sollen wir den knacken?«, fragte Bomba.

Er ächzte mit seinen einhundertvierzig Kilo, und De Santis konnte seine Angst fast körperlich spüren. Er selbst hob sich die Angst für später auf.

»Sie haben mit Sicherheit einen Notausgang.«

Tatsächlich war auf der Gegenseite eine Lücke, in der einmal ein Verteiler- oder Zählerkasten gestanden haben musste. De Santis ging in die Hocke und schob sich hindurch, Bomba blieb mit dem Bauch stecken.

»Chef, es geht nicht.«

De Santis zog ihn an den Armen durch. Zwei Minuten später standen sie vor den rauchenden Männern, mit gezücktem Dienstausweis.

»Ciro Mazzacane«, sagte De Santis.

»Kennen wir nicht.«

»Er wohnt hier.«

Sie waren zu dritt. Zwei saßen in Trainingsanzügen auf weißen Monobloc-Stühlen und rauchten. Der Dritte, jünger und schlanker, tänzelte nervös wie ein Boxer an der Wand entlang.

Bomba hatte recht. Es war vollkommen aussichtslos. Sie hätten mit einer Hundertschaft anrücken müssen, um ungefährdet in das Gebäude zu gelangen. De Santis zückte seine Taschenlampe und suchte die Wände neben der Eingangstür ab. Es gab natürlich keine Klingeln, keine Namen, nichts. Dann leuchtete er einem der Raucher in die Augen.

»Sie befinden sich hier auf Behördengelände. Unbefugt. Ihre Ausweise bitte«, sagte der Kommissar.

Die drei Männer wechselten einen Blick und betrachteten die beiden Polizisten wie zwei Clowns.

»Wollen Sie uns verarschen?«, sagte der Älteste und nahm einen tiefen Zug.

De Santis schnellte vor, riss den Mann am Polyesterkragen seiner Trainingsjacke nach oben, stieß ihn gegen die Wand und legte ihm den Unterarm an die Kehle. »Pass auf, wie du redest. Entweder du bringst mich jetzt zu Ciro, oder ich nehme dich mit aufs Präsidium. Ich lasse hier eine Razzia durchführen, Strom und Wasser abstellen und die illegalen Behausungen räumen.«

»Das ist Erpressung. Ich habe ... nichts ge...tan«, keuchte der Mann. Die Zigarette war ihm aus dem Mund gefallen, sein Atem erinnerte daran.

»Hausfriedensbruch, Widerstand gegen die Staatsgewalt, Beamtenbeleidigung ...«

De Santis sah aus dem Augenwinkel, wie der zweite Mann sich aus dem Stuhl stemmen wollte, der junge Boxer tänzelte nicht mehr. Bomba stand mit seiner gewaltigen Leibesfülle starr wie ein Felsblock da. Er wirkte entschlossen, obwohl ihn nur die Angst lähmte.

»Reg dich ab, Mann, warum so unbeherrscht?«, fragte der Mann und fing zu husten an. Er gab den beiden anderen ein Zeichen. Dann ging er voraus in den finsteren, muffigen Korridor, in dem das grüne Licht einer Notausgangsleuchte bizarre Schatten warf.

Rechts war die verglaste Pförtnerloge zu erkennen, in der Gerümpel gestapelt war. Einige Türen waren zugemauert, andere fehlten. Wäsche war aufgespannt, auf dem Boden lagen Müll und Spielsachen, irgendwo weinte eine Frau oder ein Kind. Sie gingen durch das Treppenhaus ins Obergeschoss. Der Mann führte sie durch einen langen Flur, blieb stehen, schien zu überlegen. Dann wurde es stockfinster. De Santis hörte Schritte und griff instinktiv an sein Holster. Er spürte die Waffe, die ihm in der Dunkelheit nicht weiterhalf.

»Chef?«, flüsterte Bomba dicht hinter ihm.

Der Kommissar schaltete die Taschenlampe an seinem Handy an. Der Mann war verschwunden. Vor ihnen eine Flucht mit einem Dutzend Eingängen.

»Ciro Mazzacane!«, rief De Santis und hämmerte gegen die Türen.

Ein Hund bellte, warf sich von innen gegen das Türblatt. Mehr tat sich nicht.

»Lasst uns gehen, ich glaube nicht, dass wir ihn finden.«

Der Agente hatte recht, aber das besserte die Laune des Kommissars nicht. Er war sicher, dass Mazzacane ganz in der Nähe war. Vermutlich saß er hinter einer der Wohnungstüren und lachte sich schlapp.

Sie verließen die Kaserne. Die drei Männer am Eingang hatten sich natürlich auch in Luft aufgelöst.

14

De Santis rief Pizzuoli an und fragte ihn, ob er Ciro Mazzacanes Firma kenne. Dieser verneinte, versprach aber, Enz'O'Pazz zu kontaktieren. Nach einigen Minuten teilte er die Adresse mit: Viattolo Fiume Reale 20.

Der Kommissar und sein Agente fuhren unter der Autobahn entlang, die auf hohen Betonpfeilern das Viertel durchschnitt und dem illegalen Mikrokosmos aus Müllhalden, Werkstätten, Straßenstrich und Verkaufsbuden Regenschutz und Schatten spendete.

Durch etliche Nebenstraßen gelangten sie in ein Gewerbegebiet. Um sie herum Obstbäume, Lagerhallen, Blechbaracken. Alles verrammelt, mit Stacheldraht und Schmierereien versehen. Feindselig und verwahrlost.

Sie erreichten das Fahrtziel, zumindest zeigte das Navi es an. Straßennamen und Hausnummern waren nirgendwo zu sehen. Vor einem massiven braunen Metalltor blieben sie stehen. Tatsächlich hing ein Blechschild mit dem Firmennamen »Flashservice Corriere« an einem aus zerbröselnden Ziegeln gemauerten Pfosten.

De Santis zog sich am Tor hoch und löste wütendes Gebell aus. Ein weißer Pitbull schoss aus einer Nische quer über den gekiesten Hof und sprang am Tor hoch. Das Areal war ein Schlachtfeld aus Paletten, alten Haushaltsgeräten und Autowracks. Gesäumt wurde es von mehreren Schuppen und einem Bürocontainer, vor dem etwa ein Dutzend Motorroller parkten. War das passende Modell mit dem auf dem Kopf stehenden V dabei? In der Dunkelheit war es nicht zu erkennen. Der Kommissar ließ sich herab.

»Und?«, fragte Bomba.

»Man kann die Kennzeichen nicht sehen.«

Bomba, dem schon wieder mulmig zumute war, sagte: »Ob wir einen Durchsuchungsbefehl bekommen?«

»Keine Ahnung.«

»Wir sollten es versuchen.«

De Santis hätte sich wegen des Hundes sowieso nicht auf das Gelände gewagt. Von der Kompetenzüberschreitung mal ganz abgesehen.

Als sie wieder im Auto saßen, zündete er sich eine Zigarette an und nahm einen tiefen Zug. Er startete den Wagen und wurde stutzig. Eine Bewegung, ein Schatten, irgendetwas hatte sich im Rückspiegel geregt. Oder waren De Santis' Nerven überreizt? Wahrscheinlich, denn Bomba, für gewöhnlich misstrauischer als er, schien nichts bemerkt zu haben. Doch nach der zweiten Abzweigung war De Santis sicher, dass sie verfolgt wurden. Zwei Scheinwerfer, stahlblaues Xenonlicht. Ein neues Modell, kein Kleinwagen.

»Chef«, sagte Beppe Bomba und rutschte nervös auf dem Beifahrersitz herum.

»Ich habe sie gesehen.«

De Santis bog noch einmal nach rechts ab, dann nach links, nahm erneut eine Querstraße. Die Verfolger versuchten gar nicht erst, sich unsichtbar zu machen. Die letzte Abzweigung hätte der Kommissar sich allerdings sparen sollen, denn er hatte die Orientierung verloren. Die Straße wurde immer einsamer, führte ins Nichts. Der Asphalt war aufgeplatzt, die Straßenlaternen wurden spärlicher. Wo war die Autobahn? Wo die nächste Querstraße? Es kam keine mehr, nur eine Kurve, die sich im struppigen Grün verlor. Er gab Gas, die Schlaglöcher fuhren in die Stoßdämpfer und ihnen in den Magen. Die stahlblauen Scheinwerfer folgten ihnen mit konstanter Geschwindigkeit.

»Das werden sie nicht wagen«, sagte De Santis. »Wir sind Polizisten.«

»Ob sie das wissen?«

Die Scheinwerfer tanzten durch die Nacht und fielen schließlich auf zwei Betonsperren.

»Hol das Blaulicht aus dem Handschuhfach und häng es aufs Dach«, sagte De Santis.

Bomba klappte das Fach auf, doch darin waren nur eine Kelle, ein digitales Funkgerät und Handschellen. »Da ist kein Blaulicht.«

»Was ist das für ein Wagen?«

»Einer von den neuen Seats. Wieso kauft der italienische Staat eigentlich keine italienischen Autos?«

»Weil sie zu teuer und zu unzuverlässig sind, und italienisch sind sie auch nicht mehr. Fiat ist jetzt amerikanisch.«

»Mag sein, aber die Fiats hatten noch Blaulichter, die man aufs Dach kleben konnte.«

»Hier ist das Blaulicht in Heckscheibe und Kühlergrill integriert.«

De Santis fingerte an den Hebeln und Schaltern herum, aber es regten sich nur Blinker und Scheibenwaschanlage. Inzwischen hatten sie die Betonsperren erreicht, der Kommissar bremste ab, die Scheinwerfer kamen näher. Er gab Vollgas, zog die Handbremse und schlug das Lenkrad ein, aber der U-Turn misslang.

»Vorderradantrieb«, sagte Beppe Bomba, »da klappt nicht einmal das. Chef, wer ist das?«

»Woher soll ich das wissen?«, knurrte De Santis, um seine Angst zu überspielen.

Wer auch immer es war – sie verstanden ihren Job. Sie hatten mit dem Kühler De Santis' Fahrerseite blockiert. Die Beifahrerseite war von der Betonsperre abgeriegelt. Sie saßen in der Falle.

Jemand blendete sie mit einer Taschenlampe, ein Pistolenlauf wurde auf die Seitenscheibe gerichtet. »Polizei!«, schrie eine Männerstimme. »Hände aufs Lenkrad und aufs Armaturenbrett.«

»Das ist ein Trick!«, flüsterte Bomba, der seine Waffe auf dem Sitz liegen hatte und danach greifen wollte.

»Bloß nicht«, zischte De Santis und legte die Hände ans Steuer.

Die Fahrertür wurde aufgerissen, jemand zielte mit dem Lauf gegen die Schläfe des Kommissars und sagte: »Aussteigen, aber ganz langsam.«

»Wir sind Kollegen.«

»Was du nicht sagst. Der andere Spaßvogel soll auch rauskommen, ganz vorsichtig, die Hände hübsch im Nacken.«

Beppe Bomba versuchte, sich am Schaltknüppel und Lenkrad vorbei über den Fahrersitz zu schieben, aber er war schlichtweg zu dick. Die Männer, es waren zwei, fingen an zu lachen, und De Santis packte die Wut. Der eine stand direkt neben ihm. Mit einem Sidekick ins Knie hätte er ihn vielleicht kampfunfähig gemacht, doch der andere war zu weit weg. Außerdem hatte De Santis längst keine Übung mehr im Nahkampf.

»Wir sind Polizisten«, fauchte er. »Greif in meine Innentasche.«

Der Mann hatte den Kommissar entwaffnet und tastete nun nach der Brieftasche. Er sah die Ausweise durch, dann brummte er: »Tatsächlich: Bullen.«

»Die Papiere könnten gefälscht sein«, meinte der Kollege.

»Sind sie nicht«, meinte De Santis.

Der eine leuchtete ihm in die Augen.

»Ich kenne ihn. Er ist von der Mordkommission.«

De Santis hatte vor einigen Monaten dafür gesorgt, dass der Erzbischof von Neapel im Knast saß. Dadurch hatte er eine gewisse Berühmtheit erlangt. Und den Neid zahlreicher Kollegen, die ihn für einen Wichtigtuer hielten.

»Warum geistert ihr aus dem dritten Stock hier in der Nacht herum?«

»Eine Ermittlung.«

»Etwas genauer?«

»Wie wär's mit euren Ausweisen?«

Einer der Kollegen griff lässig in seine Innentasche und hielt De Santis ein Dokument unter die Nase. Dipartimento Investigativo Antimafia, kurz DIA, die Einheit für organisiertes Verbrechen. Aushängeschild, Elitetruppe. Sie sorgten in der Regel für Schlagzeilen, sie galten als die edlen Ritter im Kampf gegen das Böse, während die Kollegen von Sitte und Mord den Müll von der Straße fegten.

»Was habt ihr in Mazzacanes Firma gesucht?«, fragte der eine, der De Santis immer noch den Lauf in den Rücken bohrte.

»Und ihr?«

»Unsere Fragen haben Priorität.«

»Wer bestimmt das?«

»Die Dienstvorschrift.«

»Eine Hand wäscht die andere.«

»Wir machen keine Geschäfte mit der Kriminalpolizei.«

»Dann tut es uns leid. Bekomme ich jetzt meine Waffe wieder?«

Der Mann hielt sie De Santis hin. »Hier läuft eine wichtige Operation. Achtzehn Monate Arbeit, die wir uns nicht kaputt machen lassen. Ihr stimmt euch ab sofort mit unserer Leitung ab, verstanden?«

De Santis schob die Waffe ins Holster. »Wisst ihr, warum wir euch von der DIA nicht leiden können?«

Die beiden reagierten nicht, sondern stiegen in ihren BMW, schlugen die Türen zu und fuhren davon.

»Warum können wir sie nicht leiden?«, fragte Beppe Bomba.

»Weil sie arrogante Arschlöcher sind.«

15

Es war fast halb vier, als De Santis vorsichtig den Schlüssel ins Schloss schob. Er gab sich Mühe, Ludovica nicht zu wecken. Aber die Mühe war überflüssig. Ludovica war gar nicht da. Während er fast lautlos seine Jacke aufhängte, die Schuhe abstreifte und auf Socken ins Bad schlich, bemerkte er die zusammengeknäuelte weiße Bettdecke auf der leeren Matratze. Er kontrollierte, ob seine Tochter sich in sein Schlafzimmer gelegt hatte, ob sie auf der Toilette oder der Terrasse saß. Nichts. Ludovica war verschwunden!

Er wählte ihre Handynummer, doch es antwortete nur die Mailbox. Als er weder Einbruch- noch Kampfspuren fand, war er ein wenig beruhigt. Sie musste freiwillig gegangen sein. Aber das war auch nicht viel besser. Ihr Rucksack war verschwunden, mit allen Sachen. Was sollte er tun? Isabella anrufen? Die Polizei? Das wäre seine Pflicht gewesen. Ludovica war minderjährig. Er setzte sich hin, zündete sich eine Zigarette an und drückte sie gleich wieder aus, denn ihm war der Streit eingefallen. Sebastiano. Wie hieß der Junge mit Nachnamen? Wo wohnte er?

Er rannte die Treppe hinunter, zwei Stufen auf einmal nehmend. Als er an die Concierge-Loge kam, war dort alles dunkel und verlassen. Er hämmerte bei Crescenzio an die Wohnungstür. Dieser kam zerknittert und schlecht gelaunt in einem gestreiften Pyjama aus den Zwanzigerjahren an die Tür. »Commissa', was ist los?«, fragte er.

»Meine Tochter ist verschwunden.«

Crescenzio kratzte sich am Kopf. De Santis pulte eine Zigarette aus der Packung und zündete sie sich mit zitternden Händen an.

»Oje. Ihr braucht erst mal einen Kaffee«, sagte der Concierge. »Kommt rein.«

»Hast du sie gesehen?«

»Ja.«

»Warum sagst du das denn nicht gleich! Alleine?«

»Da war noch ein Junge.«

»Der mit dem Scooter?«

»Ja.«

»Hast du dir das Kennzeichen gemerkt?«

Crescenzio lächelte wissend und machte eine einladende Geste.

»Du hast etwas gut bei mir.«

Der Concerge wandte sich um und sagte: »Beruhigt Euch. Ich kenne das, ich hatte selbst mal Kinder in dem Alter. Sie müssen sich die Hörner abstoßen, da könnt Ihr wenig ausrichten. Jetzt trinken wir erst mal einen Kaffee und denken in Ruhe nach.«

»In Ruhe? Sie braucht vielleicht meine Hilfe.«

»Seid Ihr sicher? Es hat nicht wie eine Entführung gewirkt.«

»Hast du nun das Kennzeichen oder nicht?«

Mit enervierender Langsamkeit kramte Crescenzio zwischen Medikamentenschachteln, Zeitungsausschnitten und abgebrochenen Kugelschreibern. Nachdem er seine Lesebrille gefunden hatte, kam er mit einem Zettel wieder.

De Santis dankte ihm und lief hinaus auf die Straße. Er rannte die Treppen hinunter ins Viertel Sanità, wo sein Auto in einem vergessenen Tuffsteinstollen vor sich hin rostete. Unterwegs rief er in der Questura an und bat um eine Halterermittlung. Er kam an der Bar Totò vorbei, seiner Lieblingsbar, wo Aldo und Cirella, das greise Paar, ihre Ehestreitigkeiten inszenierten und dabei den besten Kaffee servierten. Alles war dunkel um diese Zeit. Klar. Ein paar Aufpasser lungerten herum, ohne dass man kapiert hätte, worauf sie aufpassten, zwei Kleindealer warteten auf Kundschaft, taxierten De Santis und drehten ab. Inzwischen hatte sich herumgesprochen, dass er Bulle war.

Sein Handy klingelte. Die Questura. Eine junge Frau von der Bereitschaft war dran, sie wirkte ungnädig. »Können Sie mir sagen, warum das um diese Uhrzeit so wichtig ist?«

»Eine Ermittlung.«

»Danke, das habe ich mir gedacht. Welche?«

»Der Überfall in Chiaia.«

»Verstehe.« Sie zögerte, und er wusste nicht, ob sie die Lüge geschluckt hatte. Es war ihm aber gleichgültig, solange sie den Halter nannte. »Das Fahrzeug ist auf einen gewissen Gustavo Strozza zugelassen.«

»Alter?«

»Vierundvierzig.«

Das konnte der Vater sein. »Und die Adresse?«

Die Beamtin nannte die Rampen unterhalb von Pizzofalcone. De Santis war erleichtert. Es war keine üble Gegend, eine steile Serpentinenstraße, die hinter den Luxushotels an der Strandpromenade auf den ältesten besiedelten Felsgipfel der Altstadt führte.

Er bedankte sich, rannte weiter zu seinem Auto, schoss aus dem unterirdischen Stollen und durch die Gassen der Sanità. Um diese Uhrzeit war fast kein Verkehr, und nach einer Viertelstunde war er am Ziel. Kleine bunte Häuschen flankierten die enge Straße, von der aus man die prunkvolle Beleuchtung der Promenade und die unendliche pechschwarze Fläche der See sehen konnte. Autos parkten kreuz und quer, dazwischen Motorroller. Sollte er bei Strozzas klingeln? Besser nicht, seine Tochter würde nie wieder ein Wort mit ihm reden, wenn er hier mitten in der Nacht eine Szene machte. Aber da berührte sein Finger bereits die Klingel, und kurz darauf öffnete sich ein Fenster.

»He!«, schrie ein Mann in T-Shirt und mit Dreitagebart. »Hast du sie noch alle?«

Der Kommissar hielt seinen Ausweis ins Licht einer Laterne. »Commissario De Santis, ist Ihr Sohn da? Sebastiano?«

Der Mann kniff die Augen zusammen. »Hatte er einen Unfall? Oder hat er was ausgefressen?«

»Nein. Er war mit meiner Tochter unterwegs. Sie ist nicht nach Hause gekommen.«

»Und deswegen klingeln Sie um halb fünf bei wildfremden Leuten?«

»Ich muss meine Tochter finden. Ludovica.«

Der Mann dachte nach, nickte. Der Name schien ihm etwas zu sagen. »Werden wohl in der Schule sein. Da läuft irgendeine Aktion.«

Eine Aktion? Mitten in der Nacht? Am Wochenende? »Wie heißt die Schule?«

»Liceo Copernico. Oben auf dem Vomero.«

De Santis kannte sie. Es war dieselbe Schule, in die auch seine Tochter ging. »Was ist das für eine Aktion?«

»Was Politisches. Besetzung, Streik, das Übliche halt.«

De Santis bedankte sich und sprang in seinen Alfa. Irgendwas Politisches. Kümmerte den Kerl nicht, was sein Sohn in der Nacht trieb?

Er fuhr durch die Gassen von Pizzofalcone, kam auf den

Corso Vittorio Emanuele I. und nahm die Panoramastraße hinauf Richtung Vomero. Hin und wieder passierte er einen Obdachlosen, der im Müll stöberte, eine Gruppe angetrunkener Jugendlicher, Huren, ein Fahrzeug der Straßenreinigung. Die Stadt unter ihm war eine finstere, klebrige Masse, schwarz wie erkaltete Lava, durch die sich ein Netz aus leuchtenden Adern zog.

Als er die Schule erreichte, sah er Transparente an den Fenstern flattern, die Fassaden waren mit Graffiti und Spuren von Farbbeuteln überzogen. Er gab sich nicht die Mühe, die Parolen zu lesen, sondern lief direkt in das Gebäude. Die Metalltür am Haupteingang war aufgebrochen, Musik und Partylärm hallten durch die leeren Flure. Hier hatte er zigmal bei Lehrersprechstunden angestanden und seine Tochter abgeholt, wenn ihr unwohl war.

In der Aula saßen und lagen Dutzende Jugendliche auf Schlafsäcken, einige tanzten, eine Wolke von Marihuana hing in der Luft. So sah also die Politik aus, die hier gemacht wurde.

Der Kommissar ging zu einem Jugendlichen mit Rastalocken und Bierflasche, der an einer Stereoanlage herumdrehte, und fragte: »Kennst du Ludovica De Santis?«

Kopfschütteln.

»Sebastiano Strozza?«

Der Junge sah sich um und zeigte vage auf den Teppich aus bunten Schlafsäcken. »Er pennt, glaub ich, da hinten.«

De Santis stapfte zwischen den Leibern herum. Er war sich nicht sicher, ob er Sebastianos Gesicht in dem schummrigen Licht wiedererkennen würde. Aber das war nicht nötig. Er kannte das Gesicht seiner Tochter.

»Ludovica«, sagte er und rüttelte an ihrem Arm.

Sie lag in Sebastianos Achselhöhle unter einem Schlafsack, den sie zur Bettdecke ausgebreitet hatten. Sie schlug die Augen auf, blinzelte, und als sie ihren Vater erkannte, schrak sie hoch. »Das ist jetzt nicht wahr, oder?«

»Das hoffe ich auch.«

»Lass mich gefälligst mein Leben leben.«

»Spinnst du? Du kommst auf der Stelle mit.«

Sebastiano war aufgewacht und richtete sich auf. »Leute, wir haben die Staatsgewalt hier.«

Sofort kam Leben in das Matratzenlager. Trillerpfeifen gellten, Trommeln wurden geschlagen, Parolen skandiert.

Ludovica ließ sich widerstrebend am Ärmel mitziehen, und als sie draußen im Auto saßen, schwieg sie.

De Santis beherrschte sich. »Wir reden zu Hause«, sagte er und drehte den Zündschlüssel.

»Zu Hause? Meinst du deine Bruchbude? Mein Zuhause ist woanders.«

Er legte den ersten Gang ein und sagte nur: »Schnall dich an.«

Sie zog am Türhebel. »Lass mich aussteigen.«

»Nein. Für dich ist diese Aktion zu Ende.«

»Ich lasse mich nicht rumkommandieren.«

»Ist dir eigentlich klar, welche Ängste ich ausgestanden habe? Du bist vierzehn.«

»Fünfzehn.«

»Streng genommen machen wir uns strafbar, wenn wir dich ohne Begleitung nachts auf der Straße herumlaufen lassen.«

»Fängst du schon wieder mit dem Spießergelaber von Recht und Ordnung an?«

So wenig Einfühlungsvermögen und Fantasie konnte niemand haben, nicht einmal in der Pubertät. »Ludovica, ich habe mir Sorgen gemacht. Verstehst du das nicht?«

»Doch, aber jetzt hast du gesehen, dass alles in Ordnung ist, und lässt mich wieder rein.«

»Nein.«

Sie starrte ihn an, und er sah nicht nur Wut in ihren Augen, sondern Hass.

»Weißt du, was es für einen Vater bedeutet, wenn er nicht weiß, wo sein Kind ist, was mit ihm passiert, ob es gesund ist, noch lebt?«

»Von wegen Sorgen, das ist doch bloß dein Machtanspruch. Du lebst deine patriarchalischen Allmachtsfantasien aus. Wir sind nicht mehr im Mittelalter und auch nicht im Islam. Die sexuelle Kontrolle der Frau ...«

»Wovon redest du? Du bist vierzehn, und die Welt sieht anders aus als in deinen Anarcho-Fibeln.«

»Deine Welt. Zu der gehöre ich nicht. Ich will aussteigen, hast du das kapiert?« Sie schrie, dass es in seinen Ohren klingelte.

»Wenn du zurück in die Schule gehst, lasse ich sie räumen.«

»Toll. Erpressung. Sind das deine Methoden? Dann hat Sebastiano also recht.«

»Womit?«

»Er hat dich bei der Questura gesehen. Wie du die Mädchen malträtiert hast.«

»Malträtiert? War er etwa bei diesen Krawallmachern? Was weiß er denn schon von einem Rechtsstaat?«

»Vielleicht mehr als du.«

Er war auf den Corso Vittorio Emanuele abgebogen und fuhr hinunter in die Stadt. Ludovica griff ins Lenkrad, der Wagen schlingerte, und er wäre um ein Haar gegen einen Laternenmast gefahren. Er trat auf die Bremse, wischte mit der Hand zur Seite, instinktiv, als wollte er sie schlagen. Das hatte er noch nie getan. Aber sie hatte es gemerkt. Es herrschte einen Moment Stille. Nur der Scheibenwischer, der in dem Gerangel angegangen war, kratzte jammernd über die Windschutzscheibe.

»Ich will zu Mamma«, sagte Ludovica.

»Das ist unser Wochenende.«

»Du kannst mich nicht zwingen, alleine in deiner Bude rumzuhocken. Lass mich nach Hause.«

Er legte den ersten Gang ein, wendete und fuhr wieder den Corso Vittorio Emanuele hinauf. Es brannte in seinem Magen, er suchte nach den richtigen Worten und fand sie nicht. Er war verzweifelt, ohnmächtig. Ludovica, dachte er, wieso können wir nicht mehr miteinander reden? Wann hat das angefangen?

Vor dem Jahrhundertwendehaus setzte er seine Tochter ab, vor dem reich dekorierten Portal mit dem alten schmiedeeisernen Aufzug, der heimelig nach Schmieröl und dem Staub der Monarchie roch. Sie verschwand hinter der Tür, und er ließ den Wagen anrollen. Glückwunsch, De Santis, dachte er, mach nur weiter so.

16

Die Sonntage in Neapel haben einen besonderen Geschmack. Zwar wimmelt es in den Gassen wie an jedem anderen Tag, Geschäfte, Marktstände, Kioske und Bars sind geöffnet, die Abgase der Zweitakter mischen sich mit gegrilltem Fisch, Parfüms, Vanille, Kaffeearomen und der Brise des Meeres, und doch spürt man, dass die hektische Betriebsamkeit unverbindlicher ist. Als wäre es eine Inszenierung für die Touristen, die übers Wochenende die Stadt besuchen.

De Santis ging die Via Pessina hinab. Er war übermüdet und schlecht gelaunt, und die Sonntagsstimmung der Touristen regte ihn zusätzlich auf. Sie meinten, die Neapolitaner seien nur als Kulisse für ihre gute Laune da. Als er die Treppenstufen zur Questura hinaufsteigen wollte, grüßte der Posten am Eingang mit einem verkniffenen Grinsen, als wollte er sich lustig machen über ihn. Warum, sollte er gleich erfahren.

Im Besprechungsraum warteten bereits Beppe Bomba, Gennaro Pizzuoli und Mario Marin. Das heißt, sie bildeten einen Halbkreis um die Zeitungen, aus denen der Vicecommissario laut deklamierend vorlas.

»Wir können nicht dulden, dass einzelne sogenannte Gesetzeshüter Neapel in ein Schlachtfeld der Willkür verwandeln. Selbst ernannte Sheriffs mit Rambo-Mentalität …«

»Guten Morgen«, rief De Santis, und seine Leute erstarrten.

»Guten Morgen«, erwiderte Marin fröhlich und hielt *Il Mattino* hoch, auf dessen Titelbild Eleonora Calamandrei zu sehen war, weinend und mit einem Kabelbinder an ein Verkehrsschild gefesselt. Daneben eine Aufnahme von De Santis, außerdem ein Bild der improvisierten Demo auf den Stufen der Questura. »Wild West in Neapel«, lautete die Schlagzeile. »Polizei schießt auf unschuldige Minderjährige.«

Die Angehörigen der Mädchen hatten ihre guten Verbindungen genutzt, hatten weder Kosten noch Mühen gescheut. Wer weiß, wie sie den Passanten gefunden haben, der mit dem Handy ein Foto von der Verhafteten gemacht hat, dachte De Santis. Oder hatten sie es nachgestellt und selbst aufgenommen? Wie auch immer. Für De Santis kam es knüppeldick. Ob Elvira Barbarossa als Bollwerk gegen diese Kampagne ausreichen würde? Und: Wollte sie überhaupt sein Bollwerk sein?

»Kommen wir zu unserem Fall. Marin, haben Sie Neuigkeiten?«, fragte der Kommissar.

»Und ob! Ich habe ein bisschen in Otello D'Astolis Vergangenheit gegraben. Wie wir bereits wussten, stammt er aus Ponticelli. Abgebrochenes Betriebswirtschaftsstudium, hier und da Gelegenheitsjobs, bis er dank einer kleinen Erbschaft vor sechzehn Jahren die Boutique *Gentleman* eröffnete.«

»Das wissen wir alles bereits«, erwiderte der Kommissar ungeduldig.

»Ja, aber ich habe noch ein bisschen tiefer gebohrt. Er ist zwar nicht vorbestraft, aber das hat er allein findigen Anwälten und der schwerfälligen Justiz zu verdanken.«

»Wieso?«

»Vor zehn Jahren: Ermittlungsverfahren wegen Bilanzfälschung. Eingestellt, weil die damalige Regierung das Gesetzbuch geändert hat. Vor sieben Jahren werden die Raten für eine hohe Hypothek mit wachsender Verzögerung beglichen, die Bank versucht zu pfänden. Der Laden ist praktisch leer, ebenso seine Mietwohnung. Ermittlungsverfahren wegen Konkursverschleppung, doch von einem Tag auf den anderen ist D'Astoli wieder solvent, zahlt die Schulden, rettet den Laden.«

»Wie hoch waren die Schulden?«, fragte Bomba.

»Fünfzigtausend. Wo hatte er plötzlich das Geld her? Man weiß es nicht. Und das ist noch nicht alles. Kurz darauf findet man gefälschte Markenartikel bei ihm. Wieder wird er wegen Betrugs angezeigt, windet sich aber heraus, weil man ihm nicht nachweisen kann, dass er die Fälschungen wissentlich verkauft hat.«

»Ich verstehe nicht, was das mit unserem Fall zu tun hat«, sagte De Santis.

»Der Kerl ist ein falscher Fünfziger, der mehrfach den Kopf aus der Schlinge gezogen hat, indem er noch höher gepokert hat als vorher.«

»Diesmal könnte er ein Gewaltverbrechen in Kauf genommen haben, meinst du?«, fragte der Kommissar.

»Angenommen, er macht mit seinen Betrügereien weiter wie bisher. Wenn der rechtschaffene, idealistische Salvatore ihm auf die Schliche gekommen ist, Fälschungen entlarvt hat und vielleicht zur Polizei gehen wollte, dann musste er den Jungen womöglich eliminieren.«

»Hast du die Sachen aus der Reinigung überprüfen lassen?«

»Ja, negativ. Keine Blut- oder sonstigen Spuren, die uns weiterhelfen«, erwiderte Marin.

»Schmauchspuren an den Händen?«

»Auch nicht. Aber er kann Handschuhe getragen oder zwei Killer angeheuert haben. Später ist er dann im Laden herumgelaufen, um zu kontrollieren, ob die Tat richtig ausgeführt worden ist.«

De Santis erschien das allzu weit hergeholt. Nach wie vor war nicht plausibel, dass die Täter den Jungen ausgerechnet in der Boutique eliminiert hatten. Damit war eine offenkundige Verbindung zu dem Geschäft hergestellt.

»Wir müssen die beiden finden. Und diese mysteriöse Frau, die vielleicht eine der beiden Täter ist. Gibt es da neue Informationen? Bomba, was ist mit der Fluchtroute?«

Beppe Bomba spielte eine Karte der Innenstadt auf das Whiteboard und zeigte mit dem Cursor, wie die Flucht verlaufen war. »Bis zur Grenze Sanità haben wir die Bilder bereits ausgewertet. Sie sind dann weiter Richtung Norden geflohen, und hier …« Er startete ein Video. Man sah einen Motorroller, der in einem Hauseingang verschwand. »Das ist das letzte Bild mit dem gefälschten Kennzeichen, das ich gefunden habe. Das ist die Via Sanità 42. Ich nehme an, dass sie dort im Innenhof oder ganz in der Nähe das Fahrzeug gewechselt haben.«

»Vielleicht hatten sie ja auch ihr Ziel erreicht«, gab der Kommissar zu bedenken.

»Oder sie haben sich umgezogen und sind zu Fuß, mit dem Bus oder einem anderen Verkehrsmittel weitergeflohen«, meinte Marin.

»Wir müssen die Gegend durchsuchen«, entschied der Kommissar.

»Zu viert?«, stöhnte Bomba.

»Lasst es uns wenigstens versuchen.«

Sie zogen sich an und stiegen gemeinsam in ein Zivilfahrzeug. Niemand war begeistert von der Aktion, aber sie war notwendig. Wenn sie die Klamotten und das Nummernschild fanden, konnten sie vielleicht Fingerabdrücke, DNA und die Etiketten sicherstellen. Jedes Objekt, mit dem ein Mensch in Berührung kam, speicherte eindeutige Spuren. Diese ließen sich immer genauer auswerten. Selbst nach Jahren noch. Erst kürzlich war in Norditalien ein Kindsmörder anhand einer Stempelmarke überführt worden, die er Jahre vorher abgeleckt und auf seinen Führerschein geklebt hatte. Inzwischen folierte man komplette Leichen und konnte so an den Anhaftungen die Hautpartikel aller Menschen studieren, die mit ihnen vor dem Tod Kontakt gehabt hatten. So viel Aufwand würde der Questore allerdings bei einem Raubmord nicht genehmigen. Raffaele della Picca billigte ihnen ja nicht einmal zusätzliche Kräfte für die Suche zu.

Sie stiegen an der Stelle aus, an der die Videokamera wie eine winzige Straßenlaterne mit weißem Häubchen hing. Sie klingelten an den Häusern, suchten in Innenhöfen, stöberten in Mülltonnen und Containern. Sie befragten Anwohner, zeigten das grob gepixelte Bild von dem Motorroller und den beiden flüchtenden Tätern vor. Die Leute betrachteten nachdenklich die Aufnahmen und hörten sich die Fragen an. Manche waren kooperativ, die meisten jedoch zugeknöpft oder unschlüssig. Helfen konnte ihnen keiner. Niemand erinnerte sich, am Freitagabend einen jungen und einen älteren Mann gesehen zu haben, die sich hastig um- oder auszogen oder ein Nummernschild von einem Motorroller abmontierten.

Stunde um Stunde verging, und De Santis kamen Zweifel an seiner Theorie. Vielleicht hatten die Täter ganz woanders Kleidung und Kennzeichen gewechselt. Die Kameras waren nicht flächendeckend installiert. Die Räuber waren schlau, sonst wären sie bereits aufgeflogen, und wahrscheinlich hatten sie bewusst ein Schlupfloch im Überwachungssystem genutzt. Womöglich suchten sie in einer falschen Ecke der Stadt. Dann war alles umsonst.

Es kam die Mittagszeit. Seine Leute hatten Hunger und fingen zu murren an.

»Chef, ich glaube, die Sache ist ein Schlag ins Wasser«, meinte Beppe Bomba.

De Santis wusste, dass sein Agente dringend eine frittierte Pizza oder zumindest eine Sfogliatella brauchte. »Wir machen eine Pause und überlegen noch einmal«, sagte er und lotste seine Leute zu Aldo und Cirella in die Bar Totò.

Die Eheleute sprangen erfreut hinter dem Tresen auf, den sie einfach im Wohnzimmer ihres kleinen Basso installiert hatten. Sie waren berühmt für ihren Kaffee, morgens boten sie Gebäck dazu an, und manchmal hatten sie auch eine Kleinigkeit zu essen da. De Santis stellte seine Kollegen vor.

Cirella strahlte. »Wurde Zeit, dass du dich mal wieder blicken lässt. Wir dachten schon, dir wäre der Ruhm zu Kopf gestiegen.« Sie brach in Gelächter aus, spielte offensichtlich auf die Schlagzeilen vom Morgen an. Bei jemand anderem hätte es höhnisch geklungen, bei ihr war es nur ein Verweis darauf, dass die ganze Welt ein Komödienstadel ist.

»Lass das«, fiel ihr Aldo ins Wort. »Wir haben leider nur noch ein paar Hörnchen von heute Morgen und zwei Stück Pizza.«

De Santis verteilte die Sachen an seine Leute, jeder nahm sich ein Getränk aus dem Kühlschrank, und dann setzten sie sich auf die Klappstühle an der Straße. Die Messe war gerade zu Ende, und die Besucher zogen schwatzend und lärmend in Grüppchen vorbei.

Die Beamten waren ausgelaugt, und De Santis überlegte, ob er seinen Leuten den Sonntag einfach freigeben sollte. Staatsanwaltschaftliche Genehmigungen, Ergebnisse der Spurensicherung und der Gerichtsmedizin, das alles würde vor Montag nicht eintreffen. Vorerst konnten sie nur nachdenken.

»Warum sind wir hier?«, fragte der Kommissar in die Runde. Seine Leute schauten ihn verständnislos an.

»Ich frage mich: Warum halten sie ausgerechnet hier? In Sanità. War das geplant? Hatten sie hier Komplizen, einen Stützpunkt, an dem neue Klamotten bereitlagen? War ein Wechsel des Fahrzeugs vorgesehen, oder ist das alles improvisiert?«

»Sie meinen, die Täter stammen vielleicht aus Sanità? Hier endete die Flucht?«, erwiderte Bomba.

De Santis zuckte mit den Achseln. »Wir haben einen Tatort in Chiaia, im Stadtzentrum«, sagte er. »Alle sonstigen Hinweise laufen Richtung Ponticelli. Dort hat das Opfer gelebt«, sinnierte er.

»Auch D'Astoli stammt von dort«, warf Marin ein, der sich in seinen Verdacht gegen den Ladenbesitzer verbissen hatte.

»Ebenso das Kennzeichen, das die Täter verwendet haben«, meinte Bomba.

»Und schon sind wir bei einem der Rätsel. Nehmen wir einmal an, das Kennzeichen wurde gestohlen, um den Überfall zu begehen. Warum ausgerechnet in Ponticelli? Noch dazu bei einem schlimmen Finger wie Mazzacane, Mitglied der Camorra. Das ist glatter Selbstmord. Nur ein Verrückter tut so etwas«, gab der Kommissar zu bedenken.

»Oder ein Ahnungsloser«, meinte Bomba.

»Dann stammt er nicht aus Ponticelli. Aber ist so viel Zufall möglich? Dass er ausgerechnet dort das Kennzeichen klaut? In dem Viertel, aus dem auch das Opfer stammt? Das hat es in meiner zwanzigjährigen Laufbahn nicht gegeben«, meinte De Santis.

»Vielleicht konnte der Räuber das Kennzeichen nicht zuordnen«, sagte Pizzuoli, der geistesabwesend gewirkt hatte und plötzlich erwacht war.

Alle schauten ihn an. Keiner begriff.

Er fuhr fort: »Ich denke an meinen Pizzabringdienst, für den vier oder fünf Mopeds laufen. Die sind ständig unterwegs, parken auf dem Gehweg bei Kunden, stehen vor der Pizzeria, müssen in die Werkstatt, fahren in Nachbarbezirke. Mazzacane hat einen Kurierdienst, der Aktionsradius ist groß. Vielleicht ist das Kennzeichen irgendwo auf der Straße abgeschraubt worden, womöglich ist es sogar einfach abgefallen, und jemand hat es aufgelesen. Das muss nicht in Ponticelli passiert sein.«

»Trotzdem ein merkwürdiger Zufall.«

»Oder es ist doch in Ponticelli passiert, aber der Finder wusste nicht, dass er sich an Mazzacane vergreift.«

Das war eine Möglichkeit. Die plausibelste.

»Das hieße, Ciro Mazzacane hat nichts mit dem Fall zu tun.«

»Ist vielleicht so. Auch wenn er ein Ekel ist.«

»Alles Vermutungen. Wir müssen auf sein Firmengelände gelangen und klären, ob das Kennzeichen von dort stammt. Ob einer seiner Scooter verwendet wurde oder nur das Nummernschild. Ich versuche, einen Durchsuchungsbefehl zu erwirken, auch wenn das schwierig wird. Welche Hinweise führen noch nach Ponticelli?«

»Vanessa«, sagte Pizzuoli. »Vanessa Saba, das Selbstmordopfer. Ich habe ihre Geschichte recherchiert. Es ist merkwürdig, aber im Netz ist fast nichts über sie zu finden. Kein Facebook-Profil, keine Links zu Zeitungsmeldungen. Der Fall muss damals doch durch die Presse gegangen sein. Stattdessen hat es den Anschein, als hätte Vanessa Saba nie gelebt.«

»Auch in der Schule war kein Erinnerungsbild, keine Blumen oder sonst etwas«, sagte De Santis.

»Und in der Klasse will niemand mit ihr befreundet gewesen sein«, ergänzte Gennaro Pizzuoli.

De Santis trank einen Schluck Espresso. »Okay, ihr könnt für heute Schluss machen. Ich werde noch einmal nach Ponticelli fahren. Ich schaue mir Mazzacanes Firma an und rede mit Vanessas Familie. Hast du die Adresse?«

Pizzuoli gab sie ihm. Dann stiegen sie alle in den Dienstwagen. De Santis setzte Bomba und Marin am U-Bahnhof Toledo ab, Pizzuoli nahm er mit nach Ponticelli, wo seine Pizzeria und sein Zuhause lagen.

»Du kannst jetzt gerne deiner Frau helfen, aber ich möchte, dass du heute irgendwann bei Sabrina Schiattarella vorbeischaust und klärst, ob der Fußabdruck von ihr stammen könnte. Converse All Stars, Größe achtunddreißig. Morgen habe ich dann übrigens einen Sonderauftrag für dich.«

»Welchen?«

»Ich rufe dich an.«

Er ließ Gennaro vor dem Pizzabringdienst seiner Frau aussteigen und fuhr in den Viattolo Fiume Reale, wo *Flashservice* lag.

17

De Santis war vorsichtig. Auf keinen Fall durfte er sich Ärger mit der DIA einhandeln, denn Ärger hatte er im Moment genug. Als er den Wagen langsam durch das verwahrloste und sonntäglich apathische Gewerbegebiet rollen ließ, vorbei an behelfsmäßigen Zäunen und Baracken, diesem jedem Bebauungsplan spottenden Konglomerat aus Hangars, Hütten und Einfahrten, suchte er den Straßenrand nach verdächtigen Fahrzeugen ab. Nichts. Er erreichte das Schild mit der Aufschrift *Flashservice* und stieg aus. Das Tor war geschlossen, wie schon in der vergangenen Nacht.

Er sah sich um, überquerte die Straße, fand eine alte Obstkiste, stellte sie an die Mauer und versuchte hinüberzuspähen. Alles ruhig, selbst die Hunde blieben stumm. Vor einer Baracke waren die Fahrzeuge aufgereiht, doch konnte er weder Kennzeichen noch Modelle erkennen. Sollte er hinüberklettern? Er musste nur den Hof absuchen, bis er auf den Yamaha-Motorroller stieß. Sie hatten von der Zulassungsstelle alle Daten: Modell, Farbe, Fahrgestellnummer.

Als er das Bein auf das Tor schwingen wollte, zischte eine Stimme: »Das würde ich bleiben lassen.«

Er drehte sich um. Hinter ihm stand Rodolfo Reja, Vicequestore und Chef der DIA. Er trug einen grauen Anzug, sein Haar war rappelkurz geschnitten, die Wangenknochen standen scharf hervor. So wie alles an ihm scharf und genau gezeichnet wirkte. Umso mehr fielen die Hände auf, die er lässig in den Hosentaschen hatte.

De Santis ließ sich herunterrutschen und folgte der Kopfbewegung Rejas. Sparsam, kontrolliert, selbstsicher. Er schien der Welt immer einen Schritt voraus zu sein und konnte sich deshalb mit kleinen Gesten begnügen, die große Wirkung hatten. Er dirigierte den Kommissar zurück zu seinem Dienstwagen, setzte sich auf den Beifahrersitz und wartete, bis der Wagen anrollte.

»Ich dachte, meine Kollegen hätten sich klar ausgedrückt«, begann er.

»Ich muss nur ein Kennzeichen überprüfen. Eine Kleinigkeit.«

»Und dazu dringst du am Sonntag unbefugt in ein Firmengelände ein? Du kannst hier nicht ermitteln, hast du das endlich kapiert? Wir sind an einer großen Sache dran. Die hat absolute Priorität.«

»Ja, ich weiß, seit achtzehn Monaten. Ich kann aber nicht noch einmal achtzehn Monate warten. Ein Mordfall wird in den ersten achtundvierzig Stunden nach der Tat aufgeklärt, oder die Wahrscheinlichkeit …«

»Die sind so gut wie um.«

»Eben.«

De Santis war inzwischen auf eine der breiten Hauptstraßen von Ponticelli eingebogen. Er betrachtete Rodolfo Reja von der Seite. Auch jemand, der den Sonntag nicht heiligte, der nichts Besseres zu tun hatte, als Sonderschichten zu schieben. Aber immerhin hatte er es damit zum Star der Polizei und zum Vicequestore gebracht. Und De Santis? Die Karriere war ihm nicht wichtig. Er wollte nur seine Mörder finden.

»Ich will hier nicht den Formalisten spielen, aber du weißt, dass die DIA den anderen Abteilungen übergeordnet ist. Unsere Ermittlungen haben Vorrang. Ihr habt gefälligst stillzuhalten.«

»Wie kommt es, dass du am Sonntag eine Observierung durchführst? Der Vicequestore höchstpersönlich?«

»Keine Details zu unserer Operation, tut mir leid. Nur so viel: Wir stehen kurz vor der entscheidenden Aktion. Gib mir noch fünf, sechs Tage, danach kannst du hier schalten und walten, wie du willst.«

»Die Information brauche ich aber jetzt. Vielleicht können wir kooperieren. Warum seid ihr hinter Ciro Mazzacane her?«

»Dienstgeheimnis.«

»Ich kann Geheimnisse für mich behalten.«

»Tut mir leid. Und ihr? Was führt euch hierher?«

Was bildete der Kerl sich ein? Dass er, De Santis, Interna einfach ausplauderte? Ohne Gegenleistung?

»Habt ihr Mazzacane rund um die Uhr observiert?«

»Wer sagt dir, dass wir an Mazzacane dran sind?«

Jetzt wurde der Kommissar richtig sauer. Wollte Reja ihn für dumm verkaufen?

»Ich mache dir einen Vorschlag. Du gibst mir die Information, die ich brauche, und im Gegenzug löse ich mich in Luft auf. Freitagabend wurde in Chiaia eine Boutique überfallen. Der Verkäufer kam dabei zu Tode, das Tatfahrzeug hatte ein Kennzeichen, das zu Mazzacanes Firma gehört. Ich muss nur wissen, ob Mazzacane in die Tat involviert ist.«

»Ausgeschlossen. Hast du dir seine Vorgeschichte mal angesehen?«

»Ja. Er hatte wohl mit der Camorra zu tun, Drogen. Ist jetzt angeblich sauber.«

»Hier geht es um das ganz große Geschäft, nicht um Peanuts.«

»Morde sind keine Peanuts.«

»Das wollte ich damit auch nicht sagen. Aber nach allem, was hier auf dem Spiel steht, wird er sich wohl kaum wenige Tage vorher an einem gewöhnlichen Überfall beteiligen. Das wäre absolut hirnverbrannt. Außerdem ist das nicht seine Kragenweite.«

»Was ist denn seine Kragenweite?«

Reja verzog das Gesicht, als hätte er auf eine Zitrone gebissen.

De Santis ließ sich nicht entmutigen. »Hast du Kameras auf dem Gelände installiert? Oder einen Maulwurf unter seinen Mitarbeitern? Ich muss lediglich ein Kennzeichen überprüfen. Wenn Mazzacane nicht in unseren Fall verwickelt ist, dann hat man ihm das Kennzeichen geklaut. Welche Leute sind in den letzten Tagen hier ein und aus gegangen? Wer gehört zu seinem Team?«

»Er ist nicht involviert. Glaub's mir, so unprofessionell ist er nicht.«

»Wer dann?«

Reja schüttelte den Kopf. »Verstehst du mich nicht? Wir können wegen einer solchen Petitesse unsere Ermittlungen nicht gefährden. Und einen Maulwurf haben wir nicht bei ihm. Auch keine Kameras, das wäre viel zu riskant. Wie gesagt: fünf, sechs Tage, danach gehört er dir. Oder er ist schon hinter Schloss und Riegel, und dann habe ich deine Arbeit gleich mit erledigt. Hängt alles davon ab, dass unsere Operation perfekt läuft. Deshalb stimmst du dich bitte in allem mit mir ab. Wir dürfen keinen Staub aufwirbeln … Du kannst mich hier rauslassen.«

Reja deutete auf eine belebte Bar, vor der die Gäste gestikulierten und debattierten, während sie Kaffee und Sambuca tranken. De Santis fuhr rechts ran.

Als der Vicequestore ausstieg, fragte er: »Seit wann observiert ihr das Gelände?«

Reja verdrehte die Augen. »Was, wenn das Kennzeichen irgendwo außerhalb geklaut wurde?«

Das hatte Pizzuoli auch vermutet.

Rodolfo Reja tippte sich zum Gruß an die Stirn wie ein Soldat, dann warf er die Beifahrertür zu.

De Santis kribbelte es in den Händen. Er war so klug wie vorher, und dieser unsichtbare Wall um Mazzacane machte ihn verrückt, auch wenn Ciro Mazzacane höchstwahrscheinlich nichts mit dem Überfall zu tun hatte. Aber was, wenn der Täter in seinem unmittelbaren Umfeld saß?

Der Kommissar schüttelte seinen Frust ab, indem er sich eine Zigarette anzündete, den Wagen langsam durch die Straßen rollen ließ und nachdachte.

Die alten Leute hatten ihre Stühle vor die Häuser gestellt, saßen im Schatten und plauderten. Jugendliche standen in Grüppchen zusammen, die Jungen plusterten sich auf, die Mädchen lachten verlegen. Das Leben ging seinen gewohnten Gang in diesem Stadtteil, der friedlich und lebensfroh wirkte. Alles erschien zwar ein wenig ärmlich, aber in bester Ordnung.

Nichts ist in Ordnung, dachte De Santis. Salvatore ist tot, wahrscheinlich von einem dieser Einwohner erschossen. Und dann war da noch Vanessa Saba, die sich umgebracht hatte. Niemanden schien es zu kümmern. Zumindest ihre Familie würde sie ja wohl nicht vergessen haben.

18

Als De Santis die Küche der Familie Saba betrat, verschlug ihm die Enge fast den Atem. Hier fehlte es an allem: an Licht, Luft, einer Lebensperspektive. Vanessas Mutter saß in einer geblümten Polyesterschürze am Tisch, blickte starr geradeaus und drehte einen Topflappen zwischen den Fingern. Er war verkohlt und schmutzig, Mickey Mouse fehlten die Beine.

»Polizei?«, brummte sie.

»Ja, Commissario Franco De Santis. Wir ermitteln zum Tod von Salvatore Ronga.«

»Es ist nicht gut, dass Sie deswegen zu uns kommen.«

De Santis sah sich um. Die Sabas hatten zwei Kinder gehabt: Vanessa und einen jüngeren Bruder. Der Mann, offiziell arbeitslos, war wahrscheinlich schwarz auf dem Bau oder als illegaler Parkwächter beschäftigt. Eine der zahllosen Randexistenzen, die ständig Kompromisse eingehen mussten, vor allem faule. Die Familie lebte in einem der besetzten Wohnblocks, geduldet von denjenigen, die hier das Sagen hatten, auf dem illegalen Wohnungs- ebenso wie auf dem Arbeitsmarkt. Wer das war, seit wann und mit welchen Mitteln, das würde die Polizei wohl erst erfahren, wenn die Bulldozer Erde darüber geschoben hatten. Vielleicht nie.

»Haben Sie Salvatore gekannt?«, begann der Kommissar die Befragung.

»Ich? Nein.«

»Er war mit Ihrer Tochter in einer Klasse.«

Falls sie irgendetwas gehört, gedacht oder empfunden hatte, behielt Signora Saba es für sich. Wie versteinert wirkte sie, während De Santis zwischen Hilflosigkeit, Wut und Mitleid schwankte. Die Frau mochte Anfang, Mitte vierzig sein, doch sie wirkte wie eine Greisin.

»Vanessa, ist sie das?«, fragte er.

Auf dem vergilbten Fernseher stand ein Foto mit Silberrahmen und Trauerflor. Das Mädchen darauf war schön, außergewöhnlich schön. Braune, glatte Haare, zu Katzenaugen geschminkte grüne Augen, die durch falsche Wimpern noch strahlender wirkten. Ein breites, vielleicht ein wenig künstliches Lächeln. Oder war es Schüchternheit?

»Was für ein Mädchen war Vanessa?«

»Ein Engel. Kein Wort zu viel, sie hat nie an sich selbst gedacht.«

»Und in der Schule? Das Gymnasium ist nicht einfach, oder?«

»Meine Tochter war fleißig. Sie wusste, wie viele Opfer wir ihretwegen bringen. Damit sie lernen, vielleicht einmal studieren konnte.« Der Frau rannen Tränen über die Wangen. »Wozu das alles? Ich verstehe nicht, warum Sie das wissen wollen.«

Ja, warum? Die Gerechtigkeit, die er suchte, kam immer zu spät.

»War Vanessa mit Salvatore befreundet?«, fragte er.

»Was soll das heißen?« Die Stimme von Signora Saba hatte auf einmal eine bösartige Note angenommen. »Sie war ein anständiges Mädchen.«

»Sicher. Ich will ihr nichts unterstellen. Immerhin war sie volljährig, es ist normal, dass in dem Alter …«

»Was ist normal? Was ist in dem Alter schon normal? Was unterstellen Sie meinem Kind? Sie kommen hier an, vier Monate nach Vanessas Tod, und …«

»Was?«

Sie winkte ab. De Santis hatte offensichtlich einen wunden Punkt berührt. Er dachte an Ludovica. Was hatte er ihr unterstellt? Was war in der Nacht wirklich passiert zwischen ihr und Sebastiano? Er wusste es nicht. Und hatte sich benommen wie ein Idiot.

»Frau Saba, bitte glauben Sie mir, mich interessiert nur die Wahrheit. Warum hat Ihre Tochter sich umgebracht? Wissen Sie es?«

Sie schüttelte den Kopf.

»Hatte Sie Probleme in der Schule?«

Wieder Kopfschütteln.

»Liebeskummer?«

Dieselbe Reaktion. Sie hatte sich eingemauert in ihren Kummer, und die Mauer war stärker als De Santis' Mitgefühl. Sie hatte aufgegeben zu kämpfen, vertraute keinem.

»Am Freitag wurde Salvatore Ronga erschossen. Womöglich gibt es eine Verbindung zum Tod Ihrer Tochter. Wir möchten für Gerechtigkeit sorgen.«

»Gerechtigkeit? Für wen?«

»Für Sie, für Ihre Tochter.«

»Glauben Sie, dass meiner Tochter heute mit Gerechtigkeit geholfen ist?«

»Vielleicht Ihnen.«

Sie machte eine unwirsche Geste, und der Kommissar gab es auf. Er fühlte sich nur noch ohnmächtig.

»Sollte Ihnen noch etwas dazu einfallen, können Sie sich jederzeit bei mir melden. Ich schreibe Ihnen auch meine Privatnummer auf«, sagte De Santis und zog eine Visitenkarte hervor, eine der unzähligen Visitenkarten, die durch Neapel geisterten. Jedem der drei Millionen Einwohner schien er sie inzwischen in die Hand gedrückt zu haben, nie rief ihn jemand an.

»Alles Gute. Falls ich etwas tun kann für Sie, lassen Sie es mich wissen.«

»Die Polizei hat hier noch nie etwas getan. Alle haben mein Mädchen mit Dreck beworfen. Haben Lügen verbreitet. Die ganze Welt.«

»Was für Lügen? Wer?«

Seltsam, im Internet hatte diese Hexenjagd keine Spuren hinterlassen.

Sie winkte wieder ab und wies dem Kommissar mit einem feindseligen Blick die Tür.

»Danke, ich finde allein raus«, sagte er.

Als er in den schmalen, dunklen Flur trat, in dem es nach Gemüsebrühe und alten Schuhen roch, nahm er eine Bewegung wahr. Ein Junge, vielleicht fünfzehn Jahre alt, steckte die Nase in den Korridor.

»Pasquale«, sagte der Teenager.

»Pasquale?«

»Er weiß, was mit meiner Schwester passiert ist.«

»Welcher Pasquale? Wie heißt er mit Nachnamen?«

»Er ist mit Vanessa in eine Klasse gegangen.«

»Anto'?«, kam es plötzlich aus der Küche. »Anto'? Hast du den Müll runtergebracht?« Frau Sabas Stimme hatte jetzt einen ganz anderen Klang.

»Danke«, sagte De Santis und schlüpfte aus der Wohnung.

Die Nachmittagssonne brannte auf den Asphalt und verbreitete einen Duft aus Staub, Abgasen und trockenem Gras. Aus der Ferne wirkten die Wohnblocks fast freundlich, mit ihren gigantischen bunten Graffiti und den großzügigen Parkanlagen in der Nachbarschaft. Nur der Plastikmüll, der die Fahrbahn säumte, und die Tüten, die im Luftwirbel aufstiegen, erinnerten daran, dass hier ein anderer Geist herrschte als im Grünflächenamt.

Pasquale ... Der Kommissar hatte die Klassenliste auf dem Beifahrersitz liegen. Neunundzwanzig Namen und Geburtsdaten, dazu die Meldeadressen. Da stand er, das musste er sein: Pasquale Scognamiglio, neunzehn Jahre alt, wohnhaft in der Via Chaplin 34. De Santis gab die Adresse ins Navi ein und gelangte in eine der besseren Wohngegenden Ponticellis. Eine Straße mit zumeist verschachtelten Reihen- und Mehrfamilienhäusern, hin und wieder blühende Hecken, Sommerflieder und Blauregen. Die Nummer 34 war eine kleine, in einem Sepiaton gestrichene Villa. Kein Auto stand vor der Garage, und auf De Santis' Klingeln reagierte niemand. Der Rasen war gemäht, das Haus wirkte trotzdem unbewohnt. Er probierte die Telefonnummern aus, die in der Liste standen. Es meldete sich niemand. Weder unter Pasquales Handy noch am Festnetz.

Wer konnte ihm weiterhelfen? Er rief Gennaro Pizzuoli an, doch der kannte die Familie Scognamiglio nur vom Hörensagen. Blieb der Klassenlehrer, mit dem er sowieso noch einmal hatte reden wollen. Womöglich war er zugänglicher, wenn seine Schüler nicht zuhörten.

De Santis gelangte in die Viale Margherita im historischen Kern von Ponticelli. Überall Jahrhundertwendebauten, sogar ein paar verschnörkelte Jugendstil-Balkone und Majolika-Fassaden, dazwischen alte, baufällige Häuschen, die sich gegenseitig stützten und durch unzählige Schichten Wandfarbe zusammengehalten wurden. In einem der verwinkelten Höfe wohnte Antonio Russo, Salvatores Mathe- und Klassenlehrer.

Er musste durch ein Labyrinth enger Höfe, eine verwinkelte Betontreppe hinauf und über eine schmale Galerie in den Anbau eines Anbaus gehen.

Russo trug wieder einen Kapuzenpulli und schaute überrascht, als De Santis in der Tür stand.

»Am Sonntag?«

»Die Polizei arbeitet sieben Tage die Woche zum Nutzen der Bevölkerung«, erwiderte der Kommissar in ironischem Ton.

Der Lehrer ließ ihn nur widerwillig eintreten. Die Wohnung wirkte wie eine verlassene Werkstatt, kaum beleuchtet und schlecht gelüftet. Bücherstapel auf dem Boden, dazwischen Pflanzkübel und knorriges Wurzelholz.

»Eines meiner Hobbys«, sagte Russo fast entschuldigend.

»Ich habe noch ein paar Fragen an Sie«, begann De Santis.

»Das dachte ich mir. Nur frage ich mich, warum Sie den Täter ausgerechnet in Salvatores Klasse suchen.«

»Wir ermitteln lediglich sein persönliches Umfeld«, erklärte De Santis. Es sieht so aus, als hätten die Täter gut Bescheid gewusst über den Laden.«

Russo setzte sich auf einen Stuhl, der verloren im Raum stand. Er bot seinem Gast keinen Platz an.

»Dann kommt er wohl aus dem Umfeld des Ladens.«

»Auch da ermitteln wir. Wissen Sie, wo ich Pasquale Scognamiglio finden kann?«

Der Lehrer wirkte erneut überrascht und runzelte die Stirn. »Was hat Pasquale mit Salvatores Tod zu tun?«

»Wahrscheinlich nichts. Er soll Informationen zu Vanessa haben.«

Russo wurde unruhig, seine Augen funkelten. »Ausgerechnet jetzt kommen Sie mit dieser Geschichte?«

»Ja. Zwei Todesfälle in einer Klasse innerhalb von vier Monaten ... dem müssen wir nachgehen.«

»Jetzt, wo alles zu spät ist.« Russo suchte nach den richtigen Worten, bekam Hitzeflecken und rutschte auf dem Stuhl hin und her. »Die ganze Tragödie hat die Polizei einen feuchten Dreck gekümmert! Und jetzt, nach vier Monaten, wollen Sie den Fall noch mal hervorkramen?«

»Was meinen Sie? Wieso hätte die Polizei das kümmern sollen? Sie denken, der Selbstmord war gar kein Selbstmord?«

Er winkte ab. »Vergessen Sie's. *Strafrechtlich irrelevant* haben das Ihre Kollegen genannt.«

»Ich war mit dem Fall nicht befasst.« Russo schwieg. »Aber wenn Sie reden, können wir die Geschichte vielleicht wieder aufrollen.«

»Bloß nicht.«

»Warum nicht?«

»Die Familie ... Sie wollte das damals nicht. Vanessas Eltern haben mich auch bei der Anzeige nicht unterstützt. Hören Sie, als ich die Klasse übernahm, war das Entscheidende längst geschehen. Vanessa war von Anfang an häufig krank. Sie sprach mit niemandem, ihre Leistungen wurden immer schlechter, sie aß nicht. Man konnte förmlich zusehen, wie sie verwelkte.«

»Sie konnten nichts unternehmen?«

»Nein. Ich habe versucht, mit ihr unter vier Augen zu reden, sie mit kleinen Gesten aufzumuntern. Bei jedem Versuch, an sie heranzukommen, verschloss sie sich noch mehr, kam dann noch seltener in die Schule.«

»Was war der Auslöser?«

»Wie gesagt, es muss davor in den Ferien passiert sein. Meine Kollegen haben erzählt, sie sei anfangs ein zwar zurückhaltendes, aber normales Mädchen gewesen. Mit guten Noten.« Der Lehrer schüttelte den Kopf und biss sich auf die Lippen. »Wir alle haben versagt. Das kann ich mir am wenigsten verzeihen.«

De Santis versuchte es auf anderem Weg. »Gab es eine Verbindung zwischen Salvatore und Vanessa? Waren sie vielleicht befreundet oder ein Paar?«

»Vanessa war mit niemandem befreundet.«

Himmel, der Kommissar war dabei, die Geduld zu verlieren. »Was war sie für ein Mädchen? Sie kam aus einfachen Verhältnissen. Wurde sie deshalb isoliert? Hier in Ponticelli ist niemand auf Rosen gebettet, oder?«

»Sie kennen das Viertel nicht, und ich kenne es auch nur oberflächlich. Die Leute reden nicht. Man muss sich auf seinen Instinkt verlassen. Ich komme aus Sizilien, und dorthin kehre ich in ein paar Wochen zurück. Prekariat, verstehen Sie. Aber keiner von den Prekären, die einfach die Augen verschließen und den Mund halten.«

»Dann reden Sie. Ich verstehe, dass Sie keinen Ihrer Schüler anschwärzen wollen, aber wir brauchen Informationen, auch unscheinbare. In einer Klasse fliegen jeden Tag die Fetzen, es gibt Gerüchte, wilde Szenen. Irgendetwas müssen Sie doch beobachtet haben in einem Schuljahr. Hatte Salvatore Zoff mit jemandem? Oder Pasquale? Vanessa? Wie hat die Klasse die Nachricht von ihrem Tod aufgenommen?«

Der Lehrer legte den Kopf schräg und tippte sich an die Nase. Dann sah er sich um und sagte: »Ich habe Ihnen ja gar nichts zu trinken angeboten.«

»Danke, ich habe keinen Durst.« De Santis spürte vielmehr, dass etwas in Russo rumorte.

»Es hat tatsächlich an dem Tag eine Szene gegeben.«

»An welchem?«

»Am zweiten Februar. Die Direktorin war ins Klassenzimmer gekommen, um zu verkünden, dass Vanessa sich am Morgen zwischen sieben und acht im Badezimmer erhängt hatte. Ich erinnere mich noch ganz genau.« Er schüttelte den Kopf.

»Sie hat das tatsächlich genau so gesagt: zwischen sieben und acht im Badezimmer, als ob das eine Bedeutung hätte. In der Klasse war es totenstill, alle wie gelähmt. Zwei, drei Mädchen fingen still zu weinen an, das war's. Jeder schien ... Ich weiß nicht, normalerweise rücken die Menschen bei einem Verlust zusammen und spenden einander Wärme, oder?«

Der Kommissar betrachtete den Lehrer, dessen Augen glänzten.

»Nicht in der 5 f. Vielleicht haben sich alle schuldig gefühlt, und jeder war mit seinem schlechten Gewissen beschäftigt, keine Ahnung. Wie kann man zusehen, wenn neben einem ein Mensch stirbt, jeden Tag ein bisschen?«

Eine gute Frage. Nur leider unlösbar. Irgendwie tut das vielleicht jeder, mit mehr oder weniger guten Verdrängungsstrategien, dachte De Santis bitter. Aber er hütete sich, Russo zu unterbrechen.

»Pasquale hat als Einziger etwas unternommen. ›Wir müssen Geld sammeln‹, sagte er. ›Wenigstens für einen Kranz. Wir sollten auch die Familie unterstützen.‹«

»Und dann?«

»Dann wurde ich nach draußen gerufen. Das Kollegium wollte einen Termin für eine außerordentliche Versammlung finden, wegen Vanessas Tod. Als ich wieder ins Klassenzimmer kam, spielte sich die Szene ab.«

»Welche?«

»Salvatore hatte Pasquale im Würgegriff.«

»Sie haben gerauft?«

»Nein, es war kein richtiger Kampf. Salvatore war fast einen Kopf größer als Pasquale. Er hielt ihn mit der Hand an der Kehle, wie ein unartiges Kind. Drückte ihn einfach gegen die Wand wie eine Wanze. Die beiden starrten einander an, und Salvatore schrie: ›Untersteh dich, untersteh dich!‹«

»Weswegen? Wegen der Kollekte?«

»Das war mein Eindruck.«

»Was haben die anderen Schüler getan?«

»Nichts. Das war ja das Komische. Keiner ergriff Partei, keiner versuchte, die beiden zu trennen. Es gab auch keine blutrünstigen Anfeuerungen.«

»Wahrscheinlich waren sie noch gelähmt wegen der schockierenden Nachricht.«

»Mag sein.«

»Wie ging der Streit weiter?«

»Gar nicht. Die beiden haben einander ignoriert.«

De Santis dachte nach. »Was für ein Mensch ist Pasquale?«

»Intelligent, stolz. Es ist schwer, an ihn heranzukommen, er ist fast nie im Unterricht. Aber er ist einer von diesen Fällen, die wir nicht aufgeben dürfen. Die anderen spüren, dass er aus einem ›bildungsfernen‹ Milieu kommt, wie es so schön heißt.«

»Ärmlich wirkt sein Zuhause aber nicht.«

»Geld scheint auch nicht das Problem zu sein.«

»Was dann?«

»Seine Brüder sollen vor Jahren auf die schiefe Bahn geraten sein. Er dagegen ist bisher sauber geblieben. Das ist eine beachtliche Leistung. Hier in Ponticelli kann man sich auf die krumme Tour leichter Respekt verschaffen.«

»Hat er einen Freund in der Klasse? Mit wem sitzt er zusammen?«

»Mit Giovanni Sculli. Ein guter Junge. Eher still und schüchtern, aber ich habe den Eindruck, dass er Pasquales Probleme versteht. In Mathe hilft er ihm jedenfalls nach allen Regeln der Kunst.« Antonio Russo lachte. »Und manchmal auch gegen geltende Regeln.« Der Lehrer bemerkte De Santis' verständnislosen Blick und fügte hinzu: »Ist nicht weiter wichtig, aber in Mathe ist Pasquale keine Leuchte. Bei der letzten Klausur hatte ich den Eindruck, dass Giovanni sie für ihn geschrieben hat. Das musste ich bei der Bewertung einfließen lassen. Auch nicht leicht.«

Der Kommissar erhob sich. Er hatte ein Bild im Kopf, zwar nur ein diffuses, aber zumindest bildeten sich Konturen. Auch der Lehrer war ihm nach wie vor ein Rätsel, wenngleich ein sympathisches. »Vielen Dank fürs Erste«, sagte er und gab Russo die Hand. »Wenn Ihnen noch etwas einfällt, ich bin für jeden Hinweis dankbar. Auch am Sonntag.«

19

De Santis lief über den verwinkelten Innenhof zurück auf die Straße. Aus einem Imbiss stieg ihm der Duft nach frittiertem Fisch in die Nase und erinnerte ihn daran, dass es Abend wurde und das Mittagessen fast ausgefallen war. Der Kommissar nahm sich ein Bier aus dem Kühlschrank, setzte sich in die milde Sonne und ließ sich einen Teller Spaghetti mit Meeresfrüchten bringen. Er dachte an Vanessa und an seine Tochter. Übermorgen war ihr Geburtstag, und er hatte noch nicht einmal ein Geschenk. Er hatte noch nicht einmal mehr ein Gefühl dafür, was für ein Mensch sie war. Das Wochenende mit ihr hatte er auch in den Sand gesetzt, stattdessen rannte er dem Schatten einer Fremden nach, die seit vier Monaten tot war.

Er nahm sein Handy und wählte Isabellas Festnetznummer. Es dauerte lange, ehe sie ans Telefon ging. Sie begrüßten einander knapp, dann sagte er: »Ich würde gerne mit Ludovica sprechen.«

»Aber sie möchte, glaube ich, nicht mit dir sprechen.«

»Woher weißt du das?«

»Sie steht neben mir und macht Zeichen.«

»Gib sie mir bitte trotzdem. Ich will mich bei ihr entschuldigen.«

Er hörte, wie der Hörer abgedeckt wurde, von der Diskussion konnte er jedoch nichts verstehen.

»Sie will nicht.«

»Das ist mein Wochenende«, sagte er.

»Habe ich gemerkt. Kompliment.«

Nun geriet er schon wieder in Rage. »Weißt du überhaupt, warum wir uns gestritten haben? Was sie nachts treibt? Kennst du ihren Freund? Diesen Sebastiano?«

»Ja.«

»Und? Wie findest du ihn?«

»Nett.«

»Du findest es also normal, dass unsere Tochter mit ihm schläft?«

»Wer sagt, dass sie mit ihm schläft?«

»Und diese Schulbesetzung?«

»Unsere Tochter tut nichts anderes als du in dem Alter.«

»Vielleicht habe ich irgendwann mal mit Steinen geworfen, aber da war ich mindestens siebzehn. Sie ist vierzehn.«

»Fast fünfzehn. Mädchen sind ein bisschen fixer als ihr Jungs in der Entwicklung.«

Okay, er hatte verstanden. Sie bildeten eine Front gegen ihn. Das Ganze war sinnlos und lief in eine völlig falsche Richtung. Er hatte seine Nerven nicht mehr im Griff. Er hatte gar nichts mehr im Griff. »Eigentlich rufe ich aus einem ganz anderen Grund an. Übermorgen ist Ludovicas Geburtstag, und ich weiß, dass das nächste Wochenende eures ist, trotzdem würde ich euch gerne einladen, um mit Ludovica zu feiern. Von mir aus auch mit Sebastiano.«

»Wie aufmerksam von dir. Aber darum hat Stefano sich schon gekümmert.«

»Ach.« Er stockte. Stefano Baldini, Isabellas neuer Lebensgefährte. Der Mann mit Privatklinik, Porsche und dem Körperbau eines brasilianischen Beachvolleyballers. »Eigentlich hätte ich lieber etwas nur mit euch beiden unternommen.«

»Am nächsten Wochenende? Wie du weißt, ist Ludos Geburtstag übermorgen.«

»Ich stecke mitten in einer Ermittlung. Unter der Woche ist für mich im Moment nicht so leicht.«

»Du musst schon selbst wissen, ob das Geburtstagsfest deiner Tochter in deinen Terminkalender passt.«

»Wieso entscheidet ihr über meinen Kopf hinweg, wie ihr Ludovicas Geburtstag feiert?«

»Es ist ihr Fest. Sie hat sich mit Stefano abgesprochen.«

Natürlich. Er schluckte, und Isabella schien so etwas wie Mitgefühl zu entwickeln.

»Ehrlich gesagt bist du ein wenig spät dran mit deinem Vorschlag.«

»Können wir bitte versuchen, wie vernünftige Menschen miteinander zu reden?«

»Gerne. Es wird ein tolles Fest, Ludovicas Freunde werden da sein, die Rossis, meine Eltern, ganz ungezwungen. Komm einfach vorbei.«

Ungezwungen. Genauso hörte es sich an. Die Rossis, die Albas. Ein Fest nach Stefano Baldinis Gusto. Aber De Santis wollte seine Tochter feiern, nicht Baldini.

»Was schenkst du Ludovica?«

»Das können wir dir leider nicht verraten. Es ist eine Überraschung«, erwiderte sie.

Sie sagte es in einem Ton, der ihn nervte. Ebenso wie der Plural. Musste sie ihn immerzu daran erinnern, dass sie einen neuen Partner hatte? Er hatte es nicht vergessen. »Mir kannst du es doch sagen«, hakte er nach.

»Tut mir leid. Und du, was schenkst du ihr?«

Eben darüber hatte er mit ihr reden wollen, doch die Lust war ihm vergangen. Er hatte an eine Reise nach Schottland gedacht, vierzehn Tage auf einem College. Sündhaft teuer, aber für seine Tochter war er gerne zu diesem Opfer bereit. Sie würde ein neues Land kennenlernen, neue Freunde finden und nebenher, wenn sie wollte, ihr Englisch verbessern. Aber womöglich würde Ludovica es nicht als Geschenk, sondern als Drill empfinden. Vielleicht meinte sie auch, er wollte sie nur von Sebastiano trennen. All das hatte er mit Isabella besprechen wollen. Auch dazu war ihm die Lust vergangen.

»Wann beginnt die Party?«, fragte er stattdessen.

»Um fünf, an der Mole von Mergellina. Eine kleine Bootspartie.«

Erst jetzt begriff De Santis. Auf Stefano Baldinis Jacht würden sie feiern. Zusammengepfercht mit der Hautevolee Neapels.

Er legte auf und trank das Bier aus. Der Appetit war ihm vergangen. Besser, er lenkte sich mit Arbeit ab.

Kurz darauf startete er den Wagen und gab auf seinem Handy Giovanni Scullis Adresse bei Google Maps ein.

20

Ponticelli war bis in die Siebzigerjahre hinein ein ländliches Idyll gewesen, mit goldenen Weizen- und Maisfeldern, Obst- und Gemüseplantagen. *Campania felix*. Selbst die Römer, Herrscher über die halbe Welt, konnten sich keinen lieblicheren Landstrich vorstellen. Die Zentren der Macht bildeten Gutshäuser, die *masserie*, imposante, aus gelbem Tuffstein gemauerte Herrensitze, mit ihren zahllosen Dependancen. Deren Besitzer regierten über das Viertel und gaben den Bewohnern Arbeit. Lieferten Mehl an die Mühlen und Pastafabriken, Obst und Gemüse an die Konservenindustrie.

In den Überresten eines solchen einstigen Herrensitzes wohnte Giovanni Sculli. De Santis fuhr auf den staubigen Hof, um den sich verfallene historische Gebäude und ein unverputzter Neubau scharten.

Den Kommissar erwartete eine Überraschung. Als er aus dem Wagen stieg, ging die Haustür auf, und auf der Schwelle erschien der Vigile Enz'O'Pazz. Hocherfreut kam er mit ausgestreckten Armen auf De Santis zu und tönte: »Sie glauben, dass ich mich nicht erinnere. Aber da täuschen Sie sich. Dreißig Jahre Dienst in Ponticelli, da kenne ich jedes einheimische und auswärtige Gesicht.«

Enzo hielt eine Serviette in der Hand, und aus dem Hauseingang drang der Duft von überbackenen Auberginen.

»Tut mir leid, dass ich Sie am Sonntag störe, noch dazu beim Essen«, sagte De Santis.

»Ein Missetäter, der bereut, ist immer willkommen. Wir sind praktisch fertig, aber ein Platz für Sie ist schnell gedeckt.«

»Danke, ich habe schon gegessen.«

»Verstehe, keine Zeit. Sie sind sicher wegen Giovanni hier.«

»Giovanni ist Ihr Sohn?«

Ehe De Santis noch etwas hinzufügen konnte, war Enz'O' Pazz verschwunden. Der Kommissar folgte ihm in das Innere des engen Hauses. Drinnen roch es feucht und staubig. Im Flur lagen unbehandelte Dielen, die Wände waren aus nicht gestrichenem Beton, das Mobiliar war ein Sammelsurium verschiedener Epochen und Stile.

»Wir haben gerettet, was zu retten war«, sagte Enzo entschuldigend. »Meine Frau, wissen Sie, stammt aus einer reichen Gutsbesitzerfamilie. Ihr Vater hat ein astronomisches Vermögen mit dem Verkauf des Landes gemacht. Er spielt, trinkt. Das hier ist das Ergebnis.«

»Vielleicht können Sie mir weiterhelfen. Ich suche Pasquale Scognamiglio. An seiner Meldeadresse ist niemand anzutreffen, und ans Telefon geht auch niemand.«

»Was hat das mit meinem Sohn zu tun?«

»Die beiden sind Banknachbarn. Ich dachte, Giovanni weiß vielleicht, wo Pasquale steckt.«

Der Vigile reagierte nicht, sondern führte ihn in die Wohnküche und stellte ihn vor. Am Tisch saßen eine verlebte, traurig dreinblickende Frau, ein riesiger Junge mit einem rätselhaft ausdruckslosen Gesicht und daneben ein schmächtiger Jugendlicher.

»Marco und Giovanni«, sagte der Hausherr. »Antonietta, leg noch ein Gedeck auf.«

»Danke, nein.«

»Aber ich sehe doch, dass Sie umkommen vor Hunger.«

»Ich habe bereits gegessen, glauben Sie mir«, sagte der Kommissar.

»Dann reden Sie gleich mit Giovanni, er ist fertig. Aber mit Pasquale hat er nichts zu tun. Stimmt doch, oder?«

Der kleinere Junge stand auf, nickte und führte den Kommissar in ein Zimmer, in dem zwei Betten und ein großer Schreibtisch standen. Ein paar billige Musikinstrumente, Computer, Bücher, Plüschtiere. Giovanni wirkte verlegen und nervös – kein Wunder, bei diesem Vater.

»Keine Sorge, ist nur Routine«, sagte De Santis. »Ich habe dich in der Schule nicht angetroffen. Es geht um Salvatore Ronga.«

Der Junge nickte. Er hatte ein schmales, blasses Gesicht.

»Wie habt ihr euch verstanden?«

»Gut.«

»Und Vanessa?«

Giovanni war verwirrt, strich sich immer wieder das Haar aus dem Gesicht. »Wieso Vanessa? Ich dachte, Sie sind wegen Salvatore hier.«

»Ja, aber wir interessieren uns auch für Vanessa Sabas Tod. An dem Tag, als sie sich umbrachte, hatten Salvatore und Pasquale ihretwegen Streit. Weißt du, warum?«

Er schüttelte den Kopf. »Keine Ahnung. Tut mir leid.«

»Hast du sie gemocht?«

»Sie war okay.«

»Ich habe gehört, dass sie isoliert war.«

Der Junge biss sich auf die Lippen.

»Wurde sie gemobbt? Warum?«

Giovanni zuckte mit den Achseln. »Keine Ahnung. Sie hat mit keinem geredet.« Er sah De Santis flehend an.

»Hat Salvatore dir jemals von dem Laden in Chiaia erzählt?«

Heftiges Kopfschütteln. »Ich hab gewusst, dass er manchmal jobbt. Aber nicht, wo.« Der Junge griff nach einem Schlüsselanhänger auf dem Schreibtisch. Um das N, das Symbol des SSC Neapel, rankte sich ein Violinschlüssel. Er rieb mit Daumen und Zeigefinger darüber, als handelte es sich um ein Ritual.

»Bist du Neapel-Fan?«, fragte der Kommissar.

Wieder wirkte Giovanni verwirrt. Er schüttelte den Kopf und sagte: »Ach so, nein. Eher Musikfan.«

»Ich müsste dringend mit Pasquale sprechen. Er ist nicht zu Hause, geht auch nicht ans Telefon. Weißt du, wo er sein könnte?«

Giovanni schüttelte erneut den Kopf. Damit war das Gespräch beendet.

Als De Santis sich in der Küche von den Eltern verabschiedete, fragte er: »Wissen Sie, wo Ihr Sohn am Freitagabend war?«

Enz'O'Pazz und seine Frau betrachteten ihn misstrauisch.

»Sie glauben doch nicht, dass mein Sohn …«, sagte der Vigile.

»Wir überprüfen alle.«

»Er war hier«, sagte Enzo. »Den ganzen Abend.«

»Es wäre eine Hilfe, wenn er uns seine DNA geben würde. Wir bitten alle Klassenkameraden darum.«

»Ja, sicher. Verstehe ich. Kein Problem.«

De Santis bedankte sich und fragte im Gehen: »Pasquale ist nicht in der Via Chaplin anzutreffen. Haben Sie ein Idee, wo ich ihn finden könnte?«

Der Vigile dachte nach. »Die Familie hat einen Agriturismo, die Ranch, hinter Pollena Trocchia. Im Sommer sind sie meistens dort.«

Der Kommissar bedankte sich und fügte hinzu: »Wieso meinen Sie, dass Ihr Sohn nichts mit Pasquale zu schaffen hat? Die beiden gehen in eine Klasse.«

»Solche Leute sind kein Umgang für ihn.«

»Pasquale soll sauber sein, im Gegensatz zu seinen Brüdern.«

Enz'O'Pazz betrachtete den Kommissar missmutig. »Sie kennen diese Familie nicht. Der Apfel fällt nicht weit vom Stamm.«

De Santis verzichtete darauf, mit dem Vigile den freien Willen und die Macht der Gene zu diskutieren. Man hätte wohl nicht einmal die Straßenverkehrsordnung mit ihm diskutieren können. Als wäre Enz'O'Pazz seinen Assoziationen gefolgt, erhob er zum Abschied einen Zeigefinger.

»Jetzt hätten wir das Wichtigste aber fast vergessen!«

»Das wäre?«

»Das Strafmandat. Sie wollten mir doch die Quittung zeigen.«

De Santis suchte nach einer Notlüge, fand keine und sagte: »Ich bringe sie morgen vorbei. Verzeihen Sie, der Fall lässt uns keine Verschnaufpause.«

Der Vigile blickte säuerlich drein. Als meinte er, Kriminaler hielten sich für etwas Besseres.

De Santis lenkte den Alfa durch die Ausfallstraßen, bis er über die mit zerborstenen Lavasteinen gepflasterten Straßen in die Dörfer am Vesuvhang kam. Eigentlich waren es keine Dörfer mehr, sondern nur eine weitere Ausstülpung des endlosen Randbezirks von Neapel, ein Kontinuum aus niedrigen Betonhäuschen, Wohnblocks und zerfallenden historischen Bauten. Unten flimmerte der Golf in tausend Blauschattierungen, hier oben flimmerte die Sonne auf der Blechkolonne, die sich durch Schlaglöcher, Gemüsestände, plaudernde Motorradfahrer und in dritter Reihe parkende Lieferwagen wand.

Eine Straße am Ortsausgang von Pollena Trocchia führte

Richtung Kegelspitze, nach zweihundert Metern ging rechts eine Schotterstraße ab. De Santis erreichte einen Gutssitz inmitten einer weiten Parkanlage. Ein Hauch von Hollywood wehte über das Areal: gepflegter Rasen, Kieswege, Palmen und ein Swimmingpool. Sah man genauer hin, erkannte man im Hintergrund auch alte Stallungen und Scheunen.

De Santis fuhr auf den Hof und parkte. Nach den Autos der Gäste zu urteilen, schien der Agriturismo, die Nobelvariante von Ferien auf dem Bauernhof, gut zu laufen: teure Neuwagen mit ausländischen Kennzeichen. Er klingelte an der mit Schiebetüren versehenen Eingangshalle. Ein Mann, Ende fünfzig, grauer Vollbart, gepflegte Erscheinung, stand hinter dem Tresen und öffnete per Knopfdruck.

De Santis legte seinen Ausweis vor und schilderte sein Anliegen.

»Alberto Scognamiglio, ich bin der Vater. Was wollen Sie von Pasquale?«

»Ich habe ein paar Fragen wegen Salvatore, seinem Klassenkameraden.«

»Was hat mein Sohn mit ihm zu tun?«

»Wie gesagt, er ist ein Klassenkamerad. Wir befragen alle aus seinem Umfeld, und Ihr Sohn war länger nicht in der Schule.«

Der Vater wirkte überrascht von dieser Information. Unangenehm überrascht. »Was verstehen Sie unter *länger*?«

»Sechs Tage.«

»Das kann nicht sein. Mein Sohn nimmt die Schule sehr ernst«, sagte er bestimmt.

»Ja. Wissen Sie, wo ich ihn finde?«

»Er ist mit Pferd und Sulky unterwegs.«

»Wo?«

»Er wollte es zum Beschlagen bringen.«

»Am Sonntag?«

»Der Hufschmied ist sein Freund. Er macht das eher hobbymäßig.«

»Wo?« Während Alberto Scognamiglio ein Post-it beschrieb, fragte der Kommissar: »Wissen Sie, wo Ihr Sohn am Freitagabend war?«

Der Mann blickte auf, sichtlich erzürnt. »Weil seine Brüder mit dem Gesetz in Konflikt gekommen sind, fangen Sie bei Pasquale an? Wegen eines Überfalls in Chiaia?«

»Wie bereits gesagt, wir überprüfen alle.«

Scognamiglio schüttelte den Kopf. »Sie kennen Pasquale nicht.«

»Also, wo war Ihr Sohn am Freitagabend zwischen neunzehn und zwanzig Uhr?«

»Mit seinen Freunden unterwegs.«

»Welchen?«

»Keine Ahnung, vielleicht mit Enzo und Roberto.«

»Ich brauche die vollen Namen. Übrigens war ich an Ihrer Meldeadresse. Das Haus ist im Moment unbewohnt?«

»Wenn die Saison beginnt, kümmern wir uns hier um das Geschäft«, sagte Scognamiglio und deutete auf die großflächige Ranch.

De Santis blickte hinaus. Keiner der Gäste war zu sehen, weder am Pool noch auf den Rasenflächen.

Der Abschied fiel ausgesprochen unterkühlt aus.

Er kehrte Richtung Ponticelli zurück. Der Notizzettel enthielt keine Adresse, sondern eine Skizze, auf der mit einem Pfeil das Ziel eingezeichnet war. Allerdings war sie schwer zu entschlüsseln. Aber für De Santis erübrigte sich das Problem, denn er entdeckte etwa hundert Meter vor sich, auf der Via Argine, der vierspurigen schnurgeraden Ausfallstraße, die vom Vesuv Richtung Stadtzentrum führte, die Mähne eines schwarzen Pferdes. Es trabte unbekümmert durch den Verkehr und zog ein elegantes Gefährt. Der Junge auf dem Bock konnte nur Pasquale sein. Sie kamen durch eines der Neubaugebiete, vorbei am Ospedale del Mare, dem nagelneuen Krankenhauskomplex, der als eines der Aushängeschilder Neapels geplant worden war und seit Jahren auf die Inbetriebnahme wartete. Eines der vielen sündhaft teuren Mysterien der Stadt. Geld, das in undurchsichtige Kanäle verschwand, während in den anderen Krankenhäusern die Patienten auf den Korridoren schliefen.

Der Sulky bog in das Zwielicht unter die auf Stelzen balancierende Autobahn, hinter eine dunkelgrüne Textilbahn. De Santis hielt an und sprang aus dem Wagen. Unter der Überdachung, die die sechsspurige Autobahn bildete, befand sich tatsächlich der Betrieb, von dem Alberto Scognamiglio geredet hatte: Mehrere Pferde standen an Eisenringe gekettet da und scharrten mit den Hufen auf dem Betonboden, während über ihren Köpfen die Sattelschlepper dahindonnerten und die Erde beben ließen. Ein junger Mann saß in Gummistiefeln und mit Nägeln zwischen den Zähnen auf einem Eimer, plauderte mit den Kunden und fixierte mit lockeren Hammerschlägen ein Hufeisen an einem Vorderhuf. Er begrüßte Pasquale und schüttelte ihm eine Zigarette aus der Packung. Dann ging er hinkend zu einem Waschbecken, so, als ob er schon Stunden so gesessen hätte und sein Bein eingeschlafen wäre.

De Santis trat auf die beiden jungen Männer zu, zeigte seinen Ausweis und fragte: »Pasquale Scognamiglio?«

Der Jüngere wandte sich um: »Wer will das wissen?«

»De Santis, Kriminalpolizei. Können wir irgendwo ungestört reden?«

»Beschlägst du inzwischen das Pferd, Stefano?«, rief Pasquale und ging mit De Santis hinter die Baracke, wo eine Betonbank im Unkraut stand. Er setzte sich, kein bisschen verstört oder verängstigt. »Ist es wegen Salvatore?«

»Genau.«

»Schlimme Sache. Haben Sie die Kerle erwischt?«

»Nein. Wir stehen noch am Anfang. Wie war dein Verhältnis zu ihm?«

Pasquale zuckte mit den Achseln. »Wir waren keine Freunde und keine Feinde.«

»Und zu Vanessa?«

Verblüfft warf er die Zigarette weg, schüttelte sich eine neue aus dem Päckchen und zündete sie an. »Sie war ... Wie soll ich es sagen? Ich hab sie gemocht. Sie war außergewöhnlich, was man auf den ersten Blick nicht erkannt hat.«

De Santis betrachtete Pasquale. Er sah gut aus mit den scharf geschnittenen Zügen, den klaren Augen und den schwarzen Haaren, die wie widerspenstiges Gefieder von seinem Kopf abstanden. Sicher flogen die Mädchen auf ihn.

»Weißt du, warum sie sich umgebracht hat?«

Der Junge schüttelte den Kopf.

»Wegen Salvatore vielleicht?«

»Wieso das denn?«

»Du hattest Streit mit ihm. Dabei soll es um Vanessa gegangen sein. War er eifersüchtig?«

Pasquale lachte spöttisch. »Eifersüchtig? Nein. Er hat ja seine Sabrina.«

»Worum ging es dann?«

»Salvatore hat eine dumme Bemerkung gemacht. Bei dem Thema Vanessa war ich empfindlich. Ich wollte nichts auf sie kommen lassen.«

»Was hat er denn behauptet?«

»Er hat sie schlecht gemacht. Sie sei eine Schlampe.«

»Da hast du ihren guten Ruf verteidigt?«

Er nickte. »Ich wollte, dass ihr Andenken nicht beschmutzt wird, dass die ganze Klasse sich würdig von ihr verabschiedet.«

»Salvatore wollte das nicht?«

»Nein. Er war ein kleinkarierter Moralist.«

»Warst du mit Vanessa enger befreundet?«

Pasquale betrachtete den Kommissar skeptisch, zog an der Zigarette und schaute über die verwilderten Brachflächen. »Ja.«

»Bis zu ihrem Tod?«

»Nein.«

»Ihr hattet euch getrennt?«

»Ja.«

»Wann?«

Er zuckte mit den Achseln. »Ende der Sommerferien.«

»Hat sie Schluss gemacht?«

»Nein, ich.«

»Warum?«

»Hören Sie, was soll das alles?« Er trat die Zigarette aus. »Ich denke, Sie sind hinter den Kerlen her, die Salvatore auf dem Gewissen haben.«

»Es könnte eine Verbindung geben.«

»Zwischen Vanessa und Salvatore?«

»Ja.«

»Unsinn. Wie gesagt, die beiden konnten sich nicht ausstehen.«

De Santis nickte. »Wir müssen von euch allen die Alibis überprüfen. Weißt du noch, wo du am Freitagabend zwischen neunzehn und zwanzig Uhr warst?«

Pasquale dachte nach. »Mit Kumpels unterwegs, den ganzen Abend.«

»Die Namen?«

»Enzo Zecchi und Roberto Boldrini. Wir waren in ein paar Bars, dann Pizza essen bei *Don Raffaele* und später in der Disko. Dafür gibt es jede Menge Zeugen.«

»Sicher. Ich überprüfe das, dann ist die Sache für dich erledigt.«

Der Junge nickte. »Moment«, sagte er. Dann rief er: »Stefano!« Der Hufschmied sah von seiner Arbeit auf. »Freitagabend, kannst du dich noch erinnern? Da bin ich doch kurz bei dir vorbeigekommen. Wegen des Termins heute.«

Der andere wischte sich mit dem Handrücken über die Stirn. »Ja, stimmt.«

»Kannst du dem Kommissar sagen, um wie viel Uhr?«

Stefano überlegte, dann sagte er: »Gegen acht, glaube ich.« Er konnte sich sogar an Pasquales Kumpel erinnern. Es wirkte aufrichtig.

De Santis bedankte sich bei den beiden und fragte Pasquale zum Abschied: »Weißt du, warum Vanessa sich umgebracht hat?«

Er schüttelte den Kopf.

»Warum hat es zwischen euch nicht mehr funktioniert? Du sagtest, sie sei besonders gewesen.«

Der Junge zögerte. »Ja. Aber wie das so ist. Man kennt einen Menschen nie in allen Facetten.«

»Welche Facette hast du an ihr entdeckt?«

»Das … Flittchen. Ich wollte es nicht einsehen, nur irgendwann konnte ich die Augen vor der Realität nicht mehr verschließen. Vielleicht hatte man sie auch nur besoffen gemacht … Aber die Aufnahmen waren nun mal eindeutig.«

»Welche Aufnahmen?«

»Schweinkram. Ich konnte ihr danach nicht mehr in die Augen blicken. Es tat mir leid, nur war etwas kaputtgegangen, verstehen Sie? Immer wenn ich ihr ins Gesicht sah, habe ich gleichzeitig das andere gesehen.«

De Santis verstand. »Weißt du, wer die Aufnahmen gemacht hat?«

»Nein. Wurden zum Glück alle gelöscht. Ich denke, ihre Eltern haben sich darum gekümmert.«

»Gut, danke erst mal. Wir haben alle Mitschüler für morgen aufs Kommissariat bestellt. Bis dahin fallen mir sicher noch ein paar Fragen ein.«

»Ich habe nichts zu verbergen.«

Sie gaben einander die Hand, und Pasquale kehrte zu seinem Pferd zurück.

»Wie weit ist mein Junge?«, fragte er den Schmied.

Der erhob sich von dem Eimer, strich dem Tier über den Hals und strahlte. »In blendender Verfassung, dein Carlo.«

De Santis stieg in den Wagen und rief sofort die beiden Freunde von Pasquale an. Sie bestätigten das Alibi und nannten noch einige weitere Zeugen, die sie auf ihrem Streifzug durch das Nachtleben von Ponticelli getroffen hatten. Der Kommissar war ratlos. Er ließ das Auto durch die Straßen rollen, die in den warmen Tönen der Abendsonne leuchteten. Was ist das nur für ein Viertel?, dachte er. Am Vortag hatte keiner mit ihm geredet, jetzt redeten alle, und jeder erzählte etwas anderes. Die einzelnen Puzzleteile wollten nicht zusammenpassen: Vanessa war angeblich in den Tod getrieben worden. Ob sie nun ein verhuschtes Mauerblümchen oder ein durchtriebenes Luder gewesen war, blieb herauszufinden. Auch die Frage, ob sie gemobbt worden war. Er würde einen seiner Leute damit beauftragen. Hoffentlich erschloss sich ihnen dann, was das alles mit Salvatores Tod zu tun hatte. Immerhin lagen vier Monate zwischen den beiden Todesfällen. Das war mehr als ungewöhnlich. Missmutig trat De Santis aufs Gaspedal.

Er kam zufällig am Friedhof vorbei und fragte sich, wie man Vanessa als Selbstmörderin wohl bestattet hatte. Spontan stieg er aus und fragte den Wärter am Eingang.

»Hier, haben Sie das gesehen?«, fragte der Mann zurück, statt zu antworten, und deutete auf die *Gazzetta dello Sport*, die er vor sich ausgebreitet hatte.

»Was?«

»Marek Hamšik, unser Mannschaftskapitän, will wechseln. Damit kann der SSC Neapel den Meistertitel endgültig abhaken.«

»Könnten Sie mir bitte sagen, wo Vanessa Sabas Grab liegt?«, wiederholte De Santis unwirsch.

Daraufhin blätterte der Wärter mit der gebotenen Umständlichkeit in einem riesigen Folianten.

Die Friedhöfe Neapels wuchsen, wie auch der Rest der Stadt, aus Platzmangel in die Höhe, und während sich der Geld- und Blutadel in pompösen Mausoleen aus Marmor zur letzten Ruhe betten ließ, blieb für die Armen nur eine Grabstätte in einem der Wolkenkratzer aus Beton. Vor wie nach dem Tod, dachte De Santis. Er stieg die Treppen hoch und entdeckte die schmucklose Plakette in einem der Korridore im fünften Stock: »Vanessa Saba. 30.03.1998–02.02.2017« Kein Dekor, keine Blumen, kein tröstender Sinnspruch. Die Zahlen sagten alles. Knapp neunzehn war sie geworden. Am Boden stand jedoch eine schlanke Vase, darin eine frische Rose.

Als De Santis den Wärter danach fragte, sagte dieser: »Ja, irgendjemand bringt immer zwischen sieben und acht eine frische Rose.«

»Jeden Morgen?«

»Jeden Morgen.«

»Wer?«

»Nie gesehen. Das ist das Merkwürdige.«

Zwischen sieben und acht war Vanessa gestorben.

21

Am nächsten Tag war in der Questura, genauer gesagt in der Mordkommission IV, nichts vom üblichen Montagmorgenblues zu spüren, vielmehr hallten durch die offenen Bürotüren aufgekratzte Stimmen. Als Franco De Santis über die Schwelle des Besprechungszimmers trat, bemerkte er einen dunkelbraunen Lockenkopf zwischen zwei Männerkörpern. Der eine, massig und seltsam verrenkt, gehörte zu Beppe Bomba. Er hatte sich auf den u-förmigen Konferenztisch gesetzt und die Beine übereinandergeschlagen; bei seiner Statur eher unvorteilhaft. Mario Marin dagegen stand auf der anderen Seite und hielt die Fernbedienung des Whiteboards wie ein Mikrofon vor sich, in das er stumm einen Song zu hauchen schien. Die Aufnahmen vom Tatort, die dahinter in einer Endlosschleife zu sehen waren, wirkten so deplatziert wie der Rest der Szenerie.

»Guten Morgen«, sagte De Santis, und die Gruppe löste sich blitzschnell auf.

»Guten Morgen, Signor Commissario«, erwiderte Marin zackig. »Darf ich vorstellen: unsere neue Kollegin, Agente Carmela De Cillis. Wir instruieren sie gerade, was den aktuellen Fall angeht. Sie ist glücklich, der Mordkommission zugeteilt worden zu sein …«

»… und brennt darauf, sich als Ermittlerin weiterzuentwickeln«, fiel Bomba ihm ins Wort.

»Sie soll Marin vertreten, wenn er auf dem Lehrgang ist, und vorher eingearbeitet werden«, ergänzte Pizzuoli nüchtern.

Die junge Frau erhob sich. Sie trug Uniform und darunter eine schlichte hellblaue Bluse, die ihre weibliche Figur unterstrich. Ihr haftete nichts aufdringlich Erotisches an. Sie verkörperte es einfach.

O Gott, dachte De Santis. Als ob wir nicht schon genug Schwierigkeiten hätten. »Bitte kommen Sie mal kurz mit in mein Büro«, sagte er. »Ihr geht wieder an eure Plätze«, fügte er an die männlichen Kollegen gewandt hinzu.

Der Kommissar eilte voraus, setzte sich an den Schreibtisch, ließ den Computer hochfahren und bot Carmela De Cillis einen Platz an. »Sie möchten also gerne in unserer Abteilung arbeiten?«, fragte er.

»Ja. Die Mordkommission war schon immer mein Traum. Früher wollte ich Pilotin werden, dann Floristin, aber wenn man einmal eine gewisse Reife hat und sieht, wie es auf der Welt zugeht …«

Während sie munter drauflosplauderte, überflog er ihren Lebenslauf in der Datenbank. Sie war vierundzwanzig, stammte aus Soccavo, einem Außenbezirk der Stadt, und hatte ein äußerst dürftiges Abitur gemacht. Darauf folgten eine abgebrochene Lehre als Einzelhandelskauffrau, eine abgebrochene Lehre als Damenschneiderin und diverse Jobs als Model.

»Sie sind unter anderem Fotomodell?«, hakte er nach.

»War ich. Also nicht wirklich. Mein damaliger Freund war Fotograf, er hat mich dazu überredet. Ihm konnte ich vertrauen, Sie wissen ja, wer sich in der Branche alles herumtreibt.«

»Und dann?«

»Haben wir uns getrennt. Ich hatte es wirklich nur ihm zuliebe gemacht. Ich hatte inzwischen, wie erwähnt, andere Pläne.«

Ja, das sah De Santis. Vor sechs Monaten hatte sie die Aufnahmeprüfung beim Concorso für die Polizia di Stato abgelegt, und zwar mit Bestnote. Das stank zum Himmel. Wahrscheinlich hatte sie eines der sündhaft teuren Tutorien besucht, in denen sie den Bewerbern die Fragen und Antworten vorher bis ins Detail eintrichterten. Vereinfacht formuliert: Sie hatte den Eingangstest gekauft. Inzwischen war sie seit drei Monaten im Dienst.

»In welcher Abteilung waren Sie bisher tätig?«

»Im Passamt.«

De Santis legte den Kopf schräg. Entweder war sie unbeschreiblich naiv oder unbeschreiblich raffiniert. Eine Zeitbombe war sie in jedem Fall. »Und über die plötzliche Versetzung haben Sie sich nicht gewundert?«

»Nein. Ich hatte ja darauf gehofft.«

»Gut. Sie werden fürs Erste dem Kollegen Marin zugeordnet. Ihn sollen Sie während seines Lehrgangs ersetzen, deshalb übernimmt er Ihre Einarbeitung«, sagte De Santis und fügte in Gedanken hinzu: höchstens für einen Tag. Ich muss diese Frau sofort wieder loswerden. »Aber als Erstes machen wir eine gemeinsame Lagebesprechung.«

Sie streckte ihm die Hand hin: »Prima. Na dann, auf gute Zusammenarbeit.«

»Ja, wir werden sehen«, knurrte der Kommissar, und sie sah ihn verständnislos an.

Als sie kurz darauf um das Hufeisen im Besprechungsraum saßen, rangen Marin und Bomba sofort wieder um den besten Platz neben Carmela. Pizzuoli ging an den Herd, um Kaffee zu kochen. De Santis berichtete, was er in Ponticelli herausgefunden hatte. Vanessa war vermutlich gemobbt worden, hatte sich deswegen umgebracht, Salvatore und Pasquale hatten ihretwegen einen handfesten Streit.

»Aber das ist Monate her«, sagte Marin.

»Stimmt. Trotzdem möchte ich, dass ihr die Akten zu dem Fall noch mal durchgeht und Pasquales Alibi überprüft. Nachher kommen die Schüler vorbei, bei der Befragung muss auch das Thema Vanessa Saba abgeklopft werden. Gibt es ansonsten neue Erkenntnisse?«, fragte er.

»Ja. Die Spurensicherung hat unter Salvatores Fingernägeln neben DNA-Spuren auch Textilfasern gefunden«, sagte Marin.

»Was für ein Stoff?«, fragte De Santis.

»Schwarze Funktionskleidung, wie sie Läufer oder Radsportler verwenden. Leicht, dehnfähig, windabweisend.«

»Also nicht aus dem Laden?«, meinte der Kommissar. »Waren die Täter als Jogger verkleidet?«

»Der Augenzeuge hat etwas von Jeans und Kapuzenpullis gesagt, also wohl eher Baumwolle.«

»Eine Sturmhaube!«, rief Carmela De Cillis. »Die tragen Zweiradfahrer oft.«

»Eine Sturmhaube?«, erwiderte Pizzuoli, während er mit der *cuccuma* die Runde machte und jedem Kaffee einschenkte. »An einem warmen Maiabend? Wo sie außerdem Integralhelme getragen haben?«

»Sie hat nicht gegen die Kälte gedient, sondern zur Maskierung«, erwiderte Carmela.

Pizzuoli gab sich nicht geschlagen. Die neue Kollegin ging ihm jetzt schon auf die Nerven. »Die Integralhelme waren Maskierung genug.«

»Vielleicht haben sie die Helme abgenommen«, überlegte Bomba.

»Wozu?«, fragte Carmela.

»Weil es verdächtig ist, wenn zwei Männer mit Integralhelmen in einen Laden marschieren.«

»Wenn sie mit Sturmhauben hineingehen, ist es noch auffälliger«, erwiderte Pizzuoli. »Außerdem sagt Saronno, unser Augenzeuge von gegenüber, dass sie die Helme aufgelassen haben.«

»Vielleicht irgendein besonderes Merkmal, das eine Sturmhaube verbirgt, nicht jedoch der Helm. An der Nase zum Beispiel.« Die junge Kollegin ließ nicht locker.

»Das würde bestätigen, was wir schon vermutet haben, nämlich dass Salvatore mindestens einen der Räuber sehr gut gekannt hat«, meinte De Santis. »Vielleicht hat Salvatore sich deshalb gewehrt. Eine spontane Reaktion, er hatte keine allzu große Angst, hielt den Überfall nur für einen Bluff.«

»Der Täter hat gemerkt, dass er erkannt worden ist; Salvatore suchte nach einer Bestätigung und wollte ihm Helm und Haube vom Kopf reißen. Da hat er dann aus Panik geschossen.« De Santis spielte die Szene vor seinem inneren Auge durch. Einen Moment lang herrschte Stille im Raum. »Es ist nur eine Hypothese.«

»Eine sehr plausible«, antwortete Bomba.

»Nein«, warf Pizzuoli ein.

Alle drehten sich nach ihm um.

»Die Stimme. Wenn Salvatore einen oder beide Räuber gut gekannt hat, dann kannte er auch die Stimmen.«

»Was, wenn er nur einen kannte und der andere gesprochen hat?«, warf De Santis ein.

»Vielleicht ist deshalb der eine Täter an der Tür geblieben. Aus Angst, erkannt zu werden.«

»Wir lassen von allen Klassen- und Mannschaftskameraden eine DNA-Probe nehmen, dann haben wir den Täter«, sagte Pizzuoli.

De Santis winkte ab. »Das bekommen wir bei der Staatsanwaltschaft nicht durch. Das bedeutet einen Generalverdacht gegen die Klasse und den Verein.«

»Dann bitten wir sie eben um eine freiwillige Probe. Das engt den Verdächtigenkreis ein. Wer sich weigert, seine DNA zur Verfügung zu stellen, dem fühlen wir anderweitig auf den Zahn«, insistierte Pizzuoli.

Mit einem Mal kam Bewegung in die Mannschaft. Sie hatten einen konkreten Anhaltspunkt.

»Auch wenn wir es nicht gleich mit der DNA abgleichen, wir können die Schüler zumindest auf frische Verletzungen kontrollieren. Stimmt unsere Vermutung mit der Sturmhaube, dann müssten wir Kratzspuren im Gesicht oder Halsbereich finden.«

»Was ist mit D'Astolis Wunde?«, fragte Marin, der die ganze Zeit schon einen besonderen Verdacht gegen den Ladenbesitzer hegte.

»Die Hautreste waren unter drei Fingernägeln. Um eine solche Verletzung zu überdecken, ist D'Astolis Pflaster zu klein.«

»Warum weigert er sich dann, seine DNA zur Verfügung zu stellen?«

»Er will sich erst mit seinem Anwalt beraten.«

»Das ist doch dasselbe. Er hat uns Lügen aufgetischt, hat jahrelang die Justiz an der Nase rumgeführt, und ausgerechnet als sein Laden überfallen wird, fällt das Videosystem aus. Das alles stinkt doch zum Himmel!«

Ein Beamter klopfte an die Tür und steckte den Kopf herein. »Die ersten Schüler sind da.«

De Santis erhob sich und sagte: »Okay, Marin, reden Sie noch einmal mit den Kollegen von der Kriminaltechnik. Sie sollen den Laden genau filzen. Warenbestand, Buchführung, das EDV-System. Wir beginnen unterdessen mit den Befragungen.«

»Was ist mit Agente De Cillis? Soll sie mich begleiten?«, fragte der Vicecommissario.

»Ja. Sie ist als Ihre Vertretung gedacht, also sollten Sie auch die Einarbeitung übernehmen.«

Für Bomba war das ein herber Schlag. Marin dagegen nickte begeistert und salutierte ebenso zackig wie übertrieben.

Der wird sich noch umschauen, dachte der Kommissar und ging in sein Büro, um die erste Befragung vorzunehmen. Es war halb zehn, und auf dem Flur warteten inzwischen vier Schüler. Als er aufstehen wollte, um einen gewissen Alberto Ascanio hereinzurufen, klingelte sein Telefon. Eine interne Nummer.

»Guten Tag, Commissario.« Es war Questore della Picca, der Polizeichef höchstpersönlich. Nach den Schlagzeilen des gestrigen Morgens hatte er De Santis eine erstaunlich lange Schonfrist gewährt. Und überraschenderweise fing er gar nicht davon an. »Wie kommen Sie voran?«, fragte er.

»Wir haben erste Ergebnisse der Kriminaltechnik und der Pathologie.«

»Eine heiße Spur?«

»Vielleicht.«

Der Questore schwieg, De Santis räusperte sich. Er mochte diese Spielchen nicht, und der Polizeichef mochte ihn nicht.

»Nun denn, warum ich Sie außerdem sprechen wollte …«

Der Kommissar sah auf die Uhr. Die Vernehmungen warteten, morgen war der Geburtstag seiner Tochter, ein Geschenk für Ludovica hatte er auch noch nicht … »Ja, ich höre«, sagte er ungeduldig.

»Es liegt mir fern, mich in Ihre Ermittlungen einzumischen …« Dann lass es, dachte De Santis. »Aber Sie sollten in Ponticelli etwas feinfühliger zu Werke gehen.«

»Dort herrscht ein rauer Umgangston.«

»Ja, jedoch nicht am Gymnasium. Sie haben es mit Minderjährigen, teils naiven, teils traumatisierten Jugendlichen in einer schwierigen Lebensphase zu tun.«

»In der Abiturklasse sind alle volljährig.«

»Keine Haarspaltereien bitte. Sie können doch nicht eine Klasse oder gar eine Jahrgangsstufe unter Generalverdacht stellen. Die Schule ist ein Aushängeschild, der Stolz des Viertels, ja von ganz Neapel. Was die dortige Direktorin leistet, ist …«

Daher wehte also der Wind.

»Ich tue nur meine Arbeit«, sagte De Santis in die Gesprächspause. »Ich bin für die Aufklärung von Verbrechen verantwortlich, nicht für die Verbrechen.«

»Ich weiß. Aber die Frau hat Außerordentliches geleistet, ihre Partei will sie für den Stadtrat gewinnen, damit sie ihre Kompetenzen auch dort einbringt. Eine Schlammschlacht wäre verheerend und würde nur den reaktionären Kräften dienen, denen Bildung und Fortschritt ein Dorn im Auge sind.«

»Wenn's das war, dann danke ich Ihnen für den wertvollen Rat und gehe wieder an die Arbeit.«

»Tun Sie das. Allerdings wäre da noch eine zweite Sache.«

De Santis wartete. Sicher kam jetzt die eigentliche Zumutung.

»In Ponticelli läuft derzeit eine groß angelegte Ermittlung der DIA.«

»Das hat man mir bereits mitgeteilt.«

»Ach ja? Es hat aber nicht den Anschein, als ob Sie das verstanden hätten. Sie benehmen sich wie ein Elefant im Porzellanladen.«

»Soll ich vor jeder Befragung oder Observierung in Ponticelli bei der DIA anfragen, ob es ihnen genehm ist?«

»Ja.«

De Santis lachte auf. »Das ist absurd. Ich habe einen Mord aufzuklären. Da muss ich schnell und spontan agieren können.«

»Nicht in Revieren, in denen die Camorra herrscht und die unter Observierung stehen.«

»Wenn die Kollegen von der DIA mir sagen, was sie wissen, dann lese ich gerne die Akten, statt selbst nachzusehen.«

»Die Akten unterliegen höchster Geheimhaltung.«

»Ich bin vertrauenswürdig.«

»Sicher. Informationen können auch ungewollt in Umlauf gebracht werden. Eine kleine Unachtsamkeit, und sei es nur bei einem Mail-Account ...«

»Wie soll ich Ihrer Ansicht nach ermitteln, ohne mit Schülern und Lehrern zu sprechen, ohne im Heimatviertel des Opfers Nachforschungen anzustellen? Etwa über Facebook und Instagram?«

»Sie werden sicher einen Weg finden. Wie gesagt, stimmen Sie den Weg auf jeden Fall vorher mit der DIA ab. Deren Operation steht kurz vor dem Abschluss. Es geht um monatelange Anstrengungen mehrerer Einheiten, die Sie unwissentlich gefährden könnten. Wir stehen kurz davor, an Hintermänner und Grossisten zu kommen, aber wenn Polizei auftaucht, verlagern sie alles in ein anderes Viertel, ein anderes Land oder einen anderen Monat. Dann war alles umsonst.«

»Was genau meinen Sie? Geht es um Drogen? Um Waffen?«

»Kein Kommentar.«

»Hat es womöglich mit dem Mord an Salvatore zu tun?«

»Auch dazu kann ich Ihnen nichts sagen.«

De Santis wollte auflegen, doch natürlich hatte der Questore noch etwas in der Hinterhand.

»Was diese unerfreuliche Geschichte mit den Damen Calamandrei und Santini angeht ...«

»Ja?« Jetzt hatte der Questore ihn also da, wo er ihn haben wollte.

»Mit liegt dazu kein Bericht von Ihnen vor.«

»Worüber?«

»Sie haben einen Schuss abgegeben.«

»Einen Warnschuss.«

»Laut Dienstvorschrift haben Sie über jeden Schusswaffengebrauch unverzüglich Bericht zu erstatten.«

»Das muss warten. Wir sind heillos unterbesetzt. Gestern mussten wir eine Suchaktion abbrechen, weil wir nur zu viert sind. Meine gesamte Abteilung hat das Wochenende durchgearbeitet.«

»Man hat Ihnen Verstärkung zugeteilt.«

»Verstärkung? Meinen Sie etwa die Schönheitskönigin aus dem Passamt?«

»Es reicht!« Der Questore war laut geworden und brauchte einen Moment, um seine Contenance wiederzufinden. »Wir reden hier von einer Kollegin mit exzellenten Noten und Beurteilungen.«

Die habe ich gesehen, dachte De Santis.

»Commissario, ich will Ihnen reinen Wein einschenken. Offensichtlich glauben Sie, dass Sie seit der Verhaftung des Kardinals im letzten Jahr so etwas wie Narrenfreiheit haben. Sie sind nicht unantastbar und können von Glück reden, dass bei der unsäglichen Aktion mit den Töchtern des Senatsabgeordneten und des Chefredakteurs die Staatsanwältin zugegen war. Sie hat mir Ihr couragiertes und besonnenes Handeln genau geschildert. So genau, dass es schon verdächtig war.«

»Signora Barbarossas Wahrheitsliebe ist über jeden Zweifel erhaben.«

»Vielleicht über Ihren. Ich möchte Sie ausdrücklich warnen. Sie stehen mit dem Rücken zur Wand. Noch ein Ausrutscher und ich lasse Sie in eine andere Abteilung versetzen. Der Leiter einer Mordkommission hat ein tadelloses Bild abzugeben, ansonsten muss er ins hintere Glied rücken.«

»Wo er unsichtbar ist?«

»Oder zumindest der Mist, den er veranstaltet.«

Der Questore hatte den Hörer auf die Gabel geknallt. In der Regel waren seine Drohungen eleganter verpackt.

De Santis öffnete das Fenster, denn er brauchte eine Zigarette. Mit der Faust schlug er aufs Fensterbrett. Er hasste es, wenn man ihm Steine in den Weg legte. Er hasste es, wenn man seine Ermittlungen nicht ernst nahm. Della Picca und Reja, diese beiden Karrieristen, konnten ihm den Buckel runterrutschen. Aber sie konnten ihn auch im Handstreich aus dem Dienst befördern.

Er drückte die Zigarette aus und ging zur Tür, um den ersten Schüler hereinzurufen.

Alberto Ascanio war ein schüchterner Junge mit Brille, zuckendem Augenlid, schweißnassen Händen und einem bombensicheren Alibi. Er war am Freitagabend bei einem Kammermusikkonzert gewesen. Nicht als Zuhörer, er hatte die zweite Geige gespielt. Seine DNA würde er selbstverständlich zur Verfügung stellen. Überflüssig, dachte De Santis. Nicht einmal zum Schmierestehen hätte man einen Jungen wie Ascanio einsetzen können.

Bei den Fragen zu Vanessa wurde er noch unsicherer. Von dem Streit zwischen Salvatore und Pasquale hingegen wollte er nichts mitbekommen haben.

»Wissen Sie, Vanessa war ein Mädchen, das sich für Jungs wie mich nicht interessiert hat.«

»Für welche Jungs hat sie sich denn dann interessiert?«

»Für keinen. Sie hat viel gelernt.«

»Aber sie war mit Pasquale zusammen, oder?«

»Es gab … Gerüchte«, sagte er zögerlich.

»Mehr nicht?«

Alberto schüttelte den Kopf.

Das fing ja gut an. De Santis hoffte, dass er den Kandidaten mit Vorstrafen mehr entlocken konnte. Doch von den dreien, die durch kleinere Drogendelikte, Schlägereien und Diebstahl aktenkundig waren, kamen nur zwei. Einer war vollkommen mit seinem Kaugummi ausgelastet, der andere wich allen Fragen aus, indem er immer wieder seinen alten Fall hervorkramte.

»Sie haben mich doch nur deswegen auf dem Kieker, weil ich mich mal vor der Disko hab provozieren lassen. Das waren ein paar Kopfnüsse, mehr nicht.«

»Wir befragen alle.«

»Ich weiß nichts. Salvatore hatte nur Wasserball im Kopf.«

»Und Pasquale?«

Bei Pasquale verstummte jeder.

Egal ob aufschneiderisch, renitent oder kooperativ, ob Jungen oder Mädchen, die Antworten waren alle ähnlich. Die meisten hatten ein Alibi, die meisten wollten eine DNA-Probe abgeben. Nur über den Streit zwischen Pasquale und Salvatore konnte niemand etwas sagen.

Von den achtundzwanzig vorgeladenen Schülern waren siebzehn gekommen, von den Kameraden aus dem Verein fast alle.

Es war früher Nachmittag, als sie sich wieder im Besprechungszimmer zusammenfanden, um ihre Ergebnisse abzugleichen. Sie waren dürftig.

»Gennaro, erstell mir bitte eine Liste von allen Schülern, die nicht gekommen sind, und jenen, die sich weigern, uns ihre DNA zur Verfügung zu stellen. Von den restlichen müssen die Proben in die Kriminaltechnik gebracht werden. Wer übernimmt das?«

Marin hob die Hand und blickte zu Agente De Cillis hinüber, die erfreut die Einladung annahm. Beppe Bomba schaute den beiden nach. Armer Bomba, dachte De Santis, das Rennen scheint an dir vorbeizulaufen. Aber vielleicht weißt du noch gar nicht, wie viel Glück du hast.

22

Es dauerte keine zehn Minuten, und die beiden Kollegen standen wieder in der Tür.

»Chef«, rief Marin strahlend. »Ich hab's gewusst.«

»Was?«

»Otello D'Astoli. Mein Instinkt hat mich nicht getrogen«, erklärte er und klatschte ein Dossier auf den Tisch an der Stirnseite.

»Ihr Instinkt?«

»Und die Fakten.« Er tippte auf die Kladde und beobachtete aus dem Augenwinkel, wie sein Auftritt auf Carmela wirkte. Großartig. Sie schien ihn anzuhimmeln. »Die Kriminaltechnik hat den Laden unter die Lupe genommen und illegale Ware im Sortiment identifiziert. Gucci, Armani, Ermenegildo Zegna und Cerruti, alles Fälschungen. Kurzum: Der *Gentleman* ist ein Umschlagplatz für gefakte Marken.«

De Santis setzte sich. »Okay«, sagte er. Sie hatten recht, wir haben die Indizien gegen D'Astoli unterschätzt.«

Marin holte tief Luft. »*Sie* haben die Indizien unterschätzt.«

»Meinetwegen.« De Santis schluckte seinen Ärger herunter. Falls Marin vor Carmela beweisen musste, dass er der Schlauste in der Abteilung war, dann sollte er das tun. Aber demnächst würde De Santis ihn sich zur Brust nehmen. Privat.

»Wie dem auch sei. D'Astoli hat uns von Anfang an belogen. Nur wie hängt dieser Betrug mit Salvatores Tod zusammen?«

»Salvatore ist ihm auf die Schliche gekommen«, meinte Pizzuoli, »und wollte ihn anzeigen. Vielleicht hat er ihn auch erpresst. Da hat der Alte sich überlegt, wie er ihn zum Schweigen bringen kann.«

»Er hat den Überfall mit angeheuerten Tätern inszeniert und den Jungen dabei eliminiert«, meinte Marin.

»Oder ihn eliminieren lassen«, sagte Pizzuoli.

»In jedem Fall reicht das jetzt für ein Ermittlungsverfahren und die Anordnung einer DNA-Probe. Bomba und Pizzuoli, ihr nehmt D'Astoli vorläufig fest und bringt ihn her. Ich werde mit der Staatsanwältin reden«, schloss De Santis.

»Darf ich bei der Festnahme dabei sein?«, fragte Carmela De Cillis.

»Ich auch?«, schob Marin sofort nach, höchst alarmiert von dem Gedanken, die Agente könnte etwas mit Bomba – und ohne ihn – unternehmen.

»Nein, Marin. Sie bleiben hier und gehen mit mir die Strategie für das Verhör durch. Schließlich ist es Ihr Verdienst, dass wir jetzt auf der richtigen Fährte sind«, schloss der Kommissar mit einem gewinnenden Lächeln.

Damit ließ er den brütenden Marin im Besprechungsraum zurück und ging in sein Büro. Während er Elvira Barbarossas Nummer wählte, spürte er eine nervöse Unsicherheit in sich aufsteigen. Privates vermischte sich mit dem Dienstlichen, und das war nie gut. Nur warum hatte sie auf seine Anrufe nicht reagiert? Als er ihre Stimme hörte, löste seine Verlegenheit sich sofort in Wohlgefallen auf.

»Franco De Santis? Sie wollte ich auch schon anrufen«, sagte sie munter.

»Warum haben Sie es nicht getan?«, fragte er.

»Es ist ständig etwas dazwischengekommen. Gibt es Neuigkeiten im Fall Salvatore Ronga?«

»Durchaus. Wir brauchen einen Haftbefehl gegen Otello D'Astoli, den Ladenbesitzer, außerdem die Anordnung einer DNA-Probe, einen Durchsuchungsbefehl für seine Wohnung, Telefondaten, Bankverbindungen, das ganze Programm.«

»Holla. Übertreiben Sie nicht?«

»Nein.« Er erklärte alle Verdachtsmomente, die Lügen, die Fußspuren in Salvatores Blut, die Kratzspur an der Wange, die gefälschten Waren.

Sie schwieg einen Moment. »Wann wollen Sie ihn festnehmen?«

»Sofort.«

»Gut, ich komme in die Questura. Und die beiden Räuber?«

»Wahrscheinlich Komplizen.«

»Sind sie identifiziert?«

»Nein. Aber wir haben eine Spur, die zu Ciro Mazzacane nach Ponticelli führt. Das Kennzeichen, das bei dem Überfall verwendet wurde, läuft auf seine Firma. Wir brauchen auch dort einen Durchsuchungsbefehl.«

»Stopp. Sie meinen den Ciro Mazzacane, an dem auch Reja mit seinen Leuten dran ist?«

»Ja.«

»Unmöglich.«

»Wir ermitteln in einem Mordfall, zum Kuckuck! Ein klareres Indiz als das Kennzeichen kann ich kaum liefern.«

»Das Fahrzeug ist auf Anna Lavolla zugelassen.«

»Sie ist ein Strohmann.«

»Meinen Sie tatsächlich, dass Mazzacane an dem Überfall beteiligt war?«

»Wenn nicht er selbst, dann einer seiner Angestellten. Der

Betrieb läuft ebenfalls auf Anna Lavolla. Erwirken Sie die Durchsuchungsbefehle gegen sie, wenn Sie wollen.«

»Verstehen Sie mich nicht? Das ist vermintes Gelände. Auch in der Staatsanwaltschaft herrscht dicke Luft. Reja hat sich über Sie beschwert, Sie seien unkollegial ...«

»*Ich* unkollegial? *Er* hat nicht einen Hauch von Kooperationsbereitschaft gezeigt.«

»Der Kollege ist gerade völlig fokussiert.«

»Eben. Auf Mazzacanes Firma. Mit seinen Leuten observiert er sie rund um die Uhr. Mit Sicherheit hat er Ermittlungswissen, das uns den Durchbruch bringen könnte.«

»Das vermag ich nicht zu beurteilen. Das müssen Sie untereinander klären.«

»Aber ...«

»Kein Aber. Ich habe mich schon weit genug für Sie aus dem Fenster gelehnt. Das Gespräch mit dem Questore war alles andere als erfreulich.«

»Gespräche mit dem Questore sind nie erfreulich«, knurrte er.

Es vergingen ein paar spannungsgeladene Sekunden, bis er schließlich einlenkte.

»Ich weiß sehr zu schätzen, dass Sie ein gutes Wort für mich eingelegt haben.«

»Mehr als eines, das kann ich Ihnen versichern. Die Sache ist noch nicht ausgestanden. Der Questore wartet auf Ihren Bericht, dann wird man weitersehen. Ich komme, so schnell ich kann«, sagte die Staatsanwältin.

Sie legten auf, und in De Santis hallten Elviras Worte nach. Nachdem er seinen Bericht vorgelegt habe, werde man weitersehen. Was gab es da weiterzusehen? Waren sie jetzt alle verrückt geworden?

Als Bomba, Pizzuoli und De Cillis Otello D'Astoli in den Verhörraum brachten, führte dieser seinen besten Anzug und das indignierte Gebaren vom letzten Zusammentreffen vor.

»Wie darf ich mir diese Ungeheuerlichkeit erklären? Ich hoffe, das ist ein schlechter Witz.«

»Gegen Sie wird ein Ermittlungsverfahren eröffnet. Die Festnahme ist nur vorläufig. Wenn Sie unsere Fragen zufriedenstellend beantworten und sich kooperativ zeigen, wird der Haftbefehl womöglich ausgesetzt«, antwortete De Santis kühl. »Setzen Sie sich.«

»Welcher Haftbefehl?«

»Trifft gleich ein. Die Staatsanwältin ist unterwegs.«

D'Astoli ließ sich auf den Stuhl fallen, verschränkte die Arme und sagte: »Kein Wort ohne meinen Anwalt.«

»Meinetwegen. Aber diesmal kommen Sie nicht mit ein paar Winkelzügen davon.«

De Santis ließ D'Astoli telefonieren. Dann sagte er: »Ich komme Ihnen entgegen und erkläre Ihnen, wie sich Ihre Geschichte in meinen Augen darstellt. Sie sagen einfach Ja oder Nein.«

Otello D'Astoli machte eine Geste, die alles Mögliche bedeuten konnte.

»Sie stammen aus Ponticelli, aus bescheidenen Verhältnissen, und haben den Wunsch, aus dem provinziellen Mief herauszukommen. Eine Erbschaft, kein astronomischer Betrag, aber immerhin ein solides Startkapital, verschafft Ihnen die Möglichkeit, eine neue Existenz aufzubauen. Gute Gegend, teure Klamotten. Nur sind die Zeiten hart, ebenso die Konkurrenz. Schulden, Steuern, Schutzgeld und dann noch die Zinsen. Es wird eng. Sie müssen die Kosten senken, die Gewinnmarge steigern und fangen an, Ware aus dubiosen Kanälen zu beziehen, gefälschte Klamotten zwischen die Originale zu mischen. Ärger gibt es kaum. Hin und wieder eine Reklamation, das war's. Immerhin scheinen die Haute-Couture-Labels das Spiel zu dulden, sonst kämen nicht all die Originaletiketten und -schnitte in Umlauf, die in den illegalen Schneidereien landen. Die Ware ist von ordentlicher Qualität, keiner beklagt sich, niemandem tut es weh. So weit richtig?«

Der Ladenbesitzer schwieg und blickte vermeintlich desinteressiert an die Decke.

De Santis fuhr fort: »Doch dann kommt ein junger Mann mit ausgeprägtem Gerechtigkeitssinn und überdurchschnittlicher Intelligenz daher. Er arbeitet in Ihrem Laden, beobachtet die Abläufe und kommt ins Grübeln. Er kriegt den Schwindel mit und macht Ihnen Schwierigkeiten. Wie hat er es gemerkt? Bei einer Warenlieferung? Durch einen misstrauischen Kunden? Und dann? Hat er Sie erpresst?«

Otello D'Astoli schüttelte den Kopf.

»Sondern?«

»Ich warte auf meinen Anwalt.«

Elvira Barbarossa und D'Astolis Verteidiger trafen fast gleichzeitig ein. Der Anwalt war ein junger aufstrebender Star seiner Zunft, Juniorpartner in einer der angesehensten Kanzleien der Stadt, aber eben nur der Juniorpartner. Offensichtlich wollte man sich nicht kompromittieren. Otello D'Astoli war sichtlich enttäuscht.

Die beiden klärten die Formalien, dann fragte der Anwalt: »Unter welchem Vorwurf halten Sie meinen Mandanten fest?«

»Gewerbsmäßiger Betrug und Verdacht auf Beihilfe zum Mord.«

De Santis listete die gefälschten Waren auf, die in der Boutique *Gentleman* sichergestellt worden waren. Dann kam er auf die Ungereimtheiten in Otello D'Astolis Aussagen zu sprechen.

»Ich verstehe den Zusammenhang zwischen den Vorwürfen nicht«, stellte der Anwalt sich dumm. »Sie werden doch einen angesehenen Geschäftsmann nicht in Haft nehmen wollen, nur weil man ihm ein paar faule Eier untergejubelt hat?«

»Die *paar faulen Eier* machen aktuell etwa siebzig Prozent des Sortiments aus. Wie Sie wissen, ist Signor D'Astoli deshalb schon mehrfach ins Visier der Behörden geraten.«

Der Anwalt und der Ladenbesitzer wechselten einen schnellen Blick. »Es besteht keine Fluchtgefahr. Ich beantrage hiermit, dass mein Mandant bis zur Klärung der Vorwürfe auf freien Fuß gesetzt wird«, sagte der Verteidiger.

»Abgelehnt«, erwiderte die Staatsanwältin.

Als Nächstes listete De Santis die Indizien im Mordfall Ronga auf. Die Fußspuren in Salvatores Blut, die Falschaussage D'Astolis, der »zufällige« Defekt des Überwachungssystems …

»Darauf gründet sich eine Festnahme? Lachhaft«, sagte der Anwalt. »Wegen einer Computerpanne machen Sie aus meinem Mandanten einen Mörder?«

»Was ist mit der Kratzspur in seinem Gesicht?«

Der Ladeninhaber berührte instinktiv das Pflaster. »Hat mit dem Überfall nichts zu tun. Das schwöre ich Ihnen«, sagte er.

Der Kommissar lachte. »Was meinen Sie, wie viele Leute in diesem Raum schon geschworen haben? Und immer war es die Unwahrheit.«

»Nicht in meinem Fall.«

»Gut, dann lassen Sie uns einen DNA-Test machen. Wenn er negativ ist, können wir über eine Freilassung nachdenken.«

Der Anwalt konsultierte mit einem Blick seinen Mandanten. Dieser schüttelte den Kopf.

»Kommt nicht infrage«, sagte D'Astoli.

Der Verteidiger war sichtlich verwirrt. Er wollte etwas erwidern, überlegte es sich jedoch anders und bat um eine kurze Unterbrechung. Kein Wunder, D'Astoli saß in der Falle, und auch der Anwalt musste sich eine neue Strategie überlegen. De Santis und die Staatsanwältin verließen den Raum. Gut gelaunt.

Während sie im Korridor darüber spekulierten, mit welchen Finten der Anwalt als Nächstes aufwarten würde, kam Marin angelaufen.

»Chef«, sagte er und hielt De Santis einen Wisch unter die Nase.

»Was ist das?«

»Ein Bankbeleg. D'Astoli hat vor vier Tagen sein Geschäftskonto abgeräumt: zwölftausendvierhundert Euro.«

Oha. Gut, dass sie unterbrochen hatten. Nun bröckelte der Verteidigungswall. Als wäre die Neuigkeit auch in den Verhörraum gedrungen, entbrannte dort eine heftige Diskussion – und riss sogleich wieder ab.

Der Anwalt öffnete die Tür, noch sichtlich erregt. »Wir können.«

De Santis und Elvira Barbarossa nahmen ihre Plätze ein.

Der Kommissar begann: »Ehe wir auf die Kratzspur zu sprechen kommen …« Er legte D'Astoli den Kontoauszug vor. »Sie haben vor vier Tagen, also einen Tag vor Salvatores Tod, von Ihrem Geschäftskonto den kompletten Barbestand abgehoben.«

Der Anwalt ließ sich das Papier reichen. »Was ist daran verboten?«

»Nichts. Es ist lediglich ein weiteres Indiz.«

»Wofür?«, fragte der Anwalt.

»Das wüssten wir gerne von Ihrem Mandanten. Wofür haben Sie das Geld verwendet?«

Der Ladeninhaber schwieg.

»Für Salvatore Ronga?«

D'Astoli wurde bleich. Schweißperlen bildeten sich an seinen Schläfen.

»Hat der Junge Sie erpresst?«

»Nein, nein.« Er ruderte mit den Armen.

»Haben Sie damit die Räuber bezahlt? Vielleicht einen Mord in Auftrag gegeben?«

»Ich protestiere«, sagte der Anwalt. »Sie dürfen eine Vernehmung nicht auf haltlose Spekulationen gründen, das ist gesetzeswidrig.«

Elvira Barbarossa nickte und bat De Santis, bei den Fakten zu bleiben.

»Gut. Dann erklären Sie mir, was Sie mit dem Geld gemacht haben«, hakte der Kommissar nach.

»Ware gekauft«, sagte D'Astoli.

»In bar?«

Er ruckelte auf dem Stuhl herum.

»Also auf dem Schwarzmarkt. Fälschungen?«

Der Ladenbesitzer zuckte mit den Achseln.

»Jetzt reden Sie endlich, zum Henker! Wir sind von der Mordkommission, nicht von der Guardia di Finanza. Mich interessieren Ihre kleinen miesen Tricks nicht, solange deswegen nicht ein Junge gestorben ist. Nennen Sie mir die Namen Ihrer Lieferanten, und geben Sie mir endlich Ihre DNA. Wenn die Spuren nicht zu Salvatores Fingernägeln passen, können Sie von mir aus zum Teufel gehen.«

Elvira Barbarossa betrachtete den Kommissar alarmiert.

»Das geht nicht«, stammelte D'Astoli. »Ich kann Ihnen diese Männer nicht nennen.«

»Haben Sie Angst?«

Er nickte.

De Santis legte dem Ladeninhaber ein Foto von Ciro Mazzacane vor. Das Bild war bei dessen Entlassung gemacht worden. Man konnte den kalten Blick, den Stiernacken und den breiten Schädel gut erkennen. »Kennen Sie diesen Mann?«, fragte er.

»Nein.«

»Besitzen Sie eine Waffe?«

»Nein.«

»Dann lassen Sie uns jetzt Ihr DNA-Profil erstellen.« De Santis griff zum Hörer und rief die Kollegen von der Spurensicherung an.

»Nein!«, schrie D'Astoli und sprang auf. »Dazu haben Sie kein Recht!« Er war außer sich und fuchtelte mit den Armen, sein Verteidiger wollte ihn beschwichtigen.

Elvira Barbarossa sagte: »Es liegt eine richterliche Anordnung vor. Sie können sich nicht entziehen.«

Da versuchte er, über den Schreibtisch zu springen, als wollte er der Staatsanwältin an die Gurgel. Sie wich zurück, und er landete auf ihrem Schoß. De Santis warf sich auf ihn, drehte ihm den Arm auf den Rücken, und kurz darauf lagen sie auf dem Boden.

Nachdem der Kommissar dem Ladenbesitzer Handschellen angelegt und ihn mithilfe von Marin und Bomba auf den Stuhl gesetzt hatte, herrschte einen Moment lang betretenes Schweigen. Elvira Barbarossa strich sich durchs Haar und fand bewundernswert schnell ihre Fassung wieder.

»Das war ein tätlicher Angriff gegen einen Staatsbeamten«, sagte De Santis, aber Elvira winkte ab.

Die Kriminaltechniker kamen herein und versuchten, eine Speichelprobe aus D'Astolis Mund zu nehmen, doch dieser biss die Zähne aufeinander. Sie versuchten, den Kiefer aufzuhebeln, schafften es jedoch nicht. Der Verteidiger protestierte gegen ihre »Foltermethoden«. Am Ende rissen die Techniker dem Verdächtigen ein Haar aus.

»Hoffen wir, dass es reicht«, sagte Tommaso Esposito und ließ das Tütchen in der Kitteltasche unter seinem prallen Bauch verschwinden. »Die Wurzel ist noch dran. Allerdings wird es eine Weile dauern.«

D'Astoli wurde abgeführt, der Anwalt schlich von dannen.

»Ich muss los«, sagte Elvira Barbarossa, »halten Sie mich auf dem Laufenden.«

23

Als De Santis in den Besprechungsraum kam, sahen ihn alle Kollegen erwartungsvoll an.

»Nichts. D'Astoli redet nicht. Hoffentlich ist die DNA-Probe ein Treffer. Er scheint Angst vor den Hintermännern zu haben. Vor den Lieferanten. Wahrscheinlich hat er sich in gefährliches Fahrwasser manövriert.«

»Mazzacane?«, fragte Bomba.

»Er will ihn nicht kennen«, antwortete der Kommissar.

Bomba lachte. »Das gilt wohl für jeden vernünftigen Menschen.«

Carmela De Cillis saß da und brütete vor sich hin. »Das ist alles noch sehr wacklig. Wenn er weiter schweigt, haben wir nur ein Puzzleteil in dem Fall. Wir müssen die beiden Räuber finden. Entweder waren sie Augenzeugen, oder sie sind die Mörder, eventuell sogar angeheuert. Und Mazzacane …«

»Der ist tabu. Wir dürfen das Firmengelände nicht durchsuchen, ja, nicht einmal betreten«, sagte der Kommissar.

»Ein Witz«, meinte die Agente.

»Ist aber so. So *funktioniert* unsere Behörde«, sagte De Santis.

»Angenommen, Mazzacane hat sich einen neuen Geschäftsbereich gesucht. Bei gefälschten Waren ist der Umsatz inzwischen fast genauso hoch wie auf dem Drogenmarkt. D'Astoli war notorisch klamm, er kann schnell in Zahlungsrückstand geraten sein«, überlegte Pizzuoli laut.

»Du meinst, Mazzacane wollte ihm eine Mahnung zustellen, sozusagen ein fingierter Überfall als letzte Zahlungserinnerung? Und dann ist irgendetwas schiefgelaufen?«, erwiderte De Santis.

»Vielleicht wollte er D'Astoli einschüchtern, und dann steht da plötzlich Salvatore, der sich nicht einschüchtern lässt«, meinte Bomba.

Ratlose Mienen. Spekulationen. Eine Theorie war so gut wie die andere.

»Vielleicht kommen wir mit D'Astolis Telefondaten weiter«, sagte Marin. »Ich habe sie angefordert.«

»Es kann doch nicht sein, dass sich die Spur des Scooters einfach verliert«, insistierte Carmela. »Welches Modell war es? Wo ist es abgeblieben? Wo das Kennzeichen? Wo die Tatwaffe?«

»Das Modell habe ich dank der Videobilder inzwischen ermitteln können. Es ist ein Yamaha-Roller, letzte Baureihe, während das Kennzeichen offiziell für einen hundertfünfundzwanziger Piaggio vergeben wurde. Also war es wohl gar nicht Mazzacanes Fahrzeug«, sagte Bomba.

»Was ist mit den weiteren Kameraaufzeichnungen?«, hakte die junge Kollegin nach.

»Verlieren sich im Nichts.« Beppe Bomba wollte sie darüber aufklären, wie weit er dank der Aufzeichnungen die Fluchtroute nachgezeichnet hatte.

»Ja, ja, ich weiß. Das habe ich alles im Intranet gelesen«, unterbrach ihn die Agente brüsk. »Am Endpunkt der Flucht muss nach Spuren gesucht werden, vielleicht haben die Täter das Fahrzeug, die Klamotten oder das Kennzeichen gewechselt.«

»Längst geschehen«, sagte Bomba.

»Und?«, fragte De Cillis.

»Nichts.«

»Was heißt das: nichts?«

»Aussichtslos, in diesem Labyrinth aus Hinterhöfen, Sackgassen, illegalen Müllkippen, Treppen und Stollen ein Nummernschild zu finden. Wir sind zu viert.«

»Zu fünft«, sagte die Agente, und alle sahen sie ungläubig an. »Wir müssen weitersuchen. Genau an dem Punkt.«

Die Männer wechselten einen hektischen Blick. Hatten sie richtig gehört? Miss Passamt wollte im Müll der Sanità wühlen?

»Commissario, gestatten Sie, dass ich das übernehme?«, hakte sie nach.

»Gerne«, sagte De Santis und schmunzelte.

»Wer kommt mit?«

Bomba und Marin rissen die Hände hoch.

»Na, dann viel Glück«, sagte De Santis und entließ sie.

Im Gehen bat er Ispettore Gennaro Pizzuoli in sein Büro, der ihm verwundert folgte.

»Heute ist eure Pizzeria geschlossen, oder?«, fragte De Santis, nachdem er sich gesetzt hatte.

»Nein, wir arbeiten inzwischen sieben Tage die Woche.« Gennaro war stehen geblieben und zupfte nervös an seiner Windjacke.

»Kannst du mir trotzdem einen Gefallen tun?«

»Welchen?«

»Versuch, in Mazzacanes Firma zu gelangen. Er hat einen Kurierdienst, du einen Betrieb. Gib ihm einen Auftrag, als ganz normaler Kunde.«

»Die DIA observiert den Laden. Und auch er wird eins und eins zusammenzählen, wenn er einen Bullen anmarschieren sieht.«

»Du wohnst in dem Viertel. Warum solltest du dich nicht an ihn wenden? Stell ein Paket zusammen und gib es in Auftrag. Wenn du auf dem Hof bist, hältst du nach dem Piaggio-Roller mit unserem Kennzeichen Ausschau. Ein Blick genügt vielleicht.«

»Was, wenn es schiefgeht?«

»Dann nehme ich die Aktion auf meine Kappe. Du hast von mir offiziell nicht erfahren, dass wir dort nicht ermitteln dürfen.«

»Okay.«

»Beeil dich. Wahrscheinlich schließen sie bald.«

De Santis verließ die Questura, zündete sich eine Zigarette an und schaute in den Nachmittagshimmel, an dem sich schmutzige Wolken ballten. Sie gefielen ihm plötzlich. Allmählich kam Bewegung in den Fall und vertrieb seine Wut auf den Questore, auf die schwerfällige Maschinerie der Polizeibehörden. Und dann war da noch Elvira Barbarossa, deren Name auf dem Display seines Handys aufleuchtete.

»Und?«, fragte sie. »Was hat die DNA-Probe ergeben?«

»Wir warten noch auf das Ergebnis. Wollen wir das zusammen tun, bei einem Aperitif? Ich könnte in einer Viertelstunde bei Ihnen sein.«

»Sie wissen doch gar nicht, wo ich bin.«

»So steril hört sich nur Ihr Büro im Centro Direzionale an.«

»Na gut.«

Sie lachte. Er mochte ihr Lachen. Sie dagegen mochte den Glaskasten inmitten des von Kenzō Tange entworfenen Wolkenkratzerviertels ebenso wenig wie er. Einer der Versuche, Neapel den Glanz einer internationalen Metropole zu verleihen. Herausgekommen war dabei die westliche Variante stalinistischer Architektur. Abweisende Fassaden, zwischen denen Plätze mit zerbrochenen Betonplatten gähnten, darauf geometrische Skulpturen, die den Menschen nichts sagten, jedenfalls nichts, was sie verstanden hätten.

Elvira Barbarossas rotes Haar leuchtete und wippte, als sie in einem Pulk von Justizmitarbeitern aus dem mit hohen Stahlzäunen umgebenen Gebäude trat. Lachend, mit federndem Schritt und einer altmodischen Lehrertasche. Sie küssten einander auf die Wangen.

»Wo gehen wir hin?«, fragte sie.

»Wie wär's mit einer Pizza in Sanità?«

Sie runzelte die Stirn und schien eine Falle zu wittern. Sanità war weit weg, dafür umso näher an seiner Wohnung. »Hatten wir nicht von einem Aperitif geredet?«

»*Da Concetta* ist nun mal die beste Pizzeria der Stadt.«

»Ich bevorzuge *50 Kalò*, aber ich bin heute schon zum Abendessen verabredet.«

»Sind Sie immer zum Abendessen verabredet?«

»Vielleicht sind Sie einfach vom Pech verfolgt.«

Er glaubte ihr nicht. Elvira hatte keine Verabredung, sondern wollte ihn auf Distanz halten. Sie gingen durch eine der Straßen, die an der Außenmauer des Gefängnisses von Poggioreale entlangführten. So abweisend die Architektur des Viertels war, so durchdacht war sie. Die Richter und Staatsanwälte residierten direkt hinter dem Zentralgefängnis und konnten die Delinquenten selbst beim Hofgang im Auge behalten.

Sie setzten sich vor eine schmucklose Bar an die Straße. Er zündete sich eine Zigarette an und schwieg.

»Was arbeitet in Ihnen?«, fragte Elvira.

»Ciro Mazzacane. Worum geht es bei Rejas gewichtiger Aktion? Um gefälschte Markenware?«

»Keine Ahnung.«

»Können wir nicht um Amtshilfe bitten?«

»D'Astoli wird schon auspacken, wenn er unter Mordanklage gestellt wird.«

»Er wandert lieber in den Knast, als sich mit der Camorra anzulegen. Lieber lebenslänglich als tot.«

»Warten wir ab, was Reja herausfindet. Womöglich beantworten sich Ihre Fragen dann von selbst.«

De Santis war nicht gut im Warten. Aber während er die Staatsanwältin betrachtete, ihr süffisantes Lächeln, die Knie, die sich verschoben, wenn sie das Haar über die Schultern strich, legte sich sein Groll. Er bestellte zwei Spritz, und sie prosteten einander zu. Ihre Augen glänzten.

»Warum schauen Sie mich so an?«, fragte sie ihn.

»Und nach dem Abendessen?«

Sie wurde ernst, und für einen Moment schien die Stimmung zu kippen. Er hatte sich zu weit vorgewagt.

»Was soll das heißen?«

»Sie haben eine Verabredung zum Essen. Aber in zwei, drei Stunden ... Ich kenne da ein nettes Lokal, in dem man Musik hören und tanzen kann.«

»Wollten wir nicht einfach nur über den Fall reden?«

»Ursprünglich ja. Aber eigentlich ist schon alles gesagt«, knurrte er.

»Sie sind hierhergefahren, um mich in ein Nachtlokal zu schleppen?«

»Nein. Das war ein spontaner Einfall. So etwas kann passieren, wenn man vor Ihnen sitzt.«

Er spürte ihr Knie an seinem und achtete darauf, dass der Kontakt nicht abriss. Sie wurde ein wenig rot.

»Was halten Sie von meinem Vorschlag?«, fragte er und legte seine Hand auf ihre.

Sie sah ihn an, knallrot. Dann wich ihre Empörung einem

Ausdruck von Ungläubigkeit, schließlich Amüsiertheit. »Sind Sie schwer von Begriff oder einfach nur unverschämt?«

De Santis schwieg und hielt ihre Hand fest, die sie unter seiner vergessen zu haben schien. Was für eine Frau, dachte er. »Ich weiß, dass ich es ungeschickt angestellt habe. Ich wollte Sie nicht überrumpeln oder zudringlich sein. Mein allergrößter Respekt, vielleicht zu groß …«

»Wovon reden Sie eigentlich?«

»Sie sind damals mit in meine Wohnung gekommen …«

»Stopp. Das war ein Fehler, den ich gerade noch korrigieren konnte. Das habe ich Ihnen erklärt.«

»Wann?«

Sie schwieg, sichtlich verstimmt. Er wusste nicht, was er schon wieder falsch gemacht hatte.

»Hören Sie …«, sagte er, da klingelte sein Handy. Auf dem Display stand »Gennaro Pizzuoli«. Das hatte gerade noch gefehlt.

»Entschuldigen Sie mich bitte kurz«, sagte er und ging ein paar Schritte die Straße hinunter. Auf keinen Fall durfte sie mitbekommen, dass er seinen Kollegen auf Mazzacane angesetzt hatte. Er sah noch Elviras verwunderten Gesichtsausdruck, als Gennaro loslegte.

»Jemand fährt gerade vom Gelände.«

»Wer? Mazzacane? Bist du noch immer dort?«

»Ja.«

»Du solltest doch nur einen Blick auf die Motorroller werfen. Hast du das Kennzeichen entdeckt? Oder den …«

»Hör zu, ich habe Ciro Mazzacane gesehen. Er war in heller Aufregung, irgendetwas schien gerade vor sich zu gehen, als ich auf das Gelände kam.«

De Santis hörte einen Motor aufheulen, hektisches Schalten. Es klapperte, die Verbindung riss ab.

»Entschuldigung, Chef, mir ist das Handy runtergefallen.«

»Was ist passiert? Was machst du?«

»Ich hänge mich an ihn dran. Irgendetwas läuft da gerade.«

»Brich die Aktion ab. Darum sollen sich die Kollegen von der DIA kümmern.«

»Ich habe niemanden gesehen.«

»Vielleicht haben sie ja endlich kapiert, wie man unauffällig observiert.«

»Also? Soll ich mich an ihn dranhängen?«

»Meinetwegen, aber sei vorsichtig. Brich ab, falls du aufzufliegen drohst. Und halt mich auf dem Laufenden. Ich komme.«

Der Kommissar lief zurück, gab der Staatsanwältin zwei flüchtige Wangenküsse, warf einen Geldschein auf den Tisch und sagte: »Ist dringend. Ich melde mich später.«

Er rannte zu seinem Auto, startete den Motor und fuhr Richtung Ponticelli. Von unterwegs rief er noch einmal Pizzuoli an. »Wohin fährt er?«, fragte er.

»Richtung Barra, San Giovanni a Teduccio.«

»Sind die Kollegen von der DIA inzwischen aufgetaucht?«

»Nein.«

De Santis überlegte, ob er Reja informieren sollte. Womöglich lief gerade der Deal an, auf den sie seit Monaten warteten. Egal, warum sollte er ausgerechnet Reja einen Gefallen tun? Vielleicht fuhr Mazzacane auch nur zu einem Mädchen oder zum Kartenspielen.

»He, was ist denn …?« Pizzuoli wurde plötzlich hektisch.

»Gennaro, was ist los?«

»Da kommt ein … Du Arsch, siehst du denn nicht …? He!«

De Santis hörte, wie Autoreifen quietschten, dann knallte Blech auf Blech, Scheiben barsten.

»Gennaro!«, brüllte De Santis ins Handy. »Gennaro! Bist du okay? Gennaro! Antworte!«

Nichts tat sich. Der Kommissar schaute auf das Display, auf dem noch immer Pizzuolis Name stand. Aus dem Telefon waren nur schwache, undefinierbare Geräusche zu vernehmen. Er hörte das Zischen hydraulischer Schläuche, aus denen Überdruck entwich. Dann aus der Ferne eine Sirene.

»Gennaro!«, brüllte De Santis wieder. »Gennaro! Was ist los? Was ist passiert? Wo bist du?«

Er bekam keine Antwort, lauschte noch eine Weile und überlegte fieberhaft, was er tun sollte. Er raste Richtung Barra, rief in der Questura an und setzte einen Notruf ab.

Die Laternen glitten als gelbe Blasen über seine Windschutzscheibe, der Verkehr floss stoisch und irr durch die Stadt, die zäh, widerspenstig und finster wie Magma wirkte. Nie war ihm die Strecke länger erschienen.

Nach einigen Minuten kam eine Meldung über die Zentrale: schwerer Verkehrsunfall in Barra, dem Nachbarbezirk von Ponticelli. Fahrerflucht, mindestens ein Schwerverletzter, eingeklemmt im verunfallten Pkw. Das musste Pizzuoli sein. De Santis ließ sich den genauen Standort durchgeben und trat aufs Gaspedal.

24

Das Krankenhaus Cardarelli thronte inmitten eines nach Pinienharz und Flieder duftenden Parks hoch über der Stadt und bot den Besuchern einen sensationellen Ausblick über den Golf. Allerdings nicht den Patienten. Denn wenn man sich durch die Erweiterungsbauten und Unterabteilungen arbeitete, geriet man in ein Labyrinth, dessen Gänge immer enger, die Fenster schmaler und das Panorama trostloser wurden.

Franco De Santis hatte die Nacht auf diversen Fluren und in Innenhöfen verbracht, rauchend, wartend. Vor Kurzem war Gennaro aus der Intensiv- auf eine Unfallstation verlegt worden. Er fand das Zimmer, klopfte an, trat ein und sah im Neonlicht nur eine Art geknickten Engelsflügel, der in einer Schlaufe hing. Es war das, was von Pizzuolis Arm noch übrig war. Der Ispettore sah übel aus. Dennoch versuchte er, zwischen den Pflastern, Fäden und Blutergüssen in seinem Gesicht zu grinsen.

De Santis stellte die jämmerlichen Blumen aus dem Klinikshop auf den Tisch und legte die Box mit den Süßspeisen von Infante daneben. »Wie geht's dir?«

»Bestens. Habt ihr ihn?«

Der Kommissar schüttelte den Kopf. Als er an die Unfallstelle gekommen war, waren zwar Polizei und Krankenwagen da, aber kein anderes Auto. »Was hast du erkennen können?«, fragte er.

»Einen Geländewagen, schwarz. Er ist von rechts in den Kreisverkehr geschossen, ohne auf mich zu achten.«

»Du hattest Riesenglück.«

»Findest du? Was ist mit meinem Wagen?«

»Totalschaden.«

Gennaro schüttelte den Kopf. »Heiland. Ich habe keine Vollkasko. Wenn wir den anderen Fahrer nicht finden ... In der Pizzeria falle ich auch aus. Franco, das ist unser Ruin.«

»Sei froh, dass du noch lebst. Es hätte viel übler ausgehen können.«

»Dann hätte wenigstens die Lebensversicherung gezahlt.«

»Was redest du da? Auch so ... Es war ein Arbeitsunfall.«

War es nicht. Schon während De Santis es sagte, wusste er, wie dumm die Bemerkung war. Der Staat half selbst dann nicht, wenn man Anspruch darauf hatte, geschweige denn bei einer nicht autorisierten Observierung. Pizzuoli war zudem mit seinem Privatwagen unterwegs gewesen. Mit sieben Pizzen auf der Rückbank.

»Wir lassen dich nicht hängen«, meinte De Santis. »Vielleicht können die Jungs mit anpacken.«

»Um Pizza auszufahren in Ponticelli?«

»Nicht die schlechteste Möglichkeit, um unauffällig zu ermitteln.«

»Hat bei mir ja auch ausgezeichnet geklappt«, meinte der Ispettore, um dann grinsend hinzuzufügen: »Na ja, Mario Marin in Ponticelli als Pizzabote ... Den Clash of Cultures würde ich gerne live miterleben.« Er schüttelte lachend den Kopf, hielt ruckartig inne und deutete auf seine Halswirbelsäule.

»Konntest du den Fahrer erkennen?«, hakte der Kommissar nach.

»Nein, die Scheiben waren getönt.«

»Das Kennzeichen?«

»Nichts. Ich glaube, es war ein Land Rover, schwarz, wie gesagt, ziemlich neues Modell.«

»Was ist mit dem, den du verfolgt hast?«

»Ein gelber Audi A3 mit belgischer Nummer.«

Das konnte durchaus Ciro Mazzacane gewesen sein. Das ausländische Kennzeichen hatte nicht viel zu bedeuten, denn diese waren bei Neapolitanern beliebt. Man sparte damit nicht nur bei Steuern und Strafzetteln, sondern erschwerte auch Ermittlungen aller Art. Es gab noch irgendetwas anderes, das De Santis beschäftigte. Der gelbe Audi erinnerte ihn an ein Bild, das er im Kopf hatte. Doch er wusste nicht, welches.

»Hör zu. Es bleibt vorerst unter uns, dass du in meinem Auftrag unterwegs warst.«

»Wie soll ich das alles meiner Frau erklären?«

Pizzuoli war mit Stefania verheiratet, die einst Balletttänzerin hatte werden wollen. Dann waren die Kinder gekommen, vier an der Zahl, die hochfliegenden Träume hatten in eine enge Sozialwohnung über dem Pizzabringdienst geführt, mit dem sie das Familienbudget aufbessern wollten. Der ihnen jedoch nur weitere Unkosten, Schulden und Wucherzinsen eingebracht hatte. Sie durften sich Kleinunternehmer nennen – klein war das Geschäft, gewaltig waren die Schwierigkeiten.

»Was sagen die Ärzte?«

»Mindestens vier Wochen Gips und Schutzschienen. Danach Reha. Ein Irrsinn, Franco. Außerdem werde ich hier drinnen schon nach zwei Tagen verrückt.« Pizzuoli wies auf das Bett neben sich.

Ein Beatmungsgerät zischte, ein alter Mann röchelte, hinter ihm lag ein Motorradfahrer, neben dem eine junge Frau in ihr Taschentuch schluchzte.

»Glaubst du, er hat dich bewusst von der Straße geschossen?«

Pizzuoli schwieg und verzog die Lippen. »Darüber habe ich auch schon nachgedacht.«

»Wirst du von hier aus weiter an dem Fall mitarbeiten können?«

»Nichts lieber als das.«

»Trotzdem werde ich beim Questore beantragen, dass man uns vorübergehend jemanden zur Unterstützung zuteilt. Wir haben derzeit drei heiße Spuren: D'Astoli, Mazzacane und Vanessa. Marin wird wegen seiner Fortbildung zwei Monate fehlen, mit Bomba alleine kann ich auf keinen Fall die Abteilung führen.«

»Was ist mit Carmela?«

De Santis schaute Pizzuoli entgeistert an. »Hältst du sie für eine Hilfe? Du hast doch mit eigenen Augen gesehen, dass Bomba und Marin nicht mehr klar denken können, seit sie da ist. Ob *sie* etwas kann, weiß ich nicht. Nichtsdestotrotz müssen wir sie loswerden.«

»Du solltest ihr eine Chance geben, Chef. Hauptsache, du hältst mir meinen Platz frei.«

»Was redest du da?« De Santis sah sich um. Sein Beruf führte ihn häufig in Krankenhäuser, doch er konnte sich weder an den Geruch noch an die künstliche Zuversicht gewöhnen, die dort in Gesten, Tonfall und Diagnosen verbreitet wurde. Wie in einer Sekte. »Sieh zu, dass du bald wieder auf die Beine kommst. Wir brauchen dich«, sagte er.

Pizzuoli nickte. »Chef …«

Der Kommissar drehte sich um.

»Versprochen, dass du mich weiter beteiligst?«

»Natürlich. Du bist der Einzige, der sich in Ponticelli auskennt.«

De Santis verabschiedete sich, ging hinaus und durchquerte mehrere Innenhöfe, bis er ins Parkhaus hinter dem Klinikum kam. Er setzte sich in den Wagen und fuhr hinunter ins Gewühl der Innenstadt. Ein flirrendes Gefühl breitete sich in ihm aus. Der Fall nahm Dimensionen an, die er kaum noch abschätzen konnte. Es sei denn, Pizzuolis Unfall war Zufall. Ein paar Zufälle zu viel, die sich um Ponticelli drehten. Wahrscheinlicher war, dass sie in ein Wespennest gestochen hatten. Ein Anschlag auf einen Polizisten, das war ein Novum, ein Tabubruch, selbst in Neapel. Und er hatte Pizzuoli da reingeritten!

Was hatte Ciro Mazzacane Wichtiges erledigen müssen – ohne Zeugen? War es überhaupt Mazzacane gewesen? Sie hätten Reja fragen müssen. Wie immer. Wieso nur war niemand von der DIA zu sehen gewesen? Auf keine dieser Fragen würde der Kommissar alleine eine Antwort finden.

Er rief die Straßenpolizei an. Sie hatten die Unfallstelle ausgewertet, bisher jedoch keine konkreten Hinweise. Keine Augenzeugen, nur ein paar Lackspuren und Splitter eines Scheinwerfers.

»Der Geschädigte ist ein Kollege«, schloss De Santis.

»Das wissen wir.«

»Sagt mir Bescheid, wenn ihr etwas herausfindet. Der Mistkerl hätte ihn fast umgebracht.«

»Versprochen«, sagte der Kollege, den der Kommissar von einem früheren Fall kannte. Mit den Fragmenten von dem Unfallwagen würden sie sicher bald das Modell feststellen. Aber das war's dann auch. Fahrerflucht war in Neapel an der Tagesordnung und wurde fast nie aufgeklärt. Wenn doch, dann hatte der Unfallverursacher häufig keine Haftpflichtversicherung, und der Geschädigte schaute trotzdem in die Röhre. Hatte bestenfalls die zweifelhafte Genugtuung, dass der Täter eine Bewährungsstrafe aufgebrummt bekam.

25

Als Franco De Santis in der Mordkommission eintraf, waren alle Räume noch dunkel, nicht einmal die Computergebläse liefen. Er zog die Rollläden auf, kochte Kaffee, setzte sich ins Besprechungszimmer, wartete und dachte nach. Es musste sein und Pizzuolis Geheimnis bleiben, was hinter dem Autounfall steckte. Bomba hätte er einweihen können, nicht jedoch Marin und schon gar nicht Carmela De Cillis.

Als alle versammelt und unterrichtet waren, fragte Bomba: »Chef, was können wir bloß für Gennaro tun? Eine Kollekte?«

Er war in heller Aufregung, weil er Pizzuoli auf eine kindliche Art bewunderte. Ihm war es fast unheimlich, wie der nur zehn Jahre ältere Kollege vier Kinder, zwei Jobs, eine Ehe und sein Pflichtbewusstsein koordinierte.

De Santis verteilte den Espresso, holte eine Cappuccinotasse aus dem Hängeschrank, steckte eine Banknote hinein und stellte sie neben das Whiteboard. Auch Bomba stopfte einen Schein hinein, ebenso Carmela De Cillis.

»Was ist, Marin? Sie haben doch reichlich Geld in der Tasche«, sagte Beppe Bomba provokant.

Der Vicecommissario errötete. Eine Reaktion, die De Santis nicht an ihm kannte. Was war ihm da entgangen? Woher wusste Bomba über Marins Barschaft Bescheid?

»Jeder gibt so viel er mag«, hakte De Santis ein. »Wer Zeit hat, kann auch in den anderen Abteilungen fragen. Sobald wir das Modell des Unfallfahrzeugs kennen, suchen wir nach dem Halter und dann nach der Werkstatt, in der er die Spuren beseitigen lassen will. Vermutlich wird der Wagen unter der Hand repariert, wir müssen also auf jeden Fall auch die illegalen Schrauber, den Ersatzteilhandel und die Autofriedhöfe abklappern.«

»In ganz Neapel?«, fragte Bomba.

»In ganz Europa, wenn's sein muss.«

Die Kollegen schauten einander mutlos an.

»Chef, uns steckt die Latscherei von gestern noch in den Knochen«, sagte Marin.

Ach ja, das hatte De Santis ganz vergessen. »Hat sie was gebracht?«, fragte er.

»Und ob«, jubilierte Carmela De Cillis. »Die Beweisstücke sind bereits in der Kriminaltechnik.«

»Was für Beweisstücke?«, fragte der Kommissar überrascht.

»Zwei Sturmhauben, Kapuzenpullis, Turnschuhe, Helme, eine Spielzeugpistole und ...«

»Die Beretta war nicht dabei?«, warf De Santis ein.

»Nein, aber das Kennzeichen!«, rief Marin.

»Unser Kennzeichen«, ergänzte Bomba. »EE 32 647.«

»Warum erfahre ich davon nichts?«

»Es steht im Intranet.«

Der Kommissar hatte in der Nacht nur an Pizzuoli und den Unfall gedacht. Er hatte in den Fluren des Krankenhauses gedöst, war ruhelos auf und ab gegangen und hatte sich immer wieder dieselben fruchtlosen Fragen gestellt.

»Haben die in der KTU endlich D'Astolis DNA abgeglichen?«, fragte er unwirsch zurück.

»Gestern war niemand mehr im Labor. Wir sollen nachher noch mal vorbeikommen«, erwiderte Bomba.

»Holt mir D'Astoli aus der Zelle. Und gebt mir Bescheid, sobald die DNA ausgewertet ist.«

Er ging in sein Büro, um die Einträge im Intranet nachzulesen. Er betrachtete die Fotos von den Fundstücken in der Sanità. Ein schwarzes und ein graues Sweatshirt mit Kapuze, zwei Nylon-Sturmhauben, die Helme, die Turnschuhe, alles passte perfekt. Bis auf die Mordwaffe. Aber dafür hatten sie das Kennzeichen. Die Kleine vom Passamt, dachte er, hat es uns aber gezeigt.

Es war erstaunlich, was so eine Nacht in der Arrestzelle bewirkte. Otello D'Astoli war sichtlich gezeichnet. Er ließ sich auf den bereitgestellten Stuhl fallen und verlangte seinen Anwalt, allerdings klang es viel zaghafter als am Vortag.

De Santis schob ihm das Telefon hin. D'Astoli rief seinen Verteidiger an, dann warteten sie. Noch ehe der Anwalt eintraf, klopfte Beppe Bomba.

»Die DNA«, flüsterte er.

De Santis ging hinaus. »Und?«, fragte er. »Stimmt sie mit den Spuren unter Salvatores Fingernägeln überein?«

»Sehen Sie selbst.«

Beppe Bomba klappte die Kladde auf. Darin drei Bögen mit langen Zeilen. Die Ergebnisse der DNA-Analyse ähnelten der Kurve eines Seismografen, in die besondere Marker als bunte Peaks eingezeichnet waren. Die erste Zeile war die DNA von D'Astoli. Die zweite hatte man aus den Blutresten unter Salvatores Fingernägeln extrahiert. Es gab kaum Übereinstimmungen. »Die Wahrscheinlichkeit, dass es sich um dieselbe Person handelt, liegt bei unter 0,001 Prozent«, hatte Tommaso Esposito geschrieben.

Mist. De Santis ließ die Kladde sinken und schaute Bomba an. »Ein Schlag ins Wasser.«

Der Agente betrachtete ihn erwartungsvoll.

»Was ist?«

»Ihr solltet Euch auch die dritte DNA anschauen.«

»Wieso? Von wem stammt sie?«

»Von Salvatore.«

De Santis betrachtete die Grafik, die Ausschläge. »Ja, und?«

»Fällt Euch denn nichts auf?«

»Nein, jetzt sag schon.«

Bomba zog das Blatt von Otello D'Astoli hervor und hielt die beiden Zeilen übereinander. Otello D'Astoli und Salvatore Ronga. »Eine Übereinstimmung von fünfzig Prozent«, sagte er. »Das bedeutet: Blutsverwandtschaft ersten Grades.«

»Was?«

De Santis brauchte einen Moment, um die Information zu verdauen. Geschwister oder, was wahrscheinlicher war, Elternschaft. »Otello D'Astoli war Salvatores leiblicher Vater?«

Bomba nickte. »Sieht ganz so aus.«

Der Kommissar nahm die Bögen und kehrte in den Verhörraum zurück.

»Ich glaube, das hier können wir auch ohne Anwalt klären«, sagte er zu D'Astoli.

»Ich kann gehen?«

De Santis schüttelte den Kopf. »Nein. Wir haben Ihre DNA analysiert. Und natürlich auch die von Salvatore.«

D'Astoli sank in sich zusammen. Er schien sich vor diesem Augenblick gefürchtet zu haben, mehr als vor allem anderen. Deshalb hatte er so lange gemauert. Deshalb hatte er so einen Zirkus veranstaltet, hatte sich lieber selbst in Verdacht gebracht, als seine DNA herzugeben.

»Glauben Sie nicht, dass Sie endlich die Wahrheit sagen sollten? Wozu lügen Sie so hartnäckig?«

»Elena.« Er schüttelte den Kopf. »Sie hat mich damals angefleht. Ich musste sie schützen. Sie kennen ihren Mann nicht. Edoardo ist eifersüchtig und jähzornig.«

»Hatten Sie Angst um Elena Ronga oder um sich selbst?«

»Um sie.«

»Sie haben ein Verhältnis mit ihr?«

»Nein!«

De Santis schloss die Augen. Er war es leid. »Jetzt hören Sie mit den Kindereien auf. Anders ist eine Zeugung schlecht zu erklären.«

»Sie verstehen nicht. Nein, nicht mehr. Hören Sie, vor vielen Jahren, es sind fast zwanzig, waren wir ein Paar. Wir waren im selben Fachbereich an der Uni, kannten uns flüchtig aus Ponticelli. Wie das so geht in dem Alter. Ich war Elenas Tutor. Ein Flirt, aus dem bald mehr wurde. Aber dann hat sie ihren Mann kennengelernt, und wir haben Schluss gemacht.«

»Nicht sofort.«

»Es gab danach noch dieses eine Mal. Wir hatten uns hinreißen lassen, und sie machte sich wahnsinnige Vorwürfe. Ich habe viele Jahre nichts von der Vaterschaft gewusst, ich schwöre.« Er blickte verzweifelt an die Decke. »Irgendwann hat sie sich dann bei mir gemeldet.«

»Wann genau?«

»Vor einigen Monaten. Sie fragte, ob Salvatore bei mir arbeiten könne. Er brauche Geld für sein Studium, seine Zukunft, neue Perspektiven, er wolle raus aus Ponticelli. Ich willigte ein. Wahrscheinlich dachte sie, ich würde, wenn ich ihn näher kennenlerne, allein darauf kommen, keine Ahnung.«

»Sind Sie aber nicht?«

»Nein. Wie auch? Nach all den Jahren.«

»Eben. Nach all den Jahren. Das soll ich Ihnen glauben? Ist es Ihnen denn nicht merkwürdig vorgekommen, dass Elena Ronga nach einem halben Menschenleben wieder Kontakt suchte?«

»Nein, sie war ratlos. Salvatore brauchte dringend einen Job. Wo findet man in Neapel schon Arbeit als junger Mensch? Die Leute klammern sich an Beziehungen, auch die entlegensten.«

»Aber seine Mutter wollte mehr Geld als nur die paar Euro für Salvatores Nebenjob?«

»Sie hat mir erzählt, er wolle in die USA. Ich hätte ihn darauf gebracht. Bei mir habe er seinen Horizont erweitert. Ich sollte die Kosten für die Green Card und die Highschool-Gebühren übernehmen.«

»Und da haben Sie einfach gesagt: Mir steht zwar das Wasser bis zum Hals, aber die knapp zwölfeinhalbtausend Euro gebe ich gerne. Das soll ich glauben?«

»Es stimmt. Sie können das vielleicht nicht verstehen. Im Laufe der Monate ... ich habe keine Familie, keine eigenen Kinder. Er war ...« D'Astoli fing zu weinen an. Nichts war mehr übrig von seiner Selbstkontrolle. Der Schmerz war echt, das spürte De Santis. »Und dann durfte ich ihm nicht einmal offen zeigen, wie viel er mit bedeutete. Das Geld, was ist schon Geld?«

»Es blieb ein Geheimnis zwischen Ihnen beiden? Zwischen Elena Ronga und Ihnen?«

»Sicher. Sie wollte nicht, dass Edoardos Verhältnis zu Salvatore leidet. Es war ohnehin nicht sehr rosig in letzter Zeit.«

»Und der Überfall?«

»Was hat das mit dem Überfall zu tun?«

»Genau das müssen wir herausfinden.«

»Es gibt keinen Zusammenhang«, sagte D'Astoli bestimmt.

»Was ist mit der Frau im Treppenhaus?«

»Das war Elena. Sie war gerade bei mir. Wir wollten über Salvatores Zukunft reden. Sie war mit Salvatore in die Stadt gefahren, offiziell wollte sie Einkäufe erledigen und kam heimlich hoch. Ihr war das alles sehr peinlich. Deswegen die zugezogenen Vorhänge und das Versteckspiel.«

»Elena Ronga war also bei Ihnen in der Wohnung, während Ihr Sohn erschossen wurde?«

»Ja. Sie können sich vorstellen, wie sie reagiert hat, als der Tumult losbrach. Sie schrie vor Panik. Ich wollte sie zurückhalten, rannte runter, sah im Laden, was geschehen war. Ich lief wieder hoch. Ich wollte nicht, dass sie ihren ... unseren Sohn so sieht.« Er schluchzte. »Elena war schon im Treppenhaus, ich hielt sie fest. Sie schrie, boxte mich, kratzte. Im nächsten Moment war sie mir auch schon entwischt. Ich fand sie im Laden, wo sie neben Salvatore kniete.«

De Santis schwieg lange. »Und dann?«

»Habe ich sie von ihm weggezerrt.«

Der Kommissar brauchte eine Weile, um dieses neue Szenario zu verdauen. Die Spuren passten zu D'Astolis Version. Sie hatten einen kleinen Betrüger gefasst, einen Aufschneider, einen Lebemann, aber vermutlich keinen Mörder. Warum hätte er seinen eigenen Sohn umbringen sollen? Von dessen Existenz er gerade erst erfahren hatte? Die Wahrheit über die Vaterschaft war ein Problem für Elena Ronga, nicht für D'Astoli. Sie hatten wohl den Falschen in die Enge getrieben. Marins Instinkt. Man konnte ihn in der Pfeife rauchen. Mit oder ohne Carmela.

»Ihr Alibi ist Elena Ronga.«

»Ja. Wie gesagt, ich wollte sie schützen. Ich hatte sie nach der ersten Vernehmung gefragt, ob ich ihren Namen nennen dürfe. Sie wäre fast durchgedreht. Ich konnte ihr das nicht antun. Sie hat Salvatore verloren, und jetzt sah sie den Rest der Familie auch noch zusammenbrechen.«

De Santis nickte. Er hatte selbst einen Vorgeschmack darauf erlebt. Aber vielleicht war ihre Vorsicht überflüssig gewesen. Vielleicht wusste Edoardo Ronga längst Bescheid. Und war deshalb so aggressiv gewesen. Er gab Elena die Schuld an Salvatores Tod. Oder D'Astoli.

»Sie müssen mir Elena Rongas Handynummer geben«, sagte De Santis zum Abschluss.

»Ich bitte Sie. Ihr Mann hat keine Ahnung, und …«

»Genau deswegen würde ich Sie gerne mobil anrufen. Sobald sie Ihr Alibi bestätigt hat, können Sie gehen.«

Kommissar De Santis ging hinaus und informierte seine Kollegen über die neuen Erkenntnisse. Auch den Anwalt, der verdutzt auf dem Flur stand, als er aus dem Verhörraum trat. Er gab Anweisung, die Spuren von Pizzuolis Unfall auszuwerten, außerdem von den Fundstücken der Sanità. Die Kriminaltechnik war dabei, Fingerabdrücke und DNA-Reste zu sichern. Diese mussten mit den Klassen- und Vereinskameraden von Salvatore abgeglichen werden.

»Ich fahre nach Ponticelli und rede mit der Mutter«, sagte er. »Die Sache mit der Vaterschaft bleibt so lange wie möglich unter uns. Und Sie, Frau De Cillis«, sagte er an Carmela gewandt, »beziehen ab sofort das Büro von Gennaro Pizzuoli.«

Die Agente strahlte, Marin schaute bedröppelt, und Bomba feixte.

26

Elena Ronga arbeitete als Putzkraft im *Teatro Pierrot*, dem einzigen Kino Ponticellis, das gleichzeitig als Theater- und Veranstaltungssaal diente. Als De Santis gegen die Scheibe klopfte, kam sie mit einem Schlüsselbund an, öffnete die Tür, schaute wie eine Diebin über die Via Arginc und lotste den Kommissar hinein. Aus seinen Andeutungen am Telefon hatte sie offensichtlich geschlossen, dass er über die Vaterschaft D'Astolis Bescheid wusste.

»Bitte«, sagte sie flehend, »hier haben selbst die Wände Ohren.«

»Niemand wird sich wundern, dass Sie mit der Polizei reden.«

Sie nickte, blass, resigniert, mechanisch. Der hellblaue Kittel und der Wischmopp ließen sie noch trauriger wirken.

»Sie haben BWL studiert?«, fragte er.

»Alles für die Katz. Das alles ist meine Schuld. Ich habe mich damals hinreißen lassen. Aber Salvatore? Und meinen Mann? Welche Schuld trifft die beiden?«

»Sie können also bestätigen, dass Sie bei Otello D'Astoli in der Wohnung waren, als der Laden überfallen wurde?«

»Ja.«

»War D'Astoli die ganze Zeit bei Ihnen, oder war er zwischendurch weg?«

»Nein. Wir haben die ganze Zeit geredet.«

»Hat er Ihnen Geld gegeben?«

Sie wurde verlegen. »Schon.«

»Wie viel?«

»Gut zwölftausend Euro. Für Amerika. Salvatore hatte sich das in den Kopf gesetzt, und Otello hat ihn darin unterstützt, auch finanziell.«

»Und Ihr Mann?«

»Hat das für Flausen gehalten. Flausen, die Otello ihm ins Ohr gesetzt hatte.«

»Also gab es Streit deswegen?«

»Nicht direkt. Edoardo, also mein Mann, war dagegen. Das sei die typische Großmannssucht von Leuten, die nicht anständig arbeiten wollen. Salvatore solle sich auf seinen Sport konzentrieren und härter trainieren, dann werde er groß rauskommen.«

»Aber Salvatore hatte das Interesse verloren.«

»Als Wasserballer kommt man nicht groß raus, hat er gesagt. Jedenfalls nicht, wenn man ein Stipendium für eine amerikanische Hochschule will.«

»Zurück zu Freitagabend. Ab wann waren Sie bei D'Astoli in der Wohnung?«

»So ab sieben.«

»Was ist passiert? Sie haben den Tumult gehört, und dann?«

Sie erzählte dieselbe Version wie D'Astoli. Ein bisschen verworrener, was wohl eher an den traumatischen Eindrücken als an bewussten Auslassungen lag. Für De Santis war klar: D'Astoli war definitiv der falsche Mann. Damit standen sie wieder am Anfang.

»Wir sind sicher, dass Salvatore mindestens einen der Räuber gut kannte. Hatte er Streit mit einem Klassenkameraden? Mit jemandem im Verein? Gab es Eifersüchteleien?«

Elena Ronga schüttelte den Kopf.

»Sind Sie sicher, dass Ihr Mann nicht Bescheid weiß?«, fragte De Santis.

»Absolut.«

»An dem Abend, als ich bei Ihnen war, wirkte er sehr gereizt, geradezu aggressiv.«

Sie schüttelte erneut den Kopf. »Das ist seine Art, mit dem Verlust umzugehen.«

»Ist er jähzornig?«

»Nein. Wieso?«

De Santis musste jede Möglichkeit in Betracht ziehen, auch so abwegige wie Gewalt gegen das eigene Kind. Affekte innerhalb der Familie waren die stärksten, bei Verrat wurden sie zu den gefährlichsten. Darüber hatte er auf der Fahrt hierher nachgedacht. »Hat Ihr Mann vor der Tat verändert auf Sie gewirkt?«

»Nein? Was meinen Sie?«

»Es gab keine Diskussionen zwischen ihm und Salvatore?«

»Doch. Welcher Vater gerät nicht mit seinen heranwachsenden Kindern aneinander?«

»Ich hätte gerne ein Foto von Ihrem Mann. Außerdem müsste ich sein Alibi überprüfen.«

»Sie glauben doch nicht …«

»Ich glaube gar nichts. Ich will sicher sein.«

Sie stimmte verzagt zu.

»Noch einmal zu Salvatores Schulkameraden. Hat er Ihnen von der Auseinandersetzung mit Pasquale erzählt?«

Sie zögerte und schüttelte dann den Kopf, doch De Santis hatte das Gefühl, dass sie etwas wusste oder ahnte.

»Salvatore soll sich über Vanessa Saba lustig gemacht und sie verunglimpft haben.«

»Was? Wer sagt das?«, platzte sie heraus.

»Pasquale.«

Elena Ronga wurde flammend rot. Zum ersten Mal nahm De Santis so etwas wie Wut wahr. Unterdrückte Wut. »Salvatore war einer der wenigen, die etwas für Vanessa tun wollten. Ihr Tod ist ihm sehr nahegegangen, wie einigen anderen in der Klasse, aber nur er hatte den Mut, etwas zu unternehmen. Er wollte eine Anti-Mobbing-Kampagne ins Leben rufen. Leider weiß ich nicht, was daraus geworden ist.«

»Zusammen mit Pasquale?«

»Wie kommen Sie denn auf den? Das hätte gerade noch gefehlt.«

»Wieso?«

»Salvatore hat mir anvertraut ...« Sie winkte ab.

Es war wichtig, das spürte der Kommissar. »Bitte reden Sie. Wir sind vielleicht am entscheidenden Punkt.«

»Salvatore war sicher, dass Pasquale hinter Vanessas Tod steckte.«

»Er hat sie umgebracht?«

»Nicht direkt. Die Videos. Salvatore glaubte, dass sie von Pasquale stammen. Er hat versucht, das nachzuweisen. Aber er kannte sich mit Computern nicht gut genug aus.«

»Könnten Sie Ihre Töchter fragen, ob Ihr Mann am Freitagabend die ganze Zeit in der Wohnung war?«

Sie nickte, nachdenklich.

»Und schicken Sie mir bitte ein Foto Ihres Mannes aufs Handy.«

»Mache ich sofort.«

De Santis bedankte sich und versicherte Signora Ronga, dass er alles tun werde, um Salvatores Vaterschaft geheim zu halten.

Er spürte das Bedürfnis, das Gespräch auf sich wirken zu lassen. Und das ging am besten beim Gehen. Er schlenderte durch die Via Margherita in Ponticelli, wo gerade Wochenmarkt war und die bunte Vielfalt der Obst- und Gemüsestände, der Elektronik- und Klamottenstände lockte. Der Duft einer *friggitoria* kitzelte seinen Appetit wach, und so bestellte er eine Portion Meeresfrüchte und ein kleines Bier. Er setzte sich auf einen Hocker, ließ sich die Sonne auf den Kopf scheinen und die Gedanken schweifen. Die Tintenfischringe waren köstlich, ebenso wie die Zigarette, die er sich danach ansteckte. *Welcher Vater gerät nicht mit seinen heranwachsenden Kindern aneinander?*, hatte Elena Ronga gefragt. De Santis dachte wieder an Ludovica. Heute war ihr Geburtstag, er hatte noch immer kein Geschenk, hatte ihr noch nicht einmal gratuliert. Er sah auf die Uhr. Sie musste inzwischen zu Hause sein.

Als er ihre Nummer wählte, pochte sein Herz, er fühlte sich plötzlich unbeholfen und alt, aber aus ihrer Stimme war kein Groll herauszuhören. Sie war einfach wieder das Kind, das vom Leben begeistert ist, weil es Geburtstag hat. Sein Kind.

»Du kommst doch heute Nachmittag, oder?«, fragte Ludovica am Ende.

»Sicher«, sagte er, weil er etwas Anderes nicht übers Herz brachte.

D'Astolis Alibi stellte alle bisherigen Theorien auf den Kopf. Sie mussten alles neu bewerten, die DNA-Spuren an den gefundenen Kleidungsstücken, Salvatores Umfeld, die Geschichte mit Vanessa Saba. De Santis wollte einfach nicht glauben, dass es sich um einen banalen Überfall handelte, der aus dem Ruder gelaufen war. Also brauchten sie ein neues Motiv. Und das musste in Salvatores oder Otello D'Astolis Umfeld zu finden sein.

»Also dann bis fünf«, sagte Ludovica, »ich freue mich.«

»Ich mich auch«, antwortete De Santis, selbst wenn ihm

nicht wohl war bei dem Gedanken, auf Stefano Baldinis Jacht zu steigen.

Er besorgte eine knallige Glückwunschkarte, schrieb ihr ein paar Zeilen, malte ein dickes rotes Herz darum und legte den Gutschein für die Reise nach Schottland dazu.

Als er durch das Gewühl der Via Margherita zurück zu seinem Wagen gehen wollte und gerade an einem hässlichen, aus Glas und Beton zusammengeschusterten hypermodernen Gebäude vorbeikam, hupte es neben ihm. Ein Fiat Panda scheuchte Fußgänger, Hausfrauen, fliegende Händler und Haustiere von der Fahrbahn und bremste direkt neben ihm.

»Sie können ihn gleich mir geben.« Die Fahrertür war aufgegangen, Enz'O'Pazz war aus dem Wagen gesprungen.

»Was?«, fragte De Santis.

»Den Strafzettel. Sie sind doch sicher gekommen, um mir den Zahlungsbeleg zu bringen, oder?«

Ein Verrückter, der sich seinen Spitznamen redlich verdient hat, dachte De Santis. »Wie kommen Sie auf die Idee?«, fragte er und setzte ein Lächeln auf, wie man es mit Verrückten macht, um ihre latente Gereiztheit zu beschwichtigen.

Tatsächlich erwiderte Enz'O'Pazz das Lächeln und wackelte mit dem Zeigefinger. »Sie meinen wohl, Sie können mich hinter die Fichte führen? Drehen Sie sich mal um.«

De Santis tat es. Der hässliche Glaskasten war die Bezirksverwaltung, in der auch die Station der Vigili Urbani untergebracht war. Reiner Zufall. Nur wie sollte er das Enzo Sculli beibringen? Er kramte in seinen Taschen, fand tatsächlich, durch einen noch größeren Zufall, die Quittung für den Strafzettel und drückte sie seinem Gegenüber in die Hand.

»Es ist ein langer Weg zur Zivilisation, aber er beginnt mit dem ersten Schritt«, sagte der Vigile nickend. »Kann ich Sie irgendwo hinbringen?«

»Nein, aber Sie können mir vielleicht anderweitig helfen.«

»Stört es Sie, wenn wir im Wagen reden? Ich muss noch einiges erledigen.«

De Santis stieg ein, und Enz'O'Pazz schoss los. Sein Fahrstil hatte nichts zu tun mit dem Sinn für Recht und Ordnung, den er predigte. Vor allem Frauen am Steuer brachten ihn auf, er fegte sie mit wildem Hupen und heftigen, teilweise obszönen Gesten von der Straße.

»Mein Kollege Gennaro Pizzuoli hatte einen Unfall in Barra. Fahrerflucht. Der Ispettore ist übel dran. Komplizierte Schulterfraktur, er wird monatelang ausfallen.«

»Davon habe ich gehört. Eine Schweinerei. Wie kann ich da helfen?«

»Es könnte sein, dass der Fahrer aus Ponticelli kommt. Ein schwarzer Land Rover, neues Modell, Unfallschäden in der Frontpartie, vielleicht helle Lackspuren. Könnten Sie mir Bescheid geben, falls Sie etwas Verdächtiges bemerken?«

Enzo nickte. »Ich halte die Augen offen. Die Kollegen von der Verkehrspolizei haben mich auch schon gefragt.«

»Ich nehme an, dass der Halter den Wagen illegal unterstellen oder reparieren lassen wird.«

»Hier sind fast alle Werkstätten illegal. So wie hier jedes zweite Hochhaus illegal ist. Alles Wildwuchs. Der Bau wurde vielleicht noch genehmigt, aber die Leute haben sich breitgemacht, bevor die Kommune ihnen die Wohnungen zugeteilt hat. Eine geplante Schule wurde bezogen und einfach in ein Mehrfamilienhaus umgewandelt, bevor die Handwerker die Tafeln an die Wände geschraubt hatten. Sehen Sie die Siedlung da drüben?« Sie kamen an einer Reihe grauer Betonquader vorbei. Dort hatte Vanessa Saba gewohnt. »Nicht ein reguläres Mietverhältnis. Die wenigsten Bewohner sind behördlich gemeldet. Es fehlt an den primitivsten Regeln eines Staatswesens.«

»So wie in der Kaserne der Guardia di Finanza.«

»Genau. Auch so ein Beispiel.«

De Santis überlegte, ob er Enzo Sculli in die Vorgeschichte des Unfalls einweihen sollte, doch die Sache war zu heikel.

»Falls Sie etwas entdecken: Würden Sie mir als Erstes Bescheid sagen?«

Der Vigile kniff die Augen zusammen, antwortete aber nicht. »Wo wollten Sie eigentlich hin?«

»Zum Teatro Pierrot. Da steht mein Auto.«

Wieder kämpften sie sich durch die Marktstände. Hin und wieder stieg Enzo aus und ließ sich Lizenzen zeigen, manchmal auch nur ein paar Äpfel in die Hand drücken, gratis. Als sie das Kino erreichten, stieg De Santis aus.

»Kennen Sie eigentlich Pasquale Scognamiglio?«, fragte er.

Enz'O'Pazz zögerte einen Moment. »Was heißt kennen? Er geht mit meinem Sohn in eine Klasse.«

»Was ist er für ein Typ?«

Der Vigile wedelte vielsagend mit der Hand. »Die Familie ist mächtig hier. Seine Brüder waren schon im Bau, aber er ist sauber. Jedenfalls bisher.«

»Danke«, sagte De Santis, »und wie gesagt ...«

»Wenn ich einen Land Rover in Reparatur entdecke, sage ich Bescheid. Ihnen zuerst.« Er grinste, drehte sich um und griff ächzend auf die Rückbank. »Frisch geerntet. Wollen Sie?« Er hielt eine Trage mit dunkelroten Knupperkirschen in Händen.

»So gute haben Sie Ihr Lebtag noch nicht gegessen. Aus unserem Garten, ohne jede Chemie. Die Vulkanerde ist die fruchtbarste der Welt, dazu das Wasser von den Hängen des Vesuvs. Eine Sünde, was hier passiert ist, dass man diese Erde einfach zuasphaltiert hat.«

De Santis stieg aus und nahm die Kirschen entgegen. Der

Vigile schoss davon und schlug wieder seine Schneisen in den Wildwuchs des neapolitanischen Straßenverkehrs.

Als der Kommissar die Questura betrat, herrschte eine konzentrierte Atmosphäre. Die Türen zu Marins und Bombas Büros waren geschlossen, niemand war zu sehen. De Santis klopfte zuerst beim Agente. Bomba starrte auf den Bildschirm.

»Neuigkeiten?«, fragte De Santis.

»Nein. Noch nicht.«

Marin und Carmela De Cillis saßen einträchtig nebeneinander und studierten große Bögen Computerpapier. »Aus der Kriminaltechnik«, erklärte der Vicecommissario.

Der Kommissar rief alle ins Besprechungszimmer und stellte die Kirschen auf den hufeisenförmigen Tisch. »Ponticelli hat auch gute Seiten«, sagte er. »Ein Dankeschön unseres Vigile für das bezahlte Strafmandat. Aber nun zu unseren Ermittlungen«, fuhr er fort. »Ich bleibe dabei, der Überfall war kein Zufall. Die Täter haben sich ein riskantes Ziel ausgesucht, und sie waren maskiert, weil Salvatore sie sonst vermutlich erkannt hätte.«

»Dann war der Mord ein Missgeschick«, wandte De Cillis ein. »Wenn er geplant gewesen wäre, hätten die Täter nicht so viel Angst davor haben müssen, erkannt zu werden.«

Ein kluger Gedanke. Jedoch nur fast richtig.

»Sie vergessen die Kameras. Die Täter wussten wohl nicht, dass das System streikte«, erwiderte De Santis. »Was hat die Kriminaltechnik geliefert?«

»An den Kleidungsstücken aus der Sanità haben sie Schmauchspuren gefunden. Also sind es definitiv die Klamotten der Täter. Nirgendwo Fingerabdrücke. Dafür jede Menge DNA: im Schweiß, in Hautpartikeln und Haaren.«

»Von wie vielen Personen?«

»Etwa einem Dutzend. Das Zeug lag im Müll und wurde kontaminiert. Im Labor versuchen sie, den Kreis weiter einzuengen.«

»Sobald wir ein genaueres DNA-Profil haben, muss es mit den Schülern und Wasserballern abgeglichen werden. Und die Sache mit Pizzuoli?«

»Da sitze ich dran«, meinte Bomba. »Bisher auch nichts. Ich habe mit den Vertrags- und den freien Werkstätten angefangen, außerdem mit dem offiziellen Ersatzteilhandel. Bisher keine Bestellung aus Ponticelli oder Barra.«

»Okay«, sagte De Santis. »Ich will, dass ihr auch zum Selbstmord von Vanessa Saba noch einmal recherchiert. Angeblich gibt es dazu eine Akte. Fragt bei den Kollegen an. Einer von euch muss außerdem nach Ponticelli und Pasquale Scognamiglios Alibi überprüfen. Er will am Freitagabend mit Freunden durch Bars gezogen sein.«

De Santis reichte Marin den Zettel mit den beiden Namen. Dieser fragte: »Und Sie?«

»Ich muss heute früher los. Meine Tochter hat Geburtstag.«

»Glückwunsch«, sagte Bomba.

27

Wie blöd muss man sein, um sich auf so etwas einzulassen?, dachte De Santis, als er Stefano Baldini, den neuen Lebensgefährten seiner Frau, auf sich zurauschen sah.

Wie ein Heros, eine Galionsfigur in weißem Leinen, kam er angeschwebt, lässig an der Bugreling seiner perlmuttfarbenen Motorjacht lehnend. Er schwenkte das Tau und grüßte die wartende Menge, die in Beifall ausbrach. Der Kommissar stand mit etwa vierzig Vertretern der neapolitanischen Hautevolee auf der Mole der Marina, darunter seine Schwiegereltern, weltliche und klerikale Würdenträger, Mitschüler und Freunde von Ludovica und zu allem Überfluss auch Eleonora Calamandrei und Michela Santini, die ihn provokant angrinsten. De Santis folgte der Prozession über die Landungsbrücke.

»Schön, dass Sie es einrichten konnten«, begrüßte Stefano Baldini ihn mit einem jovialen Schulterklopfen.

»Ist immerhin der Geburtstag meiner Tochter«, erwiderte De Santis. »Wo ist sie überhaupt?«

»Das Geschenk können Sie auf den Tisch neben dem Büfett legen. Ludovica wird sich freuen.«

Woher willst du das wissen?, dachte der Kommissar. Nicht einmal ich weiß es.

Die Jacht legte ab, die Motoren brummten und erzeugten den typischen majestätischen Schub. Dann setzte Musik ein,

Livemusik. Die Jacht war nämlich so groß, dass auf dem Zwischendeck eine Konzertbühne, ein Büfett und eine Tanzfläche aufgebaut waren.

Dort fand De Santis seine Tochter, umarmte sie und flüsterte: »Herzlichen Glückwunsch, mein Schatz.«

»Danke.«

Aus dem Augenwinkel sah er Isabella. Sofort fuhr es ihm in den Magen. Obwohl sie seit fast einem Jahr getrennt waren. Er ging auf sie zu, küsste sie auf die Wangen und sog ihren Duft ein, der unverwechselbar war und ihn an alles erinnerte, was ihm fehlte.

Baldini hatte das Mikro an sich genommen und den Sänger, einen jungen, tätowierten Rapper, unterbrochen, um eine Rede zu halten. Ein Champagnerglas in der Hand und flotte Sprüche auf den Lippen, begrüßte er die Gäste, schwärmte von seiner neuen Begleiterin und dem Engel, den diese mit in die Beziehung gebracht hatte. Dieser Engel ist *meine* Tochter, dachte De Santis. Baldini fing an, von Ludovicas Leben zu erzählen, und De Santis fing an, sich zu betrinken. Isabella warf ihm einen besorgten Blick zu.

»Bitte keinen Eklat heute. Es ist Ludovicas Fest«, sagte sie.

»Ach ja? Auf mich wirkt es wie Baldinis Fest. Setzt er die Ausgaben als Werbungskosten von der Steuer ab? Die Gäste landen doch sicher irgendwann in seiner Schönheitsklinik auf dem OP-Tisch, oder?«

»Du bist so billig.«

Der Wein war es nicht. Während Isabella ihm einen bösen Blick zuwarf, nahm er sich noch ein Glas und wandelte auf der Jacht umher. Gar nichts war hier billig, es war ein Festakt mediterraner Ingenieurs- und Interieurskunst: überall Edelhölzer und helles Leder. Aber der ganze Tand konnte ihm gestohlen bleiben, den überließ er gerne Baldini. Nicht verwinden konnte er dagegen, dass er Frau und Tochter an diesen Kerl verloren hatte. Frustriert setzte De Santis sich in einen Diwan und schaute aus dem Bullauge. Die Sonne glitzerte auf den Wellen, die Küste zog vorbei, Posillipo, Nisida, das Gerippe einer der letzten Werkhallen des einstigen Stahlwerks in Bagnoli. Sanft war das Schlingern des Rumpfes zu spüren. Er hatte so etwas wie innere Harmonie gefunden, als die Band einen Tusch spielte und alle an Deck gerufen wurden.

Baldini stand am Gabentisch, bat Ludovica zu sich, küsste sie und öffnete eine Glückwunschkarte nach der anderen, während das Mädchen das zugehörige Geschenk auspackte. Sie strahlte, jubelte und warf den Gästen Kusshändchen zu.

Als sie De Santis' Karte mit dem aufgemalten Herzen und dem selbst geschriebenen Gutschein für die Studienreise nach Schottland auspackte, waren die Reaktionen sehr verhalten. Ludovica verdrehte die Augen, und Stefano zwinkerte dem Kommissar mit geheucheltem Mitgefühl zu.

Am Horizont tauchte unterdessen die Silhouette von Ischia auf. Bei Bagnano ging die Jacht vor Anker, und die Gäste konnten in das heiße Wasser der Thermalquellen springen, die hier aus dem Meeresgrund sprudelten. De Santis schwamm zu Ludovica, die sich gerade mit Sebastiano tunkte.

»War nur so eine Idee. Wenn es dir nicht gefällt, kannst du gerne eine andere Reise machen«, sagte er.

»Ja, Interrail, mit ihm hier«, lachte sie und deutete auf ihren Freund.

»Was hat Mamma dir denn geschenkt?«, fragte er.

»Kommt noch. Soll eine Überraschung sein.«

Nach einer Weile wurden sie zurück an Bord gerufen, durchquerten die Bucht und legten an einer Privatmole an. Die Gäste gingen an Land und betraten einen Garten, der sanft anstieg und sich zwischen den Felsen verlor.

»Bitte sehr, im Haus wartet ein kleines Büffet«, sagte Baldini. Das Haus war eine spanische Hazienda, eine weitläufige Bungalowanlage mit Springbrunnen, riesigem Garten und einem atemberaubenden Blick über das Meer.

Als alle sich mit Champagner und gefüllten Tellern auf der Terrasse versammelt hatten, gab Baldini ein Zeichen. Von der Jacht ertönte »Happy birthday«. Scheinwerfer flammten auf und tauchten das Gelände in gleißendes Licht. Zwischen einer Oleanderhecke war eine weiße Mähne zu sehen, ein Schimmel durchquerte den Garten, drehte sich im Kreis, stellte sich auf die Hinterläufe und wieherte. Ein Bild wie aus einem Märchenfilm. Eine perfekte Inszenierung, das musste man Baldini lassen.

»O Wahnsinn!«, kreischte Ludovica, »Mamma, Pa!« Sie rannte zu ihrer Mutter und zu Stefano und umarmte die beiden.

Hatte sie ihn gerade *Pa* genannt?

Ja, hatte sie.

Verstört wandte De Santis sich ab.

Auf dem Rückweg, die Sonne war längst im Meer versunken, kalte Gischt wehte über das Oberdeck, und der Kommissar sehnte sich nur noch auf seine einsame Dachterrasse, wurde ihm plötzlich übel. Vielleicht zu viel Wein, zu viel Dünung, zu viel innere Rebellion. Jedenfalls musste er, wollte er sich nicht vor allen Leuten blamieren, hinunter in den Rumpf, wo die Toiletten lagen. Er erbrach sich in die Kloschüssel, wusch sich das Gesicht und betrachtete sich eine Weile in dem goldgerahmten Spiegel. Was er sah, besserte seine Laune nicht gerade.

Als er das WC verließ, öffnete sich die Tür einer Kajüte. Ein Mädchen trat heraus. Ein ausgesprochen attraktives, ausgesprochen junges Mädchen. Sie schrak zusammen und grüßte verlegen, als fühlte sie sich bei etwas ertappt, das soeben in der Kajüte stattgefunden hatte. Wie alt mochte sie sein? Zwanzig? Oder noch minderjährig? Kurz nach der Pubertät waren sie verdammt schwer einzuschätzen. War sie eine Klassenkameradin von Ludovica? Wo war Ludovica überhaupt? Wer war noch in der Kajüte?

De Santis zog sich lautlos ins WC zurück und wartete. Nach etwa fünf Minuten ging die Kajütentür erneut. Der Kommissar trat wie zufällig aus der Toilette. Vor ihm stand Stefano Baldini. Er lächelte kurz, reflexhaft. De Santis lächelte nicht.

»Perfekte Inszenierung«, sagte er nur.

»Danke.«

Baldini wusste, dass De Santis Bescheid wusste. Es folgten ein Augenzwinkern und wieder das joviale Schulterklopfen. Es sollte wohl so viel heißen wie: Unter Gentlemen versteht man sich. De Santis war kein Gentleman. Jedenfalls nicht bei Baldini.

Er ging zurück auf das Zwischendeck und suchte Isabella. Sein erster Impuls war, ihr alles zu erzählen. Aber als er sie sah, ein Glas Wein in der Hand, wie sie lachend mit einem Bekannten plauderte und sich das Haar in ihrer unverwechselbaren Art hinter die Ohren strich, da kamen ihm Zweifel. Nein, dachte er, es geht mich nichts an. Nicht mehr.

Sie waren fast an der Mergellina angekommen, als De Santis' Handy klingelte. Er zog es aus der Sakkotasche. Es war Vicecommissario Mario Marin.

Der Kommissar nahm den Anruf entgegen, legte auf und ging zu Stefano Baldini.

»Sie müssten mir bitte einen Gefallen tun«, sagte er.

Der Schönheitschirurg in seinem weißen Leinenanzug betrachtete ihn überrascht und hatte schon ein Nein auf den Lippen, überlegte es sich dann jedoch anders. Offensichtlich war er in Gedanken noch einmal kurz unten in der Kajüte gewesen.

»Gerne. Welchen?«

Jetzt war sich De Santis sicher. Baldini hatte soeben Isabella betrogen. Auf dem Geburtstagsfest ihrer Tochter. Nicht schlecht.

28

Als die Jacht in das riesige finstere Hafenbecken einlief, verstummte die Musik, und unter den Gästen erhob sich ein unwilliges Gebrumme. Zwischen den Containerschiffen, den Kränen und den hohen Betonkais wirkte das Boot auf einmal schmächtig, fragil und deplatziert, und die überschäumende Stimmung wich einer angespannten Ratlosigkeit.

»Nur ein kleiner Zwischenstopp, meine lieben Freunde«, rief Stefano Baldini. »Ihr werdet selbstverständlich alle nach Mergellina zurückgebracht.«

»Das musste jetzt noch sein, oder?«, fragte Isabella De Santis mit bösem Blick. »Hätte mich auch gewundert.«

Ohne ein Wort ging er zur Landungsbrücke.

Die Jacht drehte ab, De Santis winkte seiner Tochter und spürte, dass er angetrunken war, dann ging er auf den Schein der Halogenlampen zu. Mehrere Beamte standen an der Kante der Mole, darunter zwei Männer von der Spurensicherung in weißen Overalls.

»Nicht schon wieder, De Santis. Oder willst du nur mit deiner reichen Frau angeben?«, fragte Vicequestore Rodolfo Reja mit einem Blick auf die Jacht, die ihre Spur aus Leuchtgirlanden durch die Nacht zog.

»Du meinst wohl, mit ihrem reichen Geliebten«, antwortete der Kommissar. »Wo ist die Leiche?«

Reja, der auf dem Boden gekauert hatte, richtete sich auf. »Du hast hier nichts verloren.«

In der Zentrale war der Fund einer Wasserleiche gemeldet worden. Ein Schwarzafrikaner. Mehrere Schusswunden in der Brust.

»Für Mord bin ich zuständig.«

»Nicht für diesen hier«, antwortete Rodolfo Reja.

»Hat das ein Staatsanwalt entschieden?«

De Santis sah sich um. Am Rand der asphaltierten, mit Eisenpollern gespickten Hafenmole lag ein halb geschlossener Leichensack. Das gelbliche Licht der Straßenlampen fiel auf die Füße riesiger Kräne, auf Containergebirge, auf das Labyrinth aus Lagerhallen, Schienen und Stacheldrahtzäunen.

»Lass mich mal einen Blick auf ihn werfen«, sagte der Kommissar und deutete auf den Sack.

»Nein. Damit wir uns klar verstehen, das hier ist unser Fall. Der Mann wurde im Hafen ermordet, im Zollbereich, hier laufen die internationalen Geschäfte. Das hat mit deinen Fällen nichts zu tun.«

»Woher willst du das wissen? Welches Kaliber?«

»Noch haben wir kein Projektil.«

»Wo ist er ermordet worden?«

»Willst du mich nicht verstehen? Oder kannst du nicht?«

»Wie lange hat er ungefähr im Wasser getrieben?«

De Santis wankte die glitschigen Betonstufen in der Kaimauer hinunter und fühlte die Wassertemperatur, die wichtig war, um die Lagerzeit der Leiche abschätzen zu können. Es war lauwarm, um die zwanzig Grad, tippte er. Er kam wieder hoch und beugte sich über den Sack, dessen Reißverschluss so weit offen war wie ein V-Ausschnitt. Er betrachtete den Schwarzafrikaner: etwa vierzig, gut genährt, Goldkette, ein buntes Hemd unter einem braunen Anzug, zwei Löcher in der

Brust. Der Tote hatte Waschhaut, aber noch schimmerte das Venengeflecht nicht durch. Lang hatte er also nicht im Hafen getrieben, ein, zwei Tage vielleicht.

Genau der Zeitraum, in dem Pizzuoli verunglückt war. Ging das hier auf Mazzacanes Konto? Dann war es tatsächlich Rejas Fall. Und De Santis stand vor dem Problem, dass er ihn einweihen musste.

»Meinst du, das hängt mit euren Ermittlungen in Ponticelli zusammen?«, fragte er.

»De Santis, tu mir den Gefallen und zieh Leine. Du stehst uns hier nur im Weg rum.«

»Wollen wir nicht endlich kooperieren?«

»Nein.«

Vicequestore Rodolfo Reja drehte sich um und ging weg. Konzentriert dirigierte er die Rettungssanitäter und Taucher. Taucher bedeuteten, dass Reja noch Spuren im Wasser zu finden hoffte, dass man den Mann hier umgebracht und ins Hafenbecken gestoßen hatte. Offenbar war er nicht mit Gewichten beschwert, sonst wäre er nicht so schnell an die Oberfläche gekommen. Der typische Camorra-Mord lief anders ab: entweder auf offener Bühne, mitten im Trubel der Stadt, als Warnung für alle Abtrünnigen und solche, die es werden wollten, oder so, dass man nie eine Spur der Tat und des Getöteten fand.

»Das sieht mir nicht nach dem typischen Mord im organisierten Verbrechen aus«, meldete sich De Santis noch einmal zu Wort.

»Überlass das bitte den Spezialisten.«

»Meinen die Spezialisten, dass es hier um Revierkämpfe geht? Um ein bestimmtes Geschäft?«, fragte De Santis.

»Kein Kommentar.«

»Wer ist der Mann?«

»Wissen wir nicht.«

»Wie lange hat er im Wasser getrieben?«

Er bekam keine Antwort mehr. Du kannst mich mal, dachte De Santis und verabschiedete sich von den Kollegen der Spurensicherung. Bevor er ging, sah er sich noch einmal um, denn irgendetwas kam ihm merkwürdig vor. Was hatte der Schwarze hier verloren? Wie war er in den abgesicherten Bereich des Frachthafens gekommen? Hatte man ihn tatsächlich hier umgebracht? Oder nur hier abgeladen? Er wusste es nicht, und der Vicequestore würde es ihm mit Sicherheit nicht sagen.

»Reja!«, rief De Santis, aber der antwortete nur mit einer obszönen Geste.

29

Am nächsten Morgen kam De Santis mit pochendem Schädel in die Questura. Zum Glück war nur Carmela De Cillis da. Wie befohlen saß sie an Gennaros Schreibtisch und gab keinen Laut von sich. Aber kaum hatte er den Computer hochgefahren, brach ein Höllenlärm los. Bomba und Marin kamen herein, es klang nach Streit, es klang nach Party, die Stimmen wogten hin und her, schnell hatten sie auch Carmela aus ihrem Refugium gelockt, Türen flogen, und der Trubel verlagerte sich ins Besprechungszimmer.

De Santis lief durch den Flur und riss die Tür auf. »Könnt ihr mir mal erklären, was der Lärm soll?«, fragte er und verzog das Gesicht vor Schmerzen.

»Ach, Sie sind schon da?«, fragte Marin unbekümmert.

»Ja. Ist das so außergewöhnlich?«

Die *cuccuma* köchelte, Bomba entkorkte gerade eine Flasche Prosecco. Auf den Tischen standen mehrere Tabletts mit Pasteten, Mignons, kleinen Babàs.

»Sie sind herzlich eingeladen, mit uns zu feiern«, sagte Marin, der gerade seiner Kollegin ein Törtchen unter die Nase hielt.

»Was genau feiern wir denn eigentlich?«, fragte der Kommissar.

»Na, den tollen Ermittlungserfolg von Agente De Cillis«,

meinte Bomba, küsste die Fingerspitzen und lächelte Carmela verträumt an.

»Welchen Ermittlungserfolg?« De Santis verstand nur Bahnhof.

»Die DNA natürlich. Unglaublich, dass ausgerechnet die Agente den richtigen Riecher bewiesen hat. Wir hatten damals ja in dem Innenhof an der Via …«

»Das interessiert mich jetzt nicht. Was ist mit der DNA?«

»Wir haben die DNA der beiden Täter«, sagte Marin. »Sicher.«

»Aber nicht die Täter. Oder habt ihr deren Identität ermittelt? Waren sie in der Datenbank?«

»Die eine ist identisch mit der DNA unter Salvatores Fingernägeln«, meinte Beppe Bomba.

»Logisch. Und weiter?«, blaffte De Santis.

Weiter gab es nichts. Keine Überstimmung, mit keiner DNA der Datenbank, auch nicht mit den Klassen- oder Wasserballkameraden, die sie bisher überprüft hatten.

»Ihr Hornochsen. Was gibt es da zu feiern? Wir stecken mitten in einer völlig verfahrenen Ermittlung, es gibt zwei Tote, einen schwer verletzten Kollegen und weder einen Tatverdächtigen noch ein klares Motiv. Habt ihr eigentlich Gennaro schon besucht? Habt ihr Hinweise darauf, wo der verunfallte Wagen abgeblieben ist?«

Betretenes Schweigen.

»Was ist mit D'Astoli? Habt ihr seine Schwarzmarktlieferanten ermittelt?«, hakte De Santis nach.

»Er redet nicht. Offensichtlich haben sie ihn eingeschüchtert«, meinte Marin.

»Das habe ich selbst schon gemerkt. Sie müssen weiterbohren. Bringen Sie neben Ihrem Instinkt ruhig auch Ihre Fantasie ein. Oder Ihre Akribie. Haben Sie wenigstens die alten Anzeigen gegen ihn durchgearbeitet und nach Hinweisen auf seine halbseidenen Partner gesucht? Informationen bei der Guardia di Finanza eingeholt?«

»Wir sind dran«, meinte Marin.

»Das sehe ich. Kollege Marin, Sie suchen nach möglichen Lieferanten für D'Astolis gefälschte Ware. Bomba, Sie finden mir die illegale Werkstätte, und Sie ...« Er betrachtete Carmela De Cillis, die ihn ungerührt anlächelte, von seinem cholerischen Anfall weder beeindruckt noch verschreckt. »Sie erstellen mir eine Liste aller Kameraden, die für die Tat theoretisch infrage kämen, die also weder ein sicheres Alibi haben noch eine DNA-Probe, die sie entlastet.«

Sie nickte.

»Jeder geht jetzt an seinen Schreibtisch«, flüsterte De Santis, weil sein Kopf keine Lautstärke vertrug.

Im Weggehen überlegte er, ob er sie über Einzelheiten zu dem Mord am Hafen informieren sollte, aber der Fall ging sie nichts an, jedenfalls nicht De Cillis, Marin und Bomba.

Er dagegen spielte in seinem Büro noch einmal den Abend des Unfalls durch. Gennaro hatte ihn angerufen, nachdem Mazzacane unverhofft aufgebrochen war. »In heller Aufregung«, hatte der Ispettore gesagt. War es um den Mord an dem Schwarzen gegangen? Warum sonst wäre die Camorra ein solches Risiko eingegangen, einen Polizisten anzugreifen? Es gab nur eine Erklärung: Die Aktion war von größter Wichtigkeit und Dringlichkeit, und sie musste natürlich ohne Zeugen ablaufen.

Franco De Santis setzte sich in seinen Dienstwagen und fuhr nach Barra, zu der Stelle, an der Pizzuoli verunglückt war. Sie lag an der Kreuzung Via Luigi Volpicella und Alveo Artificiale. Eigentlich ein Kreisverkehr inmitten einer Wüstenei aus Tankstellen, Fabrikhallen und dem Parkplatz eines Wohnblocks.

Die Kreuzung war weitläufig, gut beleuchtet, und es gab keine Sichtbehinderungen. Zwei Autos, die hier kollidierten – das *musste* Absicht gewesen sein. Außerdem war es eine Stelle, an der es nachts keine Zeugen gab. Falls doch, konnte der Zeuge behaupten, von seinem Balkon aus habe er auf die Entfernung nichts erkennen können. De Santis hielt an, stieg aus und betrachtete die Kreidezeichnungen auf dem Asphalt, die von den Pneus und der Witterung fast ausradiert waren. Ein paar Glas- und Plastiksplitter lagen im Rinnstein.

Die Stelle lag etwa auf halber Strecke zwischen Mazzacanes Firma und dem Hafen, wo der Schwarze ermordet worden war. Auch das passte. Nur wo war der Zusammenhang zu ihrem Fall? Mazzacanes Kennzeichen bei dem Überfall, Mazzacanes nächtliche Dienstfahrt, bei der man Pizzuoli attackiert hatte ... Hatte Mazzacane mit D'Astoli zu tun? Oder der Schwarze? Oder waren das alles nur Hirngespinste?

Er wollte die Spur weiterverfolgen, bog in San Giovanni a Teduccio Richtung Frachthafen ab und hielt an der Zollschranke. Der Beamte am Kontrollpunkt sah sich seinen Ausweis an und öffnete.

»Haben Sie diesen Mann schon einmal gesehen?«, fragte De Santis und hielt ihm ein Foto von Ciro Mazzacane hin.

»Könnte sein. Doch, ja.«

»Wann das letzte Mal?«

»Ist schon einige Zeit her.«

»Was für ein Auto hat er gefahren?«

»Einen Audi, glaube ich.«

»Waren Sie auch vorgestern Abend hier?«

»Nein, ein Kollege.«

De Santis ließ sich den Namen geben und fuhr weiter, über Gleisanlagen, zwischen Lagerhallen, scheinbar verlassenen Arealen, Baustellen und Fahrkränen hindurch bis zur Mole, an der am Vortag Baldinis Jacht angelegt hatte. Die Scheinwerfer waren abmontiert, Taucher und Küstenwache verschwunden. Nur ein Lieferwagen der Spurensicherung stand noch am Kai. Die Kollegen verluden ihre Sachen. Das war aber mal schnell gegangen.

Tommaso Esposito, der füllige Kollege, der auch den Tatort in Chiaia inspiziert hatte, schlug gerade die Hecktüren zu.

»Und? Habt ihr noch etwas Verwertbares gefunden?«, begrüßte ihn De Santis.

Der Spurensicherer schüttelte den Kopf.

»Todeszeitpunkt?«

»Da musst du die Gerichtsmedizin fragen.«

»Und seine Identität?«

»Matar M'Keita. Ein Senegalese.«

»Was wollte er hier am Hafen?«

Tommaso Esposito betrachtete De Santis skeptisch. »Ich habe da was läuten hören.«

»Was?«

»Du und Reja ... Ich glaube nicht, dass ich dir diese Informationen geben darf.«

»Du weißt, dass du dich auf mich verlassen kannst. Es könnte eine Verbindung zu unserem Fall in Chiaia geben. Reja macht aus allem ein Riesengeheimnis, und wir treten deshalb auf der Stelle.«

»Was soll dieser Mord hier mit deinem Überfall zu tun haben?«

»Hast du ein Projektil gefunden?«

Kopfschütteln. »Zwei glatte Durchschüsse.«

De Santis ließ den Blick schweifen und hielt nach Überwachungskameras Ausschau. Die nächste war etwa fünfzig Meter entfernt, allerdings auf einen Komplex von Lagerhallen gerichtet.

»Keine Bilder, oder?«

»Bitte, De Santis, du bringst mich in Teufels Küche.«

Der Kommissar nickte. Es gab kaum Kreidemarkierungen auf dem Boden, offensichtlich war die Ausbeute an Spuren mager gewesen. Die Stelle war nicht schlecht, um jemanden umzubringen. Es gab hier nachts keinen Verkehr, keine Zeugen, keine Kameras. Und die Wahrscheinlichkeit, auf dem Grund des Hafenbeckens, in Schlick und Morast, ein Projektil oder andere Spuren zu finden, war denkbar gering. Aber wer sagte, dass man den Mann hier ermordet hatte?

30

Franco De Santis setzte sich in sein Auto, nahm sein Smartphone und wählte sich ins Internet ein. Matar M'Keita – immerhin hatte er jetzt einen Namen. Allerdings wollte er nicht in der Questura anfragen. Er musste unterhalb von Rejas Radar fliegen. Also probierte er es mit gewöhnlichen Suchmaschinen, mit sozialen Netzwerken und dem Einwohnerregister von Neapel.

Dort fand er einen Matar M'Keita im Vico Dattero alla Maddalena, im Viertel Duchesca. Na bitte! Sogar polizeilich gemeldet. Offensichtlich hatte er sich eine legale Existenz aufgebaut, falls er denn der richtige M'Keita war. De Santis startete den Wagen und fuhr hin.

Das Haus war ein muffiges, vierstöckiges Gebäude mit hundertfach überklebten Klingelschildern, zerbröselnden Fenstersimsen und, soweit der Kommissar es erkennen konnte, ausschließlich farbiger Bevölkerung. Die Gegend zwischen Hauptbahnhof und Hafen war seit Längerem Zuzugsgebiet von Chinesen, Pakistani und Schwarzafrikanern, die hier ihren Aktivitäten nachgingen. Tagsüber betrieben sie Läden, nachts Straßenhandel und Prostitution. Seit Jahren tobten in der Duchesca Revierkämpfe, und keine Behörde verstand, wo die Grenzen zwischen den Revieren und Ethnien verliefen. Tatsache war, dass die weißen Clans sich nach und nach zurückgezogen hatten. Dass sie das Viertel nicht mehr bewohnten, hieß jedoch nicht, dass sie auf ihre Ansprüche verzichteten.

Ein M'Keita war nirgendwo angeschrieben. De Santis trat in den dunklen Hauseingang und stieg die Treppe hoch. Es roch nach Hammel und starken Gewürzen, nach Tee und karamelliertem Zucker. Kinder tobten die Stufen hinunter, ein Trommelton pochte durch die Wände, aber aus den offenen Türen drang kein Laut. De Santis stieg ein Stockwerk nach dem anderen hinauf, und überall bot sich dasselbe Bild. Die Wohnungen standen offen und wirkten verlassen.

Das Trommeln wurde lauter, dann brachen Jubelgeschrei und Klatschen los, das in den monotonen Rhythmus einstimmte. Der Lärm kam aus einer Wohnung, in der sich bunt gewandete Menschen, Koffer, Reisetaschen, Kissen, Teppiche, Tische und Kleidung stapelten. Offensichtlich hatten sich alle Bewohner des Hauses hier versammelt. Und nicht nur sie. Als De Santis eintrat, nahm niemand Notiz von ihm. Die Wohnung war groß, mit Wandteppichen, afrikanischen Skulpturen und edlem Mobiliar eingerichtet. Überall standen volle Schüsseln, Platten und Karaffen, auf einem Podest saß ein Mann in einer Art weißem Kaftan und murmelte einen Singsang. Daneben saßen der Perkussionist und Musiker mit fremdartigen Blas- und Zupfinstrumenten.

Eine füllige Frau um die dreißig in einem gestreiften Seidenkleid und passendem Kopftuch erhob sich und kam auf den Kommissar zu.

Sie umarmte ihn, und er meinte, in ihrem Überschwang an Herzlichkeit und Trauer zu versinken. Sie bebte, lachte, weinte und schüttelte De Santis wie einen Pflaumenbaum.

»Sie haben ihn auch geliebt, alle haben ihn geliebt«, sagte sie, und dann redete sie weiter in einer Sprache, die er nicht verstand.

»Ich wollte Ihnen eigentlich ein paar Fragen stellen«, sagte er.

»Warum? Warum nur? Er hat keinem etwas zuleide getan, ein guter Mann. Er hat sein Leben lang gearbeitet, immer nur gearbeitet.«

»Mein Beileid«, sagte De Santis und hielt der Frau diskret seinen Polizeiausweis unter die Nase.

Sie schüttelte den Kopf und sagte: »Ihre Kollegen waren schon da.«

»Ich weiß. Es gibt aber noch ein paar wichtige Dinge zu klären.«

Sie wies auf die trauernde Menge. »Wenn Matar seine Ruhe gefunden hat.«

»Dann ist es zu spät.«

»Bei allen beliebt, immer nur gearbeitet.«

»Was hat Ihr Mann gearbeitet?«

»Früher war er Fischer. Er ist mit seinem Vater rausgefahren, im Senegal. Bis die großen Kutter kamen und alles wegfingen. Dann kam er über Lampedusa und Sizilien nach Neapel, hat immer nur gearbeitet.«

»Welcher Arbeit ist er hier genau nachgegangen?«

»Tomaten. Er hat sie auf den Feldern gepflückt, und er hat Sachen verkauft am Strand. Ketten, Hüte, Handtücher.«

»Auch Kleidung?«

»Sicher. Am Strand und im Laden.«

»Wann haben die Probleme begonnen?«

Sie lachte und schlug die Hände zusammen: »Probleme? Es hat immer Probleme gegeben. Schon im Senegal.«

»Ist Ihr Mann von irgendwem bedroht worden?«, fragte er.

Sie trat zurück und musterte ihn prüfend. »Wer bist du? Du bist gar kein Polizist, oder?«

»Doch.« Er holte noch einmal seinen Ausweis hervor. »Hat man ihm wegen des Ladens Probleme gemacht? Wo ist der Laden?«

Sie spitzte die Lippen und schaute ihn wieder skeptisch an. »Matars Laden? Kennst du ihn nicht? Ich habe ihn doch der Polizei gezeigt. Die Polizei kennt ihn. Wer bist du?« Ihre Stimme war laut geworden.

»Ich bin von einer anderen Abteilung.«

»Abteilung? Was für eine Abteilung?« Sie schrie und sah sich Hilfe suchend in der Menge um.

Der Priester im weißen Gewand hielt mit seiner Litanei inne, der Trommelschlag riss ab, und auf einmal waren alle Blicke auf De Santis gerichtet. Es war zu spät, um den Rückzug anzutreten.

Er hielt seinen Ausweis hoch und rief: »Ich bin Commissario De Santis von der Mordkommission. Ich ermittle zu Matar M'Keitas Tod. Wer hat ihn bedroht?«

Verständnisloses Schweigen. Unmut. Skepsis und Empörung. Ich Idiot!, dachte der Kommissar. Nicht nur, dass ich das Totenritual entweiht habe …

»Verzeihen Sie«, sagte er, legte einen Stapel Visitenkarten auf den Tisch, drückte der Witwe die Hand und verließ das Haus.

Er umrundete das Gebäude und entdeckte den Laden in einer Nebengasse. Das Schaufenster war überladen mit bunten Tüchern, Teppichen und Trommeln. Sicher keine Waren, die D'Astoli hätte kaufen können. Falls hier jemand Schutzgeld eintrieb – und irgendwer tat es sicher –, dann stammte er aus dem Viertel oder der unmittelbaren Umgebung. Mazzacanes Kurierdienst, die Verteilung in der ganzen Stadt. Das war eine Spur, er war sich ganz sicher. Eventuell war M'Keita einer seiner Zwischenhändler gewesen oder ein Importeur. Sie mussten unbedingt herausfinden, um welche Ware es ging.

De Santis lief zurück zu seinem Auto und fuhr hinauf zum Krankenhaus Cardarelli. Gennaro Pizzuoli war im Moment der Einzige, der ihm helfen konnte.

Der Ispettore lag genau in derselben Position da wie bei seinem ersten Besuch, mit abgestrecktem Flügel und einem Lächeln im Gesicht. »Chef!«, rief er erfreut. »Und? Wie kommt ihr in dem Fall voran?«

»Ohne dich gar nicht. Die Mordkommission IV gibt es nicht mehr.«

Pizzuoli runzelte die Stirn. De Santis erzählte ihm von dem Sektfrühstück, dem Feingebäck und dem Gesang der Sirenen. Genau genommen nur einer Sirene: Carmela De Cillis.

Der Ispettore lachte. »Das hast du dir nur ausgedacht, um mich bei Laune zu halten, oder?«

»Du hast ihren Dienstantritt doch miterlebt. Das alles ist deine Schuld, ich wollte sie gleich wieder ins Passamt schicken. Und bei dir?«

»Jeden Tag dieselbe Leier. Ich muss Geduld haben, darf keine Pläne machen, mich nicht mit Problemen belasten. Wie soll das gehen? Wie soll ich nicht an zu Hause denken? An Stefania, die ohne Auto dasteht, ohne Hilfe.«

»Apropos. Ich habe beschlossen, dass ich euch mein Auto überlassen werde. Ist nur eine alte Schrottkarre, aber zum Pizzaausfahren reicht sie.«

»Chef, das können wir nicht annehmen.«

»Natürlich könnt ihr das. Ich brauche den Wagen nicht. Solltest du doch irgendwann von der Versicherung eine Entschädigung bekommen, gibst du ihn mir wieder.«

Pizzuoli dachte nach. »Gibt es Neuigkeiten zu dem Unfallfahrer?«

»Inzwischen ist sicher, dass es ein schwarzer Land Rover war, eine der letzten Baureihen. Sobald jemand eine Stoßstange oder einen Scheinwerfer bestellt, schlagen wir zu.«

Gennaro schaute skeptisch. »Meinst du, die sind so blöd?«

»Nein, aber wir suchen gleichzeitig nach einer illegalen Werkstätte, wo der Wagen repariert werden könnte. Selbst Enz'O'Pazz hält für uns die Augen offen.«

»Enz'O'Pazz? Ihr seid doch nicht etwa Freunde geworden, oder?«

»Und ob.«

Pizzuoli lachte.

»Hör zu«, hakte De Santis nach. »Hattest du das Licht eingeschaltet?«

»Natürlich.«

»Du hast also nicht versucht, Mazzacane im Blindflug zu folgen?«

»Nein.«

»Dann gibt es nur eine Möglichkeit: Sie haben dich absichtlich von der Straße geschossen. Der Kreisverkehr ist riesig. Er kann dich nicht übersehen haben.«

»Klar. Das war volle Absicht, er hat nicht einmal gebremst.«

De Santis nickte. Es passte alles zusammen. Eigentlich hätte er sich die Fragen sparen können. Sollte er Pizzuoli wirklich mitnehmen auf diese Reise, zu der er aufbrechen wollte? Ihn noch weiter hineinreiten in die Geschichte? Andererseits war die Katastrophe schon eingetreten. Er konnte nur versuchen, den Täter zu finden.

»Hör mal zu, Gennaro, aber das muss jetzt unter uns bleiben. Im Hafen wurde ein Schwarzer erschossen, ein gewisser Matar M'Keita. Gestern Abend gefunden, er lag noch nicht lange im Wasser. Todeszeitpunkt, Mazzacanes Route, alles passt zusammen. Ich glaube, er hat den Schwarzen umgebracht. Offensichtlich glaubt das auch die DIA, denn Reja hat sich den Fall sofort unter den Nagel gerissen. Von deiner Observierung wissen nur du und ich. Dabei muss es bleiben. Auch bei allem anderen, was diese Ermittlung angeht.«

»Klar«, sagte Pizzuoli. »Ich habe auch versucht, einen Freund bei der DIA zu aktivieren. Aber Reja hat allen einen Maulkorb verpasst. Keiner versteht so recht, warum er sich so in den Fall verbissen hat.«

»Weiß dein Freund wenigstens, worauf sie bei der DIA Jagd machen?«

»Das durfte er mir natürlich nicht sagen. Ich habe nur kapiert, dass es nicht um die klassischen Reviere geht. Was auch immer es ist, Mazzacanes Kurierdienst soll für die Verteilung der Ware in der ganzen Stadt sorgen.«

»Meinst du, es könnten auch gefälschte Produkte sein?«

»Fragst du wegen D'Astolis Laden?«

»Er hat gefakte Markensachen verkauft. Das scheint sein Geschäftsmodell gewesen zu sein. Ich suche noch nach der Verbindung zwischen ihm und Mazzacane sowie zu Matar M'Keita.«

»Wieso sollte Mazzacane so dumm sein und sein eigenes Nummernschild verwenden, wenn er in den Fall verwickelt ist?«

»Ja, das ist der Knackpunkt. Da passt etwas nicht zusammen.«

»Ein Konkurrent vielleicht, der ihn reinreiten wollte?«

»M'Keita hat mit allem Möglichen gehandelt. Auch mit Kleidung. Er hat es dadurch zu Wohlstand und Ansehen gebracht, jedenfalls bei seinen Leuten.«

»Wie kommst du darauf?«

»Ich war in seiner Wohnung. Da strömen Trauergäste aus dem ganzen Viertel zusammen, und sie scheinen mit noch mehr Besuch zu rechnen.«

»Das ist in westafrikanischen Kulturen nichts Ungewöhnliches.«

»Ich weiß, aber die Kosten trägt die trauernde Familie. M'Keita muss zu Vermögen und Einfluss gekommen sein. In dem Viertel brodelt es schon länger, womöglich hat er sich gegen die alten Clans aufgelehnt und Widerstand organisiert. Vielleicht hat er sich der Schutzgeldmafia verweigert oder selbst gefälschte Markenware importiert. Jedenfalls hat er sich etwas zuschulden kommen lassen, das einen Mord rechtfertigte.«

»Du hast mit M'Keitas Witwe geredet?«

De Santis nickte.

»Hoffentlich bekommt Reja davon keinen Wind.«

»Könntest du versuchen, über deinen Kontaktmann etwas herauszufinden?«

»Mein Freund bei der DIA ist längst misstrauisch. Ich kann höchstens im Internet und in den Datenbanken der Questura recherchieren.«

»Tu das. Ich muss wissen, womit Matar M'Keita wirklich Geld gemacht hat und wer seine Partner waren.«

Gennaro warf einen Hilfe suchenden Blick auf sein Nachtschränkchen, und De Santis holte den Laptop unter einem Wust aus Medikamentenschachteln, Einwegverpackungen und einer bunten Kinderzeichnung hervor. Er legte ihn seinem Kollegen auf den Bauch, klappte ihn auf und schaltete ihn ein.

»Danke, ich kann allerdings nur mit einem Finger tippen.«

»Hast du jemals mehr verwendet?«, fragte De Santis, und sie lachten.

»Wahrscheinlich wissen wir sowieso in ein, zwei Tagen mehr«, meinte Pizzuoli. »Rejas Leute haben allesamt Urlaubssperre und sind in höchster Alarmbereitschaft. Ich hatte den Eindruck, dass sie jeden Moment losschlagen. Eine Razzia oder Verhaftungswelle.«

»Wir müssen unseren Mann vorher finden. Ich fürchte, wenn Reja erst in Aktion tritt, dann taucht er in ein Rattenloch ab. Oder die DIA schnappt ihn sich, und unser Fall wird zu den Akten gelegt. Wenn es um die dicken Fische in dieser Stadt geht, dann spielt ein kleiner Gymnasiast, der in irgendeinem Laden über die Klinge gesprungen ist, keine Rolle.«

Als De Santis sich verabschiedete, trug Pizzuoli ihm Grüße für die Kollegen auf, dann verstummte er. Der Kommissar spürte, dass er etwas auf dem Herzen hatte.

»Sag schon, was dich bedrückt«, murmelte er.

»Könntest du morgen mal bei Stefania vorbeischauen?«

»Soll ich Pizza ausfahren?«

»Nein, nur nach dem Rechten sehen.«

De Santis verstand. Gennaro war zu diskret, um ihm echte Arbeit aufzuladen.

»Wird gemacht.«

»Danke.« Wirklich erleichtert wirkte Gennaro nicht.

»Alles in Ordnung in eurer Ehe?«

»Ja, ja, sicher.«

»Hat sie dich noch nicht besucht?«

»Doch.«

»Wann?«

»In der Unfallnacht.«

»Und danach?«

»Sie kommt nicht dazu. Das Geschäft, die Kinder …«

Der Kommissar ging mit einem mulmigen Gefühl. Stefania schuftete wie eine Sklavin, von Glamour war in ihrem Leben nichts mehr übrig. Vielleicht war es besser, wenn er heute noch nach ihr sah.

Doch als er an sein Auto kam, klingelte sein Handy. Es war Elvira Barbarossa. Sie war außer sich.

31

Franco De Santis ging die Strandpromenade entlang, vom Castel dell'Ovo, der klobigen, in irrealem Licht erstrahlenden Festung, die über dem schwarzen Wasser des Golfes schwebte, in Richtung Mergellina. Der Abschnitt mit den Luxushotels war für den Verkehr gesperrt worden und hatte sich in eine Flaniermeile für Touristen, Inlineskater, Läufer und verliebte Pärchen verwandelt. Auch der Kommissar war in Begleitung, allerdings war von Verliebtheit nur wenig zu spüren. Elvira Barbarossas Rage hatte sich seit ihrem Anruf nicht gelegt.

»Sind Sie noch bei Trost? Was haben Sie sich eigentlich dabei gedacht?«, fragte sie.

»Ich versuche nur, meine Arbeit zu machen. Gegen alle Widerstände.«

»Reja ist außer sich, und ich kann ihn verstehen. Sie schnüffeln ihm hinterher.«

»Ich habe ihm nicht hinterhergeschnüffelt, sondern eigenständig ermittelt. Es könnte eine Verbindung geben.«

»Sie haben sich in einen fremden Fall eingemischt, Sie missachten Dienstanweisungen und torpedieren anderer Leute Arbeit. Was Sie Widerstände nennen, ist die Grundverfassung unserer Ermittlungsbehörden. Es gibt Kompetenzen, es gibt Grenzen, und es gibt ein Prinzip der Kooperation zwischen unseren Abteilungen.«

Elvira Barbarossa mochte faszinierend, couragiert und prinzipienfest sein, doch sie ging einem manchmal auch wahnsinnig auf die Nerven. De Santis blieb stehen und sah ihr in die grünen Augen.

»Ach ja? Ich habe Reja die Zusammenarbeit angeboten. Er wollte nicht.«

»Das ist seine Entscheidung. Vielleicht wäre eine Zusammenarbeit kontraproduktiv.«

»So verschieden die Delikte scheinen, womöglich gibt es eine Verbindung. Wenn wir uns kurzschließen, könnten wir einander eine Menge unnützer Arbeit ersparen. Nur habe ich bisher von Reja nicht eine einzige brauchbare Information bekommen.«

»Und umgekehrt?« Elvira Barbarossa blieb stehen und hielt De Santis am Arm fest. »Ich weiß, dass Sie ein guter Polizist sind. Aber Sie sind stur, eigensinnig und trauen im Grunde nur sich selbst.«

»Und Ihnen.«

»Lassen Sie das.« Sie wurde böse. Es war ihm inzwischen egal. »Sie wissen, dass ich die Ermittlung leite. Sie haben sich an meine Anweisungen …«

»Ich will keine Ermittlung mehr, ich will einfach nur den Kerl finden, der Salvatore ermordet, Vanessa in den Selbstmord getrieben und dafür gesorgt hat, dass die ganze Schule schweigt.«

»Wer ist Vanessa?«

»Eine Klassenkameradin. Sie wurde gemobbt.«

»Sie hat sich umgebracht? Was hat das mit dem Mord an Salvatore zu tun?«

»Keine Ahnung. Ich weiß nur, dass innerhalb von vier Monaten zwei Schüler aus derselben Klasse einem Gewaltverbrechen zum Opfer gefallen sind, dass alle Spuren nach Ponticelli führen und dass bei dem Überfall Mazzacanes Kennzeichen verwendet wurde. Ich habe DNA-Spuren der Täter, die ich mit Mazzacane nicht abgleichen kann, weil ich mich ihm nicht nähern darf, weder ihm noch seiner Firma oder seiner Wohnung. Was soll das für eine Ermittlung sein, die wir da gemeinsam betreiben?«

Elvira Barbarossa hielt ihn an beiden Schultern fest. »Schauen Sie mich an. Sie sind zu verbissen.«

Er entwand sich ihr und sagte: »Ausgerechnet Sie sagen mir das? Sie denken doch selbst bei einem Sonnenuntergang am schönsten Ort der Welt noch an die Kriegsverbrechen der Antike.«

Die Staatsanwältin ließ ihn los, sichtlich erzürnt. Er umfing ihre Taille, zog sie an sich und küsste sie auf den Mund. Er wusste nicht, warum er es tat. Doch, er wusste es. Er hatte viel zu lange gewartet. Es mochte nicht der ideale Augenblick sein, aber es war ein Augenblick. Ihre Lippen waren hart. Schließlich lösten sie sich und verströmten eine Wärme, eine Zärtlichkeit und ein Verlangen, die er nicht erwartet hätte. Dann jedoch, als wäre sie über sich selbst erschrocken, stieß sie ihn zurück.

»Sind Sie jetzt komplett verrückt geworden?«

Statt zu antworten, umfasste er sie erneut. Er spürte ihren Leib an seinem, ihre weiblichen Formen, die sich an seinen Bauch und sein Becken drängten. Sie ließ sich küssen, diesmal richtig, sie ließ zu, dass er den Ansatz ihrer Brust ertastete. Doch dann entschlüpfte sie ihm wieder.

»Wofür halten Sie mich?«

»Lassen Sie uns irgendwohin gehen, wo wir für uns sind.«

»Kommt nicht infrage.« Sie strich sich übers Haar. Schien erst sich, dann ihn dafür zu hassen, dass sie sich hatte gehen lassen.

»Verzeihung«, sagte er. »Mal wieder eine meiner Kompetenzüberschreitungen.«

Sie verzog den Mund zu einem säuerlichen Grinsen. »Am besten, wir vergessen die Sache.«

»Wird mir nicht leichtfallen.«

»Das erwarte ich als Ihre Vorgesetzte.«

Sie setzte eine kühle Miene auf, während er über das Meer blickte, vor dem der Verkehr vorbeirauschte. Er spürte ein Ziehen in der Brust. Wie damals, als Isabella ihn über ihre Gefühle aufgeklärt hatte oder besser gesagt darüber, dass ihre Gefühle nicht mehr da waren.

»Haben Sie Lust, mit mir essen zu gehen? Wir sind fast bei *50 Kalò*«, fragte sie.

50 Kalò war eine der berühmtesten Pizzerien Neapels, und sie war es zu Recht.

Mit diesem Vorschlag hatte De Santis wahrlich nicht mehr gerechnet. »Soll das ein Trostpreis sein?«, fragte er.

»Wofür? Ich dachte, Sie wollen mit mir über den Fall sprechen.«

Er nickte. Vielleicht kein Fehler, wenn er ihr seine Sicht der Dinge einmal ausführlich darlegte.

Die Pizzeria lag am Ende von Mergellina, an einem Kreisverkehr, an dem der Verkehr jedoch nur noch wie Untermalung wirkte, während die salzige Brise den Duft des Tangs und ferner Meere herantrug. Die Kellner tänzelten zwischen den Tischen hindurch. Wie immer standen vor dem Eingang Einheimische und Touristen an, von Reiseführern und TripAdvisor in das Lokal gelotst. Während der Saison kamen auch häufiger Schaulustige und Fans des SSC Neapel her, weil die Mannschaft nach Heimspielen hier regelmäßig einkehrte.

Sie ergatterten draußen unter der Pergola einen kleinen Tisch und bestellten. Während De Santis seine bisherigen Erkenntnisse über den Fall schilderte, wurde ihm schmerzlich bewusst, dass es sich im Wesentlichen um Vermutungen handelte, die in tausend Einzelteile zerfielen. Sie waren an irgendwelchen äußeren Enden – der Ladenbesitzer und seinen krummen Geschäften, das Kennzeichen aus Ponticelli –, aber es fehlte der Kern, die eigentliche Verknüpfung. Die waren nun einmal die beiden Täter im Laden. Sie hatten die DNA der beiden, aber keine Übereinstimmung mit den bisher freiwillig eingereichten Proben.

»Ich glaube trotzdem, dass mindestens einer der Täter aus Salvatores Umfeld stammt«, schloss De Santis.

»Dann konzentrieren Sie sich auf diejenigen, die noch keine DNA-Probe geliefert haben.«

»Geben Sie mir eine staatsanwaltliche Anordnung, damit ich sie zur Abgabe zwingen kann.«

»Wie viele sind es denn?«

»Rund zwanzig.«

Sie schüttelte den Kopf. »Höchstens gegen Einzelne. Und auch nur dann, wenn Sie mir ein konkretes Motiv oder weitere Indizien liefern, andernfalls kann ich das nicht veranlassen. Das wäre eine Felduntersuchung, sozusagen ein Präzedenzfall, den mir der Oberstaatsanwalt nicht durchgehen lässt.«

Der Kommissar war enttäuscht. Früher hatte sie sich auf Regeln berufen, jetzt musste schon der Oberstaatsanwalt herhalten. Um Hierarchien hatte sie sich nie geschert.

Die Pizzen kamen, und sie tranken Bier dazu. Franco De Santis stellte überrascht fest, dass Elviras Wangen nach den ersten Schlucken flammend rot wurden, ihre Rede geistreicher, ihre Blicke enthemmter.

Er schob sich ein Stück von dem kross gebackenen Teig in den Mund und ließ den Mozzarella auf der Zunge zerlaufen. Enttäuschung und Groll legten sich.

»Ich weiß so gut wie nichts von Ihnen«, sagte er und betrachtete Elviras grüne Augen.

»Alles Wissenswerte steht im Netz, auf den Seiten der Staatsanwaltschaft.«

De Santis grinste abschätzig. »Geburtsort, Abiturnote, beruflicher Werdegang.«

»Mehr gibt es über mich nicht zu wissen.«

»Sie unterschätzen sich. Was ist Ihr Lieblingstier?«

»Belgischer Schäferhund.«

»Lieblingsfarbe?«

»Schwarz.«

»Lieblingsfilm.«

»*Die zwölf Geschworenen.*«

»Lieblingsbuch?«

»*Schuld und Sühne.*«

Er knallte das Besteck auf den Tisch, und sie lachte.

»Okay, was wollen Sie wissen?«

»Warum sind Sie nicht verheiratet?«

Sie zögerte. »Das ist jetzt aber sehr persönlich.«

»Ich wollte auch persönlich werden.«

Sie setzte eine ernste Miene auf, schnitt akribisch ein Dreieck von der Pizza ab, faltete es mithilfe der Gabel und schob es sich in den Mund. Sie kaute. Langsam.

»Also?«, hakte er nach.

»Es wäre der Anfang einer Familie gewesen.«

»Na und?«

»Mein Vater war Carabiniere. Er wurde auf einer Autobahnbrücke erschossen, als ich elf war. Mein Bruder war Richter. Kurz vor meiner Examensfeier wurde er vor seiner Garage in die Luft gejagt. Ich habe, wenn Sie so wollen, ein Leben im Kriegszustand gewählt. Und ich war mir dieser Entscheidung vollkommen bewusst. Ein Mann, Kinder … Wem kann man ernsthaft zumuten, dass man ihn von einer Sekunde auf die nächste verlässt?«

Sie hatte es ohne jedes Pathos gesagt, eher als Gescheiterte denn als Heldin. Genau das mochte er so an ihr. Dass sie sich nichts einbildete auf ihre Courage.

De Santis bezahlte. Erst wollte er noch etwas zu dem Fall sagen, aber das schien ihm nun bedeutungslos. Er spürte eine seltene Nähe zu Elvira, gleichzeitig die Distanz, die sie immerzu wahrte, zu allen Menschen, vielleicht zum Leben an sich.

»Wollen Sie noch ein Glas trinken?«, fragte sie. »Ich wohne gleich um die Ecke, ich könnte Ihnen einen Wein anbieten.«

Nun hatte sie ihn doch auf dem falschen Fuß erwischt. War sie tatsächlich in allem so radikal? Und war er bereit, das mitzumachen? Er war sich nicht sicher.

»Haben *Sie* jetzt auf einmal Angst?«, fragte sie, als sie sein Zögern bemerkte. Sie hakte sich bei ihm unter und zog ihn durch den dichten Verkehr. »Ein wunderbarer Abend. Leider nehmen wir so etwas nur selten wahr.«

Er nickte. Bei ihm lag es nicht an der Wahrnehmung. Wunderbare Abende waren in seinem Leben seit der Trennung von Isabella und Ludovica verdammt selten geworden.

Elvira Barbarossa wohnte in einem der Jugendstil-Palazzi direkt an der Uferstraße. Vierter Stock, Blick über den Golf.

»Leider habe ich nur einen kleinen Balkon«, sagte sie. »Nicht so eine Dachterrasse wie Sie.«

Der Vergleich war lächerlich, denn ihre Wohnung war eine fürstliche Residenz, seine Junggesellenmansarde hingegen eine Bruchbude.

Sie tranken jeder zwei Gläser Wein, und sie ließ seine Nähe zu. Als er nach ihrer Hand griff, lächelte sie und schaute kommentarlos zu, wie es weiterging. Demnach war die Einladung genauso gemeint, wie De Santis sie aufgefasst hatte.

Sie liebten sich auf ihrem breiten Bett, intensiv, geduldig.

Bewusst kosteten sie jeden Augenblick aus. Elvira hatte einen wunderbaren Körper, der noch wunderbarer wirkte, weil sie ihn ohne Scham offenbarte. Sie zierte sich nicht, kicherte nicht und machte aus ihrem Vergnügen keinen Hehl. De Santis wusste, welches Geschenk sie ihm machen wollte.

Ehe er einschlief, sagte sie: »Ich möchte nicht unhöflich sein, aber Sie sollten jetzt gehen.«

Der Satz traf ihn wie ein Messer. Es war nicht die Bitte, die Wohnung zu verlassen, es war der Ton, mit dem sie ihn unverhofft wieder gesiezt hatte. Als hätte sie einen Gigolo bestellt. Er vermied es, Fragen zu stellen, denn er fürchtete sich vor der Antwort. Wortlos zog er sich an, gab ihr noch einen Kuss auf den Mund, schmeckte ihre Lippen, die sie nicht verschloss, und trat hinaus in die kühle Nachtluft.

32

De Santis steckte sich eine Zigarette an und schaute auf den finsteren Golf, auf die Silhouetten von Ischia und dem Vesuv, die Lichterkette der Strandpromenade, die sich von Mergellina über die Rivieria di Chiaia bis zum Hafen zog. Härter hätte die Einsamkeit ihn nicht treffen können. Er fühlte sich mies, wie ein Aussätziger, ausgestoßen aus seinem Gefühl für Elvira, für seine Familie, ja, sogar für sein Team. Die Abteilung tanzte ihm auf der Nase herum, er vertraute niemandem mehr, nur noch Pizzuoli. Ausgerechnet Pizzuoli, den er in die Scheiße geritten hatte.

Er machte den Fehler, das Handy einzuschalten. Als ob das Telefon ihm je Trost gespendet hätte. Nachrichten gingen ein, aus WhatsApp-Gruppen der Polizeigewerkschaft und anderen Abteilungen. Verpasste Anrufe irgendwelcher Nervensägen, die ihm mitten in der Nacht einen neuen Telefonvertrag oder eine Kreuzfahrt durch Fjorde andrehen wollten, die es auf keiner Landkarte gab. Auch eine Nachricht von Gennaro Pizzuoli war darunter.

»M.K. hat eine Lagerhalle am Hafen. Dort hat es vor einigen Wochen gebrannt. Verdacht auf Brandstiftung. Ermittlungen eingestellt. Die Adresse: Stradone Vigliena 72.«

Plötzlich flirrte das Adrenalin wieder in seinen Adern. Die Kälte der Nacht war verschwunden, er war hellwach. Wenn

M'Keita eine Lagerhalle am Hafen betrieben hatte, warf das ein ganz anderes Licht auf den Mord. Er war nicht zufällig da gewesen, und er war wohl auch nicht als Leiche im Kofferraum dorthin gelangt.

Franco De Santis setzte sich ins Auto. Kurz dachte er an Reja und den bevorstehenden Ärger, wenn er aufflog. Doch was sollte passieren, das nicht schon passiert war?

Es war ein weiter Weg, denn der Hafen war der Bauch Neapels, verschlungen wie Eingeweide. Zuerst kamen die teuren Marinas, dann die Molen der Kreuzfahrtschiffe und Touristenfähren, schließlich der riesige, für Außenstehende unzugängliche Frachtbereich, der sich kilometerlang von der Altstadt bis nach San Giovanni a Teduccio unterhalb des Vesuvs erstreckte. Inzwischen war es fast drei. Er wusste nicht recht, was er in M'Keitas Lagerhalle zu finden hoffte, aber auf jeden Fall wollte er es vor Reja finden. Unwahrscheinlich, dass sie den Bau noch nicht gefilzt hatten, aber einen Versuch war es wert.

Die Adresse Stradone Vigliena 72 gehörte zu einer grauen Betonhalle, an der weder Firmenschilder noch Klingeln angebracht waren. Das Stahltor war verschlossen, Fenster gab es nicht. Ein paar alte Eisenbahnschienen, von Gras überwuchert, endeten unter dem Tor, doch es gab keine Lücke, durch die er hätte spähen oder gar einsteigen können. De Santis umrundete das Gebäude und entdeckte im hinteren Bereich Rußspuren von dem Brand, die durch ein Entlüftungsgitter gezogen waren. Die Öffnung war allerdings zu eng, jedenfalls für ihn. Er kehrte auf die Vorderseite zurück und schaute sich das Haupttor genauer an. Keine Polizeisiegel. Die Spurensicherung war noch nicht da gewesen. Oder sie waren schon fertig.

Er probierte seine Dietriche aus, und beim dritten Versuch

sprang das Schloss auf. Der Kommissar huschte in die Dunkelheit, zog das Tor hinter sich zu und lauschte.

Ein penetranter Geruch nach verschmortem Plastik stieg ihm in die Nase. Er entflammte sein Feuerzeug, fand einen Lichtschalter und betätigte ihn. Eine Reihe von Neonröhren sprang klackend an und warf ein kaltes Licht auf gekalkte, rußgeschwärzte Wände und den fleckigen Betonfußboden. Die Halle war ein gähnendes Rechteck mit einem kleinen Glaskabuff im hinteren Bereich. Leer, bis auf ein paar Industriepaletten, auf denen weiße Plastiksäcke lagerten. De Santis ging zu dem Kabuff und zog die Laden eines Aktenschranks auf. Alles ausgeräumt. Oder nie benutzt. Ein paar alte Kabel lagen herum, ein Computerdrucker, aufgerissene Getränkekartons. Er hatte gehofft, Textilien zu finden, am besten gefälschte Markenware, hergestellt in Afrika und zu Spottpreisen auf den italienischen Markt gebracht. Leider gab es keine Spur davon.

Wo also war der Zündstoff in dieser Angelegenheit? Hatten sie M'Keita eliminiert und gleichzeitig seine Waren gestohlen? Wohl kaum! Es musste doch zumindest Spuren oder Reste davon geben.

De Santis schnitt einen der Säcke auf. Darin waren grüne Plastiktüten, zu Bündeln verschnürt. Jene billigen Tüten, die zwar offiziell von der EU verboten waren, nach wie vor aber ganz Neapel überfluteten. Was immer hier Wertvolles gelagert haben mochte, es war abgeholt worden.

De Santis wollte das Licht wieder abschalten, als er neben dem Schalter einige Flecken an der Wand bemerkte. Sofort hatte er eine ganz bestimmte Assoziation, als er das Muster sah. Hier war kein Rauch entlanggezogen, hier war etwas dagegen gespritzt. Eine Flüssigkeit. Blut?

Er holte das Handy aus der Jackentasche und leuchtete die Flecken an. Dann fotografierte er sie und kratzte mit dem Taschenmesser eine Probe in ein Asservatentütchen. Das Muster zerlief in tausend Richtungen und endete in immer feineren Sprenkeln, aber es gab einen eindeutigen Mittelpunkt: ein Loch. Er leuchtete hinein. Dann klappte er das feine Messer heraus und kratzte vorsichtig Beton und Putz weg. Falls hier ein Projektil eingeschlagen hatte, war es entfernt worden. Zwei Durchschüsse hatte M'Keita gehabt. Wenn es hier passiert war, mussten irgendwo auch Spuren des zweiten Projektils sein.

De Santis ging zu dem Stapel Holzpaletten, suchte sie ab und meinte, auch hier Spritzer zu entdecken. Allerdings an der Basis, das Muster war zerstückelt, als hätte man die Paletten umgeschichtet. Er zog den Stapel auseinander und ließ den Lichtkegel über jede einzelne Latte, den Boden und die Wand gleiten. Er fand ein weiteres Loch in einem Eckklotz, und als er hineinleuchtete, glänzte etwas. Metall. Er bohrte die Kugel heraus. Sie war gut erhalten.

Die Patronenhülse dagegen war nirgendwo zu finden, so penibel er auch den Boden absuchte. Entweder hatte der Täter einen Revolver benutzt und die Hülse steckte noch in der Trommel, oder jemand hatte sie aufgelesen. Wahrscheinlich der Schütze. Die Spurensicherung musste ihm sagen, aus welcher Waffe das Projektil stammte, welches Blut da auf dem Putz getrocknet war. Tommaso Esposito würde sich freuen.

Nachdem er das Licht ausgeschaltet und das Tor geschlossen hatte, meinte De Santis ein Geräusch zu hören. Er schob sich hinter eine Stahltonne und wartete, ließ den Blick über die Straßen und Kais schweifen. Da war nichts. Trotzdem pochte sein Herz viel zu schnell, und er hatte ein komisches Gefühl.

Nachdem sich zehn Minuten lang nichts geregt hatte, ging er zu seinem Wagen und fuhr zur Schranke, um den Nachtwächter zu befragen. Es war der Mann, der auch am Montagabend Dienst gehabt hatte. De Santis zeigte ihm ein Bild von Ciro Mazzacane, doch der Zollbeamte schüttelte den Kopf.

»Schon mal gesehen, aber Montag ist er nicht hier vorbeigekommen.«

»Danke«, sagte De Santis leicht enttäuscht.

Hatte Mazzacane einen anderen Weg gewählt? Es gab mehrere Zufahrten in diesen Bereich. Oder war es doch jemand anderes gewesen? Er spürte, dass er ganz nah dran war an der Lösung.

33

Am nächsten Morgen ging Franco De Santis zuerst bei der Spurensicherung vorbei. Tommaso Esposito, wie immer leicht zerknittert, ungekämmt und nach ungemachtem Bett müffelnd, stand bereits im Labor. Er untersuchte Fragmente von der Kaimauer, wo man Matar M'Keita gefunden hatte. Kannst du dir sparen, dachte der Kommissar, der Tatort war woanders.

»Wir müssten uns bitte mal ungestört unterhalten«, sagte er.

»Wozu?« Esposito drehte sich um und zog die Stirn in Falten, die von Sorge bis Zorn reichten. »De Santis, zerr mich nicht in interne Querelen hinein. Was du mir zu sagen hast, kannst du vor allen anderen tun.«

Die anderen waren vier Kollegen, allesamt mit Mikroskopen und Spektrografen beschäftigt. Der Kommissar legte die Plastiktüte mit dem deformierten Projektil auf den Tisch.

»Was ist das?«, fragte Esposito.

»Das wüsste ich gerne von dir.«

»Ich sehe keine Registriernummer, kein Aktenzeichen. Zu welcher Ermittlung gehört das Beweisstück?«

»Bitte, Tommaso. Es könnte für mich den Durchbruch bedeuten.«

»Dann mach einen Aufkleber drauf und reich es offiziell ein.«

»Geht nicht. Ich habe es nicht offiziell sichergestellt.«

Esposito verdrehte die Augen. »Das hat nicht zufällig mit deinem Knatsch mit Reja zu tun, oder?«

»Nein.« Die Lüge war De Santis überraschend leicht über die Lippen gekommen. »Ich muss nur wissen, welches Kaliber wir haben und ob die Kugel aus einer uns bekannten Waffe stammt.«

Ein Kollege schaltete seinen Spektrografen aus und kam auf Tommaso Esposito zu, um seinen Rat einzuholen. Dieser ließ blitzschnell die Tüte mit dem Projektil verschwinden.

»Ich werde sehen, was ich tun kann«, zischte er dem Kommissar zu.

De Santis verzichtete auf ein Wort des Dankes. Er musste darauf hoffen, dass die Neugier des Kriminaltechnikers die Oberhand über seine Angst gewann. Vorerst konnte er nichts anderes tun, als hinauf in den dritten Stock zu gehen.

Dort zeigte das gestrige Donnerwetter Wirkung. Die drei Ermittler saßen jeweils in ihren Büros am Computer und arbeiteten still. Allerdings mit enttäuschenden Ergebnissen. Bomba hatte bisher keine Spur zum Unfallfahrzeug gefunden, und die illegalen Haute-Couture-Manufakturen, die Marin aus den Akten gefiltert hatte, waren schon vor Jahren beschlagnahmt und aufgelöst worden. Einzig Carmela De Cillis hatte etwas vorzuweisen.

»Wir sollten am besten in den Konferenzraum gehen«, sagte sie und stand auf. Sie lief voraus, stellte sich neben das Whiteboard, nahm die Fernbedienung und wartete, bis alle saßen. »Ich habe in der Datenbank nach einer Anzeige in Sachen Vanessa Saba gesucht.«

»Und?«, fragte De Santis.

»Am zweiten Februar wird Vanessa Saba erhängt im Bad der elterlichen Wohnung aufgefunden. Keine Anzeichen auf Fremdeinwirkung. Die Sache wird als Selbstmord deklariert.«

»Woher kommt dann die Anzeige?«, hakte De Santis nach.

»Antonio Russo, der Klassenlehrer, hat sie erstattet. Sie lautet auf Anstiftung zum Selbstmord.«

»Gegen wen?«, fragte Bomba.

»Gegen unbekannt.«

»Na toll. Das bringt uns einen großen Schritt weiter«, sagte Bomba.

»Steht in der Akte wenigstens, wie der Lehrer darauf kam, dass irgendwer das Mädchen in den Selbstmord getrieben hat?«, fragte der Kommissar.

»Nein. Laut seiner Aussage war sie ›systematischem Psychoterror‹ ausgesetzt.«

»Was haben die Angehörigen dazu gesagt?«, fragte Marin.

»Nichts. Weder Familie noch Klassenkameraden konnten Sachdienliches beitragen. Deshalb wurde die Akte auch nach wenigen Tagen geschlossen. Der Kollege meinte, die Sache sei zu vage gewesen. Sie kämen schon bei den dringlichen Straftaten mit den Ermittlungen nicht nach, da hätten sie für Hirngespinste von einem linksradikalen Privatgelehrten keine Zeit.«

»Hat er sich so ausgedrückt?«, fragte der Kommissar.

»Ja.«

Damit war klar, warum Antonio Russo eine so schlechte Meinung von der Polizei hatte. Nur warum hatte er um Aufklärung gekämpft und die Familie des Mädchens nicht? De Santis dachte wieder an die stickige, deprimierende Atmosphäre in der Küche, an die Resignation und Verbitterung. Und er dachte an die rote Rose.

»Etwas Hilfreicheres hatte der Kollege nicht beizutragen?«

Carmela schüttelte den Kopf. »Aber in der Akte war eine CD. Die hat es in sich.«

Ein Video lief an. Sie sahen ein Mädchen in einem abgedunkelten Raum, das von unten in die Kamera lächelte: Vanessa. Jene Schönheit, die De Santis in dem Silberrahmen mit Trauerflor gesehen hatte. Ihr Gesichtsausdruck war jedoch ein völlig anderer, die Lider halb geschlossen, die Pupillen geweitet, als wäre sie betrunken oder bekifft. Die Kamera schwenkte in den Hintergrund, auf zwei junge Männer. Man sah sie nur vom Nabel abwärts, herabgelassene Hosen und erigierte Glieder, jeweils von lackierten schmalen Fingern umschlossen. Vanessas Kopf kam ins Bild, das lange schwarze Haar schob sich vor den Unterleib des einen Mannes, fing an zu wippen. Man brauchte nicht viel Fantasie, um sich vorzustellen, was da gerade passierte, auch wenn es nicht genau zu sehen war. Dafür war die nächste Einstellung sehr explizit. Die Kamera fuhr langsam, Wirbel für Wirbel, den Rücken des Mädchens hinunter, verweilte auf den Pobacken, ein weiteres Geschlechtsteil kam ins Bild. Es glänzte, pulsierte und bahnte sich einen Weg in den Anus, der erbarmungslos herangezoomt wurde.

Bomba, Marin und Carmela schwiegen. Das Video dauerte laut Timeline dreiundzwanzig Minuten und vierzig Sekunden, aber nach wenigen Minuten hatte der Kommissar genug.

»Das reicht erst mal.« Er spürte eine Woge von Scham und Empörung. »Sie haben Vanessa unter Drogen gesetzt«, sagte er.

»Ich habe Links zu dem Video im Internet aufgespürt. Es ist zwar von vielen Betreibern gelöscht worden, aber auf einigen illegalen Pornoseiten nach wie vor zugänglich. Dort ist es bisher gut vierhunderttausend Mal aufgerufen worden«, sagte Carmela.

»Kein Wunder, dass sie sich nicht mehr auf die Straße getraut hat«, meinte Bomba.

»Wir müssen herausfinden, wer das hochgeladen hat«, sagte De Santis. »Gebt die Sache an die Informatiker.«

»Meinen Sie, das ist ein Mordmotiv?«, fragte Mario Marin.

»Ich weiß nur, dass die Schweinerei das Mädchen das Leben gekostet hat.«

»Warum Salvatore? Glauben Sie, er hat es hochgeladen?«, fragte Marin.

»Ich hab da noch etwas.« Carmela startete das Video an einer anderen Stelle.

Die Kamera zoomte in die Totale, und sie konnten die Dreiergruppe im Profil erkennen. Zwei Jungen, die Vanessa gleichzeitig penetrierten, einer von hinten, einer von vorne, ein dicklicher Glatzkopf und ein schmächtiger Kerl mit drahtigen Muskeln. Sie schauten triumphierend ins Objektiv, während das Mädchen den Kopf abwandte.

»Stopp«, sagte De Santis. »Kopier die Gesichter heraus. Sind die beiden euch schon mal untergekommen?«

Die Beamten schüttelten den Kopf.

»In der Klasse waren sie nicht«, meinte Bomba. »Und nach Wasserballern sehen sie auch nicht aus.«

»Wir brauchen ein Gesichtserkennungsprogramm«, meinte De Santis. »Dann finden wir vielleicht auch denjenigen, der die Kamera gehalten hat. Sucht in den Datenbanken. Sobald einer von euch die Kerle identifiziert hat, gibt er den anderen Bescheid.«

Jeder ging an den eigenen Rechner, doch nach wenigen Minuten klopfte es bei De Santis.

»Commissario, darauf sollten Sie vielleicht noch einmal einen Blick werfen«, sagte Carmela De Cillis.

Sie ging voraus in den Besprechungsraum und ließ noch einmal das Video mit Vanessa Saba anlaufen. Ihr Gesicht in Nahaufnahme, dann den Schwenk auf die beiden jungen halbnackten Männer.

»Haben Sie das bemerkt?«

»Was?«

»Den Schnitt. Man sieht Vanessas Gesicht lediglich am Anfang, später nur noch schwarze Haare. Und wenn Sie die Schatten an Vanessas Nase mit den Schatten auf den Männerkörpern vergleichen ...«

»Eine andere Lichtquelle. Sie meinen ...«

»Genau. Jemand hat Vanessas Gesicht in das Video hineingeschnitten. Es ist eine Montage.«

De Santis betrachtete Carmela De Cillis erstaunt. Sollte ihr verschlungener Lebenslauf samt ihrem Vorleben als Fotomodell etwa eine Ressource für die Abteilung werden?

»Also eine doppelte Schweinerei«, sagte er. »Das Mädchen hatte mit diesen Praktiken nichts zu tun. Man wollte es einfach nur entwürdigen. Um jeden Preis.«

De Santis schaute sich erneut die Anfangssequenz an. Kein Zweifel. Carmela hatte recht. Er riss sich los, weil Beppe Bomba die Kollegen zu sich rief: »Ich habe ihn.«

Sie reihten sich hinter dem Schreibtischstuhl Bombas auf und starrten auf den Bildschirm, wo ein erkennungsdienstliches Foto von Enzo Zecchi zu sehen war.

»Enzo Zecchi, achtzehn Jahre alt, Schulabbrecher, mehrere Jugendstrafen wegen Diebstahls, Körperverletzung und Einbruch. Wohnhaft in Ponticelli«, las Bomba vor.

»Ich kenne ihn, aber nur vom Telefon«, meinte De Santis. »Er will am Mordabend mit Pasquale Scognamiglio unterwegs gewesen sein.«

»Er hat Pasquale das Alibi verschafft?«, hakte Bomba nach.

»Ja«, erwiderte der Kommissar. »Ich wette, der andere ist Roberto Boldrini. Damit wissen wir auch, wer hinter der Kamera stand. Haben wir die DNA von Pasquale Scognamiglio schon überprüft?«, fragte De Santis.

Die Kollegen sahen sich an. Carmela De Cillis holte die Liste hervor, die sie am Vortag erstellt hatte. »Er ist gar nicht zur Vernehmung gekommen. Und da er für die Mordnacht ein Alibi hatte …«

»Sie sehen ja, wie viel dieses Alibi wert ist. Pasquale hat sich mit Salvatore wegen Vanessa einen handfesten Streit geliefert, er hat sich unserer Vernehmung entzogen, und dann gibt es noch etwas.«

»Was denn?«, fragte Bomba.

De Santis wählte Tommaso Espositos Handynummer.

»Egal was du willst, De Santis, die Antwort lautet Nein«, sagte der Kollege zur Begrüßung.

»Keine Angst, es geht um den Überfall in Chiaia.« De Santis aktivierte den Lautsprecher. »Du hast doch damals bei der Auswertung der ersten Spuren etwas von einem Pferd erwähnt. Sie kommen ›hoch zu Ross‹ in den Laden, irgendetwas in der Art.«

»Ja.«

»Warum? Hast du auch Pferdehaare gefunden?«

»Ja. Haare und Horn, wahrscheinlich von einem Huf.«

»Wo genau?«

»Das müsste im Bericht ausgeführt sein. Ich glaube, in der Nähe der Theke, bei der Kasse.«

»Danke.«

Der Kommissar legte auf. »Pasquale Scognamiglio trabt gerne mit seinem Hengst durch das Viertel. Wir müssen ihn finden. Am besten, wir fahren alle zusammen nach Ponticelli. Ich versuche es in der Schule, ihr bei ihm zu Hause. Nehmt zwei Wagen.«

»Mit wem soll ich fahren?«, fragte Agente De Cillis.

Bomba und Marin warteten gespannt auf die Antwort. Wenn er sie mit Marin losschickte, würde Bomba ihn hassen, wenn er sie zu Bomba steckte, Marin.

»Fahren Sie mit Marin«, sagte er und fügte salomonisch hinzu: »Am Nachmittag unterstützen Sie dann Bomba.«

De Santis eilte auf den Hof und sprang in seinen Alfa, die anderen in zwei Dienstwagen, dann rasten sie über die Autobahn nach Ponticelli. Von unterwegs probierte er die beiden Telefonnummern von Pasquale aus, Handy und Festnetz. Keine Reaktion. Er parkte vor dem Gymnasium und lief ins Klassenzimmer, aber Pasquale war nicht zum Unterricht erschienen. Keiner seiner Klassenkameraden konnte weiterhelfen. Angeblich wusste niemand, wo er steckte, wo er sich mit seinen Kumpels traf, wenn er blaumachte.

Der Kommissar telefonierte mit Bomba und Marin. Nirgendwo gab es eine Spur von Pasquale, weder im Haus in der Via Chaplin noch oben im Agriturismo.

»Okay, sucht weiter. Fahrt die Straßen ab und achtet auf einen Sulky.«

Er überlegte, ob er Elvira Barbarossa informieren sollte. Nur was hatten sie bisher schon vorzuweisen? Eine Theorie und ein paar wackelige Indizien. Und seinen Instinkt, von dem die Staatsanwältin jedoch wenig hielt. Schon gar nicht stellte sie deswegen Durchsuchungs- oder Fahndungsbefehle aus.

Blieb der Hufschmied. De Santis fuhr zu der Autobahnbrücke, zu der ihn Pasquale mit dem Sulky geführt hatte. Wie schon am Sonntag stand das Tor in dem mit grünen Plastikbahnen bespannten Zaun offen. Wieder saß der junge Bursche, mehrere Nägel zwischen den Zähnen, auf einem Eimer und beschlug einen Schimmel.

De Santis zeigte seinen Ausweis, und die beiden Männer, die das Pferd am Zaumzeug hielten, lachten nervös.

Der Junge auf dem Eimer fragte: »Was führt Sie zu mir?«

»Könnten wir womöglich ungestört sprechen?«, fragte De Santis zurück.

Die beiden Älteren verschwanden und rauchten hinter der Baracke, die als Büro diente.

»Wie heißt du?«, fragte De Santis.

»Stefano Incarnuto. Kann ich unterdessen weiterarbeiten? Der Huf ist entzündet, und das Tier muss sinnlos leiden, weil da einer gepfuscht hat.«

»Ich suche einen Freund von dir: Pasquale Scognamiglio.«

Stefano runzelte die Stirn. »Wie kommen Sie auf die Idee, dass er mein Freund ist?«

»Er war am Sonntag hier.«

»Als Kunde.«

»Ihr hattet einen recht vertrauten Umgang.«

Stefano sah De Santis an wie jemanden, der die einfachsten Dinge nicht begreift. »Jemanden wie Pasquale sollte man lieber nicht zum Feind haben, wenn Sie wissen, was ich meine. Aber ein Freund ist etwas anderes.« Damit hatte er diplomatisch ausgedrückt, dass er Pasquale verachtete.

»Das Pferd, das du neulich beschlagen hast, gehört es denn ihm?«

»Seiner Familie. Wie viele andere auch. Stammkunden.«

»Wo finde ich ihn? Zu Hause ist er nicht, in der Schule auch nicht.«

Stefano Incarnuto dachte nach. Suchte er nach einer Antwort? Oder nach einem Grund, sie den Bullen anzuvertrauen? »Manchmal hängt er mit seinen Kumpels auf der *Wiese* ab, eine Brache zwischen den Wohnblocks der CODACONS.«

»Danke.«

De Santis fuhr hin. Es war ein verwildertes Gelände mit ausgefahrenen Reifenspuren, einer kalten Feuerstelle und leeren Bierflaschen. Pasquale war nicht da.

Er setzte sich in den Schatten einer Pappel, rauchte und wartete. Vergebens.

Nach einer Weile ging er wieder zu seinem Auto und ließ sich durch die Straßen des Viertels treiben. Er kam an den hässlichen Wohnblocks, illegalen Kleingartenkolonien, Gewerbegebieten und den Marktständen des Zentrums vorbei. Nirgendwo war Pasquale mit seinem Sulky zu sehen. De Santis fuhr noch einmal am Agriturismo vorbei und weiter die Serpentinen an der Flanke des Vesuvs hoch, durch den harzigen Geruch der Pinien und das Zirpen der Zikaden. Es gab unzählige Straßen, auf denen der Junge unterwegs sein konnte. Der Kommissar fragte ein paar Spaziergänger und Anwohner, die in ihren Gärten arbeiteten. Einige hatten den jungen Mann auf dem Sulky schon öfter bemerkt. Nicht jedoch heute.

Als die Sonne sich allmählich Richtung Meer senkte, gab De Santis auf.

34

Der Kommissar fuhr wieder hinunter nach Ponticelli, besprach sich ein letztes Mal mit seinen Leuten und schickte sie nach Hause. Er selbst würde noch bei Stefania Pizzuoli vorbeischauen, wie er Gennaro versprochen hatte. Er wollte ihr sein Auto dalassen und mit anpacken, falls nötig.

Stefania und Gennaro Pizzuolis Pizzeria lag im Erdgeschoss eines Hochhauskomplexes und hieß neuerdings *Lo Scugnizzo*. Wieder einmal hatten sie Namen, Aufmachung und Preise geändert. Der Laden lief gut, die Gewinnmarge wurde jedoch nicht größer.

Es war kurz nach sechs und noch relativ ruhig, als der Kommissar vor der Glasfront des Ladens parkte. Stefania stand hinter dem Tresen, bereitete die Zutaten für die Pizzen vor und telefonierte. Als sie De Santis bemerkte, kam sie lachend an die Tür, umarmte ihn herzlich und tauschte Wangenküsse mit ihm.

»Nett von dir!«, rief sie.

De Santis hatte ein schlechtes Gewissen. Offensichtlich wusste sie nichts über die näheren Umstände des Unfalls und empfing ihn wie einen Heilsbringer. »Ich wollte mal sehen, wie ihr klarkommt. Außerdem lasse ich euch mein Auto hier, ich brauche es nicht.«

»Das können wir nicht annehmen.«

»Ist nur vorübergehend. Ich habe es mit Gennaro geklärt. Wie läuft der Betrieb?«

»Gut.«

Das sagten sie immer. »Ich würde gerne mit anpacken.«

»Ist noch zu früh. Außerdem kennst du dich in Ponticelli nicht aus.«

»Ich lerne gerne dazu.«

»Willst du ein Bier?«

Er schüttelte den Kopf.

»Ich schaue mal hoch zu den Kindern. Kannst du solange ans Telefon gehen?«

Sie verschwand durch die Glastür, und er bewunderte den schnellen, federnden Schritt der einstigen Tänzerin, der sie durch vier Schwangerschaften und die harte Arbeit getragen hatte.

Ein junger Mann kam herein, grüßte. Es war der *Pizzaiolo*, der sich rasch umzog und anfing, die Arbeitsfläche und den Teig vorzubereiten. Er streute Mehl aus, holte einen Bottich mit einer Hefeteigkugel aus dem Kühlschrank und teilte sie in Bällchen auf. Virtuos und selbstvergessen wie ein Zirkusartist, drehte der *Pizzaiolo* Pirouetten. Aber einen guten Pizzateig zu bereiten, war in Neapel keine Zirkusnummer, sondern Religion. Auch die Glut der Hölle gehörte dazu, wie man nach wenigen Minuten in dem ganzen Laden fühlte.

Allmählich gingen die ersten Bestellungen ein, die Pizzaboten trafen ein. Stefania hatte sich das Haar hochgesteckt und dirigierte den Betrieb.

Sie drückte De Santis drei Kartons und einen Bon in die Hand. »Dein Augenblick ist gekommen. Die Adresse steht oben auf der Margherita. Ist gleich um die Ecke.«

So begann Franco De Santis' Aushilfsjob als Pizzabote. Ohne Einweisung, ohne Ausbildung, ohne Atempause. Drei

Stunden lang rauschte er kreuz und quer durch das Viertel, er gelangte in lauschige Vorgärten, in versteckte Lauben, in illegale Baracken, sogar in die Kaserne der Guardia di Finanza lieferte er. Gennaros Pizza war so gut, dass selbst die Halbwelt ein Auge zudrückte und bei der Polizei bestellte.

Die ganze Zeit über dachte De Santis an Pasquale, mehrmals legte er einen Zwischenstopp an der Wiese ein, aber nie traf er dort jemanden an. Um elf Uhr hatte er die letzte Fuhre ausgeliefert. Als er an den Scugnizzo kam, war er todmüde und wusste nicht, wie er in die Stadt zurückkommen sollte. Die Circumvesuviana fuhr um diese Zeit nicht mehr.

»Nimm dein Auto. Wir brauchen es heute nicht mehr«, sagte Stefania. »Meine Eltern können auch aushelfen. Vielleicht hast du am Wochenende noch einmal Zeit?«

»Klar«, antwortete der Kommissar. »Da bringe ich Ludovica mit, der macht die Arbeit sicher Spaß.« Er wusste selbst nicht, wie er auf diese Idee kam.

Als er ein letztes Mal über die breite Ausfallstraße fuhr, standen über dem Brachgelände die Baumkronen als dunkle, starre Wolke vor dem Sternenhimmel. Er hielt an, stellte Motor und Scheinwerfer aus und überlegte. Wie immer seit Mittwochnacht tauchten Bilder von Elvira vor seinem inneren Auge auf. Er verstand sie einfach nicht. Er nahm ihr nicht ab, dass sie nichts für ihn empfand.

Er wählte ihre Nummer.

»Was wollen Sie?«, fragte sie kühl.

»Warum siezen wir uns jetzt wieder?«

»Wieso wieder? Wir haben uns immer gesiezt.«

»Ja, sicher, aber nach allem …«

»Was meinen Sie? Den Sex?«

»Wieso müssen Sie das so brutal formulieren?«

»Finden Sie das brutal? Ich dachte, es wäre aufrichtig und präzise. Als Staatsanwältin …«

»Elvira! Es ist einfach schön, mit Ihnen zusammen zu sein. Die Gespräche, das Essen …«

Sie schwieg. »Ich glaube, wir sollten uns nicht mehr treffen. Jedenfalls nicht mehr privat.«

»Warum? Fanden Sie es denn nicht schön?«

»Bilden Sie sich bloß nichts darauf ein.«

»Tue ich nicht. Wenn Sie mir hier und jetzt sagen, dass Sie es gebraucht haben wie ein Erfrischungsbad oder einen Ölwechsel und dass Sie weiter nichts dabei empfunden haben, dann gebe ich Ruhe. Ich lege auf und behellige Sie nie wieder. Es sei denn, ich brauche einen Durchsuchungsbeschluss oder einen Haftbefehl.«

Sie zögerte lange. De Santis' Herz pochte wie wild.

»Alles, was Sie sagen, nährt in mir einen bestimmten Verdacht«, fing sie an.

»Welchen?«

»Dass Sie sich eine Beziehung vorstellen.«

Sie hatte das Wort »Beziehung« betont, als handelte es sich um Blasphemie.

»Nein.«

»Doch. Nehmen Sie es mir bitte nicht übel, aber für mich ist das eine furchterregende Vorstellung, zu sehen, dass da jemand in meinem Bett liegt. Sie glauben doch nicht, dass ich Ihnen morgens die Milch aufschäumen werde.«

»Das kann ich selbst. Außerdem mag ich keine Milch im Kaffee. Wir könnten doch …«

»Was könnten wir? Um Himmels willen, merken Sie, wie Sie sich die Dinge ausmalen? Da bekomme ich Zustände. Die Vorstellung, dass es da einen wildfremden Menschen in meinem Leben gibt, der auf meinem Sofa sitzt und Fußball schaut, der sich am Wochenende mit seinen Freunden zum Angeln verabredet oder sie gar mitbringt, in meine Wohnung. Eine Horde von irgendwelchen Arbeitskollegen oder Kumpel von früher.«

»Wovon reden Sie da? Ich würde Sie gerne wiedersehen, weil es schön war.«

»Das spielt keine Rolle.«

»Finden Sie? Es ist das Entscheidende. Sie sagen selbst, dass auch Sie es genossen haben.«

»Genossen, jetzt blasen Sie sich bloß nicht auf.«

»Es geht mir lediglich darum, etwas Angenehmes zu wiederholen. Danach sehen wir entspannt zu, wie die Dinge sich entwickeln.«

»Sehen Sie: entwickeln. Entwickeln wohin?«

»Weiß ich nicht.«

»Oh doch. Sie haben sich das alles schon ausgemalt, bis ins letzte Detail.«

»Gar nichts habe ich mir ausgemalt, verdammt. Sie sind diejenige, die schon einen Ehevertrag vor sich sieht oder einen Grabstein. ›Hier ruhen in Frieden Elvira Barbarossa und Franco De Santis.‹ Ich möchte bloß mit Ihnen eine Pizza oder eine Seezunge essen und dazu ein Glas Wein trinken. Vielleicht auch zwei. Und ja, ich hätte auch gerne noch mal Sex mit Ihnen.«

»Sie haben nichts verstanden von mir. Sie reden immer nur von sich.«

»Ich versuche Ihnen doch bloß zu erklären, was ich empfinde. Tun Sie dasselbe. Ich höre Ihnen gerne zu.«

»Warum fallen Sie mir dann ins Wort?«

Heiland, er wusste, dass sie spröde sein konnte, eigen, auf die Arbeit fixiert. Aber so hatte er sich das nicht vorgestellt.

»Tut mir leid, ich muss auflegen«, sagte er. In den Baumwipfeln hatte er einen Lichtschein bemerkt, und aus der Ferne knatterten Motoren.

Er ging über die Wiese, und nach wenigen Metern hörte er auch schon ihre Stimmen. Gegröle, Gelächter, heulende Motoren, Reifen, die sich in Kies und Erde gruben. Er arbeitete sich durch das Gestrüpp und das vertrocknete Gras bis zu einer kleinen Lichtung vor, über der sich eine Staubwolke gebildet hatte. Drei Jungen fuhren mit ihren Scootern ein Rennen, sprangen über Buckel und aus Bohlen gebaute Schanzen.

De Santis stellte sich an den Rand des Parcours und winkte mit seinem Ausweis. Keine Reaktion. Daraufhin stellte er sich mitten in die Fahrspur. Die Jungs umkurvten ihn jedoch wie eine Slalomstange, johlten und wirbelten besonders viel Dreck auf. Schließlich nahm er eine der Bohlen und hielt sie wie eine Schranke über die Fahrbahn. Sie bremsten nacheinander ab und starrten ihn feindselig an.

»Wer von euch ist Pasquale?«

Niemand antwortete. De Santis hatte den Jungen trotz der Dunkelheit längst erkannt. An den feinen Gesichtszügen, über die schwarze Haarsträhnen hingen. Er ging auf Pasquale zu. Als er bis auf einen Meter herangekommen war, gab der Junge Gas. Das Vorderrad stieg in die Luft, und er drehte eine Pirouette. Die Erde flog De Santis in den Mund, schallendes Gelächter ertönte. Der Kommissar war jedoch vorbereitet und stürzte sich auf Pasquales Oberkörper. Er verfehlte ihn. Der Scooter schoss los, und De Santis stürzte gegen das Schutzblech am Hinterrad. Er spürte, wie der Reifen ihm die Hose aufriss, der heiße Gummi sich in die Haut fraß. Der Motor heulte auf, weil das Rad die Haftung verloren hatte. Der Scooter war zur Seite gekippt, Pasquale lag halb eingeklemmt darunter und versuchte, sich zu befreien. Da war der Kommissar auch schon über ihm, drehte ihm den Arm auf den Rücken und hielt ihn auf der Erde fest.

»Ich hab nix getan. Was steht ihr hier blöd rum, ihr Idioten?«

Während in De Santis' Ohren eine Salve obszöner Beleidigungen klingelte, tastete er den Jungen ab und fragte: »Können wir vernünftig reden, oder muss ich dir Handschellen anlegen?«

»Wieso? Ich hab nix getan. Wir leben in einem Rechtsstaat. Ich will meinen Anwalt sprechen.«

»Jetzt nicht.«

»Holt meinen Vater«, sagte Pasquale zu seinen Kumpeln.

»Ich nehme dich jetzt mit. Beamtenbeleidigung und Widerstand gegen die Staatsgewalt.«

»Lachhaft.«

»Wo warst du am Freitagabend letzte Woche?«

»Das wissen Sie längst. Dafür habe ich jede Menge Zeugen.«

»Ja, die beiden hier. Die zählen nicht.«

»Wieso? Uns haben auch noch andere Leute gesehen. Wir waren hier im Viertel unterwegs.«

»Das kannst du dem Haftrichter erzählen.«

»Sie machen einen Riesenfehler. Sie wissen nicht, wer ich bin.« Pasquale versuchte, sich mit dem Arm abzustützen und von dem schweren Scooter zu befreien. Plötzlich fiel er zur Seite, wie ohnmächtig.

»Was ist?«, fragte De Santis, jetzt doch besorgt. Er drehte sich nach den beiden anderen um, weil er eine Falle witterte. »Wir fahren jetzt alle vier zur Questura und nehmen ein Protokoll auf. Ihr sagt aus, wo ihr am Freitag wart, nennt noch ein paar weitere Zeugen. Damit ist die Sache für euch vielleicht schon erledigt.«

»Nein«, erwiderte Pasquale stur.

De Santis holte sein Handy hervor, um Bomba anzurufen. Er brauchte ein paar Leute zur Unterstützung. Er traute den dreien nicht. Auch nicht der Stille, die sich in der Finsternis ausgebreitet hatte.

Pasquales Bein zuckte auf der Erde.

»Was hast du?«, fragte der Kommissar.

»Ein Krampf oder so. Ich kann es nicht still halten.«

Ob die drei unter Drogen standen? Als De Santis sich über Pasquale beugte, um ihm aufzuhelfen, sah er unter der Hüfte des Jungen einen schwarzen Fleck. Ein Ölfleck, dachte er zuerst, dann hielt er ihn für ein Teil, das sich vom Scooter gelöst hatte. Er bückte sich und sah gerade noch, wie der Fleck sich bewegte und seitlich etwas auf seinen Kopf zuflog. Er tauchte weg und spürte das kalte Metall an seiner Schläfe. Der Schmerz ließ ihn hellwach werden. Er schlug mit dem Ellbogen nach Pasquale, der mit einem Grunzen zurücksank. Das Metallteil war ihm aus der Hand gefallen. Die beiden anderen standen wie erstarrt da. Alle blickten auf das schwarze, L-förmige Objekt, das da im Staub lag. De Santis, der sie lange genug als Dienstwaffe geführt hatte, erkannte das Modell sofort. Eine Beretta, neun Millimeter.

»Okay«, sagte er und zog seine Waffe. »Das wird alles doch ein wenig aufwendiger. Gleich kommen ein paar Kollegen von mir, und dann fahren wir alle zusammen in die Stadt.«

Er packte Pasquales Beretta in eine Plastiktüte und dirigierte die drei Jungen zu seinem Alfa.

35

Es war nach Mitternacht, als sie in die Questura kamen. De Santis versorgte seine Verletzungen – am Bein hatte er nur eine Schürfwunde, der Riss an der Schläfe war tiefer und hatte sein Hemd mit Blut getränkt –, während die Festgenommenen erkennungsdienstlich behandelt wurden. Der Schmächtige mit den schmalen Lippen und den kalten Augen war Enzo Zecchi, der achtzehnjährige Kleinkriminelle, den sie durch das Pornovideo identifiziert hatten. Er behauptete nach wie vor, dass sie am Freitagabend von Salvatores Tod zu dritt mit ihren Scootern unterwegs gewesen seien. Der Dritte im Bunde war Roberto Boldrini, ebenfalls bekannt aus dem Video. Ein bulliger Glatzkopf mit bunten Tätowierungen an Hals und Nacken. Er hatte einen ähnlichen Lebenslauf und lieferte ihnen dieselbe Version. Klar: Sie hatten sich abgesprochen.

De Santis ließ die beiden Jungen in die Zellen im Untergeschoss der Questura bringen und Pasquale Scognamiglio holen. Der krähte sofort wieder nach einem Anwalt, dann nach seinem Vater, schimpfte, drohte.

»Du warst im Besitz einer nicht registrierten Waffe, für die du keine Lizenz besitzt. Wo hast du sie her?«

»Gefunden.«

»Wann und wo?«

»Auf der Wiese.«

»Dort, wo ich dich angetroffen habe?«

»Genau.«

»Und wann?«

Er zuckte mit den Achseln. »Kurz bevor Sie gekommen sind. Ich wollte sie gerade bei der Polizei abliefern.«

»Dann hast du aber einen schlechten Orientierungssinn. Wo warst du am Freitagabend zwischen neunzehn und zwanzig Uhr?«

»Hab ich doch schon gesagt. Mit Enzo und Roberto unterwegs, zuerst auf der Wiese, dann im Viertel. Wir sind rumgefahren, gegen acht haben wir in der Pizzeria *Don Raffaele* gegessen.«

»Weitere Zeugen?«

Wieder zuckte er mit den Achseln. »Wir drei müssten Ihnen reichen, oder? Wir haben aber ein paar Mädchen angequatscht. Die können sich mit Sicherheit an uns erinnern.«

Breites Grinsen. Zum Reinschlagen.

»Namen?«

»Die Namen haben uns nicht interessiert, wenn Sie wissen, was ich meine.«

»Kennst du die Boutique *Gentleman*?«

»Nein.«

»Du hast sie nie betreten?«

»Nein.«

»Auch nicht am Freitagabend?«

»Wie oft denn noch? Nein.«

»Hast du auf Salvatore geschossen?«

»Unsinn.«

»Hast du die Videos mit Vanessa zusammengeschnitten und ins Netz gestellt?«

Pasquale verzog das Gesicht zu einer angewiderten Grimasse. »Was soll das denn jetzt?«

»Beantworte meine Frage.«

»Ich bin nicht für den Lebenswandel von irgendwelchen Flittchen verantwortlich.«

»Du hast die Frage nicht beantwortet.«

Das Verhör dauerte insgesamt anderthalb Stunden. Es ergab wenig. Dennoch war De Santis alles andere als enttäuscht. Pasquale hatte eine Schuhgröße, die zu einem der Profile am Tatort passte. Die Polizei hatte dort Pferdehaare sichergestellt. Und vor allem: Sie hatten die Waffe. Am nächsten Tag würden die Ballistiker und die Spurensicherung die Beretta untersuchen, und dann würde Pasquale sich eine bessere Version ausdenken müssen.

Als der Kommissar das Licht in seinem Büro löschte, war es nach zwei. Er klappte den Besuchersessel aus, holte ein Laken aus dem Spind und bereitete sich ein Lager. Ihm stand ein harter Tag bevor, und er brauchte noch ein paar Stunden Schlaf.

36

Ein Heidenlärm weckte De Santis. Er sprang von seinem Lager, spürte den pochenden Schmerz in der Schläfe, erneuerte das Pflaster, holte ein frisches Hemd aus dem Schrank und öffnete die Bürotür. Sicher die Anwälte, teure und pfiffige Wadenbeißer, die Alberto Scognamiglio losgehetzt hatte und die jetzt ein Feuerwerk aus Eilanträgen, Protestnoten und Pressekommuniqués inklusive der Anrufung der Menschenrechtskommission abbrennen würden.

Sollten sie ruhig. Der Kommissar war bereit.

Doch als er auf den Flur trat, waren da nur Beppe Bomba und Mario Marin. Einen Blumenstrauß, eine Pralinenschachtel, Prosecco, Saft und mehrere Tabletts mit Sfogliatella und Babà in der Hand, liefen sie zwischen Besprechungszimmer und Büros hin und her und stritten lauthals. Es schien um Geld zu gehen. De Santis fing die beiden im Konferenzraum ab, wo sie gerade den Tisch der großen Runde festlich deckten.

»Könnt ihr mir sagen, was dieser Aufstand soll? Um diese Uhrzeit?«, blaffte er los.

Die beiden sahen ihn verwundert an, und Marin meinte geistesgegenwärtig: »Drei Festnahmen, uns steht eine Menge Arbeit bevor.«

»Und ihr seid jetzt schon im Unterzucker? Der Kühlschrank ist noch voll mit den Sachen von vorgestern.«

»Ihr sagt es: Sie sind von vorgestern. Die können wir unmöglich anbieten«, antwortete Bomba.

»Wem?«, fragte der Kommissar, ohne eine Antwort zu erwarten.

Er betrachtete seine beiden Untergebenen. Sie durchliefen eine bedenkliche Transformation. Beppe Bomba ließ sich seit ein paar Tagen einen merkwürdigen Kinnbart wachsen, außerdem trug er ein kariertes Jackett und Slippers. Mario Marin blieb bei seinen engen Anzügen, hatte sich aber die Frisur eines Verteidigers von Real Madrid verpassen lassen: Nacken und Schläfen ausrasiert, oben eine gesträhnte, pomadisierte Haube.

»Warum streitet ihr dauernd?«, setzte er nach, obwohl er erneut die Antwort kannte. Es war immer die gleiche: Carmela. Was auch immer der vorgeschobene Grund ihrer Euphorie, der Friseurbesuche und der Konflikte sein mochte, der wahre Grund war die junge Kollegin. Sie musste weg. So viel war klar.

»Marin, kommen Sie bitte mal in mein Büro«, sagte er und ging voraus.

»Gerne, ich habe sowieso etwas mit Ihnen zu besprechen.«

Als Vicecommissario Mario Marin vor ihm saß, sagte De Santis: »Dann mal los.«

»Also, ich habe mir gedacht, da wir gerade eine Notsituation haben, Pizzuoli außer Gefecht, zwei verzwickte Mordfälle ...«

»Uns geht nur einer an.«

»Wie auch immer, ein komplizierter Fall, mehrere Festnahmen, und dann sollen wir auch noch eine blutige Anfängerin ausbilden. Um es kurz zu machen: Ich werde an dem Lehrgang am Montag nicht teilnehmen. Ich habe einen Antrag auf Verschiebung ins nächste Quartal gestellt.«

De Santis lehnte sich zurück. Das schlug dem Fass den Boden aus. Es musste schlimm stehen um Marin, wenn jetzt sogar die Karriere zur Nebensache wurde. »Kollege Marin, ich mag ein bisschen älter sein als Sie, aber ich bin nicht vertrottelt. Der Grund Ihres Sinneswandels ist keineswegs der Fall, sondern Carmela. Und nicht unbedingt der Wunsch, sie zu einer brillanten Ermittlerin auszubilden. Schlagen Sie sich das aus dem Kopf. Carmela geht zurück ins Passamt, und Sie werden am Montag den Lehrgang antreten. Wenn's sein muss, löse ich den Fall alleine. Das tue ich ohnehin.« Ehe Marin, der verzweifelt Haltung bewahren wollte, etwas erwidern konnte, hakte De Santis nach. »Bei dem Streit mit Bomba eben, worum ging es da? Doch nicht etwa um Carmela, oder?« Es sollte ironisch klingen, aber dafür hatte Marin kein Sensorium.

»Bomba ist verrückter denn je. Ich habe ein bisschen was im Lotto gewonnen. Er beansprucht einen Anteil am Gewinn.«

»Warum? Hat er Ihnen das Geld für den Einsatz gegeben?«

»Nein.«

»Die Zahlen?«

»Auch nicht.«

»Dann verstehe ich ihn nicht.«

»Eben. Niemand versteht ihn.«

De Santis entließ Marin mit den Worten: »Ich erwarte, dass Sie mir heute Fortschritte in der Ermittlung liefern. Die Waffe muss so schnell wie möglich untersucht werden, außerdem die Versionen der drei Verdächtigen abgeglichen, eine Gegenüberstellung mit Michele Saronno organisiert werden.«

»Ich kümmere mich darum. Klar, sicher, Chef.«

»Gut, dann schicken Sie mir Bomba rein.«

Als Beppe Bomba eintrat, war De Santis schon wieder versöhnlicher gestimmt. Vielleicht lag es daran, dass man Bomba nicht böse sein konnte. Er wirkte blass und abgekämpft, oder tat zumindest so. Ihn zermürbte der Kampf zwischen seinem Appetit und höheren Zielen. Zwar schleppte er täglich Delikatessen an, versagte sich jedoch deren Genuss. Er schien neuerdings auf seine Figur zu achten. Auch hierfür war der Grund klar.

»Beppe, kannst du mir bitte mal erklären, warum du Marin den Lottogewinn abspenstig machen willst? Seit wann bist du so kleinkariert?«

»Kleinkariert? Wissen Sie, um welche Summe es geht?«

»Nein.«

»Um viertausenddreihundertsiebenundzwanzig Euro!«, schrie Bomba. »Die will er für sich behalten. Bei einem Einsatz von zwei Euro.«

»Wer hat denn gespielt?«

»Er.«

»Warum sollte er den Gewinn dann nicht für sich behalten? Waren die zwei Euro etwa von dir? Hast du sie ihm geliehen?«

»Nein.«

»Geschenkt?«

»Auch nicht.«

»Was zum Kuckuck hast du dann mit dem Gewinn zu schaffen?«

»Es waren meine Zahlen. Siebzehn, neun, neunundachtzig, vierzehn, dreiundzwanzig.«

De Santis verstand immer noch nicht. Er überlegte, welche Bedeutung diese Zahlen in der *Smorfia* hatten, der neapolitanischen Kabbala. Siebzehn bedeutete Unglück und vierzehn Saufkopf, aber die anderen? Vor allem: Was hatten sie mit Bomba zu tun? »Hast du ihm einen Traum erzählt? Sind sie deiner Fantasie entsprungen?«

»Von wegen Fantasie. Die Zahlen sind mehr als real. Sie sind ich, versteht Ihr? Das ist mein Geburtsdatum, Uhrzeit inklusive. Am siebzehnten September neunundachtzig, ein paar Tage später wird die Mauer in Berlin fallen, die Weltordnung wird umgestoßen werden, aber meine arme Mutter weiß davon nichts. Stellen Sie sich einmal die folgende Szene vor. Spätsommerhitze in Neapels Gassen, sie schleppt sich durch Forcella, hochschwanger, müde, die Beine geschwollen, die Brust voller Hoffnung. Dann setzen die Wehen ein, Senkwehen, Presswehen …«

»Bomba, ich weiß, wie eine Geburt abläuft.«

»Das mag sein, aber habt Ihr einen Begriff davon, was es heißt, in der Mittagshitze durch die Stadt zu hasten, in der Angst, in den Gassen zu entbinden? Ich war keine leichte Geburt, weiß Gott nicht. Achtundzwanzig Jahre später macht sich ein Kollege, ein Norditaliener, der nicht den geringsten Respekt hat vor unseren Zahlen, unseren Traditionen und auch sonst allem, was uns heilig ist, einen Jux daraus. Zum Vergnügen, nein, schlimmer, um sich über uns lustig zu machen, spielt er Zahlen, die er aus meiner Personalakte entwendet hat, und landet einen Hauptgewinn.«

»Du meinst also, dir stehe ein Teil davon zu?«

»Meiner Mutter! Ich wollte das Geld nicht für mich. Auch wenn ich natürlich beteiligt war.«

»Verstehe. Ich habe Marin schon Instruktionen gegeben für den heutigen Tag. Ich erwarte, dass ihr effizient und widerspruchslos zusammenarbeitet. Ohne Carmela.«

Beppe Bomba fuhr zusammen. »Was soll das heißen?«

»Ihr seid nicht dafür zuständig, sie auszubilden.«

»Aber …«

»Kein Aber.«

Bomba ging. Er schloss die Tür mit einer Wehmut und Hoffnungslosigkeit, als wäre Neapel soeben in die Serie B abgestiegen.

37

Kaum war es neun Uhr, kamen die Anwälte Zecchi und Boldrini. De Santis hielt sie hin, verwies sie an die Staatsanwaltschaft und die Anklagepunkte: unerlaubter Waffenbesitz, Widerstand gegen die Staatsgewalt, Beamtenbeleidigung, Verdacht auf bewaffneten Raubüberfall und Totschlag. Die Verteidiger tobten, wie De Santis erwartet hatte. Aber damit hatte er vierundzwanzig Stunden gewonnen, um ihnen Beweise zu liefern.

Die Zeit verging, er rief mehrmals bei der Ballistik und der Spurensicherung an, aber die Ergebnisse ließen auf sich warten.

»Es gibt eine Menge Fingerabdrücke auf der Waffe«, sagte Tommaso Esposito, »die meisten davon sind verschmiert. Nur die von Pasquale Scognamiglio sind bisher eindeutig.«

Elvira Barbarossa meldete sich und erkundigte sich nach Neuigkeiten. Es gab keine. De Santis beschloss, wenigstens das Problem Carmela De Cillis zu lösen, und bat sie in sein Büro. Sie setzte sich, schlug die Beine übereinander, zupfte das Revers ihrer Bluse zurecht und strahlte ihn an. Sie sah teuflisch gut aus, und eigentlich sehr nett, außerdem jung, motiviert. Sie trübte auch ihm den Blick.

»Um es kurz zu machen, Signora De Cillis«, fing er an. »Ich werde Sie in eine andere Abteilung versetzen lassen. Unsere Zusammenarbeit endet mit dem heutigen Tag.«

Sie war sprachlos, setzte mehrmals zur Replik an, eine Träne bildete sich im linken Augenwinkel. »Aber … ich habe doch gerade erst angefangen. Ich sollte hier Erfahrungen sammeln.«

»Es ist nichts gegen Sie persönlich.«

Eine tiefe Furche bildete sich an ihrer Nasenwurzel. »Nichts gegen mich persönlich?«, fragte sie scharf.

»Nein.«

»Gegen wen denn sonst? Sie kennen mich noch gar nicht, haben mir gar keine Chance gegeben. Sie haben sich meine Abiturnote und meinen Lebenslauf angesehen, die Sache mit den Fotoshootings, und zack, hatten Sie Ihr Urteil über mich gefällt. Ein Dummchen.«

»Das ist nicht wahr.«

»Meine Punktzahl bei der Aufnahmeprüfung …«

»Signora De Cillis. Ich bin nicht verpflichtet, diese Entscheidung zu diskutieren.«

»Ach nein? Ich habe ein Recht darauf, eine gerechte Beurteilung zu bekommen. Worauf fußt die? Die Klamotten der Täter, das Kennzeichen, die DNA, das alles habe ich gefunden.«

»Sie waren dabei zu dritt.«

»Bomba und Marin hatten längst aufgegeben. Wenn ich nicht gewesen wäre …« Sie funkelte ihn an.

»Schluss jetzt.« Ihm platzte der Kragen. »Wenn Sie ein kluges Mädchen sind, dann haben Sie mitbekommen, was hier läuft, seit Sie da sind. Leider sind meine Männer nicht mehr fähig, klar zu denken. Überhaupt zu denken. Sie sind nicht zu dumm. Sie sind zu attraktiv.«

Carmela verstummte, schluckte, ließ sich gegen die Stuhllehne fallen. »Sie meinen, ich kann hier nicht länger arbeiten, weil ich zu gut aussehe?«

»Vereinfacht formuliert, ist es so. Es ist nicht Ihre Schuld, es ist die Schuld meiner Leute.«

»Das Defizit liegt bei anderen, und ich soll dafür büßen?«

»Ja, wenn Sie es so sehen wollen. Tut mir leid.«

»Dann mache ich Ihnen einen anderen Vorschlag. Ich setze mich zu Ihnen ins Büro. Mir reicht die kleine Ecke an Ihrem Schreibtisch. Die beiden werden mir dann nicht mehr auf die Pelle rücken, können sich wieder konzentrieren, und jeder macht seine Arbeit.«

De Santis dachte: Ja, die beiden können sich womöglich wieder konzentrieren. Nur was ist mit mir? »Meine Entscheidung ist gefallen. Sie können nicht bleiben.«

»Das ist Ihr letztes Wort?«

»Ja.«

Einen Moment rang sie mit sich. Sie schaute Hilfe suchend an die Decke, in alle Winkel des Raumes, sie betrachtete die Wimpel und die Aktenordner. De Santis erwartete, dass sie gleich losheulen oder hysterisch werden würde.

Stattdessen stand sie auf und sagte beherrscht. »Das werden Sie bereuen. Ich habe auch Rechte.«

Damit drehte sie sich um, ging gemessenen Schrittes hinaus und knallte die Tür zu.

Keine fünf Minuten später wurde De Santis in den Verhörraum gerufen. Pasquale Scognamiglios Anwalt war eingetroffen, und sie holten auch den Verdächtigen aus der Zelle.

»Also, können wir der Posse hiermit ein Ende machen?«, fragte der Verteidiger und brachte De Santis gleich in die richtige Stimmung.

Er beschloss, ruhig zu bleiben.

»Wo sind die Beweise für eine Straftat meines Mandanten?«, fragte der Verteidiger.

»Am Tatort haben wir Pferdehaare gefunden, Ihr Mandant hat kein Alibi, er hatte ein Motiv ...«

»Sie haben nicht einen Beweis, nur konstruierte Indizien. Fakt ist doch: Pasquale Scognamiglio war nie in der Boutique.«

»Dann kann er uns seine DNA ja zur Verfügung stellen.«

Der Verteidiger sah seinen Schützling fragend an, doch der schüttelte den Kopf. »Dafür gibt es keinen Grund«, sagte er dann.

De Santis lächelte, denn nun war er endgültig sicher, dass Pasquale einer der Räuber war. »Es gibt sehr wohl einen Grund. Ihr Mandant war im Besitz der Tatwaffe.«

»Der Tatwaffe? Wie kommen Sie darauf, dass Salvatore Ronga durch einen Schuss aus der Beretta getötet wurde, die mein Mandant im Übrigen auf einer Wiese gefunden hat?«

»Die Kriminaltechniker sitzen dran. Eine Frage von Minuten«, sagte De Santis und lehnte sich zurück. »Das Märchen von der Wiese können Sie dem Richter auftischen. Darauf freue ich mich jetzt schon.«

Pasquale grinste höhnisch. Falls er seine Selbstsicherheit nur spielte, gelang es ihm gut.

»Wer ist der andere?«, fragte der Kommissar. »Dein Komplize. War es Enzo Zecchi oder Roberto Boldrini? Und was hat der Dritte in der Zwischenzeit gemacht?«

»Wie oft denn noch? Ich war nicht in dem Laden. Niemand von uns war dort.«

Carmela klopfte: »Tommaso Esposito ist da.«

De Santis sprang auf, bat mit ausgesuchter Höflichkeit, ihn zu entschuldigen, und lief in sein Büro.

Der Kriminaltechniker lehnte am Schreibtisch und betrachtete ebenfalls die Wimpel an der Wand. Sie stammten von Schießturnieren der Neunzigerjahre.

»Bist du so ein Ass?«

»Nein. Das hier war früher der Konferenzraum. Mein Vorgänger war ein guter Schütze. Und ein guter Polizist. Was ist mit der Waffe?«

»Sie ist es nicht«, sagte Tommaso Esposito trocken und kompromisslos.

»Was?« De Santis glaubte, seinen Ohren nicht zu trauen. »Du musst dich irren. Die Beretta, die ich in Ponticelli sichergestellt habe ...«

»Ist eine Neun-Millimeter, wahrscheinlich dasselbe Modell, mit dem Salvatore Ronga getötet wurde. Dasselbe Modell, aber nicht dieselbe Waffe.«

»Kein Zweifel?«

»Nein.«

De Santis ging um den Schreibtisch herum, schlug die Kladde auf, die Tommaso Esposito mitgebracht hatte, und betrachtete die vergrößerten Aufnahmen der Gravuren, die durch die Züge im Waffenlauf an den Geschossen entstanden. Sie wurden immer ähnlicher, weil die industrielle Fertigung der Läufe nur noch minimale Differenzen erzeugte. Im Gegenzug verwendete die Kriminaltechnik immer feinere Röntgenstrahlen, um die Unterschiede nachzuweisen. Der Kommissar blätterte in den Papieren, fand jedoch nur Unterlagen zu der Beretta von Pasquale.

»Was ist mit dem anderen Projektil?«

»Welches denn?«

»Jetzt stell dich nicht dumm. Ich habe es dir neulich selbst ins Labor gebracht.«

Tommaso Esposito schwieg.

»Hast du's dir angesehen oder nicht?«

Sicher hatte er das. Ohne besonderen Grund verließ Esposito sein Labor nicht. De Santis war sicher, der besondere Grund war die Kugel, die er ihm inoffiziell untergejubelt hatte.

»Wo hast du das Projektil her?«, fragte Esposito.

»Besser, du weißt es nicht.«

»Wehe, du ziehst mich da in eine krumme Geschichte rein.«

»Von mir erfährt keiner was. Das schwöre ich dir.«

Der Kriminaltechniker zog den Hosenbund über den Bauch und sagte: »Na gut, ist schließlich dein Fall.«

»Was meinst du damit? Gibt es etwa eine Verbindung zu …?«

»Salvatore Ronga. Die Kugel, die du mir so heimlich still und leise auf den Labortisch gelegt hast, wurde aus derselben Waffe abgefeuert wie die, die Salvatore getötet hat.«

»Sicher?«

»Sicher.«

Dem Kommissar blieb der Mund offen stehen. Wie war das möglich? War Mazzacane etwa der Kopf der Bande, und die drei Jungen waren seine Handlanger?

»Danke«, sagte De Santis.

Der Mord am Hafen und der Überfall auf die Boutique – ein und derselbe Täter. Nur leider nicht Pasquale. Das war die vordringliche Information. Sie hatten keinen gewichtigen Grund, Pasquale Scognamiglio weiter festzuhalten. Blieben unerlaubter Waffenbesitz und Widerstand gegen die Staatsgewalt. Kleinkram. Der Anwalt würde sich die Hände reiben. Und die beiden Spießgesellen? Sie hatten sicher Dreck am Stecken, nur wie konnte er sie festnageln?

»Die Beretta, die du bei Pasquale Scognamiglio sichergestellt hast …«, setzte Esposito neu an.

»Ist nicht die Tatwaffe, wie du mir bereits erklärt hast.«

»Nicht im Fall Ronga. Aber ich habe sie durch das System gejagt. Schau dir mal diese Grafik an.« Er blätterte in den Papieren und zeigte auf ein Blatt mit schrägen Schleifspuren. Nur ein Fachmann konnte das als Ausschnitt eines Projektils erkennen. »Die Gravuren scheinen identisch zu sein.«

»Woher stammt das?«

»Ein Altfall.«

»Die Waffe wurde bereits früher bei einer Straftat verwendet? Wo?«

»Bei einem Überfall auf einen Geldtransporter, hier in Neapel.«

»Täter?«

»Unbekannt. Ermittelt wurde damals gegen Ciro Mazzacane. Er wurde sogar verhaftet und angeklagt, am Ende aber aus Mangel an Beweisen freigesprochen. Wir haben damals die Projektile untersucht, die Tatwaffe dagegen ist nie aufgetaucht.«

»Doch, jetzt«, sagte De Santis.

Also doch: Ciro Mazzacane. Der Ausgangspunkt ihrer Ermittlungen in Ponticelli. Den sie aus den Augen verloren hatten. Genau genommen hatten sie ihn noch gar nicht zu Gesicht bekommen. Nur Pizzuoli. Und der lag seitdem im Krankenhaus. Seit er Mazzacane gesehen hatte. Oder eher, weil er ihn gesehen hatte. Es war zum Verrücktwerden. Sie waren mehrfach ganz dicht an ihm dran, doch dann kam eine Anordnung von oben, und jemand pfiff sie zurück. De Santis hatte genug. Er würde Elvira anrufen und einen Haft- oder Durchsuchungsbefehl verlangen. Wenn sie mauerte, würde er eben auf eigene Faust losziehen. Es war inzwischen egal.

»Ist bei den damaligen Ermittlungen Pasquale Scognamiglio aufgetaucht?«

»Nein. Wäre auch ein bisschen kurios. Der Überfall liegt acht Jahre zurück, da war der Junge noch auf der Grundschule.«

»Danke«, sagte De Santis. Super, Pasquale als Abc-Schütze. Er versuchte, die Enttäuschung zu verdauen. Von wegen Enttäuschung, es war ein Fiasko.

Als er in den Verhörraum zurückkam, sah der Verteidiger ihn gleichzeitig höhnisch und aggressiv an. Er schien De Santis' Miene richtig gedeutet zu haben.

»Na?«, fragte er genüsslich. »Was zaubern Sie als Nächstes aus dem Hut? Einen Beweis? Oder wieder nur eine spekulative These?«

Woher wusste dieser Idiot, dass es ein Schlag ins Wasser gewesen war?

De Santis sah auf die Uhr. »Vierundzwanzig Stunden. Wenn die abgelaufen sind, können Sie einen Antrag stellen.«

»Machen Sie sich nicht lächerlich«, erwiderte der Anwalt.

De Santis blieb sitzen. Er musste nachdenken. Es fiel ihm schwer angesichts der beiden Visagen, doch er wusste, dass er Pasquale nicht entkommen lassen durfte. Pasquale – Mazzacane – Vanessa – Salvatore. Und jetzt auch noch Matar M'Keita. Wie hingen diese Menschen zusammen? Am Freitagabend wird Salvatore erschossen, drei Tage später der Afrikaner. Mit derselben Waffe. Was hatte dieses tödliche Uhrwerk in Gang gesetzt?

Er brauchte eine Eingebung, irgendeine geniale Idee, einen Beweis. Mit Sicherheit übersah er etwas, etwas Banales, die Lösung des Falles. Zu viele Elemente ähnelten einander, um sich bei genauerem Hinsehen als verschieden zu erweisen. Zu viele Zufälle, immer wieder dieselben Namen, dieselben Adressen im selben Viertel: Ponticelli.

Er hätte mit Enzo reden müssen, mit Pizzuoli. Mit Menschen, die Tag für Tag dort auf der Straße waren, während er nur ein paar Akten und Gespräche kannte, Gesichter, Masken. Er hatte versagt.

»Was tun wir hier?«, fragte der Anwalt.

»Warten«, erwiderte De Santis.

»Worauf?«

»Darauf, dass Ihr Mandant mir sagt, wo er die Waffe her hatte, die sich illegal in seinem Besitz befand.«

»Er kann dann gehen?«, hakte der Anwalt nach.

»Wenn er mir die Wahrheit sagt.«

Pasquale Scognamiglio sah seinen Beistand um Rat fragend an. Dieser nickte.

»Von Giovanni Sculli«, sagte der Junge, ohne mit der Wimper zu zucken.

»Du meinst, deinem Klassenkameraden?«

»Ja. Er wollte mich erschießen. Hat es sich dann aber anders überlegt«, erklärte Pasquale mit einem höhnischen Lachen.

»Warum wollte er dich erschießen?«, fragte der Kommissar. Kein bisschen amüsiert.

Giovanni Sculli hatte Pasquale in Mathe geholfen, hatte ihn abschreiben lassen, er hatte ihm sogar die letzte Klausur aufgesetzt. Sicher nicht freiwillig. Er war eines von Pasquales Opfern, wie Vanessa.

»Er hat sich aufgespielt, weil er eine Pistole in der Hand hatte. Er dachte, damit könnte er mir Angst einjagen. Ja, das war's wohl. Er wollte mir Angst machen.«

»Er wollte dich also nicht erschießen?«

»Dazu hat er eh nicht den Mumm. Das wusste ich. Übrigens habe ich Zeugen.«

»Lass mich raten. Enzo Zecchi und Roberto Boldrini?«

»Genau. Fragen Sie die beiden.«

»Das werde ich tun. Aber ich weiß, dass du die Waffe von Ciro Mazzacane hast. Hat er sie dir geliehen, oder hast du sie ihm geklaut?«, fragte De Santis.

»Mein Mandant hat Ihre Frage beantwortet. Einen Ciro Mazzacane kennt er nicht. Ich nehme ihn jetzt mit«, sagte der Anwalt.

»Nein«, erwiderte der Kommissar. »Zuerst werden wir

die anderen Zeugen befragen. Bleiben noch die anderen Delikte.«

»Sie haben meinem Mandanten einen Handel angeboten. Er hat seinen Teil erfüllt und Ihnen gesagt, von wem er die Waffe hat.«

»Er hat gelogen.«

Der Verteidiger war jetzt puterrot. »Ich beantrage einen Haftprüfungstermin. Wo ist der Staatsanwalt?«, blaffte er. »Ich dachte, Sie wären ein Ehrenmann.«

De Santis winkte ab. Ehrenmann. Er brauchte frische Luft, eine Pause, einen anderen Ansatz. Er rief Marin und Bomba und trug ihnen auf, Pasquales Kumpel zu verhören.

Dann ging er in sein Büro und rauchte eine Zigarette. Er rauchte sie bis zum Ende, bis zum Filter, als ob dort irgendwo die Lösung steckte. Warum sah er sie nicht? Weil sie zu einfach war? Natürlich! Die drei Jungen hatten den Überfall gemeinsam ausgeheckt. Oder besser gesagt, es war Pasquales Idee gewesen, die Drecksarbeit hatte er seinen Lakaien überlassen. Er war der Kopf der Bande, die anderen hielten den Kopf hin. Natürlich hatte eine solche Bande mehr als eine Waffe. Sie hatten bisher zwar nur eine gefunden, aber das wollte nichts heißen. Jetzt brauchten sie noch die andere, aus der geschossen worden war. Dann war der Fall aufgeklärt.

Er drückte die Kippe aus, warf sie hinunter in den Hof und rief Elvira an. Mit wenigen Worten setzte er sie über die Festnahme und den Verlauf der Verhöre ins Bild.

»Ich benötige eine Anordnung zum DNA-Test für drei Personen, Pasquale Scognamiglio, Enzo Zecchi und Roberto Boldrini. Außerdem brauche ich einen Durchsuchungsbefehl für die jeweiligen Wohnungen.«

»Unmöglich.«

»Wieso? Wir haben Pferdehaare, wir haben ein Motiv ...«

»Pferdehaare. Wie viele Pferde gibt es in der Stadt? Sie wissen so gut wie ich, dass Ihre Indizien vor keinem Richter dieser Welt Bestand hätten. Und das Mordmotiv? Vanessa Saba. Sie ist seit vier Monaten tot. Warum jetzt eine solche Aktion?«

»Pasquale hat sich gedemütigt gefühlt. Sie hat ihn zurückgewiesen. Zuerst hat er sich mit den Pornovideos gerächt und sie in den Selbstmord getrieben. Daraufhin hat Salvatore ihm eine Abreibung verpasst. Eine solche Schmach vergisst ein Junge wie er nicht. Inzwischen habe ich mir ein Bild gemacht von ihm.«

»Ihr persönliches Bild. Eine Theorie. Sie können nicht ganz Ponticelli deswegen auf den Kopf stellen.«

»Es geht um drei Wohnungen von hunderttausend.«

»Die Wohnung der Scognamiglios ist nicht nur eine von hunderttausend.«

»Was heißt das?«

»Die Familie ist exponiert. Zwei von Pasquales Brüdern waren bereits in Haft. Die Scognamiglios sollen gute Verbindungen in die Unterwelt haben.«

»Auch zu Mazzacane?«

»Dazu kann ich nichts sagen.«

»Können Sie nicht? Oder wollen Sie nicht?«

»Sie lassen die Finger von diesem Thema.«

»Dann ordnen Sie wenigstens die DNA-Proben an, meinetwegen auch nur von Scognamiglio.«

»Dazu brauche ich einen guten Grund. Konkrete Beweise. Und die haben Sie nicht.«

»Die drei decken sich gegenseitig. Egal welches Delikt, immer geben sie einander ein Alibi.«

»Während des Überfalls auf die Boutique waren sie laut ihrer Aussage in Ponticelli unterwegs. In verschiedenen Bars, in einer Pizzeria und in einer Diskothek. Haben Sie dort weitere Zeugen befragt?«

»Nein.«

Elvira Barbarossa schnaubte. »Ich würde sagen, das gehört zu den elementaren Aufgaben eines Ermittlers.«

Sie konnte so was von ätzend sein. Was wusste sie schon, wie es in seiner Abteilung zuging?

»Pasquale steckt ganz tief drin in dem Fall. Wir dürfen ihn unter keinen Umständen laufen lassen.«

»Dann her mit den Beweisen.«

»Wie denn, wenn ich nicht ermitteln darf?«

»Sie haben erst die Mädchen festgenommen, dann D'Astoli und jetzt Scognamiglio. Jedes Mal lagen Sie daneben. Ich weiß nicht, was in letzter Zeit mit Ihnen los ist, aber Ihre Schnellschüsse kann ich nicht länger unterstützen.«

Er legte auf, stinksauer und zugleich beschämt. So unrecht hatte Elvira nicht. Wann hatte sie schon mal unrecht, verdammt? Es war zum Verrücktwerden. Sie ging einem auf den Senkel mit ihrer Besserwisserei, mit ihrer professionellen Überlegenheit und ihrer unberechenbaren Weiblichkeit.

Es blieb dabei: Er hatte gepatzt, und zwar nicht nur einmal. Die Ermittlung war bisher chaotisch verlaufen, er war von einem Fettnäpfchen ins nächste getaumelt, statt gezielt einen Täter in die Enge zu treiben.

Seine Leute hatten ihn auch hängen lassen. Zum Beispiel hatten sie die Aussagen in Ponticelli nicht weiterverfolgt, waren nicht einmal der Spur mit den Klamotten nachgegangen. Sie rühmten sich ihrer Erfolge, doch was hatte sich daraus ergeben? Nichts.

Er ging in Pizzuolis Büro, wo Carmela De Cillis am Computer saß, und blaffte: »Was machen Sie eigentlich den lieben langen

Tag? Was ist aus Ihrer großartigen Spur mit den Klamotten und dem Kennzeichen geworden?«

»Wir haben die DNA der Täter daraus gewonnen.«

»Ja, und? Wo sind die Täter?«

»Im Vernehmungsraum.«

»Sind Sie sicher? Wir brauchen Beweise, ehe wir eine DNA-Probe anordnen können. Haben Sie die Alibis weiter verfolgt? Haben Sie in Ponticelli nachgefragt, wer die Sachen schon einmal gesehen hat? Wer sie getragen, wer sie gekauft hat? Und wo?«

Carmela sah ihn verständnislos an. »Ich soll hier eingearbeitet werden. Wenn Sie mir Instruktionen geben …«

De Santis' Handy klingelte. Es war Pizzuoli.

»Chef, ich habe Neuigkeiten.«

»Schieß los.«

»Es wäre besser, du würdest vorbeikommen.«

»Das geht gerade schlecht. Nun red schon.«

»Nicht am Telefon. Wirklich, es ist wichtig.«

De Santis verstand. Pizzuoli hatte entweder besonders brisante Informationen, oder er hatte sie auf brisante Weise gewonnen.

Er überließ die verdutzte Carmela sich selbst, lief hinunter in den Hof, nahm den Wagen und fuhr hinauf zum Krankenhaus Cardarelli. Leider war mal wieder Rushhour, wie zu jeder Tages- und Nachtzeit in Neapel, daher brauchte er fast eine Stunde. Um zwanzig vor zwölf kam er an, zeitgleich mit einer Schwester, die das Mittagessen auf Plastiktabletts brachte.

De Santis nahm ihr eine Portion ab. »Um Gennaro Pizzuoli kümmere ich mich.«

Sie lächelte ihn an. Mit einem wunderschönen Mund, weißen Zähnen und einer Laune, die von einem anderen Stern zu kommen schien. Das Essen dagegen roch so trist, wie man es von einem Großklinikum auf dem Planeten Erde erwartete.

Der Kommissar begrüßte Pizzuoli, setzte sich auf die Bettkante, nahm das Besteck, schob dem Ispettore eine Gabel Erbsen in den Mund und fragte: »Also? Was hast du herausgefunden?«

Pizzuoli sah sich um und wartete, bis die Krankenschwester den Raum verlassen hatte, dann flüsterte er: »Ich habe versucht, in unserem System zu M'Keita zu recherchieren, aber alle Daten sind gesperrt.«

»Das habe ich auch schon festgestellt.«

»Da du mögliche Konflikte mit Schutzgeldbanden erwähnt hattest, habe ich mir mal seine Krankenakten angesehen.«

»Wie denn? Immerhin gibt es eine ärztliche Schweigepflicht.«

»Sicher. Aber ich liege hier den lieben langen Tag im größten Krankenhaus der Stadt, und …« Er schwieg und verzog den Mund zu einem Grinsen.

De Santis verstand. Irgendjemanden hatte er bezirzt oder bestochen, vielleicht hatte er auch eine entfernte Verwandte in der Verwaltung. Er sollte es nicht wissen und brauchte es auch nicht zu wissen.

»M'Keita ist in den letzten sieben Jahren viermal hier eingeliefert worden: Knochenbrüche, Schnittverletzungen, einmal hatte er ein Schädeltrauma und eine Schusswunde.«

»Du meinst, er ist immer wieder Opfer von Einschüchterungen geworden.«

»Nicht nur er, denn ich habe herausgefunden, dass die letzten beiden Male vier Afrikaner gleichzeitig eingeliefert wurden.«

»Die hatten entweder untereinander Streit …«

»… oder sie haben sich gemeinsam gewehrt.«

De Santis dachte nach. Pizzuoli wies mit einer Geste auf die

Erbsen und redete weiter, während der Kommissar im Essen stocherte:

»Zu M'Keita habe ich noch eine Info. Mein Kontaktmann von der DIA hat mir ein Detail aus dem vorläufigen Bericht der Gerichtsmedizin verraten.«

»Mach's nicht so spannend.«

»Matar M'Keita ist gegen neun am Montagabend erschossen worden.«

»Also kurz nach deinem Unfall.«

»Genau. Das bedeutet, der Täter ist Mazzacane.«

»Das ist doch nichts Neues. Das vermuten wir die ganze Zeit schon.«

»Jetzt haben wir Gewissheit.«

»Trotzdem sind mir die Hände gebunden. Bei Elvira Barbarossa brauche ich mich gar nicht mehr zu melden, solange wir den Mörder nicht in flagranti ertappen oder unser Freund Reja seine sagenumwobene Aktion abgewickelt hat.«

»Hat er längst«, erwiderte Pizzuoli und schluckte hastig einen Happen Kartoffelpüree herunter.

»Was? Wieso habe ich bisher nichts davon gehört?«

De Santis fiel ein, dass in der Questura schon am frühen Morgen hektischer Betrieb und eine besondere Anspannung geherrscht hatten. Frenetischer Funkverkehr, Sirenen, quietschende Reifen, ein Großeinsatz mit Unterstützung der Squadra mobile. Er hatte sich nichts dabei gedacht, denn das kam durchaus häufiger vor.

»*Die* Geschichte wird Reja wohl kaum an die große Glocke hängen«, sagte der Ispettore.

»Jetzt erzähl schon.«

Pizzuoli prustete los: »Herrlich. Reja tobt und lässt seine Leute der Reihe nach zum Rapport antanzen. Alle, die an seiner Jahrhundertoperation beteiligt waren, generalstabsmäßig geplant, höchste Geheimhaltungsstufe.« Er ließ sich einen Happen Fleisch in den Mund schieben, kaute und redete weiter. »Auf Rodolfo Rejas Kommando haben auf die Sekunde vierunddreißig Einheiten im gesamten Stadtgebiet zeitgleich zugeschlagen, unter anderem in Stella, Chiaia, am Hauptbahnhof, Porta Nolana und Barra. Sie haben ebenso viele Kuriere mit Motorrollern, Pkw und Lieferwagen gestoppt. Und was haben sie gefunden?«

»Keine Ahnung. Sag schon.«

»Plastiktüten.«

»Plastiktüten?«

»Ja. Grüne, um genau zu sein. Alle Kuriere hatten dieselben grünen Plastiktüten dabei, die für zwei Cent das Stück.«

Die Tüten waren eigentlich von der EU verbannt worden, wurden in Neapel aber überall von den fliegenden Händlern benutzt, an Obst- und Gemüseständen genauso wie in Tand- und Klamottenläden, von Pakistani ebenso wie von Italienern, Afrikanern und Chinesen.

»Was sollte das Ganze? Ein Ulk?«

»Klar. Sie haben Reja veräppelt.«

»Womit hatte er eigentlich gerechnet?«

»Mit Drogen, nehme ich an.«

»Oder mit gefälschten Markenklamotten wie in D'Astolis Laden?«

Pizzuoli zuckte mit den Achseln. De Santis dagegen dachte zurück an den Brand in der Lagerhalle von Matar M'Keita, an den Mord, den Raub.

»Welche Erklärung hat Reja? Sicher nicht die, dass er einen Fehler gemacht hat?«

»Nein, er meint, die hätten die Aktion spitzgekriegt. Unseretwegen. Zu viel Unruhe im Umfeld, unsere Auftritte in Ponticelli, deine Suche nach Mazzacane.«

»Na sicher. Was ist mit einer undichten Stelle bei der DIA?«

»Liegt nahe, aber darüber denkt bisher niemand laut nach.«

In De Santis arbeitete es. Es war nur eine Idee, wahrscheinlich Zufall, wenngleich einer der vielen merkwürdigen Zufälle in dieser Geschichte.

»Woran denkst du?«, fragte Pizzuoli, der seinen Chef gut kannte.

»An die Plastiktüten.«

»Schöne Idee, oder?«

»Was, wenn es kein Scherz war? Ich war in M'Keitas Lagerhalle. Ich bin sicher, dass er dort erschossen und dann ins Hafenbecken geworfen wurde.«

»Und?«

»Ich habe ein Projektil gefunden. Es stammt aus derselben Waffe, mit der auch Salvatore erschossen wurde.«

»Was? Dann ist Mazzacane also auch der Mörder aus der Boutique?«

»Keine Ahnung. Welchen Grund sollte er gehabt haben, kurz vor so einer wichtigen Aktion den Laden zu überfallen? Noch dazu mit einem auf ihn angemeldeten Scooter?«

»Stimmt, darüber haben wir schon geredet. Aber du warst bei den Plastiktüten.«

»Wie gesagt, ich war in der Halle, in der M'Keita erschossen wurde. Alles, was dort lagerte, waren grüne Plastiktüten. Ein paar Paletten voll. Es könnten noch viel mehr gewesen sein. Ich hatte den Eindruck, dass ich bloß den Rest einer Lieferung gefunden habe.«

»Du meinst, M'Keita und Mazzacane haben gemeinsame Sache gemacht bei der Verteilung der Plastiktüten? Was ist an den Dingern so besonders? Außer dem Verbot durch die EU.«

»Keine Ahnung.«

»Und warum der Mord?«

»Vielleicht haben sie sich überworfen oder waren Konkurrenten.«

Pizzuoli überlegte. »Konkurrenten auf dem illegalen Plastiktütenmarkt? Selbst wenn, wo ist die Verbindung zu Salvatore? Zu Vanessa Saba?«

»Tja. Es gibt keine.«

»Nur die Waffe.«

»Nur die Beretta.«

»Vielleicht haben mehrere Täter sie verwendet, und die Verbrechen haben tatsächlich nichts miteinander zu tun.«

»Du meinst, sie lag in einem Versteck? In einem der Arsenale, wie die Camorra sie gerne anlegt. Wer zum Clan gehört, der bedient sich im Bedarfsfall einfach.«

»Zum Beispiel.«

»Also steckt doch die Camorra dahinter. Damit wäre für den Überfall Reja zuständig.«

»Soll er sich darum kümmern. Zeit hat er ja jetzt«, sagte Pizzuoli und lachte. »Nach allem, was ich höre, rennt er in Ponticelli herum wie ein Wahnsinniger und stellt das ganze Viertel auf den Kopf.«

»Sucht er nach einem Maulwurf in seinen Reihen?«

»Nein, nach einem Sündenbock.«

»Wie gut, dass wir nicht bei der DIA arbeiten«, antwortete De Santis.

Da vibrierte sein Handy in der Hosentasche. Sein Blick fiel auf die anderen Patienten, den röchelnden Alten, der all seine Kraft brauchte, um die Gabel zum Mund zu führen, und den Motorradfahrer, den seine Gefährtin fütterte. Er wollte nicht stören und trat auf den Flur.

Es war Bomba. »Chef, wo seid Ihr denn? Wir suchen Euch überall.«

»Bei Gennaro. Was ist los? Habt ihr die Bande geknackt? Haben sie ausgepackt?«

»Leider nicht. Aber hier ist die Hölle los. Buchstäblich. Die Spurensicherung hat die Festplatten aus dem Laden teilweise rekonstruiert. Wir haben ein Video von dem Überfall.«

»Die Hölle stelle ich mir anders vor.«

»Na ja, der Questore macht sie uns heiß. Er hat schon zig Mal angerufen, völlig außer sich. Um drei will er vorbeikommen.«

»Wozu?«

»Mit einer Kommission, hat er gesagt. Ihr sollt befragt werden.«

Also doch. Sie machten ernst. Reja beschränkte sich offensichtlich nicht darauf, in Ponticelli einen Sündenbock ausfindig zu machen. Musste er auch gar nicht mehr. Er hatte ja De Santis in der Mordkommission.

»Es wäre besser, Ihr würdet den Questore anrufen. Am besten sofort.«

»Ja, danke. Ich komme«, sagte der Kommissar.

Nachdem er sich von Pizzuoli verabschiedet hatte, rannte er zu seinem Auto. Doch nach wenigen Metern lief er langsamer. Was auch immer da unten auf ihn wartete, es wurde vom Rennen nicht besser.

Allerdings mochte der Questore es gar nicht, wenn man ihn warten ließ oder gar ignorierte. Während De Santis an einer Ampel wartete, rief er an.

»Ich will Sie vorwarnen«, sagte der Polizeichef. »Wie Sie wissen, haben wir gleich einen Termin«, fing er an.

»Das habe ...«

»Lassen Sie mich ausreden. Ich habe Sie als Ermittler immer sehr geschätzt und will Ihnen helfen. Nur wie soll ich das tun, wenn Sie den halben Staatsapparat gegen sich aufbringen?«

»Übertreiben Sie da nicht ein wenig?«

»Leider nicht. Wir haben eine Sitzung mit der Disziplinarkommission, außerdem kommen der Ressortleiter für Kampanien aus dem Innenministerium und ein Vertreter der Magistratur vorbei.«

»Wer denn?«

»Wissen wir noch nicht.«

»Lassen Sie mich raten: Abteilung Organisiertes Verbrechen. Hat Reja sich etwa auch bei der Staatsanwaltschaft beklagt?«

»Wieso Reja? Hier geht es um ganz andere Konflikte. Sie müssen sich gut auf das Gespräch vorbereiten. Ich warte nach wie vor auf den Bericht über Ihren Schusswaffengebrauch.«

De Santis erschrak. Immer noch die Geschichte mit den beiden Mädchen? Deswegen all dieser Aufwand? Er gab sich versöhnlich. »Gut. Ich setze mich gleich dran.«

»Dafür ist es jetzt zu spät. Was haben Sie eigentlich gegen Reja? Wieso unterstellen Sie ihm, dass er Sie anschwärzt?«

»Er hat seine große Aktion in den Sand gesetzt, und nun braucht er einen Sündenbock, damit seine untadelige Karriere nicht ins Stocken gerät.«

»Untadelig. Da haben Sie genau den richtigen Ausdruck gewählt. Im Gegensatz zu Ihnen bringt Rodolfo Reja nicht nur vollen persönlichen Einsatz, sondern auch Teamgeist in die Arbeit ein. So kommt man voran in unserem Beruf.«

»An Ihrer Stelle würde ich mich in Acht nehmen.«

»Was soll das heißen?«

»Glauben Sie, Rodolfo Rejas Ehrgeiz ist mit dem Posten des Vicequestore gestillt?«

Der Questore war für einen Moment sprachlos. »Sie besitzen die Frechheit …« Er räusperte sich. »Reja hat recht, Sie haben entweder den Verstand verloren angesichts Ihrer Pleiten, oder Sie hatten nie einen und wussten es bisher geschickt zu verbergen. Sie haben sich an minderjährigen Mädchen vergriffen, haben reihenweise Unschuldige verhaftet …«

»Keiner von denen war unschuldig. Die Mädchen sind Diebinnen, D'Astoli ist ein langjähriger Betrüger, und Pasquale Scognamiglio hat ein Mädchen in den Selbstmord getrieben. Er war im Besitz einer illegalen Waffe, die aus den Kreisen der Camorra stammt. Im Übrigen haben es alle vier bisher nur durch ihre Winkeladvokaten geschafft, auf freiem Fuß zu bleiben.«

»Und Sie wollen jetzt alle im Handstreich zur Strecke bringen. Mit Ihren Methoden.«

»Ja.«

»Etwa auch durch Ihre sexistischen Ausfälle?«

»Wovon reden Sie?«

»Spielen Sie nicht den Ahnungslosen. Sie halten einer jungen, unbedarften Kollegin in expliziter Weise Vorträge über ihre körperlichen Qualitäten. Nicht nur das, Sie werfen ihr zudem ihre Weiblichkeit vor und behaupten, das disqualifiziere sie für den Polizeidienst. Ist Ihnen klar, welcher Ideologie Sie damit das Wort reden?«

Jetzt wurde De Santis klar, von wem della Picca da redete: von Carmela De Cillis, der Kleinen aus dem Passamt. War sie tatsächlich bis zum Questore durchgedrungen mit ihrem Lamento? Sie war auf Zack, das musste man ihr lassen, zumindest bei der Durchsetzung ihrer Interessen.

»All das nur sieben Tage, nachdem Sie zwei minderjährige Mädchen durch die Stadt gejagt und wie in einem schlechten Western an ein Verkehrsschild gefesselt haben.«

»Unsinn! Die Kollegin ist uns im Moment keine Hilfe.«

»Lenken Sie nicht ab. Haben Sie Agente Carmela De Cillis gesagt, sie sei zu sexy, um mit Ihnen zusammenzuarbeiten?«

»Das Wort *sexy* habe ich nie verwendet.«

»Sinngemäß? Sie sei zu attraktiv, um mit Ihnen zu ermitteln?«

»Nicht mit mir, mit den Kollegen.«

»Das ist dasselbe, Herrgott noch mal. Wir kämpfen für ein modernes Image, gegen überholte Rollenmuster. Gerade Süditalien und den bewaffneten Einheiten des Staates haftet der Ruf an, in traditionellen Vorurteilen gefangen zu sein. Wir haben eine Kampagne gestartet, die damit aufräumt.«

De Santis schwieg. Das war ihm alles zu dumm. »Pflegen Sie Ihr Image, ich kümmere mich derweil um die Ermittlungsarbeit.«

»Falsch. Ich werde nicht länger den Kopf für Sie hinhalten. Sie werden uns um drei Uhr Rede und Antwort stehen. Nach allem, was vorgefallen ist, glaube ich nicht, dass Sie Ihre Position werden behalten können.«

»Was meinen Sie damit?«

»Ich hoffe, der Staatssekretär lässt sich damit beschwichtigen, dass ich Sie einstweilen beurlaube. Im Gegenzug erwarte ich von Ihnen, dass Sie das Scheitern der heutigen Polizeiaktion auf Ihre Kappe nehmen und eine Versetzung beantragen.«

Also doch. Er sollte als Bauernopfer für Rodolfo Reja herhalten. Wegen harmloser Formfehler.

»Kommt nicht infrage.«

Der Questore lachte. »Das werden wohl nicht Sie entscheiden. Sie können bestenfalls eine gute Figur abgeben. Bitten Sie um eine Versetzung.«

»In welche Abteilung denn?«

»Ist zweitrangig. Am besten in eine andere Stadt. Sie müssen von der Bildfläche verschwinden.«

»Warum? Mit dem Bockmist, den Reja gebaut hat, habe ich nichts zu tun.«

»Ach nein? Sie sind gestern mit Ihrer kompletten Abteilung durch Ponticelli getrampelt, haben drei Leute aus dem Dunstkreis der organisierten Kriminalität festgenommen und sind bei Scognamiglio vorstellig geworden. Mehr Staub kann man wohl kaum aufwirbeln. Zum Dank erlauben die Brüder sich einen Spaß mit der DIA und servieren ihr statt heißer Ware grüne Plastiktüten.«

Bei allem Ärger konnte De Santis sich ein Grinsen nicht verkneifen. »Reja observiert die Bande angeblich seit Monaten. Ausgerechnet im entscheidenden Moment war er nicht da.«

»Was meinen Sie?«

»Das soll Ihnen Reja selbst erklären. Die Sache wurde schon viel früher verbockt. Mazzacane steckt hinter den Morden, jedenfalls hinter dem am Hafen. Den hätten wir leicht verhindern können, aber Reja hat sich den Täter durch die Lappen gehen lassen. Am Montag. Nicht heute.«

»Es sieht Ihnen ähnlich, dass Sie die Schuld auf andere abwälzen. Damit werden Sie nicht durchkommen. Sie werden auch von Elvira Barbarossa nicht gedeckt werden. Diesmal nicht.«

In De Santis Eingeweiden fing es an zu ziehen. Das war ein wunder Punkt bei ihm. »Auf Signora Barbarossas Objektivität kann ich mich verlassen«, sagte er.

»Sie sagen es, auf ihre Objektivität. Nicht auf Gefälligkeiten. Sie wird keinen Finger mehr rühren, um Sie aus dem Schlamassel zu befreien.«

Der Kommissar schwieg.

»Mein Anruf war entgegenkommend gedacht. Ich wollte, dass Sie noch einmal in sich gehen, sich auf das Gespräch vorbereiten. Nun denn, das war wohl vergebliche Liebesmüh.«

Liebesmüh. Wo hatte der Questore denn den Ausdruck aufgeschnappt?

»Bis später.«

Della Picca hatte bereits aufgelegt.

Als De Santis den Konferenzraum betrat, dachte er nur eines: Wo ist dieses Luder von Carmela De Cillis? Was bildet dieses Mädchen sich eigentlich ein? Wegen einer solchen Lappalie bis zum Questore zu rennen und ihn zu denunzieren!

In dem abgedunkelten Raum waren jedoch nur Schemen zu erkennen, während auf dem Whitebord ein Video lief. Allerdings war diesmal nicht Vanessa Saba in einer schlüpfrigen Pose zu sehen, sondern der Geschäftsraum der Boutique *Gentleman*.

»Chef, schaut Euch das an«, sagte Beppe Bomba.

»Michele ist wirklich ein Genie. Der Kollege hat die gelöschten Videodateien aus dem Laden rekonstruiert«, fügte Marin an.

Auf dem Bildschirm sah man Aufnahmen aus der Videokamera, die hinter der Ladentheke hing. Salvatore saß da und las. Er hob den Kopf. Zwei Gestalten waren hereingekommen.

»Das müssen sie sein«, sagte Bomba. »Das sind unsere Täter.«

»Schwarzer und weißer Helm, Kapuzenpullis ... die Beschreibungen stimmen«, fügte Carmela hinzu.

Marin, der diese Harmonie nicht ertrug, präzisierte: »Wir sehen nur Grauschattierungen.«

»Klappe, Marin«, sagte De Santis.

Die beiden Gestalten waren etwa gleich groß und schlank. Einer von beiden blieb an der Tür stehen, der andere trat auf die Theke zu. Langsam, mit schleppendem Schritt.

»Das ist der Alte!«, rief Bomba.

»Wieso der Alte?«, fragte De Cillis.

»Unser Augenzeuge hat von einem jungen und einem alten Mann geredet«, ergänzte Marin.

Der Mann an der Tür zog eine Waffe und winkte. Salvatore rührte sich nicht vom Fleck. Er zögerte, wirkte verwirrt, öffnete die Kasse. Doch der Räuber schien damit nicht zufrieden zu sein und fing an zu gestikulieren. Die Situation entgleiste.

»Ich verstehe das nicht«, sagte Marin. »Was läuft da drin schief?«

»Ton haben wir keinen, oder?«, fragte Carmela.

»Leider nein.«

Der Alte in Salvatores Rücken hielt jetzt einen langen Gegenstand in der Hand.

»Was ist das? Eine Waffe?«, fragte Marin.

»Sieht aus wie ein Stab. Ein Totschläger vielleicht«, meinte Carmela.

Salvatore hob erschrocken die Hände und trat hinter dem Tresen vor. Hatte er endlich verstanden, was er tun sollte? Der Alte ging hinter die Ladentheke, doch statt das Geld aus der offenen Kasse zu nehmen, verschwand er nach unten aus dem Bild.

»Was macht er denn da?«, fragte Marin.

»Vielleicht sucht er den Computer und will die Videoanlage abstellen oder die Bilder löschen«, meinte Carmela.

»Mit dem Stab? Kann man das mal vergrößern?«

Marin zog es auf.

»Ein Stemmeisen vielleicht«, sagte Carmela. »Sie wollen etwas aufbrechen. Einen Tresor oder eine Geldkassette.«

Es war nicht zu erkennen, was der Alte hinter dem Tresen tat. Als er sich wieder aufrichtete, hatte er plötzlich eine Pistole in der Hand.

»Wieso zieht er die Waffe erst jetzt?«, fragte Marin. Der Räuber stand hinter der geöffneten Kasse, er musste nur die

Beute einstecken, aber er tat es nicht. Stattdessen drehte er die Pistole in Händen, als suchte er irgendetwas.

»Was zum Kuckuck macht er da?«, hakte Mario Marin nach.

»Keine Ahnung«, bestätigte Bomba. »Ich verstehe gar nichts mehr.«

»Er untersucht die Waffe. Ich glaube, er hat sie eben erst gefunden«, meinte Carmela.

De Santis war überrascht. Er hatte gedacht, die Räuber seien mit mehreren Pistolen ausgestattet gewesen. Er hatte sich Pasquales Gehilfen bis an die Zähne bewaffnet vorgestellt, doch die Pistole, die sie mit den Kleidungsstücken und dem Kennzeichen gefunden hatten, war eine Attrappe gewesen. Alles deutete darauf hin, dass der Alte die Waffe zum ersten Mal in der Hand hielt. Waren die Täter im Ernst mit einer Spielzeugpistole in den Laden marschiert?

Salvatore stand mittlerweile bei dem Jungen an der Tür, der erschrocken zurückwich.

»Wieso bekommt er Angst?«, fragte Carmela.

»Weil er nur eine Attrappe in der Hand hat«, erwiderte De Santis. »Und weil Salvatore ihn erkannt hat. Er redet mit ihm, aber der Junge antwortet nicht.«

Salvatore blickte wie gebannt auf die Spielzeugpistole. Der junge Räuber stand da wie zur Salzsäule erstarrt. Das Bild war wie eingefroren.

Dann drehte Salvatore sich um und stellte sich dem anderen Räuber in den Weg, der fliehen wollte. Ohne Beute. Salvatore hielt ihn fest, griff mit der einen Hand nach der Pistole, mit der anderen versuchte er, ihm mit Gewalt die Sturm vom Kopf zu reißen.

»Spinnt er?«, fragte Bomba. »Die ist doch echt, oder? Das ist glatter Selbstmord.«

Der Mann und Salvatore rangen miteinander, doch der Wasserballer war einen halben Kopf größer und kräftiger.

»Wieso hilft der andere dem Alten nicht?«, fragte Carmela.

»Wie gesagt, der Junge hat nur eine Spielzeugpistole, und er scheint ein Anfänger zu sein«, erwiderte De Santis.

»Seid ihr sicher, dass der andere alt ist?«, fragte Carmela.

»Sehen Sie denn nicht, wie er sich bewegt?«

Der Film lief weiter: grelles Licht, Pulverdampf. Salvatore fiel zu Boden. Für einen Moment waren die Räuber wie erstarrt. Dann hinkte der Alte zur Tür, zog den anderen mit, und sie verschwanden aus dem Bild. Der Rauch waberte an den Regalreihen entlang, legte sich allmählich. Hinter Salvatores Kopf breitete sich eine dunkle Lache aus.

Niemand im Besprechungszimmer regte sich. Nur die *cuccuma* röchelte auf der Gasflamme, bis Carmela De Cillis ausrief: »Ich hab's. Sie sind gar nicht wegen des Geldes gekommen, sondern wegen der Waffe.«

»Zoom die beiden mal ran«, sagte De Santis. »Ihr seht, was das für eine Pistole ist, oder?«

Jeder Polizist kannte sie: eine Beretta, neun Millimeter. Eine der gebräuchlichsten Waffen in Italien, unter anderem Dienstwaffe der Polizei. Nur nicht die Waffe, die sie bei Pasquale gefunden hatten. Zwar das gleiche Modell, jedoch nicht dasselbe Exemplar.

»Dann haben sie den Laden nicht überfallen, weil sie Geld wollten, sondern weil sie eine Waffe gebraucht haben«, wiederholte Bomba.

»Und sie wussten, dass hier eine zu holen war«, ergänzte Marin. »Sie kannten das Versteck und sind zielgerichtet hinter den Tresen gegangen, hatten sogar Werkzeug dabei.«

»Wie wir vermutet haben: jemand aus Salvatores Umfeld, der Bescheid wusste«, sagte De Santis.

»Oder aus D'Astolis Umfeld«, gab Marin zu bedenken, der ungern auf seine fixe Idee verzichtete, dass der Ladenbesitzer hinter allem steckte.

»Bomba und Marin, bringt mir D'Astoli«, sagte De Santis. »Er soll uns erklären, wie er in den Besitz der Waffe gekommen ist. Was daran so besonders ist. Ich habe unterdessen etwas mit der Kollegin De Cillis zu besprechen.«

Die beiden Polizisten räumten die Plätze, während das Videofile von vorne anlief. Der Kommissar wollte warten, bis sie unter sich waren, dann würde er der Göre aus dem Passamt einmal ordentlich den Marsch blasen. Er und ein Sexist. Das hatte er wahrlich noch nie zu hören bekommen. Was war das überhaupt für eine Art, einen Kollegen gleich beim obersten Dienstherrn anzuschwärzen? Sie waren ein Team. Da wurden Dinge intern angesprochen und geregelt.

Auf dem Bildschirm sah man wieder, wie Salvatore auf den Räuber an der Tür zuging.

»Jetzt hat er ihn erkannt«, sagte der Kommissar. Er stoppte das Bild und zoomte einen Ausschnitt heran. »Woran?«

»Er scheint auf die Hüfte zu schauen. Irgendetwas blinkt da«, meinte Carmela. Sie nahm die Fernbedienung und vergrößerte den Ausschnitt. »Ein Schlüsselbund vielleicht«, sagte sie.

Ein Schlüsselbund. Natürlich! Plötzlich sah De Santis das Zimmer der beiden Jungen vor sich. Giovanni, der nach einem Gegenstand griff. Ein Karabinerhaken. Ein N, das Symbol des SSC Neapel, eingefasst in eine Arabeske oder einen Violinschlüssel. Der Kommissar hatte gedacht, es sei ein Handschmeichler, der Junge suche Halt, wolle sich beruhigen. In Wahrheit wollte er den Schlüsselbund verbergen.

»Giovanni Sculli aus der 5 f«, sagte er. »Hat der Junge uns seine DNA gegeben?«

»Moment.« Carmela rief die Liste der Schüler auf. »Nein, aber er hat ein Alibi. Das haben Sie selbst eingetragen.«

Ja, dachte De Santis. Ein Alibi durch seinen Bruder und seine Eltern. Giovanni soll in seinem Zimmer gewesen sein. Was, wenn er heimlich aus dem Fenster gestiegen war?

»Ich brauche seine Handynummer.« De Santis nahm seine Jacke, die Waffe und die Schlüssel.

»Wo wollen Sie hin?«

»Ich muss schnell etwas überprüfen.«

»Was ist mit dem Verhör von D'Astoli?«

»Übernehmt ihr drei das. Ich bin in einer Stunde wieder da.«

Das Gespräch mit Carmela De Cillis musste warten.

38

De Santis raste in Richtung Ponticelli. Giovanni Sculli, der schüchterne Sohn von Enz'O'Pazz. Wie hatte er sich auf so einen Wahnsinn einlassen können? Ein Überfall mit einem Toten! Und dann noch der Mord an Matar M'Keita? Vielleicht hatte Pizzuoli recht, und die beiden Morde hingen nur scheinbar zusammen. Weil dieselbe Waffe verwendet wurde. Wie auch immer sie zusammengehörten, Giovanni war bestenfalls ein Rädchen in dem Getriebe. Wie viel wusste er von der ganzen Affäre?

Der Kommissar rief in der Schule an. Giovanni Sculli war nicht zum Unterricht erschienen. Er wählte die Handynummer des Jungen, doch der antwortete nicht. Auch zu Hause ging niemand ans Telefon.

Gianni lag auf seinem Bett, starrte an die Decke und versuchte, seine Angst in den Griff zu bekommen. Aber wie immer war sie stärker. Marco spielte auf seiner elektrischen Orgel und machte ihn wahnsinnig. Duu-duu-di-di-damm.

»Marco, stell die Kiste ab.«

Duu-duu-di-di-damm, di-di-damm.

Sein Bruder war versunken in den Rhythmus, mit einem dümmlichen Lächeln im Gesicht. Er hatte ja keine Ahnung.

Giannis Handy leuchtete auf, vibrierte und rutschte auf dem Schreibtisch herum.

»Dein Handy« sagte Marco.

»Ich weiß.«

Er streckte den Arm aus, nahm es und sah auf das Display. Schizzo! Die Panik lähmte ihn für einen Moment. Was sollte er tun? Sie hatten abgemacht, dass sie einander nicht mehr kontaktieren würden. Dass Schizzo dagegen verstieß, konnte nur eines bedeuten: Jetzt war es so weit. Er ignorierte den Anruf.

Jemand hupte. Im Innenhof. Gianni hörte die Pantoffeln seiner Mutter über die groben Dielen rutschen.

Er sprang auf, nahm seine Jacke, die letzten Geldscheine, die in der Schreibtischschublade lagen, und steckte sein Smartphone ein. Er musste sofort weg, das war seine einzige Chance. Wenn er überhaupt noch eine Chance hatte. Und Schizzo? Er kletterte auf das Fensterbrett. Sein Bruder schreckte hoch, sah ihn erschrocken und flehend an. Er legte ihm einen Finger auf die Lippen und sagte: »Pscht. Bin bald wieder da. Ich kann mich doch auf dich verlassen, oder?«

Er umarmte Marco. Dann kamen ihm die Tränen. Er spürte, dass sie sich nicht wiedersehen würden. Sein Bruder, sensibel wie er war, auch wenn keiner es kapieren wollte, fing ebenfalls zu weinen an.

Gianni schob sich aus dem offenen Fenster auf das Eternit-Dach, ließ sich nach unten gleiten und in ein Gebüsch fallen. Der dumpfe Aufschlag ließ für einen Moment die Zikaden verstummen. Er richtete sich auf.

»Na, wohin des Weges?«, fragte eine Stimme.

Er zuckte zusammen. Es war nicht Schizzo, der da unten wartete. Es war Ciro Mazzacane. Dieser packte ihn im Genick, mit eisernem Griff, und schüttelte ihn wie einen nassen Lappen. Dann schlug er ihm mit der Handkante in die Rippen und führte ihn zum Auto.

Als der Kommissar auf den Hof der halb verfallenen Masseria rollte, war es fast eins. Er klingelte an der Tür des Betonhauses, das inmitten der Tuffsteinruinen stand. Signora Sculli öffnete und sah ihn verwirrt an.

»Ich muss dringend mit Giovanni und Marco sprechen«, sagte der Kommissar.

»Sie sind krank«, sagte die Frau.

De Santis schob sich einfach an ihr vorbei, lief durch den finsteren Flur und hämmerte gegen die Zimmertür. »Giovanni? Marco?«

Keine Reaktion.

»Sie schlafen. Haben beide Fieber«, sagte sie.

Man hörte ein leises Dudeln. De Santis drückte die Zimmertür auf. Auf seinem Bett saß Marco. Er weinte und spielte auf der Orgel eine monotone Melodie.

»Wo ist Giovanni?«, fragte der Kommissar.

Der Junge zuckte zusammen, zog den Kopf ein und fing an, sich zu schütteln.

»Sie dürfen ihn nicht erschrecken«, sagte Signora Sculli.

De Santis sah sich um. Der Schrank stand offen, ebenso eine Schublade des Schreibtischs. Neben der Tastatur lag ein Schlüsselbund. Da war er, der Karabinerhaken, der sich zum Violinschlüssel weitete und das N umschloss.

»Wo ist er? Ich muss es wissen.« De Santis packte Giovannis Mutter und schüttelte sie.

Marco zog die Nase hoch, stieß einen tiefen animalischen Ton aus und betrachtete panisch seine Mutter.

»Er ist in Gefahr. Helfen Sie mir!«, flehte der Kommissar sie an.

Sie ließ den Blick über Giovannis leeres Bett und seine Sachen schweifen. Unvermittelt fing auch sie zu weinen an. »Vorhin war jemand da. Er wollte ihn … sprechen«, stammelte sie. »Ich hab ihn weggeschickt.«

»Wer?«

»Ich kenne ihn nicht. Ein unangenehmer Mensch.«

»Wie sah er aus?«

»Kräftig, breiter Schädel.«

»Alter?«

Sie zuckte mit den Achseln. »Mitte vierzig vielleicht.«

»Hatte er einen Scooter?«

»Nein. Ein Auto.«

»Einen gelben Audi?«

»Gelb war er.«

»War der Mann allein?«

»Nein. Es saß noch jemand mit drin. Ich habe ihn nicht erkannt, aber er sah furchtbar aus.«

»Was heißt das?«

»Voller Flecken im Gesicht. Blutig.«

»Haben Sie begriffen, wo sie hinwollten?«

»Nein.«

De Santis wandte sich ab. »Giovanni soll mich anrufen. Unbedingt!«, rief er und rannte zu seinem Auto.

Als er kurz darauf den Viattolo Fiume Reale erreichte, stand das Tor zu dem Firmengelände offen. Die Straße davor war verlassen, Rejas Männer hatten die Überwachung eingestellt. Leider. Er fuhr in den Hof und stieg aus. Mazzacanes gelber Audi war nirgendwo zu sehen. Nur das Chaos aus Paletten, geparkten Scootern, verbeulten Autos und Schrott. Ein junger Mann mit Helm stieg gerade auf einen Motorroller, packte einen Lieferschein in die Tasche und startete den Motor.

De Santis zeigte ihm den Ausweis. »Ich muss Ciro Mazzacane sprechen«, sagte er.

»Ist nicht da.«

»Wo ist er?«

»Keine Ahnung. Er war heute noch gar nicht hier.«

»Geben Sie mir seine Nummer.« Der Mann sah De Santis verdutzt an. »Die Nummer, verdammt!«

Der Kurierfahrer diktierte sie, und der Kommissar tippte sie direkt ins Handy. Er wartete, doch niemand antwortete. Hektisch sprang er wieder ins Auto, startete den Motor. Welche Möglichkeiten hatte er, Mazzacane zu finden? Keine. Fast keine. Er brauchte Hilfe und rief in seiner Abteilung an.

»Chef, wo steckt Ihr denn?«, fragte Bomba.

»Hör zu, ich gebe dir jetzt zwei Handynummern. Du musst die Geräte orten lassen.«

»Haben wir dafür eine richterliche Genehmigung?«

»Nein, geh zu Michele in die Überwachung. Beknie ihn, besteche ihn, tu irgendwas. Wir müssen die Handys lokalisieren.«

Beppe Bomba zögerte. »Wir werden Ärger bekommen.«

»Ich verlasse mich auf dich. Und ruf mich sofort an, wenn du etwas herausgefunden hast.«

Der Kommissar fuhr los. Bomba war findig. Irgendwie würde er Michele schon um den Finger wickeln. Aber das konnte dauern. Wo mochte Mazzacane den Jungen hingebracht haben? Und wer war sein Beifahrer gewesen? Giovannis Komplize? Vermutlich weder Pasquale noch einer seiner Kumpels. Also wer?

De Santis wählte die Nummer von Enz'O'Pazz.

Der Vigile war nicht überrascht, sondern rief: »Commissa', ich wollte Sie gerade anrufen.«

»Hören Sie, wer ist der beste Freund Ihres Sohnes?«

»Engere Freundschaften hat er im Moment nicht. Er muss sich auf das Abitur konzentrieren. Ich wollte Ihnen Bescheid sagen, dass wir einen Hinweis bekommen haben. Auf den Land Rover. Er wird angeblich gerade umlackiert.«

»Wo?«

»In der Kaserne der Guardia di Finanza. Also, es ist keine richtige Kaserne, sondern …«

»Ich kenne sie. Wo sind Sie jetzt?«

»Auf dem Weg dorthin.«

»Warten Sie da auf mich. Unternehmen Sie nichts, bis ich vor Ort bin.«

Enz'O'Pazz wirkte verdutzt. Er war offenbar nicht gewohnt, dass jemand ihm Anweisungen gab, doch sein Protest äußerte sich nur in Schweigen.

Als der Kommissar den von hohen Stahlzäunen und Stacheldraht gesicherten Bau erreichte, wirkte alles ruhig. De Santis ließ den Alfa einmal um das ganze Areal rollen. Unter den Arkaden des Eingangs saßen ein paar Männer und rauchten, eine Frau hängte im Obergeschoss Wäsche auf eine Leine vor dem Fenster. Von dem Land Rover keine Spur. Vermutlich stand er in einer Garage oder war im Innern des Gebäudes versteckt. De Santis entdeckte den Panda von Enz'O'Pazz, parkte hinter ihm, klopfte an die Seitenscheibe und setzte sich neben den Vigile.

»Sie sind vermutlich da drinnen«, sagte er und deutete auf ein Rolltor an einem Nebengebäude.

»Haben Sie Ciro Mazzacane gesehen?«

»Nein. Wieso?«

»Er soll hier Unterschlupf gefunden haben.«

»Ich weiß, aber er hat sich nicht blicken lassen.«

»Und Ihr Sohn?«

»Was ist mit ihm?«

De Santis wusste nicht, inwieweit er Enz'O'Pazz einweihen sollte. Besser nicht. Die Sache war kompliziert genug. Und der Vigile war unberechenbar, er hatte seinen Spitznamen *der Verrückte* sicher nicht ohne Grund.

»Er war heute nicht in der Schule«, sagte der Kommissar.

»Giovanni ist ständig krank. In Wirklichkeit ist es die Angst. Angeblich fürchtet er sich vor dem Abitur. Aber das ist es nicht allein. Muss die Generation sein. Die jungen Leute haben Angst vor allem. Vor der Zukunft, vor der Vergangenheit, vor Ausländern, vor Italienern. Egal was kommt, es macht ihnen Angst. Dabei haben sie noch gar nichts Schlimmes mitgemacht.«

»Vielleicht kommt die Angst daher«, sagte De Santis.

Der Vigile zuckte mit den Achseln. »Angst vor dem Abitur. Was soll das? Ich wäre froh gewesen, wenn ich aufs Gymnasium gedurft hätte. Statt aufs Feld, um fünf Uhr morgens. Zu meiner Zeit war Lernen etwas für höhere Töchter. Was machen wir? Gehen wir rein?«

»Wer hat Ihnen eigentlich den Tipp gegeben, dass der Wagen hier steht.«

»Mich hat die Straßenpolizei kontaktiert. Wollten wissen, wo die Kaserne der Guardia di Finanza ist. Da habe ich es ihnen erklärt. Sie kommen wahrscheinlich gleich.«

»Woher weiß die Straßenpolizei, dass der Wagen in der Kaserne ist?«

»Von einem anonymen Anrufer.«

»Konnten sie den Anruf zurückverfolgen?«

»Keine Ahnung. Fragen Sie die Kollegen. Da kommen sie.«

Tatsächlich fiel blauer Lichtschein auf die Fassade. Eine Reihe von Streifenwagen hielt vor dem Haupttor, Beamte sprangen aus den Wagen, und einer schnitt eine Kette mit einem

Bolzenschneider auf. Sie schwärmten auf dem Gelände aus und fingen an, die Bewohner zu überprüfen. Sie schlugen gegen Türen und Tore, ein paar Männer sprangen aus einem Fenster und rannten davon. Sie kümmerten sich nicht weiter darum.

De Santis stieg aus, zeigte einem Kollegen seinen Ausweis und ging auf das grüne Rolltor zu. Es war der Eingang zu einem einstöckigen Nebengebäude mit Flachdach, das aussah wie eine Remise. Die Polizisten hatten sich vor dem Tor versammelt. Sie schlugen dagegen, und da niemand öffnete, schoben sie ein Stemmeisen darunter und hebelten es auf. Mit gezogener Waffe stürmten sie die Dependance.

Der Kommissar blickte in eine neonerleuchtete Garage. Darin befanden sich drei Männer mit Atemmasken und in fleckigen Overalls. Ein Land Rover mit abgeklebten Scheinwerfern und Scheiben war auf Ziegelsteinen aufgebockt. Er glänzte feuerrot und duftete nach frischem Lack. Die Beamten dirigierten die Männer an eine Wand, fesselten sie mit Kabelbindern und zogen ihnen die Masken ab. De Santis meinte, in einem von ihnen den tänzelnden Boxer wiederzuerkennen, der bei seinem nächtlichen Besuch am Samstag vor dem Eingang herumgelungert hatte. Doch das war jetzt nebensächlich.

»He, was soll der Aufstand?«, rief einer. Er hatte ein Tattoo auf der Wange und ein ausgefranstes Ohrläppchen.

»Papiere«, antwortete ein Ispettore, der den Einsatz leitete. »Und die Zulassung von dem Fahrzeug hier.«

»Haben wir nicht da«, sagte der Mann.

»Wo ist Ciro Mazzacane?«, fragte De Santis.

Die drei sahen ihn feindselig an.

»Kennen wir nicht«, antwortete der Älteste.

Der Ispettore nahm eine Stablampe, öffnete die Motorhaube und suchte nach der Fahrgestellnummer. Er diktierte sie einem Kollegen, der sie in ein Tablet tippte. Während alle warteten, kam ein Beamter in Zivil durch das Tor.

»Wer hat hier das Kommando?«, fragte er und zeigte seinen Ausweis vor.

De Santis kannte die Stimme. Tatsächlich stand in seinem unverzichtbaren grauen Anzug und leicht angestaubten Lederschuhen Vicequestore Rodolfo Reja vor ihm. Er besah sich die Szenerie und lächelte, aber als er Franco De Santis erkannte, schoss ihm die Zornesröte ins Gesicht.

»Das glaube ich jetzt nicht.«

»Was glaubst du nicht?«, fragte De Santis scheinheilig zurück.

»Wir haben den Halter«, sagte der Beamte mit dem Tablet. »Eine gewisse Anna Lavolla, wohnhaft hier in Ponticelli.«

Na bitte, dachte De Santis. Der Kreis schloss sich. Anna Lavolla, die Lebensgefährtin von Ciro Mazzacane. Das Feigenblatt, das alle seine Aktivitäten deckte.

»Komm mal kurz mit nach draußen«, schob Rodolfo Reja in einem Ton nach, der keinen Widerspruch duldete.

De Santis hatte Mühe, seinen Zorn zu besänftigen.

»Wie hast du den Wagen gefunden?«, fragte Reja.

»Ich bin eben ein guter Ermittler.«

»Und ein mieser Kollege. Ich habe dich mehrmals gewarnt. Ab jetzt nehme ich keine Rücksicht mehr.«

»Hast du das denn jemals getan?«

Reja sah De Santis ernst an. »Du weißt nicht, worauf du dich einlässt. Falls der Questore mich um eine Aussage bittet, und dazu wird es wohl kommen, dann packe ich aus.«

Der Kommissar lachte höhnisch. »Was willst du ihm denn sagen, das er nicht schon wüsste?«

»Zum Beispiel, dass dein Kollege Gennaro Pizzuoli bei dem Unfall in dem anderen Wagen saß«, flüsterte er. »Du hast

Mazzacane beschatten lassen und damit achtzehn Monate exzellente Ermittlungsarbeit ruiniert.«

»Von wegen. Du hast Scheiße gebaut und willst jetzt anderen den Schwarzen Peter zuschieben. Du hast in der entscheidenden Situation deine Leute abgezogen.«

Rodolfo Reja runzelte die Stirn. »Entscheidende Situation? Wovon redest du?«

»Von Montagabend. Als Ciro Mazzacane zum Hafen gefahren ist, um Matar M'Keita zu eliminieren.«

Der Vicequestore lächelte hintersinnig und schüttelte den Kopf. »Was reimst du dir da bloß zusammen?«

»Pizzuoli hat Mazzacane verfolgt und wurde dabei von einem Komplizen mit dem Wagen hier«, er deutete auf den Land Rover, »von der Straße geschossen, damit er nicht zum Zeugen des Mordes werden konnte.«

»Mord durch Ciro Mazzacane?«

»Genau.«

Reja lachte. »Du hast überhaupt keinen Überblick. Ciro Mazzacane hat am Montag bei Anna Lavolla auf der Couch gesessen und sich eine Castingshow angesehen. Wir standen in einem Lieferwagen vor dem Haus der beiden und machten Videobilder von dem netten Abend. Die kannst du dir gerne ansehen. Entscheidende Situation«, wiederholte er verächtlich, »Mazzacane haben wir nicht eine Sekunde aus den Augen gelassen. Auch am Montag nicht.«

»Wer hat dann in Mazzacanes gelbem Audi gesessen?«

»Wer weiß? Vielleicht sein Sohn.«

»Sein Sohn?«, fragte De Santis erstaunt.

Sie hatten Mazzacane zwar nur oberflächlich überprüft – mehr war ihnen ja nicht gestattet worden –, aber ein Sohn war in den amtlichen Unterlagen nicht zu finden gewesen.

»Sein Stiefsohn. Stefano Incarnuto.«

Stefano Incarnuto. Der Kommissar hatte den Namen schon mal gehört. Er erinnerte sich wieder an das erste Gespräch mit Anna Lavolla. Als sie sich über ihren Mann ausließ, der sie hatte sitzen lassen. Mit einem Kind.

»Er hat einen Handwerksbetrieb, eine Art Hufschmiede, offensichtlich nur Tarnung. Wahrscheinlich hat er die Geschäfte von Mazzacane übernommen, seit der im Knast war und stillhalten muss.«

Natürlich! Der Junge, der unter der Autobahnbrücke Pferde beschlug. Plötzlich passte alles zusammen. Die Pferdehaare in der Boutique, der schleppende Gang. Sogar die Feile, mit denen er die Hufe bearbeitete – sie war auf dem Video zu sehen. Damit hatte er die Schubfächer im Laden aufgestemmt.

De Santis wollte los, aber Reja hielt ihn zurück.

»Vergiss es. Ich schwöre dir, wenn du mir noch einmal dazwischenpfuschst, sorge ich dafür, dass du nur noch Strafzettel schreibst. Stefano Incarnuto hole *ich* mir.«

De Santis kehrte zurück zum Auto von Enz'O'Pazz.

Der Vigile sah die finstere Miene des Kommissars und fragte: »Probleme?«

»Kann man wohl sagen.«

»Und? Wer war's? Wer hat Ihren Kollegen so zugerichtet?«

»Stefano Incarnuto. Oder einer seiner Komplizen.«

»Schizzo?«, fragte der Vigile alarmiert.

»Schizzo? Wieso Schizzo?«

»Giovanni nennt ihn so. Ist sein Spitzname.«

»Also ist er mit Ihrem Sohn befreundet?«

»Nein. Das wusste ich zu verhindern. Eine Zeit lang ist er um Gianni herumscharwenzelt, bis ich es unterbunden habe. Schizzo ist kein Umgang für meinen Jungen. Na ja, jetzt erwischen Sie hoffentlich den Kerl, der Ihren Kollegen so zugerichtet hat. Auf wen ist der Wagen denn zugelassen?«

»Auf Anna Lavolla.«

Der Vigile nickte, offensichtlich wenig überrascht. Dann griff er nach dem Zündschlüssel, startete den Motor und sagte: »Wenn ich sonst noch etwas für Sie erledigen kann ...«

»Danke«, sagte De Santis und stieg aus.

Dann sprang er in sein Auto und raste davon.

39

Als der Kommissar die Hufschmiede erreichte, stand das Tor offen. Ein Pferd war an eine Kette gebunden und tänzelte nervös umher. De Santis entsicherte die Waffe und steckte sie hinten in den Hosenbund. Dann betrat er den Hof. Er rief, doch niemand antwortete. Rechts stand die kleine Baracke, an deren Außenwand das Waschbecken hing. Davor parkte ein Scooter. Yamaha, das Modell, das beim Überfall verwendet wurde.

De Santis betrat das Büro. Es war ein Bauwagen, in dem ein Tisch und drei Stühle standen, außerdem ein Kühlschrank und ein Wandregal mit Kisten voller Werkzeug. Es gab keine Quittungen, keine Kundenkartei, keine schriftlichen Unterlagen, kein Telefon. Kein Hinweis darauf, wo Schizzo stecken könnte.

De Santis rief Beppe Bomba an. »Und? Gibt es Neuigkeiten zu den Telefonnummern?«

»Nein, Chef. Aber die Staatsanwältin war hier. Wir mussten Pasquale Scognamiglio freilassen, und dann hat sich der Questore gemeldet.«

»Das ist jetzt nicht so wichtig. Hör zu, Anna Lavolla hat einen Sohn. Stefano Incarnuto, genannt Schizzo. Der Nachname stammt vermutlich von seinem leiblichen Vater, der vor vielen Jahren verschwunden ist. Ich glaube, Stefano ist einer der Täter. Der andere ist Giovanni Sculli. Ich brauche alles über Stefano Incarnuto.«

Bomba holte tief Luft. »Wie kommt Ihr denn darauf? Chef, egal was Ihr gerade tut, es wäre besser, Ihr würdet in die Questura kommen.«

»Geht jetzt nicht. Such mir Stefano Incarnuto heraus. Alles, was du auf die Schnelle finden kannst.«

Es dauerte einen Moment. Bomba schnaubte, während er auf die Tastatur einhackte.

»Was ist?«

»Ich habe ihn gerade gegoogelt. Stefano Incarnuto, zwanzig. War mal eine lokale Berühmtheit. Mit seiner Mannschaft aus Barra italienischer Meister im Futsal, das ist eine Art Hallenfußball …«

»Das weiß ich.«

»Dreimal hintereinander.«

»Das hilft mir nicht weiter.«

»Moment. Er hatte wohl eine schwere Verletzung. Komplizierter Knöchelbruch. Karriereende.«

Und jetzt hinkt er, dachte De Santis. Er erinnerte sich an den Sonntag, als der Junge aufgestanden war von seinem Eimer und sich die Hände gewaschen hatte. Das Bein war nicht eingeschlafen gewesen, es war steif. So, wie er ging, konnte man meinen, er wäre ein alter Mann.

»Such nach seinen Daten. Handynummer, Fahrzeuge, die auf ihn zugelassen sind. Ich muss ihn schnellstens finden. Sobald du etwas hast, rufst du mich an.«

Sie hatten ihn und Schizzo in einen Wagen verfrachtet, die Hände auf den Rücken gefesselt, und ihm eine Kapuze über den Kopf gezogen. Durch die rauen Fasern konnte Gianni nur Schemen erkennen, während sie über einen Feldweg rumpelten und er wieder und wieder gegen seinen Freund stieß.

»Schizzo«, sagte er leise.

»Schnauze!«, rief der Fahrer nach hinten. »Ihr könnt reden, wenn wir da sind.«

Die Autoreifen ratterten über Schotter, dann wurde es dunkel. Der Wagen bremste, der Motor verstummte, die Türen wurden geöffnet. Jemand zerrte die beiden Jungen von der Rückbank.

Giannis Beine waren weich.

Man riss ihm die Kapuze vom Kopf. Im Zwielicht erkannte er eine große Halle, durch deren Ritzen Sonnenlicht drang. Von den Deckenbalken hingen rostige Werkzeuge, Ochsenjoche. Ketten klingelten im Luftzug.

»Was sollen wir hier?«, fragte Schizzo. »Ich dachte, wir sollen nur was klären?« Er versuchte, seine Angst zu überspielen. Es misslang.

Man setzte sie auf zwei Schemel. Das Schiebetor wurde rumpelnd zugezogen, dann war alles still.

Ein Mann von etwa sechzig Jahren ging an ihnen vorbei und stellte sich an die Rückwand der Scheune. Er trug ein Sakko und einen Hut mit schmaler Krempe. Das graue Haar darunter war frisch geschnitten. Ciro Mazzacane wartete in Giannis Rücken. Er konnte ihn förmlich riechen.

»Wir haben ein Problem«, sagte der Mann im Sakko. »Ein Problem, für das ihr beide verantwortlich seid. Und das ihr in Ordnung zu bringen habt. Seid ihr dazu bereit?«

Niemand antwortete. Der Mann erwartete auch keine Antwort.

»Es ist meine Schuld«, sagte Gianni, »Schizzo wollte mir bloß helfen.«

»Ihr seid jung«, sagte der Mann im Sakko. »Es gibt eine Phase im Leben, in der man lernen muss. Man lernt aus Fehlern. Allerdings gibt es Fehler, die einem keine Zeit lassen, das Gelernte auch anzuwenden.«

»Vor allem kann mein Bruder nichts dazu. Er braucht mich«, fügte Gianni an.

»Dein Bruder?« Der Mann drehte sich um und sah ihn neugierig an.

Gianni erschrak. Vor ihm stand Alberto Scognamiglio, Pasquales Vater. Der Mann, der angeblich über das Viertel herrschte.

»Wie heißt du?«, fragte er.

»Gianni.«

»Gianni«, wiederholte er und schüttelte den Kopf. »Du meinst Giovanni. Nach welchem Johannes bist du benannt? Nach dem Täufer oder dem Evangelisten?«

Gianni dachte nach.

»Das weißt du nicht?«

»Nach dem Evangelisten«, sagte Gianni schließlich.

Scognamiglio nickte mit einem wohlwollenden Lächeln. »Der Lieblingsjünger Jesu. Der Apostel, den er zu seinem Nachfolger bestimmt, den er seiner Mutter Maria als neuen Sohn ans Herz gelegt hat. Übrigens auch mein Lieblingsjünger. Komm mal her, Giovanni«, sagte er mit einem kleinen Wink. »Kommt her. Alle beide.«

Sie wurden von den Schemeln gerissen und über den staubigen Boden geschleift. Scognamiglio öffnete eine Luke, durch die ein frischer Windhauch zog. Das Licht blendete, und Gianni brauchte einen Moment, ehe er in dem feinen Dunst tief unter sich das blaugraue Gewirr aus Straßen, Häusern, Brücken und Autobahnen erkennen konnte. Eine unförmige Masse aus Beton, Dreck und Asphalt, die sich um den blauen Golf von Neapel schmiegte und von einer bräunlichen Smogwolke bedeckt war.

»Seht ihr die Stadt?«

Sie nickten.

»Seht ihr das Chaos?«

Wieder nickten sie.

»Ihr müsst richtig hinsehen.« Er fasste sie beide am Genick, mit hartem Griff. »Schaut genau hin!« Er stieß ihre Köpfe gegen die stumpfe Scheibe aus gelbem Plexiglas. »Hier herrscht eine geheime Ordnung. Ein höherer Sinn. Es ist eine Herkulesaufgabe, all diese Menschen unter einen Hut zu bringen. Wir haben die Viertel versöhnt, die Clans zu einer gemeinsamen Ordnung gebracht. Sie vertrauen darauf, dass diese Ordnung respektiert wird. Ohne tägliches Blutvergießen, Revierkämpfe und Imponiergehabe, das zu immer neuem Blutvergießen führt. Wir haben den jungen Wilden klargemacht, dass sie stillhalten und den Erfahrenen die Verantwortung überlassen müssen. Da können nicht einfach zwei grüne Jungen aus unserem Viertel nach Chiaia gehen, einen Laden ausrauben und jemanden erschießen. Versteht ihr das?«

»Sicher«, sagte Gianni.

Schizzo schwieg. Er hatte sich zur Seite gedreht und tastete mit den auf dem Rücken gefesselten Händen die Bretterwand ab. Was suchte er? Eine scharfe Kante, um die Fesseln aufzuscheuern? Und dann? Selbst wenn sie die Fesseln loswurden, wie sollten sie gegen die beiden etwas ausrichten?

»Wir haben lange Zeit in dem Irrglauben gelebt, Demut sei Schwäche«, sagte Scognamiglio. »Die Jungen, die derzeit die Macht übernehmen wollen, sind der Ansicht, ihre Arroganz wird den Sieg davontragen. Falsch. Arroganz schafft niemals Vertrauen.«

Er schwieg und schloss die Augen, als wäre er müde. Doch er dachte nur angestrengt nach. »Ihr könntet euch umbringen. Es wäre eine Geste der Demut, die unsere Gegner – oder sollen wir sie Partner nennen? – besänftigen würde.«

Gianni spähte wieder zu Schizzo hinüber. Der schien aufgegeben zu haben. Zum Glück. Es wäre Selbstmord gewesen. Aber die Resignation seines Freundes gab ihm plötzlich neue Kraft. Etwas rebellierte in ihm. Sein Leben lang hatte er sich weggeduckt und verstellt, nur um ja nicht ins Auge zu springen. Um sicher zu sein. Damit hatte er sich klein und verwundbar gemacht. Wenn Schizzo nichts unternahm, waren sie so gut wie tot. So einfach würde er nicht sterben. Er würde das Heft in die Hand nehmen. Diesmal würde er aufrichtig sein. Aufrecht sterben.

»Der Auslöser war Pasquale«, sagte Gianni.

Von jetzt auf gleich schien die Luft elektrisch geladen zu sein. Selbst Ciro Mazzacane hielt den Atem an.

»Was meinst du damit?«, fragte Scognamiglio. »Was hat mein Sohn damit zu tun? War er dabei?«

»Nein.«

Gianni fing an, mit ruhiger Stimme die ganze Geschichte zu erzählen. Wie Pasquale ihn erpresst hatte, um eine gute Mathenote zu bekommen. Wie er ihn und Marco tyrannisiert hatte. Und vorher Vanessa.

»Holt ihn mir her!«, schrie Scognamiglio. »Holt sofort meinen Sohn her!«

Ciro verschwand. Scognamiglio blieb an der Luke stehen und starrte hinunter auf die Stadt.

»Weißt du, was Johannes bedeutet?«, fragte er, ohne sich umzudrehen.

Gianni wusste es nicht.

»Gott ist gnädig. Niemand will einen neuen Krieg.«

De Santis saß in seinem Auto, rauchte und beobachtete die Hufschmiede aus sicherer Entfernung. Er wartete und dachte nach. Sie hatten noch immer keinen Anhaltspunkt, wer der anonyme Anrufer gewesen war, der die Straßenpolizei über den Land Rover informiert hatte. Ein Konkurrent, der Mazzacane schaden wollte? Oder ein pflichtbewusster Bürger, der nicht offen gegen das organisierte Verbrechen aussagen wollte?

Sein Handy klingelte. Es war Bomba. Endlich.

»Chef, die Sache ist aussichtslos. Ich habe Michele zwar überredet, aber die Handys sind allesamt aus dem Netz verschwunden. Er kann sie nicht orten.«

»Wo sind sie aus dem Netz verschwunden?«

»Der letzte Kontakt war nicht in Ponticelli, sondern irgendwo hinter Pollena Trocchia, außerhalb des Siedlungsgebiets am Fuß des Vesuvs. Es gibt dort einen Agriturismo.«

»Ich kenne ihn.« De Santis startete den Motor, legte den Gang ein und fuhr los.

Sie saßen wieder auf der Rückbank des Audis. Gefesselt, aber ohne Kapuzen. Wieso? Wieso konnten sie jetzt ruhig alles sehen? War ihr Tod schon beschlossen? Gianni spürte, wie die Angst ihm die Kehle zuschnürte.

Schizzo stieß ihn mit dem Ellbogen an. Gianni fühlte etwas. Kalt, metallisch, spitz. Eine Klinge.

Ciro war völlig gelassen. Er saß am Steuer, ohne in den Rückspiegel zu blicken, schöpfte keinen Verdacht. Er fuhr gerade den Kiesweg entlang, als Pasquale vor dem Kühler auftauchte. Mazzacane trat auf die Bremse.

»Lass mich mitfahren«, sagte Pasquale.

»Ich will keinen Ärger mit deinem Vater.«

»Den kriegst du, wenn du mich nicht mitnimmst.«

Ciro war alles andere als begeistert, schluckte seinen Unmut aber hinunter. Pasquale dagegen war bester Laune. Er setzte sich auf den Beifahrersitz, drehte sich zu Schizzo und Gianni um und grinste sie an.

»So sieht man sich wieder.«

Gianni hatte wieder dieses Flirren im Magen. Pasquales Gesicht kannte er. In allen Nuancen. Seine gute Laune war ein übles Vorzeichen. Genauso wie seine schlechte Laune.

Sie fuhren über von Baumwurzeln gewellten Asphalt, an den Hängen des Vesuvs entlang. Was sollte das? Wo brachte man sie hin?

»Wollten wir nicht jemanden aus Chiaia treffen?«, sagte Gianni.

»Sicher.«

»Hier?«

»Meinst du, wir fahren zu ihm nach Hause?«

Pasquale hatte die Fenster heruntergelassen. Grillen zirpten, es duftete nach Kiefern, wildem Fenchel und Rosmarin. Der Wald wurde dichter, die Straße schlechter, bis sie auf einer Wiese endete, einer Lichtung. Darüber Pinien und der Krater des Vesuvs, darunter Pinien und das blaue Meer. Am Waldsaum stand ein weißes, halb verfallenes Gebäude mit einer Panoramaterrasse, das wohl einst ein Ausflugslokal gewesen war.

Ciro und Pasquale stiegen aus und führten Gianni und Schizzo hinein. Die Scheiben waren zerbrochen, die Fensterrahmen teilweise herausgerissen, ein Flügel des Gebäudes war ausgebrannt. Kühle, muffige Luft stieg aus dem verfallenden Gemäuer auf. Sie setzten sich ins Erdgeschoss, Ciro zündete sich eine Zigarette an und gab Schizzo und Pasquale jeweils eine. Dann warteten sie.

Schließlich hörten sie einen Motor brummen, dann eine Schaltung.

»Das ist er«, sagte Ciro. »Bleibt sitzen, bis ich euch rufe.«

40

De Santis holte das Holster mit der Waffe aus dem Handschuhfach, bog von der Fahrbahn ab und versteckte den Wagen in der Macchia. Im Schutz der Bäume ging er bis zur Abzweigung der Schotterstraße, die in einer sanften Kurve auf eine Wiese führte.

Er hatte den gelben Audi gerade noch aus Scognamiglios Anwesen kommen sehen und ihn in großem Abstand bis an den Waldrand verfolgt. Jetzt parkte der Wagen leer und mit geöffneten Fenstern auf einer Lichtung im Schatten einer Pizzeria. De Santis kannte sie. Vor vielen Jahren hatte er hier manchmal mit Freunden Pizza mit Büffelmozzarella gegessen und dazu Bier getrunken. Im Ginster hatte er zum ersten Mal ein Mädchen geküsst und die geheimnisvolle Haut unter ihrem T-Shirt erkundet.

Die Wiese wirkte verlassen. Ebenso das Lokal. Doch als er näher kam, hörte er Stimmen. Er rief Bomba und Marin an und gab ihnen seine Position durch. Eigentlich wollte er warten, bis Verstärkung eintraf, doch als es plötzlich knallte, rannte er los. Hundert Meter, dann hatte er das Lokal erreicht. Er lugte durch eine Ritze in einem der zugenagelten Fenster und erkannte Schizzo. Daneben stand Gianni Sculli. Verschreckt, die Hände auf dem Rücken gefesselt. Und Mazzacane? De Santis sah ein weißes T-Shirt, den Stiernacken. Neben ihm stand ein Junge, glänzende schwarze Haarsträhnen: Pasquale Scognamiglio. Dieser zielte auf Schizzo und lächelte.

»Nein!«, schrie Schizzo hilflos und gequält. Sein Gesicht war übel zugerichtet. Verkrustetes Blut, mehrere Platzwunden und Schwellungen an den Augenbrauen.

Die Waffe, die Mazzacane in der Hand hatte, sah aus wie eine Beretta. War das die Waffe, mit der Salvatore und M'Keita getötet worden waren?

Wieder detonierte ein Schuss – und diesmal traf er ins Ziel. Schizzo knickte zur Seite. Gianni sprang weg, suchte Deckung hinter einer Säule. Ciro Mazzacane zischte »Idiot!« in Pasquales Richtung. Er legte die Waffe an, schlich durch den Raum und versuchte, Gianni aufzuscheuchen.

De Santis musste etwas unternehmen. Aber sie waren zu zweit und beide bewaffnet. Sollte er auf Bomba und Marin warten? Reja verständigen? Die Zeit hatte er nicht. Er tastete sich an der Wand entlang, bis er an ein offenes Fenster kam.

»Polizei, lassen Sie die Waffe fallen!«, brüllte er und sprang durch die Öffnung in den Innenraum.

Pasquale fuhr herum, die Pistole im Anschlag. Doch ehe er schießen konnte, hatte De Santis einen sicheren Stand. Er drückte ab. Der Kommissar sah noch, wie der Junge verblüfft die Augen aufriss, sich mit dem Oberkörper einmal um die eigene Achse drehte und hinschlug. Er hatte auf die Schulter gezielt. Dabei hatte er Mazzacane aus den Augen verloren.

»Fallen lassen«, sagte dieser ganz ruhig. Die Stimme kam aus der Dunkelheit. De Santis' Herz pochte wie wild, das Blut rauschte in seinen Ohren. Er schob sich hinter eine Säule und sagte: »Sie haben keine Chance. Meine Kollegen sind gleich da.«

Ciro lachte. »Ja, sicher. Dann wollen wir doch mal abwarten.«

Der Kommissar spürte den Lauf an seinem Hinterkopf, seine Hände wurden plötzlich kalt. Mazzacane dirigierte ihn in die Mitte des Raumes.

»Wir müssen einen Notarzt rufen«, sagte der Kommissar, der sich ganz langsam bewegte.

Was konnte er tun? Nach der Waffe schlagen? Zu riskant. Mazzacane war kräftig und gut trainiert.

»Er wird es überleben«, antwortete Ciro Mazzacane.

Pasquale stöhnte. Schizzo bewegte sich nicht. Und Gianni?

Tu was, verdammt!, dachte der Kommissar. Du bist zwar gefesselt, aber du musst ihn nur ablenken, dann haben wir vielleicht eine Chance.

Da knackte etwas am Fensterrahmen, Ciro sah hinüber, und De Santis fuhr herum. Er drückte ab. Das Projektil warf Ciro gegen die Wand. Diesmal hatte der Kommissar nicht genau zielen können. Mazzacane lag auf dem Rücken und zuckte. Auf seinem weißen T-Shirt war ein kleiner Fleck, aus dessen Rändern feiner Rauch aufstieg.

»Bravo, Commissario«, sagte Rodolfo Reja, der durch den Fensterrahmen gestiegen war. Er lächelte, hielt eine Waffe in der Hand, überblickte die Szenerie und sah De Santis an. »Das war knapp. Du hättest besser auf mich warten sollen.«

»Wir brauchen einen Notarzt.«

Reja nickte und sah sich um. Schizzo lag auf der Seite und bewegte sich nicht. Aus Ciro Mazzacanes Wunde quoll das Blut in kleinen Fontänen. Nur Pasquale war bei Bewusstsein. Er verzog das Gesicht und krampfte eine Hand um die Schulter.

»Ruf du an. Ich habe mein Handy zu Hause gelassen. Du weißt schon, wegen der Strahlung.«

De Santis verstand nicht recht. War Reja verrückt geworden?

Er ging zu den Verletzten, beugte sich zuerst über Mazzacane und warf dessen Waffe aus dem Fenster. Dann tat er das Gleiche mit Pasquale. Als Letztes wollte er sich um Schizzo kümmern, aber das schien sinnlos. Bei ihm kam wohl jede Hilfe zu spät. Das Blut sprudelte in einem dichten, dunklen Schwall aus der Brust, die Kugel musste ihn ins Herz getroffen haben. Aus dem Augenwinkel sah er, dass Gianni sich langsam zum Fenster schob.

»Du bleibst hier!«, rief Reja scharf. »Du hast einen Menschen auf dem Gewissen.«

De Santis blickte auf. Reja hatte die Waffe im Anschlag, doch er zielte nicht auf Gianni, sondern auf De Santis' Kopf.

»Was soll das?«, fragte der Kommissar.

»Du hast einen guten Blick«, sagte Reja. »Aber das Wichtigste hast du übersehen.« Er grinste. »Der Questore wird wohl wieder einmal umsonst auf dich warten.«

Der Kommissar war wie gelähmt. Er versuchte nachzudenken, aber seine Gedanken drehten sich im Kreis.

Der Mord im Hafen, der Geländewagen, der Pizzuoli von der Straße geschossen hatte, die Spurensicherung, die am Hafenbecken suchte, statt in M'Keitas Lager. Rodolfo Reja ... Er hatte sie alle in die Irre geführt. Aber warum?

»*Du* hast dafür gesorgt, dass Mazzacane M'Keita umbringen konnte. Ohne Zeugen und ohne Spuren zu hinterlassen.«

»Mag sein. Alles wäre gut ausgegangen. Vielleicht sogar für die Jungs hier. Aber du musstest ja deine Nase in die Geschichte stecken. Schickst deinen arglosen Kollegen los, und dann bringst du auch noch eine Kugel zu Esposito.«

Jetzt verstand De Santis. Die missglückte Razzia, die undichte Stelle. Das alles hatte der Vicequestore eingefädelt. Aber was war der Grund? Was war mit Rejas Ehrgeiz? »Du hast dafür gesorgt, dass die Razzia schiefging? Die undichte Stelle, das bist du.«

Der Vicequestore lächelte noch immer. »Es gibt keine undichte Stelle. Und die Razzia war ein voller Erfolg.«

Immer wieder sah er Reja vor sich. Vor Mazzacanes Firma, in der illegalen Autowerkstatt.

»Der anonyme Anrufer«, sagte er. »Du hast die Polizei in die Werkstatt geführt? Wozu?«

Die Frage war überflüssig, er wusste es schon. Um ihn, De Santis, anzulocken. Um ihn in diese Falle hier zu locken. Er hatte das alles eiskalt geplant.

»Was bist du? Einer der Bosse?«, fragte er. »Oder nur ein Handlanger? Ein Spitzel, ein nützlicher Idiot, für den die Camorra nur Verachtung übrighat, wie für jeden Verräter?«

Rejas Lächeln schwand.

Wie kann ich ihn ablenken?, überlegte De Santis. Auf einmal arbeitete sein Gehirn präzise und kalt. Der Vicequestore hatte keine Wahl. Er musste ihn umbringen, ebenso Gianni, denn er musste alle Zeugen eliminieren. Aus dem Rest konnte er sich dann schon irgendwie herauswinden. Er würde die Spuren beseitigen. Die Kugel, die bereits im Labor lag, stellte keine Bedrohung für ihn dar. Sie war unter der Hand eingereicht worden und würde in keinem Verfahren zugelassen werden.

»Du hättest dich niemals einmischen dürfen. Jeder hat seinen Platz in der Welt. Deiner ist im dritten Stock bei den Leichenfledderern. Hier dagegen geht es um die großen Zusammenhänge, um eine neue Ordnung. Das übersteigt deinen Horizont.«

»Meinst du? Erklär es mir.«

Reja ließ sich nicht locken. Er behielt sowohl Gianni als auch den Kommissar im Auge, während er weiterdozierte. »Wir müssen eine Invasion stoppen oder, besser gesagt, in vernünftige Bahnen lenken.«

»Wovon redest du? Von Drogen?«

»Wieso nur seid ihr alle auf Drogen fixiert? Man muss die Wirtschaft in ihrer Gesamtheit sehen. Drogen sind nur eine Sparte. Die größte Umwälzung ist die Völkerwanderung. Und die braucht eine Verpackung.«

»Plastiktüten?«

»Wir können nicht mehr jeden Winkel der Stadt kontrollieren. Wir können nicht alles selbst tun. Import, Verkauf en détail. Wir kennen noch nicht einmal die Wünsche und Gewohnheiten der neuen Neapolitaner, der Senegalesen, Chinesen, Paschtunen, Mongolen, Chilenen und Weißrussen. Wir müssen delegieren und uns dafür bezahlen lassen. Wir müssen die Kontrolle auf oberster Ebene behalten. Gleichzeitig müssen wir dafür sorgen, dass wir am Handel verdienen, an jedem Feuerzeug und jeder Wollmütze, die verkauft wird, an den Hammelschinken und an den gefälschten Cerruti-Hemden. Egal was in der Stadt passiert, wir müssen davon profitieren.«

»Egal was verkauft wird, es muss in eure Plastiktüten verpackt werden.«

»Zu unserem Preis«, schloss Reja lächelnd.

Gianni hatte sich langsam Richtung Fenster geschoben und griff mit den gefesselten Händen hinter dem Rücken nach einer Eisenstange. De Santis wusste nicht, was er vorhatte, aber er musste Reja irgendwie ablenken. Er drehte sich um, griff sich an die Stirn und lachte.

»Jetzt verstehe ich«, sagte er. »Schizzo war gar nicht der Kopf der Bande, sondern Mazzacane. Du hattest die Hinweise auf ihn getilgt. Aber dann passierte dieser dumme Zwischenfall mit der Waffe. Zwei Morde mit derselben Pistole. Auf einmal waren die Projektile in der Ballistik. Schizzo und Gianni wussten Bescheid.«

»Wie gesagt, warum musstest du dazwischenpfuschen? Du allein bist schuld an der Eskalation hier.«

»Es wird zu keiner Eskalation kommen. Du wirst mir die Waffe geben und dich stellen.«

Reja lachte höhnisch. »Ich werde euch eliminieren. Damit sind alle Zeugen verschwunden.«

»Falsch. Vergiss die Kugel im Labor nicht.«

»Kein gültiges Beweismittel. Nicht einmal Eposito weiß, wo sie her ist.«

De Santis blieb nur noch ein Bluff. »Das hat er dir gesagt. Weil er es dir sagen sollte. Ich wollte nicht, dass er auch noch Schwierigkeiten bekommt.«

»Deine Finten sind jämmerlich«, sagte Reja. »So wie dein Diensteifer.«

Er legte an, zielte auf De Santis' Stirn und zog den Abzug durch. Dann ging alles ganz schnell. Der Kommissar wollte aufschreien, doch seine Zunge war auf einmal unendlich schwer. Ihm fiel nichts mehr ein. Gianni war ebenfalls erstarrt. Was auch immer er vorgehabt hatte – entweder hatte ihn der Mut verlassen, oder er hatte eingesehen, dass es sinnlos war. De Santis würde jeden Moment sterben. Der Gedanke war ganz leicht. Doch dann fiel ihm Ludovica ein, der dumme Streit mit ihr. Er hatte sich wie ein Idiot benommen, hatte sich nicht einmal entschuldigt bei seiner Tochter. Und Isabella? Elvira? Zwei Frauen, die er liebte und die er trotzdem hatte entgleiten lassen. Denen er nie richtig erklärt hatte, was er für sie empfand. Alles entglitt ihm. Dieser miese Hund von Reja würde abdrücken, und dann war für De Santis alles zu spät. Jeder Fehler endgültig. Rodolfo Reja würde triumphierend hinausmarschieren.

Der Kommissar spürte einen Luftzug an der Schulter, erst dann hörte er den Knall. Er warf sich auf den Boden. Der Schuss hatte ihn verfehlt. Raus, dachte er, ich muss hier raus. Irgendwie.

»Hände hoch!«, brüllte jemand in seinem Rücken.

De Santis brauchte einen Moment, um die Stimme zuzuordnen. Es war Beppe Bomba.

Reja sah sich um, desorientiert, De Santis hechtete hinter eine Natursteinmauer, den ehemaligen Tresen des Lokals.

»Das Gebäude ist umstellt. Sie haben keine Chance!«, rief jetzt auch Marin. »Runter mit der Waffe!«

Der Vicequestore ließ den Blick durch die Dunkelheit schweifen, suchte nach De Santis, fand ihn nicht.

»Reja, geben Sie auf«, sagte der Kommissar.

»Sie haben nichts verstanden«, erwiderte sein Gegenüber. »Alle Kräfte müssen zusammenstehen. Wenn wir es nicht tun, dann sind wir bald ein Teil Afrikas oder Asiens. Wir werden einfach weggespült, verstehen Sie das denn nicht? Eine jahrtausendealte Zivilisation, eine Stadt wie Neapel, die noch jedem Eroberer getrotzt hat, wird zu einem Außenposten des chinesischen Weltreichs.« Er hob langsam die Waffe.

Schieß endlich, Bomba, dachte De Santis. »Warum drückst du nicht ab?« Er drehte sich langsam um und sah seinen Agente. Er sah den Lauf der Waffe, der zitterte. Bomba kniff die Augen zusammen, die Anstrengung ließ seine Venen anschwellen.

»Marin!«, schrie De Santis.

Rodolfo Reja verzog den Mund zu einem Lächeln und sagte: »Dilettanten.« Er riss die Pistole nach unten.

»In Deckung!«, brüllte De Santis.

Da kam endlich der Knall. Reja kippte nach hinten.

Um seinen Kopf breitete sich Blut aus, die Waffe war ihm aus der Hand gefallen. Er hatte sich selbst erschossen.

Beppe Bomba rutschte aus dem Fensterrahmen, verschwand im Gras, und man hörte, wie er sich übergab.

41

Die Schießerei in der Pizzeria *Vesuvio* war in den folgenden Tagen das beherrschende Thema in den lokalen und nationalen Medien. Wobei die Version, die an die Öffentlichkeit drang, der Wahrheit nur entfernt entsprach.

Die Menschen erfuhren von einer konzertierten Polizeiaktion, bei der Mordkommission und DIA ein brillanter Schlag gegen die organisierte Kriminalität gelungen sei. Außerdem hätten die Beamten das Leben eines Gymnasiasten gerettet, der in die Fänge der Unterwelt geraten sei. Vicequestore Rodolfo Reja sei im Kugelhagel »in Erfüllung seiner Dienstpflicht« gestorben, vermutlich »hinterrücks durch Ciro Mazzacane niedergestreckt«, den mutmaßlichen Mörder Matar M'Keitas.

Am zweiten Juni, dem Fest der Republik, bei dem traditionell die verschiedenen Einheiten von Polizei, Carabinieri und Guardia di Finanza geehrt werden, gedachte man feierlich Rodolfo Rejas, »eines leuchtenden Beispiels bedingungsloser Opferbereitschaft«. Die Witwe lächelte, ihr blieben ein intaktes Andenken und eine ungekürzte Rente.

Beppe Bomba und Mario Marin wurden auf der Bühne mit einer Tapferkeitsmedaille ausgezeichnet und für eine baldige Beförderung vorgeschlagen. Franco De Santis kämpfte unterdessen mit der Disziplinarkommission. Der Questore hatte »eine besonders angespannte Personallage und berufliche Überforderung« als mildernde Umstände ins Feld geführt. Den zweiten Punkt fand der Kommissar empörend, dennoch hielt er den Mund. Er solle dankbar sein, dass man ihn überhaupt eingeladen hatte zu der Veranstaltung, hieß es. Er saß in einer der hinteren Reihen, von wo aus er Bombas Eltern in festtäglicher Aufmachung entdeckte. Als er ihnen zunickte, antwortete Signora Bomba nur mit einem finsteren Blick. Sie hatte ihm schon immer vorgeworfen, ihren Sohn unnötigen Gefahren auszusetzen. Im Dienst »der Savoyer«, wie sie die Regierung in Rom selbst einhundertfünfzig Jahre nach der Einigung Italiens noch nannte.

De Santis dachte, damit wäre die Sache für ihn ausgestanden.

Er sollte sich irren.

Ciro Mazzacane war noch auf dem Weg ins Krankenhaus seinen Verletzungen erlegen. Die Kugel aus der Waffe des Kommissars hatte die Leber getroffen und zu einer Lungenembolie geführt. Auch Stefano Incarnuto, genannt Schizzo, überlebte nicht. Bei ihm hatte das Projektil den Herzbeutel durchschlagen und fast augenblicklich zum Tod geführt. Pasquale Scognamiglio hatte nur eine Splitterung des Schulterblattes und eine tiefe Fleischwunde davongetragen. Er lag nach einer Operation im Gefängniskrankenhaus und wartete darauf, vernommen zu werden. Vielmehr wartete De Santis.

Giovanni, genannt Gianni, Sculli dagegen war körperlich unversehrt. Franco De Santis konnte ihn bereits wenige Tage nach der Verhaftung sprechen.

Als er in den Verhörraum geführt wurde, machte der Junge einen jämmerlichen Eindruck. Das Haar verklebt, schwarze

Augenringe, das Gesicht eher grün als blass. Gianni ließ sich auf den Stuhl hinter dem Tisch fallen:

»Wie geht es meinem Bruder?«, fragte er. »Darf ich ihn sehen?«

»Später. Du hast das Recht, einen Anwalt hinzuzuziehen.«

Der Junge zuckte nur mit den Achseln. »Ich brauche keinen Anwalt. Wie lange muss ich ins Gefängnis?«

»Kann ich dir nicht sagen. Zuerst möchte ich die Wahrheit hören.«

Der Kommissar hätte ihn zum Geständnis bringen, ihm alles strafrechtlich Relevante entlocken müssen. Doch er hatte keine Lust dazu. Es kam ihm sinnlos vor. Die Wahrheit sah manchmal anders aus als das Sündenregister aus dem Gesetzbuch.

»Du hast die Rosen an Vanessas Grab gebracht, oder?«, fing er an. »Jeden Morgen vor der Schule.«

Gianni war erstaunt. Er wurde rot und senkte den Kopf.

»Erzähl mir, was passiert ist. Von Anfang an«, sagte De Santis.

»Ich hab sie gemocht. Sehr sogar. Aber das alles hat erst angefangen, als es ihr schon dreckig ging.«

»Wegen Pasquale?«

»Seine Brüder haben das Sagen in den Wohnblocks. Sie bestimmen, wer dort ein Apartment bekommt, wer arbeiten und leben darf.«

»Hatte Pasquale ein Auge auf Vanessa geworfen?«

»Er dachte, sie müsste sich ihm fügen. Aber sie hat sich gewehrt. Er widerte sie an.«

»Da hat er sich dann mit den Videos gerächt?«

Gianni nickte.

»Wann hat er dir zugesetzt?«

»Er hat gemerkt, dass Vanessa mich gern hatte. Wir waren kein Paar oder so, nur gute Freunde. Aber das war für Pasquale ein unerträglicher Stachel. Er fing an, mir und meinem Bruder aufzulauern. Er dachte sich immer neue ›Prüfungen‹ aus. Ich sollte für ihn die letzte Matheklausur schreiben. Er brauchte mindestens eine Drei, sonst wäre er nicht zugelassen worden zum Abitur.«

»Und das hast du nicht getan?«

»Doch. Aber irgendetwas ist schiefgegangen. Er hat eine Fünf bekommen. Wahrscheinlich hat der Lehrer was gemerkt.«

Gianni erzählte die ganze Geschichte, und De Santis merkte, dass er nichts beschönigte.

»Es gab keinen Ausweg für mich. Ich wusste, wenn ich abhaue, selbst wenn ich mich umbringe, dann ist da immer noch Marco. Mein Bruder ist ohne mich verloren. Meine Eltern verstehen ihn nicht, und die Ärzte halten ihn für autistisch. Aber das ist er nicht. Wenn meine Eltern einmal tot sind oder alt, dann landet Marco ohne mich im Heim, wird weggeschlossen. Dort geht er kaputt. Mein Vater ist ein Spinner. Früher oder später wird er über den Haufen geschossen, oder jemand fährt ihn einfach tot. Er glaubt, er könnte in unserem Viertel für Ordnung sorgen. Dabei ist er nur geduldet. Er war fünf Jahre weg, weil die Vorgänger von Scognamiglio das damals gefordert hatten. Er dachte, es sei eine Auszeichnung, dass er in der Altstadt von Neapel seinen Dienst tun darf. Dabei war er im Exil, ohne es zu wissen. Alle in Ponticelli lachen über ihn.«

»Du tust deinem Vater unrecht.«

»Er konnte Schizzo nicht ausstehen und hat mir den Umgang mit ihm verboten, weil er dachte, ich solle etwas Besseres werden. Schizzo war besser als ich.« Er weinte wieder.

De Santis stand auf und öffnete ein Fenster. Er rauchte eine Zigarette, bot dem Jungen auch eine an. Als es in seiner Brust zog, drückte er die Kippe aus, schnippte den Stummel in die Tiefe und sah, wie die letzten Funken der Glut beim Aufprall davonstoben.

»Du hast eine Waffe gebraucht, um dich gegen Pasquale zu wehren? Deshalb der Überfall?«, fragte er.

»Schizzo hatte zu mir gesagt: ›Er muss sehen, dass du keine Angst hast. Wer Angst hat, der verliert.‹ Ich wusste, dass sein Stiefvater eine Pistole hat, und Schizzo kannte das Versteck. Ich habe ihn bekniet, dass er sie mir leiht.«

»Eine Beretta, neun Millimeter.«

Gianni nickte. »Ich bin mit der Pistole zu Pasquale gegangen. Er war mit seinen Freunden zusammen. Da bin ich zu ihm hin, habe auf ihn angelegt und gesagt, ich bringe ihn um, wenn er noch einmal mich oder meinen Bruder anrührt. Es war merkwürdig. Für einen Moment war die Angst verschwunden, ich habe mich leicht und frei gefühlt. Gleichzeitig wusste ich, dass es falsch ist, dass nicht ich es bin, der diese Szene spielt. Im nächsten Moment war es auch schon vorbei.«

»Was war vorbei?«

»Ich konnte es nicht. Plötzlich tat er mir leid, und ich wusste, ich würde niemals abdrücken.«

Im Gegensatz zu Pasquale, dachte De Santis.

»Er wusste es auch und fing an zu lachen. Dann hat er mir die Pistole abgenommen.« Gianni senkte den Kopf. »Schizzo ist panisch geworden. ›Mein Alter bringt mich um, wenn er merkt, dass die Waffe weg ist. Er weiß genau, nur ich kann sie geklaut haben‹, sagte er. Wir überlegten, wie wir die Pistole zurückholen konnten. Aber das war aussichtslos. Vor den Scognamiglios haben alle Angst, selbst Ciro Mazzacane.«

»Dann hast du Schizzo gesagt, dass in dem Laden auch eine Beretta ist? Ihr habt Mazzacanes Waffe einfach durch die aus dem Laden ersetzt?«

»Ja. Salvatore hatte mir von der Pistole erzählt. Irgendwann, als wir zusammen eine Folge von *Gomorrha* in der Schule anschauten, schwärmte er von der Beretta. ›Fühlt sich gut an‹, sagte er. ›Woher weißt du das?‹, fragte ich. Da sagte er, er hätte so eine im Laden, in der Schublade hinter der Theke.«

»Und um die Schublade aufzubrechen, habt ihr die Feile mitgenommen?«

»Ja. Schizzo hatte sie aus der Schmiede mitgebracht.«

Deshalb hingen Pferdehaare und Horn daran, dachte der Kommissar. »Wusstet ihr, dass an jenem Abend Salvatore in dem Laden arbeiten würde?«

»Nein. Ich habe das für ein Risiko gehalten, aber Schizzo war anderer Meinung. ›Egal‹, meinte er, ›wenn Salvatore im Laden steht, dann reden wir eben nicht. Du hältst ihn in Schach, ich hole die Waffe.‹«

Deshalb also die Gesten, dachte der Kommissar. »Was genau ist schiefgegangen?«

»Ich hatte Schizzo vorher gesagt, dass in dem Laden Kameras hängen. Er hatte für alles eine Lösung. Keine Handys, ein Kennzeichen, das er bei seinem Stiefvater mitgenommen und abgeändert hatte, Integralhelme und Sturmhauben. Aber als wir dann reingingen ... Von Anfang an hatte ich das Gefühl, dass Salvatore einen Verdacht hat. Er starrte mich merkwürdig an, die ganze Zeit. Ich biss mir auf die Zunge, versuchte, mich durch nichts zu verraten, bewegte mich nicht einmal. Ich trug zwar einen Kapuzenpulli aus der Kleidersammlung, aber meine normale Jeans ...«

»Da hat er deinen Schlüsselanhänger gesehen.«

»Den Schlüsselanhänger?« Gianni runzelte die Stirn und schlug sich an die Stirn. »Jedenfalls ist er auf einmal auf mich zugekommen. ›Gianni, hast du sie noch alle?‹, fragte er. Salvatore hatte keine Angst vor mir, so wie niemand vor mir

Angst hat. Schizzo wollte ihn aufhalten.« Gianni fing wieder zu weinen an. »Schizzo hat sein ganzes Leben nur Pech gehabt. Seine Mutter kümmerte sich nicht um ihn, und sein leiblicher Vater war abgehauen, ohne ein Wort. Sein Stiefvater, Sie wissen ja, wer er war. Stefano hatte Talent, ein großartiger Fußballer, er hatte auch dieses besondere Feeling für Tiere, für Scooter. Und er war mutig. Er war dreimal italienischer Meister im Futsal, und dann springt ihm jemand in den Knöchel. Alle Bänder und Sehnen kaputt, dazu ein komplizierter Knochenbruch. Er hätte in der Schweiz bei einem Spezialisten operiert werden müssen. Aber die zehntausend Euro wollte sein Stiefvater nicht ausgeben. ›Futsal‹, hat er nur höhnisch gesagt. ›Lern, richtigen Fußball zu spielen.‹ Seitdem hat Schizzo ihn noch mehr gehasst.«

»Lass uns beim Überfall bleiben. Salvatore hatte dich also erkannt. Und dann?«

»Er trat auf Schizzo zu. ›Und du? Wer bist du?‹, schrie er und griff nach der Hand mit der Waffe. Da ist es dann passiert.«

Nachdem Gianni zu Ende erzählt hatte, riet De Santis ihm, einen Anwalt anzurufen. Er fügte noch hinzu: »Schizzo wollte nicht dich schützen, sondern sich selbst.«

Gianni überlegte. »Soll das ein Trost sein?«

»Du hast das alles getan, weil du Marco helfen wolltest.«

»Wie lange muss ich ins Gefängnis?«

»Wenn du Glück hast, kommst du mit einer Bewährungsstrafe davon. Du hast gestanden, aber ein Geständnis ohne Anwesenheit eines Anwalts hat vor Gericht keine Gültigkeit.«

Gianni betrachtete De Santis. »Danke«, sagte er. »Ich will mich nicht aus der Verantwortung stehlen. Schizzo …«

»Schizzo ist tot.«

»Ich werde nicht behaupten, dass es seine Idee war.«

»Er hat geschossen. Du hattest nur eine Attrappe in der Hand.«

»Weil ich ein Feigling bin. Schizzo wusste das.«

»Manchmal ist es gut, ein Feigling zu sein.«

42

De Santis brauchte nach dem Verhör eine Pause und ging ins Besprechungszimmer. Er versammelte dort seine Leute, brachte sie auf den neuesten Stand und dankte ihnen für ihren Einsatz. Allen, auch Carmela. Immerhin hatte sie erkannt, dass Schizzo kein alter Mann war. Außerdem war ihrer Hartnäckigkeit der Fund der Klamotten, des Kennzeichens und der DNA zu verdanken, überhaupt hatte sie einen guten Riecher gehabt.

In einem günstigen Moment nahm er sie beiseite und sagte: »Was haben Sie eigentlich dem Questore über mich erzählt?«, fragte er.

»Ich habe lediglich unser Gespräch wiedergegeben.«

»Wörtlich?«

»Ja. Ich hätte allerdings nicht erwartet, dass die Sache solche Wellen schlägt. Ich wollte mich nicht damit abfinden, da ich das Ganze als zutiefst ungerecht empfand. Mit Verlaub, das ist es.«

»Mag sein«, erwiderte De Santis. »Aber Sie wollten in unser Team. Und zu einem Team gehört, dass man Probleme intern anspricht, statt sie nach draußen zu tragen. Schon gar nicht in die Chefetage. Was haben Sie sich davon erhofft? Dass ich abgelöst werde? Dass Sie unter einem anderen hier bei uns Karriere machen können?«

Carmela schaute auf den Boden. »Ich habe bloß mit der Frauenbeauftragten der Gewerkschaft geredet.« Sie blickte De Santis mit ihren großen Augen an. »Wie geht es jetzt weiter mit mir?«

»Wollen Sie bei uns bleiben?«

»Natürlich.«

»Dann erklären Sie das dem Questore. Sagen Sie ihm bitte auch, dass die angenehme Atmosphäre und mein Führungsstil für Ihren Wunsch mit ausschlaggebend sind.«

Sie sah ihn skeptisch an. »Das ist nicht Ihr Ernst, oder?«

»Doch.« Er wandte sich um und fragte in die Runde: »Wie weit sind wir eigentlich mit der Kollekte für Gennaro? Und gibt es jemanden, der am Wochenende in der Pizzeria aushelfen kann? Wir kennen uns ja jetzt aus in Ponticelli.«

Mario Marin trat vor. Er zog feierlich seine Brieftasche aus dem Jackett und sagte: »Um ein für alle Mal den Streit mit Beppe zu begraben, möchte ich das Geld gerne Pizzuoli zukommen lassen. Ich hatte mit dem Lottogewinn unverschämtes Glück, Gennaro dagegen unverschämtes Pech, und irgendwie müssen die Dinge sich im Leben ausgleichen.« Theatralisch zählte er die Scheine ab, rollte sie zusammen und stopfte sie in die große Tasse, wobei er aus dem Augenwinkel Carmela beobachtete. Sie schaute gerührt, der Beweis seines Edelmuts verfehlte seine Wirkung also nicht.

Auch nicht bei Bomba, der allerdings weniger begeistert war. Er murmelte »Amen«, verdrehte die Augen und grübelte. Dann nahm er die Tasse und sagte: »Ich möchte euch für Sonntag alle einladen. Oder habt ihr schon etwas vor?«

Die Kollegen sahen einander an und schüttelten dann die Köpfe.

»Wohin denn?«, fragte Carmela.

»Ist eine Überraschung. Und dient einem guten Zweck.«

Er drückte jedem ein Flugblatt in die Hand: »Trofeo Gennaro Pizzuoli«, stand darauf.

Damit war die Besprechung beendet, und alle kehrten an ihre Plätze zurück.

De Santis saß gerade wieder an seinem Schreibtisch, da hörte er energische Trippelschritte im Flur. Im nächsten Moment wurde an seine Tür gehämmert.

»Herein«, brummte er.

Beppe Bombas Mutter trat ein. »Commissa'!«, rief sie und trat mit ausgestreckten Armen auf ihn zu. »Commissa'.«

»Signora Bomba ... Alles überstanden. Ihr Sohn ... hat sich wacker geschlagen. Sie können stolz auf ihn sein.«

»Wieder so eine Geschichte, die ihm auf den Magen schlägt. Gut, es gehört zu seiner Arbeit, das hat er sich nun mal in den Kopf gesetzt. Aber es gibt für alles eine Grenze.«

»Wie gesagt, es ist ausgestanden.«

»Für Euch vielleicht. Mein Sohn dagegen hat die Sache nicht verarbeitet. Tag für Tag sehe ich es.«

»Was?«

»Wie sein Teller aussieht.«

»Sein Teller?«

»Ja. Er rührt sein Essen nicht an. Ich kenne Giuseppe, ich bin seine Mutter. Wenn er nicht isst, dann ist das der Anfang vom Ende. Es war letztes Jahr so ...«

»Das hat sich eingerenkt. Er harmoniert inzwischen ganz gut mit dem Kollegen Marin, glauben Sie mir.«

»Meint Ihr?«

Sie zog ihr Handy hervor und tippte mit ihren kräftigen Fingern auf dem Display herum. »Hier, bitte.«

De Santis gab sich Mühe, das Sujet der Aufnahme zu enträtseln. Er sah einen in sich verschlungenen Haufen Spaghetti, der auf einem Bett aus Gemüse und Fleisch ruhte. Essen in wenig appetitlichem Zustand.

»Er hat sich … übergeben?«, fragte er hilflos.

»Schön wär's. Beppe hat die Pasta nicht einmal angerührt. So sieht mein Mülleimer aus. Begreift Ihr jetzt endlich?«

»Reste?«

»Reste? Das sind komplette Portionen. Sobald ich einen Moment nicht aufpasse, kippt er das Essen in den Eimer.«

De Santis wusste, dass Bomba wegen Carmela neuerdings Sport trieb, ja sogar Diät hielt, stellte sich jedoch dumm: »Vielleicht isst er heimlich woanders. Hier bei uns …«

»Er isst gar nichts mehr. Deswegen ist er ja so abgemagert und blass. Er hat wieder denselben irren Blick wie letztes Jahr. Marin hat ihn so weit. Mein Sohn ist auf dem Weg zur Auszehrung.«

»Glauben Sie mir, das hat mit dem Kollegen Marin nicht das Geringste zu tun. Ich werde mit Ihrem Sohn reden.«

Signora Bomba kniff die Lippen zusammen und steckte das Handy weg. In ihrem Blick flackerten Verachtung und Zorn. »Ihr haltet mich für eine hysterische Glucke.«

Das war gar nicht schlecht ausgedrückt.

Ein zaghaftes Klopfen an der Tür rettete den Kommissar aus der Verlegenheit.

»Herein!«

»Chef, das hier kommt aus der Kriminaltechnik. Oh, Verzeihung, Sie sind im Gespräch.« Carmela war eingetreten. In der Hand eine dünne Kladde, die sie ihm über den Schreibtisch reichte. Signora Bomba betrachtete die junge Frau, den Halsansatz, die geschwungenen Augenbrauen, die Wimpern, Lippen und Ohren. Sie stand da wie zur Salzsäule erstarrt. Mit einem einzigen Blick hatte sie alles verstanden: Hier lag der Grund für die krankhafte Veränderung ihres Sohnes. Besser gesagt, hier stand er, atmete und lächelte. Der Grund war eine Frau.

Es versteht sich von selbst, dass Signora Bomba sowohl die Wirkung auf ihren Sohn als auch alles Weitere missbilligte. Sie war erschüttert. Fühlte sich verraten. Von Beppe, von De Santis, vom ganzen italienischen Staat. Signora Bomba schaffte es, all dies in einen einzigen Gesichtsausdruck zu legen. Sie sammelte sich, straffte sich und verzichtete darauf, dem Kommissar die Hand zu reichen. Dann reckte sie das Kinn und schritt hinaus durch die offene Tür.

Während die Agente ratlos neben dem Kommissar stand, wartete dieser auf eine weitere Szene: Signora Bomba, die ihren Sohn am Ohr aus der Questura bis nach Forcella und in sein Zimmer zerrte. Die Szene blieb aus. Bomba, ebenso instinktsicher wie seine Mutter, hatte sich wohl vorsorglich in eine Zelle im Keller sperren lassen.

Die großen Religionen und Philosophen sind sich einig, dass jeder Mensch mit seiner Existenz eine Bereicherung für die Welt darstellt. Bei manchen Menschen hat man Mühe, daran zu glauben. Für De Santis war Pasquale Scognamiglio so ein Fall. Der Kommissar war strikt gegen die Todesstrafe, er war der Meinung, das Leben verdiene unbedingten Schutz – auch vor der Bösartigkeit anderer Menschen. Deshalb mussten manche isoliert werden. So sah es der Rechtsstaat vor, und damit konnte der Kommissar sich voll identifizieren. Resozialisierung durch Haft war schwierig und selten. Galt das auch bei Pasquale?

Der Junge trat ein, in einem teuren Anzug, mit seinem teuren Anwalt und mit einem arroganten Grinsen im Gesicht.

»Mein Mandant wird sich hier und heute nicht äußern«, sagte der Verteidiger zur Begrüßung. »Er ist schwer verletzt und nicht in der Lage, sich dem Stress einer Befragung zu unterziehen.« Er lächelte herablassend und zog ein ärztliches Attest aus dem Aktenkoffer.

»Die Faktenlage ist klar. Ich würde Ihren Mandanten nur gerne besser verstehen«, antwortete De Santis. Er betrachtete den Jungen, sein scharf geschnittenes, fast feminines Gesicht und die Stirn, über der das Haar in glänzenden Strähnen nach hinten gekämmt war. Er hatte auch im Krankenhaus und in der U-Haft Zeit gefunden, sich um sein Äußeres zu kümmern.

»Wollen Sie uns nicht wenigstens den Grund für die Festnahme mitteilen? Wo ist überhaupt der Haftrichter?«

»Ihr Mandant ist wegen des Mordes an Stefano Incarnuto und Vanessa Saba in Haft«, sagte De Santis zu dem Anwalt.

»Stefano Incarnutos Tod war ein Unglück, das mein Mandant sehr bedauert. Ein Mord ist etwas vollkommen anderes. Und von einer Vanessa Saba hat er noch nie gehört.«

De Santis winkte ab. Er hatte keine Lust auf die Nebelkerzen des Verteidigers. »Die beiden waren in einer Klasse, und Ihr Mandant war in Vanessa Saba verliebt. Weil sie ihn verachtete und zurückwies, hat er sie in den Selbstmord getrieben.«

»Lächerlich.«

»Ich habe bereits entsprechende Beweise sichergestellt.«

Das war übertrieben. Sie hatten die Videos, und es war sehr wahrscheinlich, dass der Mann hinter der Kamera Pasquale gewesen war. Zwar versuchten die Informatiker, die digitalen Spuren der Videodateien bis zu Scognamiglio zurückzuverfolgen, doch das war alles andere als leicht.

Der Anwalt erhob sich und zog Pasquale vorsichtig am Ärmel hoch. »Wir werden sehen, wann mein Mandant vernehmungsfähig ist. Bis dahin beantrage ich Haftverschonung.«

»Erklär mir nur eines: Warum hast du Schizzo getötet? Vanessa und Gianni haben sich deinem Willen nicht gefügt, deshalb hast du sie gehasst. Aber Schizzo? Warum er?«

Pasquale schwieg.

»Hat dein Vater dich damit beauftragt? Als Strafe, weil du die Schule geschwänzt hast?«

»Unsinn«, sagte der Junge stolz. »Ich lasse mir von niemandem Vorschriften machen.«

»Also war es Eigeninitiative?«

»Ich protestiere. Sie wollen meinem Mandanten einen Vorsatz suggerieren, bei einer Tat, die aus unglücklichen Umständen …«, schaltete sich der Verteidiger ein.

»Können Sie nicht einmal still sein? Dies ist kein offizielles Verhör«, sagte der Kommissar entnervt und fügte an Pasquale gewandt hinzu: »Wem wolltest du etwas beweisen?«

»Ich muss keinem was beweisen«, antwortete dieser verächtlich, aber es wirkte wie eine Pose.

»Du wolltest töten. Mit deinen eigenen Händen. Vanessas Selbstmord hat nicht genügt, um dir und der Welt zu zeigen, dass du mit deinen Brüdern mithalten kannst, stimmt's? Du bist der Jüngste, und du wirst dich immer als der Kleinste fühlen, der nicht ernst genommen wird.«

Pasquales Lächeln wurde brüchig.

»Du denkst, mit Bildung und Wissen hat sich noch kein Mann als Mann bewiesen. Richtig?«

Schweigend betrachtete Pasquale seinen Anwalt.

»Um Mut zu beweisen, braucht man mehr als eine Waffe«, schloss De Santis.

»Wenn nichts Substanzielles mehr zu besprechen ist«, sagte der Anwalt, »dann gehen wir.«

De Santis entließ sie. Es war sinnlos. Pasquales Fassade der Arroganz würde noch eine ganze Weile halten. Vielleicht die gesamte Haftzeit, vielleicht sogar sein Leben lang.

Trotz seiner Intelligenz. Oder würde er eines Tages bereuen? Der Kommissar hoffte es für ihn.

Ciro Mazzacane war dagegen nur ein Primitivling gewesen, der die Drecksarbeit für die Camorra erledigte. Das System mit den Plastiktüten, über die den Händlern das Schutzgeld auf scheinbar harmlose Weise abgepresst wurde, war zu raffiniert für sein Hirn. Wahrscheinlich hatte es Pasquales Vater ausgeheckt. Alberto Scognamiglio, der distinguierte Herr mit dem grauen Haar, der einen Agriturismo betrieb, dessen älteste Söhne das Viertel terrorisierten und dessen Jüngster, Pasquale, unbedingt in der Schweiz studieren sollte. Um das Erbe besser zu verwalten. Auf legale Art.

Den Vater würden sie nicht festnageln können mit den paar Indizien. Dazu brauchte es monatelange Abhörmaßnahmen sowie die Nachzeichnung von Kontakten, Geldflüssen und Geheimtreffen. Das war Sache der DIA, sollten die sich um ihn kümmern. De Santis' Abteilung hatte Pasquale und Mazzacane erwischt und außerdem Rodolfo Rejas doppeltes Spiel aufgedeckt.

Otello D'Astoli dagegen war ein kleiner Fisch, ein Fall für das Betrugsdezernat. Allerdings hatte er, neben seinen Mauscheleien, die Ermittlungen behindert, Beweismittel vernichtet, eidesstattliche Falschaussagen abgelegt. Diesmal würde ihn wohl kein Anwalt heraushauen können.

Der Kommissar bat Marin, die nächste Vernehmung mit Pasquale Scognamiglio durchzuführen. Er selbst wollte sich dem Problemfall Beppe Bomba widmen. Vielleicht konnte er wenigstens bei dem ein gutes Werk tun.

43

De Santis bat Beppe Bomba zu sich ins Büro.

»Wie geht es dir?«, fragte er.

Der Agente winkte ab.

»Verfolgen dich die Ereignisse aus der Pizzeria noch?«

Bomba sah ihn verwirrt an. »Na ja, ich denke oft daran, aber eine echte Belastung ist es nicht mehr. Sonst wäre ich im falschen Beruf, oder?«

»Keiner steckt so etwas einfach weg.«

Der Agente nickte. Ihm war unbehaglich.

»Beppe«, setzte der Kommissar noch einmal neu an, »und was die andere Sache angeht. Das Leben ist nicht immer gerecht. Ich weiß, was du mitmachst. So schlimm sich das im Moment anfühlt, es wird vorbeigehen.«

Bomba hob den Kopf und betrachtete De Santis durch einen Nebel aus Trauer, Weltschmerz und Ungläubigkeit. »Aber Chef ... was ... Manche Menschen sind einmalig. Ihr Verlust wird immer eine Lücke hinterlassen.«

»Dennoch geht das Leben weiter.«

»Wozu?«

Tja, wozu?

»Nachdem Maradona gegangen war, ging das Leben auch nicht weiter. Jedenfalls nicht richtig«, sagte Bomba.

»Du kannst Carmela nicht unbedingt mit Diego Armando

Maradona vergleichen. Außerdem: Du hast ihn nie spielen sehen und bist trotzdem Neapel-Fan geworden.«

Bomba sah ihn noch verständnisloser an. »Chef, wollt Ihr Euch einen Spaß mit mir erlauben? Wovon reden wir hier?«

»Von Carmela. Eine tolle Frau, keine Frage, aber wenn sie sich nun mal ausgerechnet in Marin verguckt hat …«

»Carmela«, zischte Bomba verächtlich. »Frauen gibt es wie Sand am Meer, auch mit hübschem Mund und großen Augen. Einen Mittelfeldspieler mit Fuß und Auge eines Marek Hamšik gibt es dagegen nur einmal.«

Jetzt verstand De Santis. Daher wehte also der Wind. Das Gerücht machte seit Wochen die Runde, selbst auf dem Friedhof von Ponticelli war es ihm begegnet: Marek Hamšik, Kapitän, Rekordtorschütze und Symbolfigur des SSC Neapel, schien ernsthaft mit einem Vereinswechsel, mit Abschied zu liebäugeln. Deshalb hatte Bomba Appetit und Lebensmut verloren?

»Die Transferperiode hat begonnen. Sein Vertrag läuft aus, und er will bessere Konditionen. Am Ende wird er bleiben«, versuchte der Kommissar seinen Kollegen zu trösten.

»Wie könnt Ihr so leichtfertig derartige Hypothesen aufstellen?«

»Seit vierzig Jahren verfolge ich das Theater auf dem Transfermarkt. Die Gazetten stopfen jedes Jahr das Sommerloch mit Wechselgerüchten …«

»Gerüchte … Hamšik hat bestätigt, dass er über seine Zukunft nachdenkt.«

»Klar, das muss er sagen, sonst kann er keine besseren Konditionen fordern.«

Bomba sah De Santis mit großen Augen an. »Seid Ihr sicher, Chef?«

»Ja.«

»Ihr könnt also noch ruhig schlafen?«

»Durchaus.«

»Wehe, Ihr versucht, mich für dumm zu verkaufen.«

»Bei bestimmten Themen darf man sich keine Scherze erlauben.«

»Eben.«

De Santis nickte, und Beppe Bomba stemmte sich energisch aus dem Stuhl. Er gab sich einen Ruck, sichtlich entschlossen, die Zukunft mit anderen Augen zu betrachten.

Es war ein milder Abend, an dem ein kurzes, heftiges Gewitter die Schwüle aus den Gassen und Häusern gewaschen hatte. Der Kommissar hatte seinen Schreibtisch in Ordnung gebracht, die letzten Berichte geschrieben und verließ nun die Questura, um sich einen Aperitif in der Bar an der Ecke zu gönnen. Die Läden und die Pizzerien waren voller Leben, ein Hauch von Leichtsinn, Optimismus, Fatalismus und Neugier auf die Zukunft hing in der Luft. Es war ein Wunder, dass Neapel noch immer stand. Die Geschichte der Stadt war eine Folge von Naturkatastrophen, Misswirtschaft, Chaos und Korruption. Aber Neapel hatte ein Herz, ein anarchisches, das sich einen Dreck um all die Probleme kümmerte und immer weiterschlug, weil es schlagen wollte. Die ersten Wochen ohne den SSC Neapel waren auch schon überstanden, Marek Hamšik hatte seinen Vertrag erneuert, Gerüchte über Spielerkäufe munterten die Stimmung auf und sorgten für einen florierenden Dauerkartenverkauf. Hoffnung, die Leitwährung in Neapel.

Im »Chicco d'Oro«, wo hinter der Kasse Che Guevara und Diego Armando Maradona an der Wand hingen und der Wirt den Polizisten einen Sonderrabatt gewährte – dafür verzichteten die Beamten auf den Kassenbon –, war kaum noch Betrieb. Nur drei Kollegen von der Squadra mobile lehnten am Tresen und tranken ein Bier. Während De Santis an seinem Spritz nippte, schnappte er ein paar Gesprächsfetzen auf. Die Polizisten hatten schlechte Laune, weil sie noch einmal ausrücken sollten. Dabei war Freitagabend. Es ging um eine Räumung am Vomero in einer Schule. Ludovicas Schule. De Santis ließ seinen Aperitif stehen, trat auf die Straße und rief Isabella an.

»Ist unsere Tochter bei dir?«

»Nein.«

»Weißt du, wo sie ist?«

»Nein.«

»In der Schule?«

»Wie kommst du darauf?«

»Sag's einfach. Ich weiß, dass sie an der Besetzung teilnimmt.«

Ludovica war in der Schule. *Warum lässt du das zu?*, wollte der Kommissar fragen, doch welchen Sinn hätte die Diskussion jetzt gehabt? Also bedankte er sich nur und legte auf. Kurz überlegte er, ob er seine Insiderinformationen nutzen sollte, um seiner Tochter aus der Patsche zu helfen. Doch dann verwarf er den Gedanken wieder. Wenn er sie jetzt aus dieser Lage befreite, in die sie sich selbst manövriert hatte, dann lernte sie nicht, auf sich selbst achtzugeben. Genau das wollte sie doch, oder? Außerdem wäre er dann auch nicht viel anders gewesen als die Eltern Calamandrei und Santini, die ihre verwöhnten Gören mit unlauteren Mitteln vor einer gerechten Strafe bewahrt hatten.

Was war wichtiger? Seine Prinzipien oder seine Tochter?

Ach, was soll's, dachte er und wählte Ludovicas Handynummer. Natürlich ging sie nicht dran. Er hinterließ eine Nachricht und lief zu seinem Auto, um hoch auf den Vomero zu fahren. Der Vomero wurde für ihn zum Inbegriff der schlechten Laune.

Als er die Schule erreichte, war alles ruhig. Noch war die Polizei nicht da. Aus dem Haupteingang zogen dieselben Schwaden aus Rapmusik und Hasch wie bei seinem ersten Besuch. Er lief durch die Korridore und betrat die Aula. Ludovica lümmelte mit Sebastiano auf ein paar Weinkisten, sie lachten, rauchten, kuschelten. Als seine Tochter ihn sah, wurde sie wütend.

»Nein, das ist wirklich das Allerletzte«, zischte sie.

»Hör zu«, er beugte sich nach unten, »du solltest lieber mitkommen. Und mach bitte nicht allzu viel Aufhebens.«

»Wieso? Ich lasse mir keine Vorschriften machen.«

»Wenn du nicht aus freien Stücken gehst, dann werden meine Kollegen dafür sorgen. Die Schule wird in Kürze geräumt.«

Ludovica starrte ihn an, schien ihm nicht zu glauben.

»Dafür hast du gesorgt, oder?«

»Unsinn. Ich bin für andere Dinge zuständig.«

»Du glaubst doch nicht, dass ich meine Freunde hier im Stich lasse?«

»Mach, was du willst. Ich habe dich gewarnt.«

»Das hier ist wichtiger als eure Scheißordnung.«

De Santis verdrehte die Augen und biss sich auf die Zunge. Dann musste er es doch loswerden: »Meinst du wirklich, die Welt wird besser davon, dass ihr in Schlafsäcken in der Schulaula liegt und Joints raucht?«

»Du musst immer alles ins Lächerliche ziehen. Hast du dich schon mit der neuen Bildungsreform beschäftigt? Weißt du, dass den Rektoren noch mehr Macht zugesprochen wird? Dass sie Lehrer beliebig anstellen können, ohne auf Qualifikation und Ranglisten Rücksicht zu nehmen? Dass die Fächer zur Allgemeinbildung weiter ausgedünnt werden sollen? Sie wollen nur noch funktionierende Idioten produzieren, angepasste Lehrer und angepasste Schüler.«

»Jetzt ist dafür keine Zeit. Ich kenne die Reformpläne nicht.«

»Siehst du. Wir tun wenigstens etwas dagegen.«

Er richtete sich auf, sah sich noch einmal um und raunte ihr zu: »Wenn es hier losgeht, dann verschwindest du möglichst unauffällig. Falls das nicht klappt, leistest du keinen Widerstand, kapiert? Du wirst keine Parolen brüllen, keinen Ton von dir geben.«

»Ich weiß selbst, was ich zu tun habe.«

»Ja, das sehe ich«, erwiderte De Santis und verließ das Gebäude. Irgendwie nötigte Ludovicas Art ihm Respekt ab. Sie wollte ihre Freunde nicht hängen lassen, wollte keine Privilegien. Bewundernswert, nur leider nicht gerade klug.

Er fuhr in sein Viertel, kaufte in den kleinen Läden für den Abend ein und begann zu kochen. Gerne hätte er mit Elvira gegessen oder wenigstens mit ihr gesprochen. Aber er hatte beschlossen, sich nicht mehr bei ihr zu melden. Es war jetzt an ihr, eine Entscheidung zu treffen. Außerdem hatte er andere Sorgen. Die Gedanken an seine Tochter ließen ihm keine Ruhe. Er versuchte, sich mit Essen abzulenken, bereitete ein wenig Pasta mit getrockneten Tomaten und frischen Kräutern zu und öffnete eine Flasche Falanghina. Er deckte den Tisch auf der Dachterrasse, als auch schon das Telefon klingelte. Es war ein Kollege von der Squadra mobile. »Signor Commissario, tut mir leid, dass ich Sie um die Uhrzeit stören muss, aber ich fürchte, Ihre Tochter steckt in Schwierigkeiten«, sagte er.

Sein Herz raste. »Was ist mit ihr?«

»Wir haben sie vorläufig festgenommen. Sie ist bei uns auf der Questura.«

»Geht es ihr gut?«

»Einigermaßen, aber Sie sollten besser vorbeikommen.«

Verflucht! Plötzlich hatte er Angst. Seine Kollegen waren nicht zimperlich, wenn es gegen Hausbesetzer, Autonome und vermeintliche Störenfriede ging. Er rannte aus der Wohnung, in den Stollen, wo sein Auto stand, und dann raste er in Richtung Innenstadt.

Im zweiten Stock der Questura empfing ihn ein Gewühl aus Schülern und Beamten, Parolen wurden skandiert, Schlagstöcke drohend erhoben. Die Polizisten herrschten die Jugendlichen an und schubsten sie herum. De Santis packte die Wut. Seine Kollegen übertrieben. Das waren Kinder. Er sah einen Dirigente und fragte: »Wieso sind sie alle hier?«

»Wir haben sie festgenommen.«

»Die ganze Schule? Die meisten sind minderjährig.«

Er betrachtete De Santis. »Franco, ich weiß, dass deine Kleine auch dabei ist. Da hinten.« Er deutete auf eine Bank, auf der Ludovica saß. Sie hielt sich den Kopf, der zuckte. Sie wirkte unverletzt, stand aber unter Schock.

De Santis wollte zu ihr, doch der Dirigente hielt ihn fest. »Wir haben sie noch nicht vernommen.«

»Wieso? Was hat sie getan?«

»Hausfriedensbruch. Sie war eine der Besetzerinnen.«

»Ich muss mit ihr reden.«

Er riss sich los, ging zu Ludovica und legte ihr vorsichtig eine Hand aufs Haar. Sie zuckte zusammen und wimmerte.

»Ist gut, ich bin's.«

Sie hob den Kopf und betrachtete ihn durch einen Tränenschleier. Sie roch nach Bier und Erbrochenem.

»Paps«, schluchzte sie.

»Alles okay?«

»Nein«, wimmerte sie und klammerte sich an seine Beine. »Die haben uns an den Haaren aus der Aula geschleift, unsere

Sachen demoliert, Sebastiano geschlagen. Ich ...« Sie weinte und konnte nicht weiterreden. »Ich will weg hier. Bitte.«

»Wo ist Sebastiano jetzt?«

»Weiß ich nicht. Sie haben die Jungen und Mädchen getrennt.«

Er hielt sie fest und sagte: »Ich werde sehen, dass ich dich mitnehmen kann. Und dann schaue ich auch einmal nach ihm.«

Ludovica nickte. »Danke«, sagte sie. »Es tut mir leid.«

»Was tut dir leid?«

Sie blickte ihn mit ihren großen Augen an. Auch wenn sie verheult und verklebt waren, es waren ihre Augen. Er sah darin wieder den Blick des kleinen Mädchens, das ungläubig die tausend Sonnenstrahlen im Gegenlicht des Springbrunnens betrachtet.

»Ich habe dich mies behandelt«, flüsterte sie.

Kann man wohl sagen, dachte er. Aber er behielt es für sich.

Nach einigen Verhandlungen ließen sie Ludovica gehen. Sie war minderjährig und hatte einen festen Wohnsitz. Die Anzeige wegen Hausfriedensbruchs und Widerstands gegen die Staatsgewalt würden sie in aller Ruhe weiterverfolgen. Der Kommissar nahm seine Tochter in den Arm und führte sie vorsichtig hinunter zum Auto.

Als er mit ihr in den Hauseingang trat und den Concierge mit »'sera, Crescenzio« grüßte, schaute der Mann ihn und Ludovica alarmiert an: »Commissa', was ist passiert?«

»Meiner Tochter geht es nicht gut.«

Crescenzio nickte bekümmert. »Oben wartet noch jemand auf sie. Eine Frau.«

»Wer denn?«

»Nie gesehen. Sie sagt, es sei amtlich.«

O Gott. Er hatte wahrlich genug von diesem Tag. Amtlich. Um diese Uhrzeit. Sie gingen gemeinsam die Treppe hoch.

Als sie auf den Absatz vor seiner Wohnungstür traten, erhob sich die Frau. Ihr Parfüm erfüllte die stickige Luft, die sich trotz des Gewitters in diesem Winkel gehalten hatte. De Santis kannte den Duft nur zu gut. Isabella.

»Ludo«, rief sie und umarmte das Mädchen. »Was ist passiert?«

Was ist passiert?, dachte der Kommissar. Das weißt du nur zu gut. Aber dir ist ja offenkundig egal, was deine Tochter in der Nacht treibt.

»Erkläre ich dir gleich«, sagte der Kommissar und nahm beide mit in die Wohnung.

Drinnen duftete es noch nach den Kräutern und den getrockneten Tomaten, aber die Pasta war längst kalt und verklumpt. Er stellte frisches Nudelwasser auf und sagte: »Setzt euch so lange auf die Terrasse und sprecht euch aus. Ich komme gleich.«

Während er kochte, weinte Ludovica in den Armen ihrer Mutter. Der Anblick setzte ihm zu. Ludo tat ihm leid, und das ganze Bild ließ Wehmut in ihm aufsteigen. Warum nur waren sie keine Familie mehr?

Sie aßen schweigend, und dann brachten sie Ludovica in sein großes Bett. Sie gingen zurück auf die Terrasse, er setzte sich seiner Exfrau gegenüber.

»Wie geht es ihr?«, fragte er.

»Besser. Sie wird's überstehen.«

Mehr hatte sie dazu nicht zu sagen? »Vielleicht sollten wir einmal grundsätzlich über Ludovicas Erziehung reden«, meinte er, aber er merkte, dass sie ihm gar nicht richtig zuhörte.

»Ein andermal.«

»Ein andermal? Wann? Ich dachte, du bist wegen Ludo gekommen, und ...«

Wie auf Knopfdruck liefen ihr Tränen über die Wangen.

»Was ist los? Machst du dir Sorgen wegen ihr?«

»Ja, aber es gibt noch etwas anderes.« Sie schenkte sich noch ein Glas Wein ein, trank einen kräftigen Schluck und sagte: »Ich bin schwanger.«

De Santis war baff. Dann rechnete er kurz nach. »Von Stefano.«

»Natürlich von Stefano. Was glaubst du denn? Warum fragst du so etwas?«

Er zuckte mit den Achseln. »Was weiß denn ich. Ich dachte, vielleicht ...«

»Was hast du gedacht?« Sie schaute ihn durchdringend an.

»Dass ihr eine offene Beziehung führt oder so etwas.«

Sie trank noch einen Schluck und bohrte wieder ihren Blick in ihn.

»In welchem Monat bist du?«, fragte er.

»Im zweiten.«

»Willst du es behalten?«

Sie nickte.

»Dann solltest du vorsichtig sein mit Alkohol.«

»Wie kommst du darauf, dass wir eine offene Beziehung führen?«, hakte sie nach.

Er wollte etwas sagen, dachte an die Szene auf der Jacht zurück, an das junge Mädchen, das sich verschämt aus der Kajüte geschlichen hatte. Aus derselben Kajüte wie Stefano Baldini. Aber er schwieg. Es ging ihn nichts an.

Isabellas Gesicht nahm einen bösen Zug an. »Du hast es also gewusst?«

»Was?«

»Dass er mich betrügt.« Sie fing wieder an zu weinen. »Du

hast es gewusst und hast mir nichts gesagt. Warum? Um mich zu bestrafen? Um mir …?«

»Schluss jetzt«, sagte De Santis. »Du hast dich gegen mich und für diesen Stefano entschieden. Das müsst ihr unter euch ausmachen. Ich denke, wir haben im Moment andere Sorgen. Wenn du nur hergekommen bist, um deinen Frust abzuladen …«

Er war jetzt wirklich sauer. Er hatte zwei harte Wochen hinter sich und die Trennung von der Frau, die vor ihm saß, noch gar nicht verarbeitet. Seine Tochter hatte die Justiz am Hals und zudem zweifelhafte Gewohnheiten. Er hatte sich gewünscht, ihren Geburtstag nachzufeiern, stattdessen durfte er einen Anwalt für sie suchen. Er hasste Anwälte.

Und dann saß da seine Ex, aß seine Nudeln und bohrte ihren bösen Blick in ihn. Was bildete sie sich ein? Warum sollte *er* sich Vorwürfe machen? »Was ich von diesem Baldini halte, habe ich dir klargemacht. Für dich war es nur gekränkte Eitelkeit. Mir ist im Moment wichtiger, was mit Ludovica los ist.«

»Entschuldige«, sagte sie und ließ den Blick über das Firmament schweifen. »Es ist nur … Ich habe Angst. Zum ersten Mal.« Wegen des Neugeborenen, das demnächst in ihr Leben platzen würde? Wegen Stefano, der sie vielleicht verließ? Oder wegen Ludovica?

»Kannst du mich einfach ein bisschen festhalten, bitte?«, fragte sie und rückte ihren Stuhl neben den seinen.

De Santis legte den Arm um ihre Schulter. Die laue Luft streichelte seinen Nacken mit dem Duft des Sommers, die Sterne blinkten über den Dächern, er suchte mit dem Blick den kleinen Streifen Meer, den man von seiner Terrasse aus sehen konnte, und er spürte ihre warme, weiche Haut. Er wusste nicht, ob es falsch oder richtig war, was er fühlte, er wusste nur, es fühlte sich gut an.

Epilog

Beppe Bomba hatte ganze Arbeit geleistet. Er hatte Flugblätter verteilt, freiwillige Helfer mobilisiert, Freunde, Bekannte und Kollegen aus allen Abteilungen der Questura eingeladen.

Als Franco De Santis am Sonntagmorgen hinunter an die Stazione Marittima kam, hatte sich bereits eine riesige johlende Menge um den Parkplatz versammelt. Dort kickten die neapolitanischen Jungs Tag für Tag. Heute dagegen fand auf dem mit Klebestreifen markierten Spielfeld, dessen Tore aus Dachlatten zusammengenagelt waren, ein Fußballturnier »für Amateurspieler von zehn bis vierzehn Jahren mit Erstwohnsitz in Neapel« statt.

Eine frische Brise wehte vom Meer herüber und fegte durch den Schlund der ewigen Baugrube der U-Bahn-Station Municipio. Unzählige Jungs wärmten sich in neonfarbenen Leibchen auf, während ihre Eltern selbst gemalte Transparente in die Luft reckten, Schals schwenkten und Schlachtengesänge anstimmten.

Beppe Bomba, der seit Wochen immer wieder im Trainingsanzug und mit Klemmbrett aufgetaucht war, trug zur Feier des Tages einen dunklen Zweireiher.

»Übertreibst du jetzt nicht ein bisschen? Du stehst mit deinen Jungs doch nicht im Finale der Champions League«, sagte der Kommissar zu ihm.

»Meine Jungs? Ich bin nicht der Trainer«, erwiderte Bomba mit hoch konzentrierter Miene.

»Ich dachte, du betreust die Mannschaft von Forcella.«

»Ich habe nur ein paar Standardsituationen mit ihnen einstudiert. Eckbälle, Freistöße und so. Heute muss ich mich raushalten. Das wäre sonst Wettbewerbsverzerrung. Ich bin schließlich der Organisator.«

»Wo ist der Nutzen für Gennaro bei der Aktion? Wir haben nicht einmal Eintritt bezahlt.«

Beppe Bomba beschwichtigte den Kommissar mit einer Geste und klapperte weiter die Zuschauer ab. Vom Innenbereich aus griff er durch den Zaun, sammelte Geld ein und notierte die Beträge.

»Spielst du etwa den Buchmacher?«, fragte der Kommissar, als Bomba wieder vorbeikam.

»Ja. Ihr könnt für Gennaro spenden oder, noch besser, eine Wette platzieren.«

»Auf wen?«

»Auf Forcella, mein Viertel. Finalsieg. Die Jungs sind phänomenal. Und die Quoten stehen günstig, Ihr könnt Euer Geld vervielfachen.«

»Dazu muss Forcella erst einmal das Turnier gewinnen.«

»Das werden sie.«

Tatsächlich schlugen die »Forcella Yang Boizz« sich ordentlich. Ordentlich, aber nicht phänomenal. In ihren kuriosen ausgebeulten Shorts gewannen sie gegen die Mannschaften vom Vomero und von Sanità, spielten unentschieden gegen die Campi Flegrei und zogen damit ins Halbfinale ein. Dort stießen sie mit ihrem rustikalen Stil an ihre Grenzen, siegten jedoch im Elfmeterschießen.

Damit stand das Finale an. Der Gegner hieß Posillipo. In dem Nobelviertel gab es eine moderne Fußballschule. Kinder aus gutem Haus lernten für gutes Geld perfektes Kurzpassspiel und exzellente Schusstechnik. De Santis hatte sie in den Gruppenspielen beobachtet. Eine Augenweide. Und Klassen besser als Forcella.

»Na, wie viel setzt Ihr auf meine Truppe?«, fragte Bomba, als er beschwingt und verschwitzt vor dem Kommissar auftauchte.

»Das wäre rausgeworfenes Geld. Posillipo ist haushoch überlegen«, sagte De Santis.

»Die Quoten sind phänomenal.«

»Natürlich sind sie das. Weil alles für Posillipo spricht und nur ein Verrückter oder ein verblendeter Vater auf die Jungs aus Forcella setzen kann.«

»Zehn Euro Einsatz bringen sechzig Euro für Gennaro. Vertraut mir.«

Der Kommissar schaute skeptisch, gab Beppe aber schließlich das Geld.

Das Finale begann, und zwar genau so, wie es zu befürchten war. Posillipo dominierte das Spiel mit fast schon erschreckender Leichtigkeit. Der Ball lief durch die Reihen, als kämen die Jungs aus der Barça-Schule. Immer wieder tauchten sie gefährlich nah vor dem Tor auf, und nur durch harte Zweikämpfe, durch unlautere Fouls, Ellbogen und gestreckte Beine konnte Forcella ein Debakel vermeiden. Zur Pause stand es eins zu null für Posillipo, schmeichelhaft für Forcella.

Bomba kam wieder mit Geldbeutel und Klemmbrett vorbei und sagte: »Die Quoten sind noch einmal gestiegen.«

»Kein Wunder.«

»Wenn Ihr jetzt zehn Euro auf Forcella setzt, bekommt Gennaro hundertvierzig. Das ist die letzte Gelegenheit.«

»Ich müsste verrückt sein, Bomba, die Liebe zu den Jungs aus deinem Viertel in allen Ehren.«

»Wir wechseln nach der Pause unseren Spielmacher ein. Der Trainer hat ihn bisher geschont. Ebenso wie meinen Neffen.«

»Deinen Neffen?«

Bomba deutete auf einen Jungen, der De Santis schon am Morgen beim Aufwärmen aufgefallen war. Allerdings nicht wegen seiner fußballerischen Klasse. Er war ein Elefantenbaby, einen Kopf größer als die anderen und mindestens dreißig Kilo schwerer. Die Verwandtschaft zu Beppe war unübersehbar. Gut, diesen Koloss konnten sie als Bollwerk vor das eigene Tor schieben. Das Problem war nur: Mauern reichte jetzt nicht mehr. Forcella musste selbst mindestens ein Tor erzielen.

Es tat De Santis leid, dass Beppe sehenden Auges in seinen Untergang rannte. All sein Engagement, seine Zeit, das Geld und sein guter Wille – alles für die Katz.

»Beppe«, sagte er. »Wieso hat man dir eigentlich die Rolle des Buchmachers übertragen? In der Regel ist das Sache von …« Er sprach es nicht aus, aber es war klar, dass er die Unterwelt meinte.

»Dann hätten die gut situierten Eltern den Geldbeutel nicht aufgemacht. Und die anderen vielleicht auch nicht.« Mit den anderen meinte er wohl die Eltern aus verfeindeten Clans.

»Mir vertrauen sie alle«, schloss Bomba.

Ja, wer weiß, warum, dachte De Santis. »Hast du selbst auch gewettet?«, fragte der Kommissar.

»Natürlich.«

In De Santis kam plötzlich ein furchtbarer Verdacht auf.

»Wie viel?«

Bomba schwieg.

»Du hast doch hoffentlich nicht die Kaffeetasse für dieses Turnier geplündert und die Kollekte für Gennaro verzockt, oder?«

»Was heißt hier verzockt? Ich habe sie investiert.«

Beppe Bomba lächelte. »Vertraut mir. Nur noch einen Zehner.«

De Santis schüttelte den Kopf, aber Carmela De Cillis steckte einen Schein durch den Zaun, und Beppe schenkte ihr ein reizendes Lächeln. Mario Marin kaute an seiner Eifersucht, doch als Carmela ihm in die Seite knuffte, zückte auch er noch eine Banknote. Kopfschüttelnd.

Die zweite Halbzeit begann, wie die erste geendet hatte. Beppes Neffe stand im eigenen Strafraum und trat nach allem, was sich bewegte. Der sogenannte Spielmacher, den der Trainer eingewechselt hatte, war ein Dribbelkünstler, dessen Dribbelkünste verpufften.

Ein Eckball nach dem anderen flog in den Strafraum, dazu Freistöße, Distanzschüsse, elegante Heber. Forcella wurde regelrecht vorgeführt, und die Eltern fingen an zu toben. Sie kletterten an den Absperrungen hoch und warfen mit Bierdosen. Sie beschimpften die Gegner, den Schiedsrichter, die eigenen Söhne. Die Väter machten den Müttern Vorwürfe und umgekehrt. Eine Massenschlägerei lag in der Luft.

»Wie wollen sie das Spiel umbiegen? Sie scheinen förmlich um das zwei zu null zu betteln«, sagte Mario Marin. Der Klugscheißer hielt sich offenbar auch noch für einen Fußballexperten. Na ja, unrecht hatte er nicht. Alle schienen zu spüren, dass das Match entschieden war. Die kleinen Virtuosen von Posillipo gerieten angesichts des taumelnden Gegners in einen Rausch. Jeder versuchte, bis vor das Tor zu dribbeln und mit einem Kunstschuss zu glänzen.

Die Eltern von Forcella waren in ihrem Ehrgefühl gekränkt. Dabei kamen sie aus einem Milieu, in dem man die Ehre hochhielt. Egal wie. Sie stachelten ihre Sprösslinge zu immer brutaleren Fouls an, riefen offen zur Hetzjagd auf. Der Schiedsrichter rannte hilflos auf dem Schlachtfeld umher. Forcella schlug die Bälle wild nach vorne, und alle rannten kopflos hinterher. Auf einmal ein Pfiff: Eckstoß. Der Spielmacher, der in der ersten Hälfte geschont worden war, zirkelte den Ball vors Tor. Plötzlich erhob sich wie durch ein Wunder eine große Staubwolke. Eine Bö war wohl wieder in die angrenzende Baugrube gefahren, hatte Sand und Dreck aufgewirbelt. Man erkannte nur Gewusel im Strafraum, keine Manndeckung, keine Zuordnung mehr, der Ball war verschwunden – bis er unverhofft auf die Brust des Elefantenbabys prallte. Der Koloss ließ die Kugel abtropfen und schoss. Der Ball flog, während der Torwart sich noch den Sand aus den Augen rieb, genau unter die Latte: eins zu eins.

Einen Moment lang herrschte Stille, dann brach ein Orkan los. Die Eltern von Forcella jubelten, die von Posillipo protestierten. Sie sprachen von Unregelmäßigkeiten und verfälschten Wettkampfbedingungen. Sie riefen nach dem Schiedsrichter, doch das gegnerische Lager drohte mit Eisenstangen, Flaschen, improvisierten Wurf- und Schlagwaffen. Der Unparteiische blickte verzagt in den heulenden Mob und zeigte auf den Punkt. Anstoß. Das Tor zählte.

Das Publikum war völlig aus dem Häuschen, jede Gruppierung peitschte die eigenen Jungs nach vorne, und es blieb beim vorherigen Bild: Posillipo griff an, allerdings ohne die vorherige Eleganz. Die Spieler waren jetzt wütend, und mit Wut konnten sie nicht gut umgehen. Die Fehler häuften sich. Forcella verteidigte mit allen legitimen und nicht ganz so legitimen Mitteln. Der Schiedsrichter hatte Angst vor den Eltern und vergaß, die Fouls zu ahnden. Bomba lächelte, drehte sich kurz um und zwinkerte den Kollegen zu. Seine Mannschaft hatte sich so gut wie ins Elfmeterschießen gerettet.

Doch da brach die letzte Minute an, und Posillipo versuchte

noch einmal alles. Der Ball flog wie eine Flipperkugel durch den Strafraum, prallte an Köpfe und Oberkörper, streifte einmal den Pfosten. Der Schiedsrichter sah auf die Uhr und nahm schon die Pfeife in den Mund. Einmal noch führte der Torwart von Forcella einen Abstoß aus, und alle Mitspieler rannten wie auf Kommando nach vorne. Wieder irrte der Ball durch die Reihen, wieder gab es einen Abpraller und eine Ecke. Der Unparteiische pfiff nicht ab. Die Eltern von Posillipo bezichtigten ihn der Feigheit und Käuflichkeit und brachten ihn damit gegen sich auf. Nun pfiff er erst recht nicht ab.

Wieder kam die Ecke. Diesmal blieb die wundersame Staubwolke aus. Während der Ball in hohem Bogen in Richtung Elefantenbaby flog, hüpften die Gegenspieler wie von der Tarantel gestochen im Strafraum herum. Falls das eine moderne Art der Raumdeckung war, funktionierte sie nicht. Selbst der Torwart hopste im entscheidenden Moment aus dem Kasten. Der Koloss köpfte, traf jedoch den Ball nicht richtig. Er kullerte Richtung Torlinie. Aber niemand kümmerte sich darum, alle sprangen kreuz und quer durch den Strafraum, hielten sich den Hintern und kreischten, als wäre ein Bienenschwarm über sie hergefallen. Der Ball lag im Tor.

»Das zählt nicht!«, schrie der Torwart. »Mich hat etwas gestochen.«

Das Publikum raste, die Väter rissen sich die Kleider vom Leib, einer knickte ein Verkehrsschild ab und versuchte, damit über den Zaun zu klettern. Der Schiedsrichter sah, wie eine Woge aus menschlichen Leibern über die Absperrung schwappte, zeigte auf den Mittelkreis und pfiff das Spiel ab. Zwei zu eins für die Forcella Yang Boizz. Turniersieg. Während die Eltern den Schiedsrichter jagten, der sich zwischen die Polizisten flüchtete, nahm Bomba Klemmbrett und Geldbörse und tauchte in der Menge ab.

Plötzlich stand er neben De Santis: »Ihr müsst einen Sicherheitskordon bilden«, sagte er unbeeindruckt, ja entspannt. Der Kommissar gab Anweisung, und die Beamten formierten sich. Die Uniformierten positionierten sich als Schutzwall um Beppe Bomba, der auf das Dach eines Mannschaftswagens gestiegen war.

Er nahm ein Megafon und rief den Sieger des Turniers aus: »Forcella Yang Boizz«. »Ich danke allen Teilnehmern, allen Eltern, Betreuern, Trainern und ehrenamtlichen Helfern …« Seine Rede ging im Tumult unter. Nur die Umstehenden verstanden seine letzten Worte: »Alle, die Geld auf die Forcella Yang Boizz gesetzt haben, werden gebeten, ihre rechtmäßigen Gewinne abzuholen. Aus organisatorischen Gründen findet die Auszahlung ab kommenden Montag um zehn Uhr im dritten Stock der Questura statt.«

»Bist du verrückt geworden?«, fragte De Santis.

»Habt Ihr eine bessere Idee?«

Gemeinsam flüchteten sie in einen Dienstwagen, stellten das Blaulicht an und bahnten sich einen Weg durch die tosende Meute.

Beppe Bomba lehnte sich gegen die Kopfstütze, schloss die Augen und atmete langsam aus.

De Santis war sicher, dass er nichts dem Zufall überlassen hatte. Der Dreck, der plötzlich die Luft erfüllt hatte, die Insektenstiche, die komischen ausgebeulten Shorts … Offensichtlich dienten sie mit ihren großen Hosentaschen dazu, Sand und Stacheln zu verstauen. Von Seeigeln oder sonstigen Wesen der mediterranen Flora und Fauna, deren Überreste auf einem Parkplatz am Hafen keinen Verdacht erregten.

»Wie viele miese Tricks hast du deinen Jungs eigentlich beigebracht?«, fragte er.

»Denen muss ich nichts mehr beibringen.«

»Das sind die Söhne von Verbrechern, selbst schon kleine Verbrecher. Und du verhilfst ihnen zum Sieg. Weißt du eigentlich, welch verheerende Botschaft du damit aussendest? Verbrechen zahlt sich nicht aus.«

»Auf lange Sicht. Auf die Schnelle ist es dagegen sehr wirkungsvoll. Ich habe es mal überschlagen, insgesamt haben wir sechsundzwanzigtausend Euro Gewinn gemacht, allein die viertausenddreihundertsiebenundzwanzig Euro von Marin habe ich verfünffacht. Und Gennaro braucht unsere Hilfe doch sofort, oder?«

De Santis nickte. »Was, wenn trotz allem Posillipo gewonnen hätte? Die Sache war eng.«

»Ich war die Bank. Und die Bank gewinnt immer.«

Alle betrachteten Bomba. Niemand wagte, nach weiteren Details zu fragen. Und dann brachen sie in schallendes Gelächter aus.

Grazie di cuore a
Gianni, Angela, Carmine, Gaetano